GOLDMANN

Buch

Die Leute nennen ihn einen Teufel. Denn Julian, der Earl of Ravenwood, eine dunkle und mysteriöse Gestalt, ist bekannt für sein unberechenbares Temperament. Der Tod seiner jungen Frau wurde nie aufgeklärt; einige sprechen von Selbstmord, andere von bösen Mächten des Teufels. Doch die junge verführerische Sophy Dorring hat ihre eigenen Gründe, die neue Lady Ravenwood zu werden. Julian ist ein Teil ihrer ausgeklügelten Rachepläne, die ihn bald in ein gefährliches Katz-und-Maus-Spiel hineinziehen. Doch vor allem hat Sophy sich eines in den Kopf gesetzt: Sie will alles tun, um die Liebe und Leidenschaft zu wecken, die unter der grausamen Schale des Teufels schlummert...

Autorin

Amanda Quick ist das Pseudonym einer erfolgreichen, mehrfach ausgezeichneten Autorin historischer und zeitgenössischer Liebesromane, deren Auflagen in den USA mittlerweile die Zehn-Millionen-Grenze weit überschritten haben. Nach Virgin Island, Kalifornien, und einigen Zwischenstationen lebt Amanda Quick heute im Nordwesten der USA.

Bei Goldmann ist von Amanda Quick außerdem lieferbar:
Entfesselt. Roman (42622)
Gefährliche Küsse. Roman (42620)
Liebe ohne Skrupel. Roman (42831)
Rendezvous. Roman (42628)
Skandal. Roman (42445)
Süßer Betrug. Roman (42621)
Verlangen. Roman (42444)
Verruchte Lady. Roman (42627)

AMANDA QUICK

Verführung

ROMAN

Aus dem Amerikanischen
von Dinka Mrkowatschki

GOLDMANN VERLAG

Die Originalausgabe erschien unter dem Titel
»Seduction« bei Bantam Fanfare Books, New York

Umwelthinweis:
Alle bedruckten Materialien dieses Taschenbuches
sind chlorfrei und umweltschonend.
Das Papier enthält Recycling-Anteile.

Der Goldmann Verlag
ist ein Unternehmen der Verlagsgruppe Bertelsmann

Deutsche Erstveröffentlichung November 1993

Umschlaggestaltung: Design Team München
Umschlagillustration: Pino D'Angelico
Satz: IBV Satz- und Datentechnik GmbH, Berlin
Druck: Elsnerdruck, Berlin
Verlagsnummer: 42443
Lektorat: Sabine Dolt/SK
Herstellung: Stefan Hansen
Made in Germany
ISBN 3-442-42443-7

3 5 7 9 10 8 6 4

Eins

Julian Richard Sinclair Earl von Ravenwood traute seinen Ohren nicht. Soeben war sein offizieller Heiratsantrag abgelehnt worden. Das war doch wirklich unfaßbar. *Was bildete sich diese Lady überhaupt ein*, fragte er sich wutentbrannt. Leider konnte er ihr diese Frage nicht selbst stellen. Die Lady hatte es vorgezogen, nicht zu erscheinen, und es ihrem sehr verlegenen Großvater überlassen, Julians großzügiges Angebot abzulehnen.

»Hol's der Teufel, Ravenwood, mir gefällt das genauso wenig wie Euch. Die Sache ist, das Mädchen ist leider kein Kind mehr«, erklärte ihm Lord Dorring niedergeschlagen. »War mal ein ganz liebes Ding. Immer brav. Aber jetzt ist sie dreiundzwanzig, und im Lauf der letzten Jahre ist sie ziemlich eigensinnig geworden. Verflixt lästig manchmal, aber so ist es nun mal. Kann sie nicht mehr einfach rumkommandieren.«

»Ich weiß sehr wohl, wie alt sie ist«, sagte Julian trocken. »Ich war der Annahme, daß sie gerade deshalb ein vernünftiges gefügiges weibliches Wesen wäre.«

»Oh, das ist sie auch«, stammelte Lord Dorring. »Auf jeden Fall. Wollte nichts Gegenteiliges andeuten. Sie ist keine alberne junge Gans, kriegt auch keine hysterischen Anfälle oder so was.« Sein ohnehin recht rotes Gesicht mit den dicken Koteletten wurde vor Verlegenheit noch röter. »Normalerweise ist sie sehr umgänglich. Sehr gutmütig. Ein Ausbund weiblicher Demut und Grazie.«

»Weibliche Demut und Grazie, so, so«, wiederholte Julian langsam.

Lord Dorring war sichtlich erleichtert. »Genau, Mylord. Weibliche Demut und Grazie. Eine große Stütze ihrer Großmutter seit dem Tod unseres jüngsten Sohns und seiner Frau vor ein paar Jahren. Sophys Eltern sind auf See verschollen, seit dem Jahr, in dem sie siebzehn wurde, müßt Ihr wissen. Sie und ihre Schwester sind dann zu uns gezogen. Ihr erinnert Euch sicher noch.« Lord Dorring räusperte sich. »Oder vielleicht doch nicht. Ihr wart zu der Zeit mit… äh, anderen Dingen beschäftigt.«

Die anderen Dinge waren eine recht höfliche Umschreibung dafür, daß er damals hilflos im Netz einer schönen Hexe namens Elizabeth zappelte, dachte Julian. »Wenn Eure Enkelin tatsächlich ein solcher Ausbund aller erstrebenswerter Tugenden ist, Dorring, wieso habt Ihr dann Probleme, sie zu überreden, meinen Antrag anzunehmen?«

»Die Schuld trifft mich allein, das behauptete zumindest ihre Großmutter.« Lord Dorring zog traurig seine buschigen Augenbrauen zusammen. »Ich fürchte, ich habe ihr gestattet, sehr viel zu lesen. Und, wie man mir sagt, lauter falsche Sachen. Aber Sophy läßt sich nicht so einfach vorschreiben, was sie lesen soll, wißt Ihr. Ich kann mir nicht vorstellen, daß irgendein Mann das zuwege bringt. Noch etwas Wein, Ravenwood?«

»Danke. Ich glaube, ich könnte noch ein Glas vertragen.« Julian warf einen Blick auf seinen puterroten Gastgeber und zwang sich, ruhig zu bleiben. »Ich muß gestehen, ich begreife nicht ganz, Dorring. Was haben denn Sophys Lesegewohnheiten mit dieser Sache zu tun?«

»Ich fürchte, ich hab mich nicht immer darum gekümmert, was sie liest«, murmelte Lord Dorring und kippte seinen Wein hinunter. »Junge Frauen kriegen seltsame Flausen im Kopf, wenn man nicht aufpaßt, was sie lesen. Aber nach dem Tod ihrer Schwester vor drei Jahren, wollte ich mit Sophy nicht allzu streng sein. Ihre Großmutter und ich haben sie recht gern. Sie ist wirklich ein vernünftiges Mädel. Weiß nicht, wie sie dazu kommt, Euch abzulehnen. Bin mir sicher, sie würde ihre Meinung ändern, wenn sie ein bißchen mehr Zeit hätte.«

»Zeit?« Ravenwood hatte größte Mühe, nicht allzu sarkastisch zu klingen.

»Ihr müßt zugeben, Ihr habt die Sache etwas überstürzt. Sogar meine Frau sagt das. Hier draußen auf dem Land gehen wir solche Sachen langsamer an. Die Stadtsitten sind uns fremd, wißt Ihr. Und

Frauen, sogar vernünftige Frauen, haben diese romantischen Vorstellungen, wie ein Mann so etwas machen sollte.« Lord Dorring warf seinem Gast einen hoffnungsvollen Blick zu. »Wenn Ihr ihr vielleicht noch ein paar Tage Bedenkzeit gebt, damit sie sich Euren Antrag überlegen kann?«

»Ich möchte persönlich mit Miss Dorring sprechen«, sagte Julian.

»Dachte, ich hätte Euch das erklärt. Geht im Augenblick nicht. Ist beim Reiten. Besucht mittwochs immer Old Bess.«

»Das ist mir bekannt. Sie wurde unterrichtet, daß ich um drei Uhr vorsprechen würde, nehme ich doch an.«

Lord Dorring räusperte sich erneut. »Ich, äh, habe es, glaub ich, erwähnt. Hat es sicher vergessen. Ihr wißt doch, wie junge Frauen so sind.« Er warf einen Blick auf die Uhr. »Sollte um halb fünf zurück sein.«

»Leider kann ich nicht warten.« Julian stellte sein Glas ab und erhob sich. »Ihr dürft Eurer Enkelin mitteilen, daß ich kein geduldiger Mann bin. Ich hatte gehofft, diese Heiratsgeschichte heute regeln zu können.«

»Ich glaube, sie betrachtet sie als geregelt, Mylord«, sagte Lord Dorring traurig.

»Ich werde morgen um dieselbe Zeit noch einmal vorsprechen. Und ich wäre Euch sehr dankbar, Dorring, wenn Ihr die Güte hättet, sie an ihre Verabredung zu erinnern. Ich habe vor, sie unter vier Augen zu sprechen, bevor die Sache endgültig entschieden ist.«

»Selbstverständlich, aber natürlich, Ravenwood. Aber ich muß Euch darauf hinweisen, daß es immer schwer ist, im voraus zu wissen, wo Sophy gerade sein wird. Wie ich schon sagte, sie ist manchmal ein bißchen eigensinnig.«

»Dann erwarte ich, daß Ihr Euren Willen auch einmal durchsetzt. Sie ist Eure Enkelin. Wenn sie die Kandare braucht, dann gebt sie ihr, in Gottes Namen.«

»Gütiger Gott«, stöhnte Dorring. »Wenn das nur immer so einfach wäre.«

Julian schritt durch die Tür der kleinen, schäbigen Bibliothek hinaus in den schmalen, dunklen Gang. Der Butler, dessen Uniform genau in die Atmosphäre verblichenen Glanzes des alten Herrenhauses paßte, reichte ihm seinen Zylinder und seine Handschuhe.

Julian verabschiedete sich mit einem knappen Kopfnicken und drängte sich an dem in Ehren ergrauten Faktotum vorbei. Die Absätze seiner glänzenden Stiefel dröhnten auf dem Steinboden. Er bereute bereits die Zeit, die er damit vergeudet hatte, sich für diesen unproduktiven Besuch förmlich zu kleiden.

Sogar eine seiner Kutschen hatte er zu dieser Gelegenheit vorfahren lassen. Er hätte genausogut nach Chesley Court reiten können, anstatt sich die Mühe zu machen, dem Besuch offiziellen Charakter zu geben. Zu Pferd hätte er wenigstens auf dem Heimweg noch bei einigen seiner Pächter vorbeischauen und ein paar geschäftliche Dinge erledigen können. So wäre zumindest nicht der ganze Nachmittag vergeudet gewesen.

»Zum Abbey«, befahl er, als ihm der Kutschenschlag geöffnet wurde. Der Kutscher in seiner grüngoldenen Ravenwood Livrée tippte sich kurz an den Hut.

Kaum war die Tür geschlossen, jagten die herrlichen beiden Grauschimmel auf einen kleinen Peitschenschnalzer los. Der Kutscher kannte seinen Herrn nur zu gut. Der Earl von Ravenwood war heute nachmittag nicht in der Stimmung für eine gemächliche Fahrt über die Landstraßen.

Julian lehnte sich in die Kissen zurück, streckte seine langen Beine aus, verschränkte die Arme und versuchte, seine Ungeduld zu zähmen. Keine leichte Aufgabe.

Er hatte nicht im Traum daran gedacht, daß sein Heiratsantrag abgelehnt werden könnte. Ein besseres Angebot würde Miss Sophy Dorring nie im Leben kriegen, und alle Beteiligten wußten das. Ihre Großeltern waren sich dieser Tatsache sicher nur allzu bewußt.

Lord Dorring und seine Frau waren fast in Ohnmacht gefallen, als Julian vor ein paar Tagen um die Hand ihrer Enkelin angehalten hatte. In ihren Augen war Sophy bereits viel zu alt, um noch auf eine so gute Partie hoffen zu können. Julians Antrag war ein Geschenk des Himmels.

Julians Mund verzog sich zu einem sarkastischen Grinsen bei dem Gedanken an die Szene, die es sicher gegeben hatte, als Sophy ihren Großeltern mitteilte, daß sie an der Heirat nicht interessiert wäre. Lord Dorring war sicher wie immer ratlos, und seine Gemahlin hatte bestimmt einen Schwächeanfall erlitten. Die Enkelin mit den bedauernswerten Lesegewohnheiten war mühelos als Siegerin aus diesem Scharmützel hervorgegangen.

Die eigentliche Frage war aber, warum die alberne Gans überhaupt so darauf erpicht war, die Schlacht zu gewinnen. Von Rechts wegen hätte sie Julians Angebot in Freudentaumel versetzen sollen. Er war schließlich und endlich bereit, sie zur Gräfin von Ravenwood von Ravenwood Abbey zu machen. Ein dreiundzwanzig Jahre altes Fräulein von bestenfalls passablem Aussehen, das auf dem Land aufgewachsen war, konnte sich, weiß Gott, keine bessere Partie erhoffen. Julian fragte sich kurz, was für Bücher Sophy wohl gelesen hatte, schob den Gedanken aber rasch wieder beiseite, ihre Bücherwahl war sicher nicht das Problem.

Das Problem war wohl eher der Hang ihres Großvaters, sein verwaistes Enkelkind zu verwöhnen. Frauen waren sehr geschickt, wenn es um das Ausnützen schwacher Männer ging.

Möglicherweise spielte auch ihr Alter eine Rolle. Anfangs hatte Julian ihr Alter als Vorteil betrachtet. Er hatte bereits eine junge, unbezähmbare Ehefrau hinter sich, und eine war in der Tat genug. Er hatte genug Szenen, Wutanfälle und hysterische Ausbrüche von Elizabeth erlebt, sie reichten für ein ganzes Leben. Er hatte geglaubt, eine ältere Frau wäre vernünftiger und weniger anspruchsvoll, schlicht gesagt, einfach *dankbarer*.

Das Mädchen hatte natürlich hier auf dem Land keine allzu großen Chancen gehabt, ermahnte sich Julian. In der Stadt wäre die Auswahl aber auch nicht wesentlich größer für sie. Sie war ganz bestimmt nicht der Typ, der die Aufmerksamkeit der übersättigten Herren des *Ton* erregen würde. Solche Männer betrachteten sich als Connaisseurs weiblicher Schönheit, genau wie sie sich als Experten für Pferde betrachteten, keiner würde Sophy auch nur zweimal ansehen.

Nachdem sie weder eine rassige Dunkelhaarige noch eine engelsgleiche Blondine war, entsprach sie kaum der gängigen Mode. Sie hatte hübsche hellbraune Locken, die aber offensichtlich nicht zu bändigen waren. Ständig hingen ihr Strähnen aus dem Hut oder lösten sich aus einer mühsam arrangierten Frisur.

Sie war wirklich keine griechische Göttin, wie sie in London gerade der letzte Schrei waren. Doch Julian mußte zugeben, daß ihre leichte Stupsnase, das sanft gerundete Kinn und ihr herzliches Lächeln ganz niedlich waren. Es wäre sicher keine allzu große Strapaze, sie oft genug zu besteigen, um einen Erben zu zeugen.

Und, zugegeben, Sophy hatte wirklich sehr schöne Augen. Sie waren ganz ungewöhnlich türkis, mit kleinen goldenen Flecken. Außerdem war es recht interessant und auch befriedigend, daß die Besitzerin offensichtlich keine Ahnung hatte, welche Wirkung sie beim Flirten erzielen konnten.

Anstatt vorsichtig durch die Wimpern nach einem Mann zu lugen, hatte Sophy die beunruhigende Angewohnheit, ihn direkt anzusehen. Ihr Blick war so offen und aufrichtig, daß Julian überzeugt war, Sophy hätte die größten Schwierigkeiten mit der eleganten Kunst des Lügens. Auch das gefiel ihm. Es hatte ihn fast zum Wahnsinn getrieben, die Handvoll Wahrheiten herauszupicken, die sich in Elizabeths Lügengespinsten verbargen.

Sophy war schlank, nur leider betonte die gängige Mode mit hoher Taille ihre doch sehr kleinen Brüste. Aber sie hatte so etwas Lebendiges, Gesundes, was Julian sehr anziehend fand. Er wollte keine kränkelnde Frau, die hatten immer Schwierigkeiten im Kindbett.

Doch dann wurde Julian klar, daß er bei der geistigen Bestandsaufnahme der körperlichen Vorzüge seiner Frau offensichtlich gewisse Aspekte ihrer Persönlichkeit nicht in Betracht gezogen hatte. Er hätte sich nie träumen lassen, daß sich hinter dieser lieben, sittsamen Fassade Eigensinn und Stolz verbargen.

Sophys Stolz war es wohl gewesen, der ihr nicht erlaubte, angemessene Dankbarkeit zu zeigen. Und ihr Eigensinn war wesentlich ausgeprägter als vermutet. Ihre Großeltern waren offenbar sehr beschämt über den unerwarteten Widerstand ihrer Enkelin, aber völlig machtlos dagegen. Wenn einer die Situation retten konnte, dann nur er, soviel war Julian klar.

Seine Entscheidung fiel, als die Kutsche vor dem imposanten Eingang zu Ravenwood Abbey mit den beiden geschwungenen Treppen hielt. Er stieg aus, schritt die steinerne Treppe hinauf und erteilte gelassen einige Befehle, sobald sich die Tür geöffnet hatte.

»Schick eine Nachricht in den Stall, Jessup. Der Rappe muß in zwanzig Minuten gesattelt bereit stehen.«

»Sehr wohl, Mylord.«

Der Butler gab den Befehl an einen Lakaien weiter, und Julian überquerte rasch den schwarz-weiß gekachelten Marmorboden der Halle und stieg die mächtige, mit rotem Teppich belegte Treppe hinauf.

Julian registrierte die prachtvolle Umgebung kaum. Er war zwar hier aufgewachsen, aber seit den Anfängen seiner Ehe mit Elizabeth interessierte ihn Ravenwood Abbey kaum mehr. Einst hatte er für das Haus denselben Besitzerstolz empfunden wie für die fruchtbaren Ländereien, die es umgaben, aber jetzt widerte ihn das Haus seiner Ahnen mehr oder minder an. Jedesmal, wenn er ein Zimmer betrat, fragte er sich, ob sie ihm wohl auch in diesem Raum Hörner aufgesetzt hatte.

Das Land war natürlich eine andere Geschichte. Keine Frau konnte die guten, reichen Felder von Ravenwood oder seiner anderen Besitzungen besudeln. Auf das Land konnte sich ein Mann verlassen. Wenn er es hegte und pflegte, wurde ihm das reich gedankt. Und um diese Ländereien für die zukünftigen Grafen von Ravenwood zu erhalten, war Julian bereit, das größte aller Opfer zu bringen: Er würde noch einmal heiraten.

Er hoffte, daß die Anwesenheit einer neuen Frau den Geist Elizabeths endgültig aus dem Abbey vertreiben würde und ganz besonders aus dem bedrückend luxuriösen, exotisch sinnlichen Schlafzimmer, das sie sich hatte einrichten lassen. Julian haßte dieses Zimmer. Er hatte es seit Elizabeths Tod nicht mehr betreten.

Eins war jedenfalls gewiß, sagte er sich, als er die Treppe hochstieg, er würde nicht mehr dieselben Fehler bei einer neuen Braut machen wie bei der ersten. Nie wieder würde er die Rolle der Fliege im Netz der Spinne spielen.

Fünfzehn Minuten später kam Julian im Reitdress wieder die Treppe herunter. Wie nicht anders erwartet stand Angel, der schwarze Hengst, bereits gesattelt vor der Tür. Jedes Mitglied des Haushalts war darauf bedacht, alles zu tun, um nicht den Zorn des Satans auf sich zu ziehen. Julian lief rasch die Treppe hinunter und schwang sich in den Sattel.

Der Stallknecht sprang zurück, als der Rappe seinen Kopf hochwarf und zu tänzeln begann. Mächtige Muskeln bauschten sich unter dem glänzenden Fell, aber Julian trieb ihm die Flausen in kurzer

Zeit mit strenger Hand aus. Dann gab er ihm das Signal, und das Tier galoppierte los.

Es würde sicher kein Problem sein, Miss Sophy Dorring auf dem Heimweg nach Chesley Court abzufangen, dachte Julian. Er kannte jeden Zentimeter seiner Ländereien und wußte genau, wo sie eine Abkürzung über sein Land nehmen würde.

»Irgendwann wird er sich auf dem Gaul noch umbringen«, sagte der Lakai zum Pferdeknecht, seinem Cousin.

Der Knecht spuckte auf das Pflaster. »Auf einem Pferd wird seine Lordschaft sicher nicht sterben. Der reitet doch wie der Leibhaftige selbst. Wie lange wird er denn diesmal hierbleiben?«

»In der Küche wird erzählt, daß er sich wieder eine Braut suchen will. Hat ein Auge auf Lord Dorrings Enkelin geworfen. Seine Lordschaft will diesmal ein braves kleines Fräulein vom Land. Eine, die ihm keinen Ärger macht.«

»Kann ich ihm nicht verdenken, mir würd's nach so einem Teufelsweib auch nicht anders gehen.«

»Maggie aus der Küche sagt, seine erste Frau war die Hexe, die ihn in einen Satan verwandelt hat.«

»Da muß ich Maggie recht geben. Aber diese Miss Dorring tut mir leid. Sie ist eine gute Seele. Weißt du noch, wie sie letzten Winter mit Kräutern gekommen ist, als Ma den schlimmen Husten hatte? Ma schwört, daß ihr Miss Dorring das Leben gerettet hat.«

»Na ja, die Miss Dorring kriegt dafür aber auch einen Grafen«, meinte der Lakai.

»Das kann ja sein, aber das Privileg, des Satans Braut zu sein, wird sie teuer zu stehen kommen.«

Sophy saß auf der hölzernen Bank vor Old Bess' Hütte und wickelte behutsam das letzte Büschel getrockneten Bockshornklees in ein kleines Päckchen. Sie steckte es zu dem kleinen Bündel Kräuter, die sie sich gerade ausgesucht hatte. Ihre Vorräte an so wichtigen Dingen wie Knoblauch, Distel, Nachtschatten und Mohn waren zur Neige gegangen.

»Das müßte die nächsten paar Monate reichen, Bess«, sagte sie, klopfte sich die Hände ab und erhob sich. Den Grasfleck auf ihrem alten blauen Reitkleid ignorierte sie einfach.

»Sei vorsichtig, wenn du den Mohntee für Lady Dorrings Rheuma kochst«, warnte Bess sie. »Der Mohn ist heuer sehr kräftig.«

Sophy nickte der verhutzelten alten Frau zu, die ihr soviel beigebracht hatte. »Ich werde meine Dosierung verkleinern. Wie geht's dir denn so? Brauchst du irgend etwas?«

»Nichts, mein Kind, ich brauche nichts.« Bess ließ zufrieden den Blick über ihre alte Kate und ihren Kräutergarten schweifen, während sie sich die Hände an ihrer Schürze abwischte. »Ich hab alles, was ich brauch.«

»Wie immer. Du kannst dich wirklich glücklich schätzen, daß du so zufrieden mit dem Leben bist, Bess.«

»Du wirst auch eines Tages Zufriedenheit finden, wenn du wirklich danach strebst.«

Sophys Lächeln verblaßte. »Vielleicht. Aber zuerst muß ich noch etwas erledigen.«

Bess' blasse Augen waren voller Verständnis, aber ihre Miene war traurig. »Ich dachte, du hättest deine Rachegelüste überwunden, Kind. Ich dachte, du hättest sie in die Vergangenheit verbannt, wo sie hingehören.«

»Es hat sich einiges geändert, Bess.« Sophy ging zur Ecke der kleinen reetgedeckten Hütte, dort wartete ihr Wallach. »So, wie's aussieht, hab ich jetzt eine neue Möglichkeit, dafür zu sorgen, daß der Gerechtigkeit Genüge getan wird.«

»Wenn du ein bißchen gesunden Menschenverstand hättest, würdest du meinen Rat befolgen und es vergessen, Kind. Was geschehen ist, ist geschehen. Deine Schwester, Gott sei ihrer Seele gnädig, ist tot. Du kannst nichts mehr für sie tun. Du solltest anfangen, etwas aus deinem eigenen Leben zu machen.« Bess zeigte grinsend ihre Zahnlücken. »Wie ich höre, bist du dieser Tage mit anderen Geschichten beschäftigt.«

Sophy warf der alten Frau einen scharfen Blick zu, während sie vergeblich versuchte, ihren windschiefen Hut geradezurücken. »Du bist wie immer auf dem neuesten Stand, was den Dorfklatsch angeht. Du hast gehört, daß mir der Satan persönlich einen Heiratsantrag gemacht hat?«

»Die Leute, die Lord Ravenwood einen Satan nennen, sind die

schlimmsten Klatschmäuler. Mich interessieren nur Fakten. Ist es wahr?«

»Was? Daß der Graf ein enger Verwandter Luzifers ist? Ja, Bess, ich bin mir fast sicher, daß es stimmt. Mir ist in meinem Leben noch kein so arroganter Mensch begegnet wie seine Lordschaft. So stolz kann nur ein Satan sein.«

Bess schüttelte ungeduldig den Kopf. »Ich meine, stimmt es, daß er um dich angehalten hat?«

»Ja.«

»Und? Wann, bitte, wirst du ihm deine Antwort geben?«

Sophy hob resigniert die Schultern, sollte der Hut doch schief sitzen. Hüte machten grundsätzlich mit ihr was sie wollten. »Großvater gibt ihm heute nachmittag meine Antwort. Der Graf hat vermelden lassen, daß er um drei Uhr heute vorsprechen wird, um sich die Antwort zu holen.«

Bess blieb abrupt stehen. Graue Locken wippten unter gelber Musselinhaube. Sie runzelte erstaunt die faltige Stirn. »Heute nachmittag? Und du bist hier bei mir und suchst Kräuter aus, als wär's ein Tag wie jeder andere? Was soll der Unsinn, Kind? Du solltest jetzt in deinem Sonntagsstaat auf Chesley Court sein.«

»Warum? Großvater braucht mich dort nicht. Er kann dem Satan sehr gut alleine sagen, daß er zur Hölle fahren soll.«

»Dem Satan sagen, daß er zur Hölle fahren soll! Sophy, Kind, willst du damit sagen, daß du deinem Großvater gesagt hast, er soll den Antrag des Grafen ablehnen?«

Sophy lächelte grimmig, als sie neben ihrem braunen Wallach zum Stehen kam. »Du hast es erfaßt, Bess.« Sie stopfte die kleinen Kräuterpäckchen in ihre Satteltaschen.

»Unsinn«, rief Bess. »Ich kann nicht glauben, daß Lord Dorring so wirr im Kopf ist. Er weiß, daß du nie wieder so ein gutes Angebot kriegen wirst, selbst wenn du hundert wirst.«

»Da bin ich mir nicht so sicher«, sagte Sophy sarkastisch. »Es kommt natürlich darauf an, was du als gutes Angebot betrachtest.«

Bess kniff nachdenklich die Augen zusammen. »Kind, machst du das etwa, weil du Angst vor dem Grafen hast? Ich hätte gedacht, du wärst zu vernünftig, um die Geschichten, die sie im Dorf erzählen, zu glauben.«

»Die glaube ich selbstverständlich nicht«, sagte Sophy und schwang sich in den Sattel. »Oder bestenfalls zur Hälfte. Tröstet dich das, Bess?« Sophy ordnete ihre Röcke unter sich. Sie ritt Herrensattel, obwohl es für eine Frau ihrer Position nicht unbedingt als schicklich galt. Aber auf dem Land sahen die Leute das nicht so eng. Außerdem war Sophy überzeugt, daß ihre Keuschheit gewahrt war. Nur ihre kleinen sandfarbenen Stiefeletten lugten unter den Röcken hervor.

Bess packte den Zügel des Pferdes und sah hinauf zu Sophy. »Hör mal, Mädchen. Du glaubst doch nicht etwa diese Geschichte, daß seine Lordschaft seine erste Frau im Ravenwood Teich ertränkt hat, oder?«

Sophy seufzte. »Nein, Bess, das tu ich nicht.« Es wäre wohl richtiger gewesen zu sagen, sie wollte es nicht glauben.

»Dem Himmel sei dank, obwohl es dem Mann wahrscheinlich keiner hätte verdenken können, wenn er's gemacht hätte«, gab Bess zu.

»Da magst du recht haben, Bess.«

»Und was soll dann der Unsinn, daß du den Antrag seiner Lordschaft ablehnst? Der Ausdruck in deinen Augen gefällt mir gar nicht, Kind. Ich kenne ihn, und er verheißt nichts Gutes. Was führst du denn jetzt wieder im Schild?«

»Jetzt? Ich werde natürlich den alten Dancer hier nach Chesley Court zurückreiten, und dann werde ich mich daran machen, die Kräuter gut zu lagern, die du mir gütigerweise gegeben hast. Großvaters Gicht macht ihm wieder zu schaffen, und mir ist sein Lieblingsdekokt ausgegangen.«

»Sophy, Schatz, willst du den Antrag des Grafen wirklich ablehnen?«

»Nein«, sagte Sophy offen. »Du brauchst also gar nicht so entsetzt dreinzuschauen. Wenn er nicht locker läßt, wird er mich schon kriegen. Aber dann nur zu meinen Bedingungen.«

Bess' Augen wurden ganz groß. »Ah, ich glaube, jetzt begreife ich allmählich. Du hast wieder diese Bücher über die Rechte der Frauen gelesen, stimmt's? Sei kein Narr, Kind. Hör auf den Rat einer alten Frau. Denk ja nicht, du könntest mit Ravenwood deine Spielchen machen. Er läßt sich das nicht bieten. Lord Dorring kannst du vielleicht an der Nase herumführen, aber der Graf ist ein ganz anderer Mann.«

»In diesem Punkt muß ich dir zustimmen, Bess. Der Graf ist tatsächlich ein ganz anderer Mann als Großvater. Aber mach dir bitte keine Sorgen um mich. Ich weiß, was ich tue.« Sophy nahm die Zügel auf und gab Dancer die Sporen.

»Nein, Kind, dessen bin ich mir nicht so sicher«, rief ihr Bess nach. »Den Satan reizt keiner ungestraft!«

»Ich dachte, du hättest gesagt, Ravenwood wäre kein Satan?« warf ihr Sophy schnippisch über die Schulter zu, als Dancer gemächlich antrabte.

Sie winkte Bess noch einmal zu und verschwand dann in einem Wäldchen. Sie brauchte Dancer den Weg nach Chesley Court nicht zu zeigen. Er war diesen Weg in den letzten Jahren so oft gegangen, daß er die Route über Ravenwood im Schlaf beherrschte.

Sophy ließ Dancer die Zügel und versuchte sich den Aufruhr vorzustellen, der sie garantiert in Chesley Court erwartete.

Ihre Großeltern würden sicher außer sich sein. Lady Dorring hatte sich heute morgen ins Bett zurückgezogen, bewaffnet mit Riechsalz und diversen Tränklein. Lord Dorring, der gezwungen gewesen war, Ravenwood allein gegenüberzutreten, würde sich inzwischen wohl mit einer Flasche Wein getröstet haben. Die kleine Dienerschaft war sicher auch niedergeschlagen. Eine gute Partie für Sophy wäre in aller Interesse gewesen. Ohne einen respektablen Ehevertrag, der die Schatztruhen der Familie füllen würde, bestand nur wenig Hoffnung auf eine Pension für die älteren Bediensteten.

Von keinem Mitglied ihres Haushalts konnte Sophy Verständnis für ihre strikte Ablehnung des Antrags erhoffen. Nun, mal abgesehen von allen Gerüchten, dem Klatsch und den Schauergeschichten über ihn – der Mann war schließlich und endlich ein Graf – und noch dazu ein sehr mächtiger und reicher. Ihm gehörten fast die gesamten umliegenden Ländereien hier in Hampshire und auch noch zwei kleinere Güter in benachbarten Grafschaften. Außerdem hatte er ein sehr elegantes Haus in London.

Was die ortsansässigen Leute anging, so verwaltete Ravenwood sein Land sehr gut und war fair zu seinen Pächtern und dem Personal. Hier auf dem Land war das das einzig Wichtige. Diejenigen, die beim Grafen ihren Lebensunterhalt verdienten und darauf achteten, ihm nicht in die Quere zu kommen, hatten ein gutes Leben.

Natürlich hatte Ravenwood seine Fehler, da waren sich alle einig, aber er kümmerte sich um sein Land und um die Leute, die darauf arbeiteten. Möglicherweise hatte er tatsächlich seine Frau umgebracht, aber zumindest hatte er nichts wirklich Ehrenrühriges getan, wie zum Beispiel sein ganzes Erbe in einer Londoner Spielhölle verschleudert.

Die Leute von hier konnten ihm leicht wohlgesonnen sein, dachte Sophy. *Sie sollten ihn ja auch nicht heiraten.*

Wie immer auf diesem Weg wurde Sophys Blick von den kalten, dunklen Wassern des Sees von Ravenwood angezogen, als er zwischen den Bäumen auftauchte. Kleine Eisschollen trieben auf der Oberfläche des tiefen Wassers. Der Schnee war fast weggeschmolzen, aber die winterliche Kühle schwebte noch in der Luft. Sophy erschauderte, und Dancer reagierte mit einem neugierigen Wiehern.

Sophy beugte sich vor, um dem Pferd beschwichtigend den Hals zu klopfen, aber ihre Hand erstarrte in der Bewegung. Eine eisige Brise raschelte in den Ästen über ihr. Sophy erschauderte wieder, aber diesmal war es nicht von der Kühle des Frühlingsnachmittags. Sie richtete sich im Sattel auf, und jetzt sah sie den Mann, der auf einem pechschwarzen Hengst durch einen Hain kahler Bäume auf sie zugeritten kam. Ihr Herz klopfte schneller, wie immer wenn Ravenwood in der Nähe war.

Wenn auch mit einiger Verspätung wurde Sophy jetzt klar, warum sie gerade dieses seltsame Gefühl gehabt hatte. Schließlich und endlich war ein Teil von ihr schon seit ihrem achtzehnten Lebensjahr in diesen Mann verliebt.

Damals hatte man ihr den Grafen von Ravenwood das erste Mal vorgestellt. Er erinnerte sich wahrscheinlich nicht einmal mehr daran. Er hatte nur Augen für seine schöne, faszinierende, hexenhafte Elizabeth gehabt.

Sophy wußte, daß ihre anfänglichen Gefühle für den reichen Grafen von Ravenwood nur die übliche Schwärmerei eines jungen Mädchens für den ersten Mann, der ihre Phantasie beflügelte, war. Diese Schwärmerei war aber nicht eines natürlichen Todes gestorben, nicht einmal dann, als sie akzeptiert hatte, daß sie gar keine Chance hatte, seine Aufmerksamkeit zu erregen. Im Lauf der Jahre war die Schwärmerei zu etwas Tieferem und Beständigerem herangereift.

Sophy fühlte sich von seiner Ruhe und Kraft angezogen und dem angeborenen Stolz und der Integrität, die sie bei Ravenwood spürte. In ihren geheimsten Träumen hatte sie ihn zum edlen Ritter hochstilisiert.

Nachdem es die atemberaubende Elizabeth geschafft hatte, die Faszination, die sie für Ravenwood gehabt hatte, in grausame Pein und brutalen Zorn zu verwandeln, hatte Sophy ihm Trost und Zuspruch bieten wollen. Aber der Graf hatte es vorgezogen, seinen Kummer in dem Krieg, der damals auf dem Kontinent tobte, zu begraben, unter dem Kommando Wellingtons.

Bei seiner Rückkehr war es offensichtlich, daß sich die Gefühle des Grafen längst an einen kalten, fernen Ort tief in seinem Innersten zurückgezogen hatten. Jetzt hatte es den Anschein, als wäre Ravenwood nur noch zu Leidenschaft oder Wärme fähig, wenn es um sein Land ging.

Schwarz stand ihm sehr gut, stellte Sophy fest. Sie hatte gehört, daß er den Hengst Angel getauft hatte, sein Sinn für Ironie erstaunte sie.

Angel war eine Kreatur der Finsternis, für einen Mann bestimmt, der im Schatten lebte. Der Reiter schien geradezu mit dem Pferd verwachsen. Ravenwood war schlank, aber kräftig gebaut, seine Hände waren groß und stark, so gar nicht modisch, Hände, die ohne weiteres eine abtrünnige Frau erwürgen könnten, genau wie die Dorfbewohner behaupteten, schoß es Sophy kurz durch den Sinn.

Seine Schultern waren so breit, daß er keine Polster brauchte, und seine maßgeschneiderten Reithosen umspannten wohlgeformte, muskulöse Schenkel.

Zugegeben, er machte seinem Schneider alle Ehre, dachte Sophy, aber gegen seine grimmige Miene und sein finsteres Aussehen war selbst die feinste Nadel Londons machtlos.

Sein Haar war so schwarz wie das seidige Fell seines Hengstes, und seine Augen waren strahlend grün, *dämonisch* grün, wie Sophy gelegentlich fand. Man erzählte sich, die Grafen von Ravenwood würden immer mit Augen geboren werden, die zu den Familiensmaragden paßten.

Sophy machte Ravenwoods Blick nervös, nicht nur wegen der Augenfarbe, sondern weil er die unangenehme Angewohnheit hatte, einen Menschen anzusehen, als würde er im Geiste einen Preis für die Seele des Unglücklichen aushandeln. Sophy fragte sich, was seine Lordschaft wohl tun würde, wenn er ihren Preis erfuhr.

Sie zügelte Dancer, wischte sich die Feder ihres Reithutes aus den Augen und setzte ein, wie sie hoffte, heiter huldvolles Lächeln auf.

»Einen schönen guten Tag, Mylord. Welche Überraschung, Euch hier im Wald zu treffen.«

Der schwarze Hengst kam mit stampfenden Hufen in einigen Metern Entfernung zum Stehen. Ravenwood blieb ruhig sitzen und musterte Sophys höfliches Lächeln, erwiderte es aber nicht.

»Was genau findet Ihr denn so überraschend an diesem Treffen, Miss Dorring? Das hier ist schließlich und endlich mein Land. Ich wußte, daß Ihr die alte Bess besucht habt und habe mir gedacht, daß Ihr diesen Weg zurück nach Chesley Court nehmen werdet.«

»Wie klug von Euch, Mylord. Vielleicht ein Beispiel für deduktive Logik? Ich bin eine große Bewunderin dieser Art des Denkens.«

»Ihr seid Euch sehr wohl bewußt, daß wir heute etwas Geschäftliches zu besprechen hatten. Wenn Ihr so intelligent seid, wie Eure Großeltern offensichtlich glauben, müßt Ihr auch wissen, daß ich die Sache heute nachmittag zum Abschluß bringen wollte. Nein, ich kann eigentlich nicht akzeptieren, daß an diesem Treffen irgend etwas überraschend sein soll. Um ehrlich zu sein, ich würde sagen, es war von Anfang an so geplant gewesen.«

Sophys Hände krallten sich in die Zügel. Seine leisen Worte brannten wie Feuer auf ihrer Seele. Dancer protestierte mit zuckenden Ohren, und sie ließ die Zügel sofort wieder locker. Bess hatte recht. Ravenwood war kein Mann, der sich so leicht an der Nase herumführen ließ. Sie mußte ganz besonders vorsichtig sein.

»Ich war der Meinung, mein Großvater würde das für mich erledigen, wie es sich geziemt«, sagte Sophy. »Hat er Euch denn meine Antwort auf Euren Antrag nicht gegeben?«

»Das hat er.« Ravenwood ließ seinen Hengst ein paar Schritte näher an Dancer herantänzeln. »Ich zog es vor, sie nicht zu akzeptieren, bis ich die Sache mit Euch persönlich besprochen habe.«

»Aber, Mylord, eine solche Vorgehensweise ist doch sicher nicht ganz korrekt. Oder werden die Dinge in London heutzutage so gehandhabt?«

»In diesem Fall wünsche ich, sie so zu handhaben. Ihr seid kein schüchternes kleines Mädchen, Miss Dorring. Also benehmt Euch bitte nicht so. Ihr könnt für Euch selbst sprechen. Sagt mir, welche Probleme es gibt, und ich werde sehen, ob ich sie aus der Welt schaffen kann.«

»Probleme, Mylord?«

Das Grün seiner Augen wurde dunkler. »Ich möchte Euch raten, nicht mit mir zu spielen, Miss Dorring. Ich habe keine Geduld mit Frauen, die versuchen, mich zum Narren zu halten.«

»Das verstehe ich vollkommen, Mylord. Und Ihr könnt sicher auch meinen Widerwillen verstehen, mich an jemanden zu binden, der allgemein keine Geduld mit Frauen hat, ganz zu schweigen mit denen, die versuchen, ihn zum Narren zu machen.«

Ravenwoods Augen wurden schmal. »Habt die Güte, das näher zu erläutern.«

Sophy gelang ein andeutungsweises Achselzucken, wobei leider ihr Hut noch weiter nach vorne rutschte. Ganz automatisch strich sie sich erneut die Feder aus den Augen.

»Also gut, Mylord, Ihr zwingt mich, offen zu sprechen. Ich glaube nicht, daß Ihr und ich ähnliche Vorstellungen haben, wie eine Ehe zwischen uns funktionieren könnte. Bei Euren drei Besuchen in den letzten zwei Wochen auf Chesley Court habe ich jedesmal versucht, mit Euch unter vier Augen zu sprechen, aber Ihr habt keinerlei Interesse daran gezeigt, über die Angelegenheit mit mir zu diskutieren. Ihr habt die ganze Geschichte gehandhabt, als wolltet Ihr ein neues Pferd für Eure Stallungen kaufen. Ich muß zugeben, daß ich deshalb heute gezwungen war, zu sehr drastischen Methoden zu greifen, um Eure Aufmerksamkeit zu erregen.«

Ravenwoods Blick war frostig und sehr irritiert. »Ich hatte also recht, unsere Begegnung hier hat Euch nicht überrascht. Also schön, jetzt habt Ihr meine ungeteilte Aufmerksamkeit, Miss Dorring. Was wollt Ihr mir denn begreiflich machen? Mir scheint die Sache doch recht klar.«

»Ich weiß, was Ihr von mir wollt«, sagte Sophy. »Es liegt ja klar auf der Hand. Aber ich bin der Meinung, daß Ihr nicht die geringste

Ahnung habt, was ich von Euch will. Und bis Ihr das begriffen habt und meinen Wünschen in dieser Hinsicht zustimmt, sehe ich mich außerstande, Euch zu heiraten.«

»Vielleicht sollten wir das Schritt für Schritt durchgehen«, sagte Ravenwood. »Was glaubt Ihr, will ich von Euch?«

»Einen Erben und keinen Ärger.«

Ravenwood blinzelte täuschend gelangweilt. Sein harter Mund verzog sich leicht. »Knapp ausgedrückt.«

»Und präzise?«

»Sehr«, sagte er sarkastisch. »Es ist kein Geheimnis, daß ich Kinder haben will. Ravenwood ist seit drei Generationen im Besitz meiner Familie. Ich will nicht, daß es ihr in dieser Generation verloren geht.«

»Mit anderen Worten, Ihr betrachtet mich als Zuchtstute.«

Das Leder seines Sattels knarzte, als Ravenwood sie lange, ominös schweigend, musterte. »Ich fürchte, Euer Großvater hatte recht«, sagte er schließlich. »Eure Lesegewohnheiten haben wohl zu einem gewissen Mangel an Taktgefühl geführt, Miss Dorring.«

»Oh, ich kann noch wesentlich taktloser sein, Mylord. Zum Beispiel haltet Ihr, wie ich höre, in London eine Mätresse aus.«

»Woher, zum Teufel, habt Ihr denn das?«

»Das weiß eigentlich jeder hier in der Gegend.«

»Und Ihr hört Euch die Geschichten der Dorfbewohner an, die nie weiter als ein paar Meilen von zu Hause weg waren?« sagte er spöttisch.

»Sind denn die Geschichten, die die Leute in der Stadt erzählen, soviel anders?«

»Allmählich glaube ich, daß Ihr mich absichtlich provozieren wollt, Miss Dorring.«

»Nein, ich bin nur sehr vorsichtig.«

»Starrköpfig, nicht vorsichtig. Benutzt den wenigen Verstand, den Ihr habt, und paßt zumindest auf. Glaubt Ihr etwa, Eure Großeltern hätten meinem Antrag zugestimmt, wenn es gegen meine Person oder mein Verhalten tatsächlich ernsthafte Einwände gäbe?«

»Wenn der Ehevertrag großzügig genug ist schon.«

Das entlockte Ravenwood ein kleines Lächeln. »Da könntet Ihr recht haben.«

Sophy zögerte. »Wollt Ihr etwa behaupten, daß all die Geschichten, die ich über Euch gehört habe, falsch sind?«

Ravenwood sah sie nachdenklich an. »Was habt Ihr denn sonst noch gehört?«

Sophy hatte nicht damit gerechnet, daß dieses seltsame Gespräch so ins Detail gehen würde. »Ihr meint abgesehen von der Tatsache, daß Ihr eine Mätresse habt?«

»Wenn die restlichen Klatschgeschichten genauso albern sind wie das, solltet Ihr Euch schämen, Miss Dorring.«

»Ach, ich fürchte, mein Schamgefühl ist nicht so zartbesaitet, Mylord. Eine bedauernswerte Schwäche, die Ihr sicher auch in Betracht ziehen solltet. Klatsch kann so unterhaltsam sein, und ich muß zugeben, daß ich gelegentlich nicht widerstehen kann und einfach zuhöre.«

Der Mund des Grafen wurde schmal. »In der Tat eine bedauernswerte Schwäche. Was habt Ihr sonst noch gehört?« wiederholte er.

»Na ja, abgesehen von der Sache mit der Mätresse, erzählt man sich auch noch, daß Ihr einmal ein Duell ausgetragen habt.«

»Ihr erwartet doch nicht etwa, daß ich solchen Unsinn bestätige?«

»Ich habe auch gehört, daß Ihr Eure erste Frau aufs Land verbannt habt, weil sie Euch keinen Erben geschenkt hat«, fuhr Sophy unbedacht fort.

»Meine erste Frau ist als Thema tabu.« Ravenwoods Miene war mit einem Mal gefährlich abweisend. »Wenn wir miteinander auskommen sollen, Miss Dorring, geb ich Euch den guten Rat, sie nie wieder zu erwähnen.«

Sophy errötete. »Verzeiht, Mylord. Ich wollte eigentlich gar nicht über sie sprechen, sondern über Eure Gewohnheit, Frauen aufs Land zu verbannen.«

»Wovon, zum Teufel, redet Ihr denn überhaupt?«

Es kostete Sophy mehr Mut als erwartet, trotz seines bedrohlichen Tonfalls fortzufahren. »Ich finde, ich sollte Euch unmißverständlich klarmachen, daß ich nicht vorhabe, in Ravenwood oder irgendeiner anderen Eurer Besitzungen zu bleiben, wenn Ihr Eure Zeit in London verbringt, Mylord.«

Er runzelte die Stirn. »Ich hatte den Eindruck, Ihr wärt hier glücklich?«

»Es stimmt, daß ich das Leben auf dem Lande genieße, und im allgemeinen bin ich hier ganz zufrieden, aber ich möchte nicht auf Ravenwood Abbey beschränkt sein. Ich habe fast mein ganzes Leben auf dem Land verbracht, Mylord. Ich möchte London wiedersehen.«

»Schon wieder? Man hat mir zu verstehen gegeben, daß Ihr Euch während Eurer Saison in London nicht amüsiert habt, Miss Dorring.«

Sie schlug beschämt die Augen nieder. »Ich bin mir sicher, daß Ihr sehr wohl wißt, daß mein Debut ein spektakulärer Reinfall war. Ich habe während dieser Ballsaison keinen einzigen Heiratsantrag bekommen.«

»Allmählich beginne ich zu begreifen, wieso Ihr so kläglich versagt habt, Miss Dorring«, sagte Ravenwood herzlos. »Wenn Ihr all Euren Bewunderern so unumwunden die Meinung gesagt habt, habt Ihr sie ohne Zweifel schwer verängstigt.«

»Und, ist es mir gelungen, Euch zu verängstigen, Mylord?«

»Innerlich zittere ich wie Espenlaub.«

Fast hätte Sophy unwillkürlich gegrinst. »Ihr versteckt Eure Ängste gut, Mylord.« Sie sah das kurze Aufblitzen in Ravenwoods Augen und unterdrückte rasch ihren vorwitzigen Sinn für Humor

»Führen wir doch dieses offene Gespräch weiter, Miss Dorring. Wenn ich Euch recht verstehe, so wollt Ihr nicht Eure ganze Zeit auf Ravenwood Abbey verbringen. Steht denn sonst noch etwas auf Eurer Liste mit Forderungen?«

Sophy hielt die Luft an. Jetzt wurde es gefährlich. »Ich habe tatsächlich noch einige andere Forderungen, Mylord.«

Er seufzte. »Dann laßt mal hören.«

»Ihr habt klar zu verstehen gegeben, daß Euer Hauptinteresse an dieser Ehe die Zeugung eines Erben ist.«

»Das mag Euch vielleicht überraschen, Miss Dorring, aber das wird als legitimer Heiratsgrund für einen Mann betrachtet.«

»Ich verstehe«, sagte sie. »Aber ich bin nicht bereit, mich überstürzt ins Wochenbett bringen zu lassen, Mylord.«

»Nicht bereit? Wie ich höre, seid Ihr dreiundzwanzig Jahre alt. In den Augen der Gesellschaft seid Ihr also mehr als bereit, meine Liebe.«

»Ich bin mir bewußt, daß man mich bereits als alte Jungfer betrachtet. Darauf braucht Ihr mich nicht extra hinzuweisen. Aber seltsamerweise finde ich mich gar nicht so alt. Und Ihr wohl auch nicht, sonst würdet Ihr mich nicht bitten, Eure Frau zu werden.«

Ravenwood lächelte und zeigte dabei kurz seine ebenmäßigen weißen Zähne. »Ich muß zugeben, daß einem dreiundzwanzig nicht sonderlich alt scheint, wenn man selbst schon vierunddreißig ist. Und Ihr scheint mir sehr gesund und munter, Miss Dorring. Ich glaube, Ihr hättet keinerlei Schwierigkeiten, die Strapazen einer Geburt zu überstehen.«

»Ich hatte keine Ahnung, daß Ihr ein solcher Experte seid.«

»Wir kommen wieder vom Thema ab. Was genau versucht Ihr mir zu sagen, Miss Dorring?«

Sie holte tief Luft. »Ich will damit sagen, daß ich nicht in eine Heirat einwillige, wenn Ihr mir nicht Euer Wort gebt, daß Ihr mich nicht mit Gewalt nehmt, bevor ich Euch nicht die Erlaubnis dazu gebe.«

Eiskalte Wut blitzte aus Julians grünen Augen. »Ich gebe Euch mein Ehrenwort, Miss Dorring, daß ich noch nie einer Frau *Gewalt* angetan habe. Aber wir sprechen hier von Ehe, und ich kann nicht glauben, daß Ihr Euch nicht bewußt seid, daß es sowohl für den Mann als auch für die Frau so etwas wie eheliche Pflichten und Verpflichtungen gibt.«

Sophy nickte hastig, und ihr kleiner Hut rutschte gefährlich nach vorne. Diesmal ignorierte sie die Feder. »Ich bin mir auch bewußt, Mylord, daß die meisten Männer es nicht als falsch betrachten würden, auf ihren Rechten zu bestehen, gleichgültig ob die Frau willig ist oder nicht. Gehört Ihr zu diesen Männern?«

»Ihr könnt doch nicht ernsthaft erwarten, daß ich in eine Ehe einwillige, obwohl ich weiß, daß meine Frau nicht bereit ist, mir meine Rechte als Ehemann zuzugestehen«, sagte Ravenwood mit zusammengebissenen Zähnen.

»Ich habe nicht gesagt, ich würde Euch nie Eure ehelichen Rechte zugestehen, ich bitte Euch nur um genügend Zeit, Euch kennenzulernen und mich an meine veränderte Situation zu gewöhnen.«

»Ihr bittet nicht, Miss Dorring, Ihr fordert. Ist das auch ein Ergebnis Eurer bedauerlichen Lesegewohnheiten?«

»Wie ich sehe, hat Euch mein Großvater gewarnt.«

»Das hat er. Ich kann Euch garantieren, daß ich persönlich die Verantwortung für die Auswahl Eures Lesematerials übernehmen werde, nachdem wir verheiratet sind.«

»Das bringt mich natürlich zum dritten Punkt meiner Forderungen. Ich muß freie Hand bei der Auswahl der Bücher und Traktate, die ich lese und kaufe, haben.«

Der Rappe warf seinen Kopf hoch, und Ravenwood fluchte leise vor sich hin. Der Hengst beruhigte sich wieder, als sein Herr mit geübter Hand etwas Druck ausübte. »Laßt mich noch einmal wiederholen, um ganz sicherzugehen, daß ich Eure Forderungen auch richtig verstanden habe«, sagte Ravenwood mit sehr sarkastischem Unterton. »Ihr wollt nicht aufs Land verbannt werden, Ihr wollt mein Bett erst teilen, wenn es Euch gefällt, und Ihr wollt lesen, was Ihr wollt, trotz gegenteiligen Rats oder Empfehlungen meinerseits.«

Sophy holte tief Luft. »Eine gute Zusammenfassung meiner Forderungen, Mylord.«

»Und Ihr erwartet, daß ich dieser unverschämten Forderungsliste zustimme?«

»Das halte ich für sehr zweifelhaft, Mylord, und genau deshalb hatte ich meinen Großvater gebeten, Euren Antrag heute nachmittag abzulehnen. Ich dachte, das würde uns allen eine Menge Zeit ersparen.«

»Verzeiht meine Offenheit, Miss Dorring, aber ich glaube, ich begreife jetzt voll und ganz, wieso Ihr nie geheiratet habt. Kein Mann, der bei Verstand ist, würde einer solch lächerlichen Forderungsliste zustimmen. Könnte es sein, daß Ihr tatsächlich den Wunsch habt, überhaupt nicht zu heiraten?«

»Auf jeden Fall habe ich es nicht eilig, in den Hafen der Ehe einzulaufen.«

»Offensichtlich.«

»Ich würde sagen, Mylord, wir haben etwas gemeinsam«, sagte Sophy, obwohl es ihren ganzen Mut erforderte. »Ich habe den Eindruck, Ihr wollt nur aus Pflichtbewußtsein heiraten. Ist es denn für Euch so schwer zu verstehen, daß ich in der Ehe auch keinen so großen Vorteil sehe?«

»Ihr vergeßt den Vorteil meines Geldes.«

Sophy warf ihm einen vernichtenden Blick zu. »Das ist natürlich ein starker Anreiz, aber einer, den ich gern bereit bin zu übersehen. Ich werde mir von dem kleinen Einkommen, das mir mein Vater hinterlassen hat, vielleicht nie diamantenbesetzte Tanzschuhe kaufen können, aber es ermöglicht mir ein einigermaßen komfortables Leben. Und, was noch wichtiger ist, ich werde über dieses Einkommen verfügen können, wie ich will. Wenn ich heirate, verliere ich diesen Vorteil.«

»Warum fügt Ihr Eurer Forderungsliste nicht einfach hinzu, daß Ihr Euch von Eurem Gatten in finanziellen und wirtschaftlichen Dingen nicht führen lassen wollt, Miss Dorring?«

»Eine ausgezeichnete Idee, Mylord. Ich glaube, genau das werde ich tun. Danke, daß Ihr mich auf die einfachste Lösung für mein Dilemma hingewiesen habt.«

»Unglücklicherweise ist da noch ein Punkt zu bedenken: Selbst wenn es Euch gelingen sollte, ein männliches Wesen zu finden, das wahnsinnig genug ist, Eure Forderungen zu akzeptieren, so habt Ihr doch keine gesetzliche Garantie, daß Euer Mann sich nach der Eheschließung an die Vereinbarungen hält.«

Sophy betrachtete verlegen ihre Hände. Er hatte natürlich recht. »Nein, Mylord, ich wäre völlig abhängig vom Ehrgefühl meines Gatten.«

»Seid gewarnt, Miss Dorring«, sagte Ravenwood mit leiser, bedrohlicher Stimme. »Selbst wenn ein Mann ein Gentleman in bezug auf seine Spielschulden oder in sportlichen Dingen ist, so ist er das meist nicht mehr, wenn es um Frauen geht.«

Sophy wurde es eiskalt ums Herz. »Dann bleibt mir ja wohl keine andere Wahl, nicht wahr? Wenn dem so ist, werde ich es nie riskieren können zu heiraten.«

»Ihr irrt Euch, Miss Dorring. Ihr habt Eure Wahl bereits getroffen, und jetzt müßt Ihr es riskieren. Ihr habt gesagt, Ihr wäret willens, mich zu heiraten, wenn ich Eure Forderungen akzeptiere. Also gut, ich stimme allen Bedingungen zu.«

Sophy starrte ihn mit offenem Mund an. Ihr Puls raste. »Das werdet Ihr?«

»Der Handel gilt.« Ravenwood nahm die Zügel fester, und der Hengst hob aufmerksam den Kopf. »Wir werden sobald wie möglich heiraten. Euer Großvater erwartet mich morgen um drei Uhr. Sagt ihm, ich möchte dann alles arrangieren. Nachdem es Euch und mir gelungen ist, uns unter vier Augen zu einigen, erwarte ich, daß Ihr den Mut habt, morgen auch zu Hause zu sein, wenn ich komme.«

Sophy wußte nicht, wie ihr geschah. »Mylord, ich verstehe Euch nicht ganz. Seid Ihr Euch ganz sicher, daß Ihr mich zu diesen Bedingungen heiraten wollt?«

Ravenwoods Lächeln war eisig. Seine grünen Augen funkelten boshaft. »Die wirkliche Frage, Sophy, ist, wie lange Ihr Eure Forderungen aufrechterhalten könnt, wenn Ihr mit der Realität, mein Eheweib zu sein, konfrontiert seid.«

»Mylord, Euer Ehrenwort«, sagte Sophy ängstlich. »Ich muß darauf bestehen.«

»Wenn Ihr ein Mann wärt, würde ich Euch fordern, weil Ihr es wagt, es in Frage zu stellen. Ihr habt mein Wort, Miss Dorring.«

»Danke, Mylord. Ihr habt wirklich nichts dagegen, daß ich mein Geld so ausgeben werde, wie ich will?«

»Sophy, Eure vierteljährliche Apanage von mir wird wesentlich höher sein als Euer gesamtes jährliches Einkommen«, sagte Ravenwood unumwunden. »Solange Ihr daraus Eure Rechnungen begleicht, werde ich Eure Ausgaben nicht in Frage stellen.«

»Oh, ich verstehe. Und... meine Bücher?«

»Ich werde schon irgendwie mit den hanebüchenen Vorstellungen fertig werden, die Ihr aus Euren Büchern bezieht. Ich werde ohne Zweifel von Zeit zu Zeit sehr verärgert sein, aber das gibt uns doch zumindest eine Basis für sehr interessante Diskussionen, hm? Die meisten Frauengespräche können einen Mann ja Gott weiß zu Tode langweilen.«

»Ich werde versuchen, Euch nicht zu langweilen, Mylord. Ich möchte aber sichergehen, daß wir uns richtig verstanden haben. Ihr werdet nicht versuchen, mich das ganze Jahr über aufs Land zu verbannen?«

»Ich werde Euch erlauben, mich nach London zu begleiten, wenn es konveniert, falls das wirklich Euer Wunsch ist.«

»Ihr seid zu gütig, Mylord. Und meine... meine andere Forderung?«

»Ah ja. Ich garantiere Euch, daß ich mich Euch nicht, äh... aufzwinge. Ich glaube, diese Forderung sollte zeitlich begrenzt werden. Schließlich und endlich ist es ja mein Hauptziel bei dieser ganzen Geschichte, einen Erben zu bekommen.«

Sophy wurde sichtlich nervös. »Eine zeitliche Begrenzung?«

»Wieviel Zeit denkt Ihr denn, werdet Ihr brauchen, um Euch an meinen Anblick zu gewöhnen?«

»Sechs Monate?« sagte sie etwas kleinlaut.

»Seid bitte nicht albern. Ich denke gar nicht daran, sechs Monate lang damit zu warten, meine Rechte geltend zu machen.«

»Drei Monate?«

Fast schien es, als wolle er das Gegenangebot ablehnen, aber dann überlegte er es sich doch in letzter Minute anders: »Na, schön. Drei Monate. Seht Ihr jetzt, wie einsichtig ich bin?«

»Eure Großzügigkeit überwältigt mich, Mylord.«

»Das sollte sie auch. Ich wette, Ihr findet keinen zweiten Mann, der bereit ist, so lange zu warten, ehe er darauf besteht, daß Ihr Euren Pflichten als Ehefrau nachkommt.«

»Da muß ich Euch recht geben, Mylord. Ich bezweifle, daß es noch einen zweiten Mann gibt, der so vernünftig wie Ihr in bezug auf die Ehe ist. Verzeiht mir, aber meine Neugier läßt mir einfach keine Ruhe. Warum *seid* Ihr so vernünftig?«

»Weil ich, meine liebe Miss Dorring, am Ende doch genau das in dieser Ehe kriegen werde, was ich will. Einen schönen Tag noch, ich werde Euch morgen um drei sehen.«

Angel reagierte sofort auf den Druck von Ravenwoods Schenkeln. Der Rappe schlug einen Kreis und galoppierte dann in den Wald davon.

Sophy blieb einfach sitzen, bis Dancer den Kopf senkte, um zu grasen. Die Bewegung brachte sie wieder in die Gegenwart zurück.

»Nach Hause, Dancer. Meine Großeltern haben inzwischen sicher entweder einen hysterischen Anfall oder sind total verzweifelt. Zumindest kann ich ihnen mitteilen, daß ich die Situation bereinigt habe.«

Dennoch ging ihr auf dem Heimweg ein altes Sprichwort nicht aus dem Sinn – diejenigen, die sich mit dem Teufel an einen Tisch setzen, müssen einen langen Löffel mitbringen.

Zwei

Lady Dorring, die sich heute morgen in einem Anfall von Verzweiflung zu Bett begeben hatte, genas rechtzeitig zum Dinner, nachdem sie erfuhr, daß ihre Enkelin zur Vernunft gekommen war.

»Ich weiß wirklich nicht, was in dich gefahren ist«, sagte Lady Dorring und musterte kritisch die Schottische Suppe, die Hindley, der Butler, der zu den Mahlzeiten den Diener spielte, kredenzte. »Wirklich völlig unbegreiflich, daß du den Antrag des Grafen ablehnen wolltest. Aber Gott sei Dank hast du dich ja eines Besseren besonnen. Gestatte mir die Bemerkung, junge Frau, wir sollten wirklich alle sehr dankbar sein, daß der Graf bereit ist, dein höchst befremdendes Verhalten zu tolerieren.«

»Es macht einen etwas stutzig, nicht wahr?« murmelte Sophy.

»Also wirklich«, rief Dorring vom anderen Ende des Tisches. »Was willst du denn damit sagen?«

»Nur, daß ich mir den Kopf zerbrochen habe, warum der Graf überhaupt ausgerechnet um meine Hand angehalten hat.«

»Was, bitte, soll denn daran verwunderlich sein?« fragte Lady Dorring. »Du bist eine gutaussehende junge Frau aus einer respektablen Familie.«

»Ich habe meine Ballsaison bereits hinter mir, Großmutter, hast du das schon vergessen? Ich habe gesehen, wie hinreißend die Stadtschönheiten sein können, und mit den meisten kann ich ganz bestimmt nicht mithalten. Ich war vor fünf Jahren keine Konkurrenz für sie und jetzt bin ich es genausowenig. Noch habe ich ein beachtliches Vermögen, das ich als Köder bieten könnte.«

»Ravenwood hat es nicht nötig, wegen Geld zu heiraten«, sagte Lord Dorring unumwunden. »Um ehrlich zu sein, der Ehevertrag, den er anbietet, ist äußerst großzügig. Äußerst.«

»Aber er könnte doch eine Frau mit großen Ländereien oder großem Vermögen oder eine wirkliche Schönheit heiraten«, sagte Sophy geduldig. »Und ich frage mich eben, warum er das nicht macht. Warum ausgerechnet ich? Ein wirklich interessantes Rätsel.«

»Sophy, bitte«, sagte Lady Dorring mit gequälter Miene. »Stell keine so albernen Fragen. Du bist sehr charmant und äußerst präsentabel.«

»Charmant und präsentabel sind wohl die meisten jungen Frauen der Gesellschaft, und die Mehrheit von ihnen hat auch noch den Vorteil, daß sie jünger sind als ich. Ich wußte, daß ich noch etwas anderes haben muß, was den Earl von Ravenwood zu diesem Antrag bewogen hat, also habe ich mich eingehend damit beschäftigt, und dann war die Lösung ganz einfach.«

Lord Dorrings wirklich interessierter Blick war nicht gerade schmeichelhaft für Sophy. »Und was glaubst du, macht dich so interessant, Mädchen? Ich mag dich natürlich sehr gerne. Bist eine liebe Enkelin und so weiter, aber ich muß gestehen, daß ich mich auch gewundert habe, daß der Graf so erpicht auf dich ist.«

»Theo!«

»Tut mir leid, meine Liebe, tut mir leid«, entschuldigte sich Dorring bei seiner erbosten Frau. »Reine Neugier, weißt du.«

»Genau wie bei mir«, sagte Sophy prompt. »Aber ich glaube, jetzt kenne ich seine Beweggründe. Ich habe drei Vorzüge. Erstens bin ich greifbar und wie Großmutter sagte, aus gutem Hause. Er wollte wahrscheinlich möglichst wenig Zeit mit der Suche nach einer zweiten Frau verbringen. Ich habe den Eindruck, es gibt Wichtigeres, was ihn beschäftigt.«

»Wie zum Beispiel?« fragte Dorring.

»Eine neue Mätresse oder ein neues Pferd oder ein neues Stück Land aussuchen. Tausend verschiedene Sachen, die für den Grafen wichtiger sind als eine Ehefrau.«

»Sophy!«

»Ich fürchte, es ist leider die Wahrheit, Großmutter. Ravenwood hat so wenig Zeit wie nur irgend möglich auf diesen Antrag verwendet. Du mußt zugeben, daß er mir noch nicht einmal ansatzweise den Hof gemacht hat.«

»Aber, aber«, unterbrach Lord Dorring sie brüsk. »Du kannst

doch dem Mann nicht vorwerfen, daß er dir keine Blumenbuketts oder Liebesgedichte gebracht hat. Ravenwood scheint mir nicht gerade der romantische Typ.«

»Ich glaube, da hast du recht, Großvater. Ravenwood ist definitiv nicht romantisch veranlagt. Er hat nur ein paarmal seine Aufwartung hier in Chesley Court gemacht, und wir sind nur zweimal ins Abbey geladen worden.«

»Ich hab's dir doch gesagt, er ist nicht der Typ, der seine Zeit mit solchem Firlefanz verschwendet«, sagte Lord Dorring, der sich anscheinend verpflichtet fühlte, dieses andere männliche Wesen zu verteidigen. »Er muß sich um seine Güter kümmern, und wie ich höre, ist er an irgendeinem Bauprojekt in London beteiligt. Der Mann ist beschäftigt.«

»Genau, Großvater.« Sophy unterdrückte ein Lächeln. »Aber laß mich fortfahren: Der zweite Grund, warum der Graf mich als so passend empfindet, ist mein fortgeschrittenes Alter. Ich bin überzeugt, er ist der Meinung, daß jede Frau, die in diesem Alter noch ledig ist, dem Mann ewig dankbar sein müßte, der sie davor bewahrt, als alte Jungfer zu enden. Eine dankbare Frau ist natürlich auch eine Frau, die keine Schwierigkeiten macht.«

»Ich glaube nicht, daß ihm das so wichtig ist«, sagte ihr Großvater nachdenklich. »Er denkt vielmehr, daß eine Frau in deinem Alter auf jeden Fall vernünftiger und ausgeglichener ist als irgendein junges Mädel, das den Kopf voller romantischer Flausen hat. Er hat heute nachmittag etwas in dieser Richtung angedeutet.«

»Also wirklich, Theo.« Lady Dorring warf ihrem Gatten einen vernichtenden Blick zu.

»Du könntest recht haben«, sagte Sophy zu ihrem Großvater. »Vielleicht glaubt er, ich wäre vernünftiger als eine Siebzehnjährige, die gerade der Schulbank entwachsen ist. Wie auch immer, wir können davon ausgehen, daß mein Alter ein entscheidender Faktor bei der Wahl des Grafen war. Aber der dritte und bei weitem wichtigste Grund, warum er mich gewählt hat, ist, daß ich auch nicht die geringste Ähnlichkeit mit seiner verstorbenen Frau habe.«

Lady Dorring hätte sich fast an dem pochierten Steinbutt verschluckt, den man ihr gerade vorgesetzt hatte. »Was bitte soll denn das damit zu tun haben?«

»Es ist doch kein Geheimnis, daß der Graf mehr als genug Probleme mit schönen Frauen gehabt hat. Wir alle wußten, daß Lady Ravenwood die Gewohnheit hatte, ihre Liebhaber im Abbey zu empfangen. Und wenn wir es schon wußten, könnt ihr sicher sein, daß Seine Lordschaft es ebenfalls wußte. Der Himmel weiß, was sie in London gemacht hat.«

»Da bin ich mir sicher«, murmelte Dorring. »Wenn sie es hier auf dem Land schon so wild getrieben hat, wird sie ihm in London das Leben zur Hölle gemacht haben. Hab gehört, daß er Kopf und Kragen in einigen Duellen wegen ihr riskiert hat. Kann's ihm wirklich nicht verdenken, wenn er eine zweite Frau will, die nicht ständig von anderen Männern belagert ist. Nichts für ungut, Sophy, aber du bist einfach nicht der Typ, der ihm in der Richtung Schwierigkeiten machen könnte, und ich denke, das weiß er wohl auch.«

»Ich wünsche, daß ihr beide sofort dieses sehr unziemliche Gespräch beendet«, sagte Lady Dorring, obwohl ihr sicher klar war, daß diese Aufforderung nicht befolgt würde.

»Aber Großmutter, Großvater hat wirklich recht. Ich bin die perfekte Kandidatin als nächste Gräfin von Ravenwood. Ich bin schließlich und endlich auf dem Land aufgewachsen, und man kann von mir erwarten, daß ich mich damit zufriedengebe, den Großteil der Zeit hier auf Ravenwood Abbey zu verbringen. Und ich werde nicht von meinen Geliebten verfolgt werden, wo ich gehe und stehe. Ich war ein totaler Reinfall bei meiner einen Ballsaison in London und wäre wahrscheinlich ein noch größerer, wenn ich mich wieder in die Gesellschaft begeben würde. Lord Ravenwood weiß, daß er keine Zeit damit verschwenden muß, meine Bewunderer fernzuhalten. Es wird keine geben.«

»Sophy«, Lady Dorring nahm all ihre Würde zusammen. »Jetzt reicht es aber wirklich. Ich werde diese lächerliche Konversation nicht dulden. Sie ist unziemlich.«

»Ja, Großmutter. Aber, ist es dir vielleicht entgangen, daß die unziemlichen Konversationen meist die interessantesten sind.«

»Kein Wort mehr, Mädchen. Und dasselbe gilt auch für dich, Theo.«

»Ja, meine Liebe.«

»Ich weiß nicht, ob Eure Schlüsse hinsichtlich Lord Ravenwoods

Motiven richtig sind oder nicht«, informierte Lady Dorring sie in sehr ernstem Tone, »aber ich weiß, daß er und ich in einem Punkt einer Meinung sind. Du, meine liebe Sophy, solltest dem Grafen sehr dankbar sein.«

»Ich hatte tatsächlich einmal Gelegenheit, dem Grafen dankbar zu sein«, sagte Sophy traurig. »Nämlich als er so galant war, mich bei einem der Bälle während meiner Saison in London aufzufordern. Ich kann mich noch sehr gut daran erinnern. Es war mein einziger Tanz an diesem Abend. Ich bezweifle, daß er sich überhaupt daran erinnert. Er hat die ganze Zeit über meine Schulter geguckt, um zu sehen, wer mit seiner kostbaren Elizabeth tanzt.«

»Jetzt zerbrich dir nicht den Kopf über die erste Lady Ravenwood. Sie ist tot, und keiner weint ihr nach«, sagte Lord Dorring unverblümt, wie es nun mal seine Art war. »Einen guten Rat, junge Lady. Hüte dich davor, Ravenwood zu provozieren, dann wirst du ganz gut mit ihm auskommen. Erwarte nicht mehr als vernünftig ist von ihm, dann wird er dir ein guter Ehemann sein. Der Mann kümmert sich um sein Land, und er wird sich auch um seine Frau kümmern. Der Mann hegt und pflegt, was ihm gehört.«

Ihr Großvater hatte zweifelsohne recht. Zu diesem Schluß kam Sophy, als sie später an diesem Abend wach im Bett lag. Sie war überzeugt, daß Ravenwood auch nicht schlimmer sein würde als andere Ehemänner, wenn es ihr gelänge, ihn nicht über die Maßen zu provozieren. Sie würde ihn ohnehin nicht allzu oft sehen. Während ihrer Londoner Saison hatte sie gelernt, daß die Ehefrauen und Ehemänner der Gesellschaft meist ein völlig getrenntes Leben lebten.

Das war natürlich nur zu ihrem Vorteil, wie sie sich einzureden versuchte. Sie hatte schließlich eigene Interessen. Als Ravenwoods Gemahlin hatte sie Zeit und Gelegenheit, in aller Ruhe ihre Untersuchungen wegen der armen Amelia weiterzuführen. Eines Tages, schwor sich Sophy, würde es ihr gelingen, den Mann aufzuspüren, der ihre Schwester verführt und dann im Stich gelassen hatte.

Während der letzten drei Jahre hatte sich Sophy zum Großteil an den Rat der alten Bess gehalten und den Tod ihrer Schwester verdrängt. Aus ihrer ursprünglichen Wut war Resignation geworden. Hier draußen auf dem Land bestand nur wenig Hoffnung, den unbekannten Mann, der dafür verantwortlich war, zu stellen.

Aber wenn sie den Grafen heiratete, würde alles anders werden.

Sophy konnte nicht ruhig liegenbleiben. Sie schob die Decke beiseite und stieg aus dem Bett, dann tappte sie barfuß über den fadenscheinigen Teppich zu ihrem kleinen Schmuckkästchen auf dem Toilettentisch. Auch ohne Kerze fand sie sofort den schwarzen Metallring in dem Kästchen. Sie hatte ihn schon so oft in der Hand gehabt, daß sie ihn blind erkannte. Ihre Hand umschloß ihn.

Kalt und hart lag der Ring in ihrer Hand. Sie spürte auf ihrer Handfläche das seltsame Dreiecksmuster, was darauf eingraviert war.

Sophy haßte diesen Ring. Sie hatte ihn in der Hand ihrer Schwester gefunden in der Nacht, als Amelia eine Überdosis Laudanum geschluckt hatte. Und Sophy hatte sofort gewußt, daß dieser Ring nur dem Mann gehören konnte, der ihre schöne blonde Schwester verführt und geschwängert hatte – der Liebhaber, dessen Namen Amelia nicht hatte preisgeben wollen. Eines der wenigen Dinge, die Sophy herausgefunden hatte, war, daß dieser Mann auch einer von Lady Ravenwoods Liebhabern gewesen war.

Und noch eines wußte Sophy mit Sicherheit: Ihre Schwester und dieser unbekannte Mann hatten die Ruinen des Normannenschlosses auf Ravenwoods Land für ihre heimlichen Schäferstündchen genutzt. Sophy hatte den alten Steinhaufen immer gerne skizziert, bis sie eines Tages Amelias Taschentuch dort gefunden hatte. Das war einige Wochen nach dem Tod ihrer Schwester gewesen. Seit diesem schicksalhaften Tag hatte Sophy die pittoreske Ruine gemieden.

Welch bessere Möglichkeit könnte es geben, die Identität des Mannes festzustellen, der ihre Schwester in den Tod getrieben hatte, als die neue Lady Ravenwood zu werden?

Sophy drückte den Ring einen Augenblick fest in ihrer Hand, dann ließ sie ihn in das Schmuckkästchen zurückfallen. Es war wirklich begrüßenswert, daß sie einen vernünftigen, rationalen, realistischen Grund hatte, den Grafen von Ravenwood zu heiraten, weil der andere Grund, seine Frau zu werden, sich wahrscheinlich als sinnloses Unterfangen erweisen würde.

Sie hatte sich nämlich in den Kopf gesetzt, den Satan wieder zu lehren, was Liebe ist.

Julian lümmelte in lässiger Pose in seiner gutgefederten Reisekutsche und musterte seine frischgebackene Gräfin mit kritischem Auge. Er hatte Sophy in den letzten paar Wochen kaum zu Gesicht bekommen. Er hatte sich eingeredet, es wäre nicht nötig, ständig zwischen London und Hampshire hin- und herzufahren. Er hatte in der Stadt reichlich geschäftlich zu tun. Jetzt nahm er die Gelegenheit wahr, seine Frau genauer in Augenschein zu nehmen.

Zugegeben, seine Braut, die erst seit wenigen Stunden den Status einer Gräfin hatte, überraschte ihn etwas. Natürlich machte die ganze Person, wie üblich, einen etwas chaotischen Eindruck. Einige vorwitzige hellbraune Locken hatten sich aus der Enge ihrer neuen Strohschute befreit. Eine Feder auf dem Hut hing schief. Bei näherem Hinsehen stellte sich heraus, daß der Kiel gebrochen war. Sein Blick glitt tiefer, und da entdeckte er, daß eines der Zierbändchen an Sophys Täschchen lose baumelte.

Der Saum ihres Reisekostüms hatte einen Grasfleck. Den hatte Sophy sich zweifelsohne geholt, als ihr ein ziemlich schmuddeliger Bauernjunge eine Handvoll Blumen überreicht hatte. Das ganze Dorf war auf den Beinen gewesen, um Sophy zu verabschieden, als sie sich anschickte, in die Reisekutsche zu steigen. Julian hatte nicht geahnt, wie beliebt seine Frau in der ganzen Umgebung war.

Er war sehr erleichtert gewesen, als seine Frau ohne Murren akzeptiert hatte, daß sie Flitterwochen mit einer Menge Arbeit erwarteten. Julian hatte vor kurzem einen Besitz in Norfolk erworben, und die pflichtgemäße vierwöchige Hochzeitsreise war die perfekte Gelegenheit, die neuen Ländereien zu besichtigen.

Außerdem mußte er zugeben, daß Lady Dorring die Hochzeitsfeierlichkeiten bemerkenswert effizient inszeniert hatte. Fast der gesamte Adel der Umgebung war eingeladen gewesen. Julian hatte sich nicht die Mühe gemacht, seine Bekannten aus London einzuladen. Der Gedanke, eine zweite Hochzeitszeremonie vor derselben Flut von Gesichtern über sich ergehen zu lassen, die beim ersten Debakel dabei gewesen waren, war mehr, als er ertragen konnte.

Als die Ankündigung seiner bevorstehenden Hochzeit in der *Morning Post* erschien, hatte man ihn mit Fragen bombardiert. Er hatte die meisten dieser impertinenten Erkundigungen ignoriert, wie er es mit solchen Ärgernissen immer zu tun pflegte.

Mit ein oder zwei Ausnahmen hatte diese Strategie funktioniert. Sein Mund wurde schmal, als er an eine dieser Ausnahmen denken mußte.

Eine gewisse Dame, wohnhaft am Trevor Square, war nicht gerade erfreut gewesen, als sie von Julians Heirat erfuhr. Aber Marianne Harwood war zu raffiniert und pragmatisch und hatte ihm lediglich eine kleine Szene geschmissen. Es gab noch mehr Fische im Teich. Die Ohrringe, die Julian bei diesem letzten Besuch mitgebracht hatte, hatten das gesträubte Gefieder von La Belle Harwood sehr rasch geglättet.

»Ist etwas nicht in Ordnung, Mylord?« unterbrach Sophys ruhige Stimme seinen Tagtraum.

Julian zwang sich mit einem Ruck in die Gegenwart zurück. »Mitnichten. Ich habe nur an eine kleine Geschäftsangelegenheit gedacht, die ich letzte Woche regeln mußte.«

»Das muß aber eine sehr unangenehme Geschäftsangelegenheit gewesen sein. Ihr habt sehr erbost ausgesehen. Einen Moment lang dachte ich, Ihr hättet vielleicht ein schlechtes Stück Pastete erwischt.«

Julians Lächeln war etwas mühsam. »Der Vorfall war tatsächlich von der Sorte, die einem auf den Magen schlagen kann, aber ich kann Euch versichern, daß ich jetzt wieder in ausgezeichneter Verfassung bin.«

»Ich verstehe.« Sophys erstaunlich ehrliche Augen musterten ihn noch einen Augenblick, dann nickte sie und drehte sich wieder zum Fenster.

Julian runzelte die Stirn. »Jetzt bin ich an der Reihe mit der Frage, ob etwas nicht in Ordnung ist, Sophy.«

»Mitnichten.«

Julian verschränkte die Arme über der Brust, betrachtete die Quasten an seinen glänzenden Stiefeln für einige Augenblicke, hob dann den Kopf und sagte: »Ich glaube, es wäre das Beste, wenn wir uns in ein oder zwei kleinen Dingen einig werden könnten, Madame Gemahlin.«

Sie sah ihn an. »Ja, Mylord?«

»Vor ein paar Wochen habt Ihr mir eine Liste mit Euren Forderungen überreicht.«

Sie runzelte die Stirn. »Das ist richtig, Mylord.«

»Ich war zu diesem Zeitpunkt sehr beschäftigt und habe es deshalb versäumt, meine eigene Liste anzufertigen.«

»Eure Forderungen kenne ich bereits, Mylord. Ihr wollt einen Erben und keinen Ärger.«

»Ich möchte die Gelegenheit nützen und das etwas präzisieren.«

»Ihr wollt Eurer Liste noch einige Punkte hinzufügen? Das ist aber nicht gerade fair, oder?«

»Ich habe nicht gesagt, daß ich die Liste vergrößern will, ich will sie nur klarstellen.« Julian hielt inne. Er sah das Mißtrauen in ihren türkisen Augen und lächelte. »Schaut nicht so besorgt drein, meine Liebe. Der erste Punkt auf meiner Liste, ein Erbe, ist ja wohl klar. Den zweiten Punkt möchte ich klarstellen.«

»Keinen Ärger. Das scheint doch klar genug.«

»Das wird es auch sein, wenn Ihr begriffen habt, was genau ich darunter verstehe.«

»Zum Beispiel?«

»Zum Beispiel wird es uns beiden eine Menge Probleme ersparen, wenn Ihr es Euch zur Gewohnheit macht, mich nie anzulügen.«

Ihre Augen weiteten sich. »Ich habe bestimmt nicht die Absicht zu lügen, Mylord.«

»Ausgezeichnet. Ihr solltet nämlich wissen, daß Ihr damit nicht durchkommt. Da ist etwas in Euren Augen, Sophy, was Euch jedesmal verraten würde. Und ich wäre sehr ungehalten, wenn ich eine Lüge in Euren Augen entdeckte. Haben wir uns da verstanden?«

»Vollkommen, Mylord.«

»Dann kehren wir doch zu meiner vorherigen Frage zurück. Ich glaube, ich habe Euch gefragt, ob etwas nicht in Ordnung wäre, und Ihr habt das verneint. Eure Augen sagen aber etwas anderes, meine Liebe.«

Sie nestelte an dem losen Band ihres Beutels herum. »Wollt Ihr mir etwa keine privaten Gedanken gönnen?«

Er runzelte die Stirn. »Waren denn Eure Gedanken in diesem Augenblick so privat, daß Ihr glaubt, sie vor Eurem Gemahl verstecken zu müssen?«

»Nein«, sagte sie schlicht. »Ich dachte nur, Ihr wäret nicht sonderlich erfreut, wenn ich sie ausspreche.«

Julian hatte eigentlich nur seinen Standpunkt klarmachen wollen, aber jetzt quälte ihn mit einem Mal die Neugier. »Ich würde sie gerne hören, wenn Ihr so gut wäret.«

»Na schön. Ich habe mich gerade in deduktiver Logik geübt, Mylord. Ihr hattet gerade eingestanden, daß die geschäftliche Angelegenheit vor unserer Heirat äußerst unangenehm gewesen ist, und ich habe mir überlegt, was das denn für eine Angelegenheit hätte sein können.«

»Und zu welchem Schluß seid Ihr durch Eure deduktive Logik gekommen?«

»Zu dem Schluß, daß Ihr zweifellos einige Schwierigkeiten hattet, als Ihr Eurer augenblicklichen Mätresse erklären mußtet, daß Ihr heiraten werdet. Man kann es der armen Frau ja nicht verdenken. Sie hat schließlich und endlich die ganze Arbeit einer Ehefrau geleistet und jetzt verkündet Ihr einfach, daß eine andere Bewerberin für den Posten den Zuschlag bekommt. Und noch dazu eine recht unqualifizierte Bewerberin. Wahrscheinlich hat sie ein großes Drama daraus gemacht, und deshalb habt Ihr Euch so geärgert. Erzählt, ist sie eine Schauspielerin oder eine Ballettänzerin?«

Julians erster Impuls war das absurde Verlangen, laut loszulachen, aber den unterdrückte er schleunigst im Interesse ehelicher Disziplin. »Ihr vergeßt Euch, Madame.«

»Ihr wolltet doch, daß ich Euch all meine privaten Gedanken erzähle.« Die lose Feder auf ihrem Hut wippte nach vorn. »Stimmt Ihr mir jetzt zu, daß ich gelegentlich meine privaten Gedanken für mich behalten sollte?«

»Ihr solltet solche Überlegungen erst gar nicht anstellen.«

»Ihr habt sicher recht, aber leider hab ich nur sehr wenig Kontrolle über meine innersten Gedanken.«

»Vielleicht kann man Euch ein gewisses Maß an Kontrolle lehren«, schlug Julian vor.

»Das bezweifle ich.« Sie lächelte ihn plötzlich an, und die Herzlichkeit dieses Lächelns ließ Julian vor Erstaunen blinzeln. »Sagt mir eines«, fuhr Sophy mit einem verschmitzten Grinsen fort, »hab ich richtig geraten?«

»Die geschäftlichen Angelegenheiten, die ich geregelt habe, bevor ich London verließ, gehen Euch nichts an.«

»Ah, jetzt verstehe ich, wie der Hase läuft. Mir werden keine privaten Gedanken gestattet, aber Ihr könnt Euren nach Herzenslust frönen. Das ist aber nicht sehr fair, Mylord. Und überhaupt, wenn Euch meine irrigen Gedanken so aufregen, glaubt Ihr dann nicht, es wäre besser, wenn ich sie für mich behalte?«

Julian beugte sich plötzlich vor und packte ihr Kinn. Ihre Haut war wirklich sehr weich, stellte er erstaunt fest. »Wollt Ihr mich necken, Sophy?«

Sie machte keine Anstalten, sich seinem Griff zu entziehen. »Ich muß zugeben, ja, Mylord. Ihr seid so prachtvoll arrogant, müßt Ihr wissen, daß es manchmal unmöglich ist, der Versuchung zu widerstehen.«

»Unwiderstehliche Versuchungen verstehe ich sehr gut«, sagte er. »Ich bin soeben im Begriff, ihnen zu unterliegen.«

Julian setzte sich neben sie und packte sie um ihre schmale Taille, dann setzte er sie mit einer raschen Bewegung auf seine Schenkel und beobachtete zufrieden, wie sich ihre Augen entsetzt weiteten.

»Ravenwood«, keuchte sie verängstigt.

»Das bringt mich zu einem weiteren Punkt meiner Forderungen, der geklärt werden muß. Ich glaube, ich bin im Begriff, dich zu küssen, und ich möchte, daß du mich beim Vornamen nennst. Du darfst mich Julian nennen.« Mit einem Mal wurde er sich bewußt, wie aufreizend ihr strammer kleiner Po sich gegen seine Schenkel drückte. Die Falten ihres Rockes klebten an seinen Hosen.

Sie stützte sich auf seine Schultern, um das Gleichgewicht nicht zu verlieren. »Muß ich dich schon jetzt daran erinnern, daß du mir dein Ehrenwort gegeben hast, daß du... mich nicht mit Gewalt nehmen wirst?«

Sie zitterte. Er spürte, wie sie bebte, und es ärgerte ihn. »Sei doch keine Närrin, Sophy. Ich habe nicht die Absicht, dich mit Gewalt zu nehmen, wie du das ausdrückst, ich werde dich nur küssen. In unserem Handel war von Küssen nicht die Rede.«

»Mylord, Ihr habt versprochen –«

Er packte sie mit einer Hand im Nacken und hielt sie fest, während sein Mund sich des ihren bemächtigte. Sie öffnete ihre Lippen, gerade als er sie berührte. Ergebnis war, daß der Kuß wesentlich intimer ausfiel, als Julian es eigentlich geplant hatte. Er schmeckte sofort ihre feuchte Wärme, was einen unerwarteten Schwall von Begierde in ihm auslöste. Ihr Mund war so weich und naß und schmeckte irgendwie würzig.

Sophy zuckte zusammen und stöhnte, als seine Hände sie fester packten. Sie wollte zurückweichen, aber als er es nicht gestattete, wurde sie ganz ruhig in seinen Armen.

Julian spürte ihr stilles Einverständnis, und sein Kuß wurde intensiver, zärtlicher. *Mein Gott, war das ein gutes Gefühl.* Er hätte nie gedacht, daß sie so süß, so warm sein könnte. Sie hatte genug weibliche Stärke, um ihm seine überlegene Kraft bewußt zu machen, und diese Erkenntnis erregte ihn erstaunlich. Er spürte, wie er mit einem Schlag hart wurde.

»Jetzt sag meinen Namen«, befahl er leise.

»Julian.« Ihre Stimme war zittrig, aber hörbar.

Er strich mit der Handfläche über ihren Arm, und sein Mund liebkoste ihren Hals. »Noch mal.«

»J-Julian. Bitte hör auf. Du gehst zu weit. Du hast mir dein Wort gegeben.«

»Nehme ich dich denn mit Gewalt?« fragte er und drückte einen federleichten Kuß direkt unter ihr Ohr. Seine Hand glitt den Arm hinunter und legte sich intim um ihr Knie. Julian hatte plötzlich nur noch einen Gedanken: langsam ihre Schenkel zu öffnen und Sophy gründlicher zu erforschen. Wenn sie zwischen den Beinen genauso heiß und honigsüß war, wie es ihr Mund versprach, würde er mit seiner auserkorenen Ehefrau mehr als zufrieden sein. »Sag mir eines, Sophy, nennst du das Gewalt?«

»Ich weiß es nicht.«

Julian lachte leise. Sie klang so armselig verunsichert.

»Gestatte mir, dir zu sagen, daß das nicht das ist, was man allgemein als mit Gewalt nehmen bezeichnet.«

»Was ist es denn?«

»Ich zeige dir meine Liebe. Zwischen Mann und Frau ist das absolut schicklich, weißt du.«

»Du zeigst mir nicht deine Liebe«, konterte sie mit todernster Miene.

Julian hob überrascht den Kopf und sah ihr direkt in die Augen. »Tu ich das nicht?«

»Natürlich nicht. Wie kannst du mir denn deine Liebe zeigen? Du liebst mich ja nicht.«

»Dann nenn es doch Verführung«, konterte er. »Ein Mann hat doch wohl das Recht, seine eigene Frau zu verführen. Ich habe dir mein Wort gegeben, dich nicht mit Gewalt zu nehmen, aber ich habe nie versprochen, daß ich nicht versuchen werde, dich zu verführen.« Es würde nicht nötig sein, diese dumme Vereinbarung einzuhalten, dachte er befriedigt. Sie reagierte ja bereits jetzt heftigst auf seine Zärtlichkeiten.

Sophy lehnte sich weg von ihm, und ihre türkisen Augen funkelten vor Wut. »In meinen Augen ist Verführung nur eine andere Form davon, eine Frau mit Gewalt zu nehmen. Der Mann versucht damit, seine wahren Motive zu kaschieren.«

Julian war schockiert über die Vehemenz, mit der sie das sagte. »Du hast also Erfahrung damit«, erwiderte er mit frostiger Stimme.

»Das Ergebnis einer Verführung ist für die Frau dasselbe wie bei der Anwendung von Gewalt, nicht wahr?«

Sie strampelte ungeschickt von seinem Schoß und verhedderte sich dabei hoffnungslos in ihren Röcken. Die gebrochene Feder auf ihrem Hut neigte sich weiter nach vorn und hing schließlich über ihrem Auge. Sie wischte sie ungeduldig weg und brach sie dabei endgültig ab.

Julian packte sie am Handgelenk. »Antworte, Sophy. Hast du Erfahrung mit Verführung?«

»Die Frage kommt ein bißchen spät, nicht wahr? Du hättest dich danach erkundigen sollen, bevor du um meine Hand angehalten hast.«

Und mit einem Mal wußte er ohne jeden Zweifel, daß sie noch nie in den Armen eines Mannes gelegen war. Er sah die Antwort, die er hören wollte, in ihren Augen. Aber er hatte trotzdem den Zwang, sie dazu zu bringen, die Wahrheit zuzugeben. Sie mußte einfach lernen, daß er keine Ausflüchte dulden würde, keine Halbwahrheiten oder sonst irgendeine der Abermillionen Formen, die die Lügen einer Frau haben konnten.

»Du wirst mir antworten, Sophy.«

»Wenn ich das mache, wirst du dann alle meine Fragen über deine früheren Amouren beantworten?«

»Natürlich nicht.«
»Oh, Ihr seid so entsetzlich unfair, Mylord.«
»Ich bin dein Gemahl.«
»Und das gibt dir das Recht, unfair zu sein?«
»Es gibt mir das Recht und die Pflicht, das zu tun, was für dich das Beste ist. Eine Diskussion über meine früheren Liaisons würde keinem guten Zweck dienen, und das wissen wir beide.«
»Da bin ich mir nicht so sicher. Ich denke, es würde mir einen besseren Einblick in deinen Charakter geben.«
Er lachte. »Ich glaube, du hast ohnehin schon genug Einblick. Manchmal sogar zuviel. Jetzt erzähl mir aber von deinen Erfahrungen in der hohen Kunst der Verführung, Sophy. Hat irgendein Gutsbesitzer versucht, dich in die Buntkarierten zu zerren?«
»Wenn ja, was würdest du dagegen tun?«
»Dafür sorgen, daß er es bereut«, sagte Julian schlicht.
Ihr blieb der Mund offen stehen. »Du würdest dich wegen einer früheren Indiskretion duellieren?«
»Wir kommen vom Thema ab, Sophy.« Seine Hand packte ihr Handgelenk fester, aber sehr behutsam, er spürte, wie zart ihre Knochen waren.
Sie schlug die Augen nieder. »Ihr braucht keine Sorge um die Rache meiner verlorenen Ehre zu haben, Mylord. Ich versichere Euch, ich habe ein außerordentlich ruhiges und wenig aufregendes Leben geführt. Ein etwas langweiliges Leben, um genau zu sein.«
»Das habe ich mir fast gedacht.« Er ließ ihre Hand los und lehnte sich in die Kissen zurück. »Jetzt erzähl mir, warum du Verführung mit Gewalt Antun gleichsetzt.«
»Ein wirklich unziemliches Gespräch, das wir eigentlich gar nicht führen sollten«, sagte sie leise.
»Ich habe den Eindruck, wir beide werden noch viele so unziemliche Gespräche führen. Manchmal bist du eine wirklich unziemliche junge Frau.« Er streckte die Hand aus und zog die Reste der gebrochenen Feder aus ihrem Strohhut.
Sie warf einen resignierten Blick auf die Federreste. »Du hättest meine unziemlichen Neigungen in Betracht ziehen sollen, bevor du darauf bestanden hast, mir einen Antrag zu machen.«
Julian drehte den Federkiel zwischen Daumen und Zeigefinger.

»Das hab ich. Ich bin zu dem Schluß gekommen, daß sie ganz erträglich sind. Versuch nicht ständig, mich abzulenken, Sophy. Sag mir, warum du vor Verführung genausoviel Angst hast wie vor Gewalt.«

»Das ist eine sehr private Angelegenheit. Ich rede nicht darüber.«

»Mit mir wirst du darüber reden. Ich fürchte, ich muß darauf bestehen, Sophy. Ich bin dein Gemahl.«

»Hör bitte auf, deine Neugier mit dieser Tatsache zu verbrämen«, sagte sie bissig.

Er warf ihr einen nachdenklichen Blick zu und sah, wie bockig sie ihr Kinn vorgeschoben hatte. »Ihr beleidigt mich, Madame.«

Sie rutschte verlegen auf ihrem Sitz herum und versuchte, ihre Röcke zu ordnen. »Ihr seid sehr leicht zu beleidigen, Mylord.«

»Ach ja, meine übermäßige Arroganz. Ich fürchte, wir müssen beide lernen, damit zu leben, Sophy. Genau wie du lernen mußt, mit meiner übermäßigen Neugier zu leben.« Julian studierte den gebrochenen Federkeil und wartete.

Schweigen breitete sich in der schwankenden Kutsche aus. Das Geräusch der ächzenden Räder, des knarzenden Zaumzeugs und das stete Hämmern der Pferdehufe wurde mit einem Mal sehr laut.

»Es war keine Sache, die mich persönlich betraf«, sagte Sophy schließlich sehr kleinlaut.

»Ja?« Wieder wartete Julian.

»Meine Schwester war es, die Opfer einer Verführung wurde.« Sophy starrte verzweifelt die vorbeiziehende Landschaft an. »Aber sie hatte keinen, der sie rächte.«

»Ich weiß nur, daß deine Schwester vor drei Jahren gestorben ist.«

»Das ist sie.«

Sophys abgehackter Ton ließ Julian aufhorchen. »Willst du damit andeuten, daß ihr Tod eine Folge der Verführung war?«

»Sie mußte feststellen, daß sie schwanger war, Mylord. Der Mann, der dafür verantwortlich war, hat sie verlassen. Sie konnte die Schande und den Verrat nicht ertragen. Sie hat eine Überdosis Laudanum genommen.« Ihre Hände ballten sich zu Fäusten.

Julian seufzte. »Das tut mir leid, Sophy.«

»Sie hatte keinen Grund, so etwas zu tun«, flüsterte Sophy. »Bess hätte ihr helfen können.«

»Old Bess? Wie denn?« Julian runzelte die Stirn.

»Es gibt Möglichkeiten, etwas dagegen zu machen«, sagte Sophy. »Old Bess kennt sie. Wenn sich meine Schwester doch mir nur anvertraut hätte. Ich hätte sie zu Bess bringen können. Keiner hätte es je erfahren müssen.«

Julian ließ den Federkiel fallen, beugte sich zu seiner Frau und packte sie wieder am Handgelenk. Diesmal übte er bewußt Druck auf ihre zarten Knochen aus. »Was weißt du denn von solchen Dingen?« fragte er sehr leise. *Elizabeth hatte solche Dinge auch gewußt.*

Sophy blinzelte, verwirrt von dieser plötzlichen unterschwelligen Wut. »Old Bess weiß sehr viel über Heilkräuter. Sie hat mir viel beigebracht.«

»Sie hat dir gezeigt, wie man ungewollte Kinder loswird?« fragte er mit gefährlich leiser Stimme.

Jetzt erst merkte Sophy, daß sie schon viel zuviel gesagt hatte. »Sie... sie hat bestimmte Kräuter erwähnt, die eine Frau nehmen kann, wenn sie glaubt, sie hätte empfangen«, gab sie widerwillig zu. »Aber die Kräuter können für die Mutter sehr gefährlich sein und müssen mit äußerster Vorsicht und Geschick angewendet werden.« Sophy studierte einen Augenblick ihre Hände. »In dieser speziellen Kunst bin ich nicht bewandert.«

»Verflucht. Ich kann dir nur raten, nicht in solchen Dingen erfahren zu sein, Sophy. Und ich schwöre, wenn diese alte Hexe Bess Abtreibungen macht, werde ich sie sofort von meinem Land entfernen lassen.«

»Wirklich, Mylord? Sind denn Eure Freunde in London so unschuldig? Mußte denn noch keine Eurer Amouren zu solchen Mitteln greifen wegen Euch?«

»Nein, das mußten sie nicht«, zischte Julian wutentbrannt. »Zu Eurer Information, Madame, es gibt Techniken, die man anwenden kann, um das Problem von Anfang an auszuschalten. Genauso wie es Möglichkeiten gibt zu verhindern, daß man sich mit gewissen Krankheiten ansteckt, die mit... vergiß es.«

»Techniken, Mylord?« Sophys Augen glänzten vor Neugier.

»Großer Gott, ich glaube einfach nicht, daß wir über solche Dinge reden.«

»Ihr habt damit angefangen, Mylord. Ich nehme an, Ihr habt nicht vor, mir von diesen Techniken zu erzählen, mit denen man das... äh... Problem vermeiden kann.«

»Nein, ganz bestimmt nicht.«

»Ah, ich verstehe. Das ist wieder eine dieser Informationen für Privilegierte, die nur Männern zur Verfügung steht?«

»Du brauchst solche Informationen nicht, Sophy«, sagte er mit grimmiger Miene. »Du bist nicht in einer Position, in der man solche Dinge lernen muß.«

»Aber es gibt doch Frauen, die solche Dinge wissen?« Sie ließ nicht locker.

»Jetzt reicht es aber wirklich, Sophy.«

»Und du kennst solche Frauen? Würdest du mir eine von ihnen vorstellen? Ich würde mich so gerne mit einer unterhalten. Vielleicht kennt sie noch andere so erstaunliche Sachen. Meine intellektuellen Interessen sind sehr breit gefächert, weißt du. Aus Büchern kann man nicht alles erfahren.«

Einen Augenblick lang dachte er, sie wolle ihn wieder auf den Arm nehmen, und Julian hätte sich fast vergessen. Aber im letzten Moment merkte er, daß Sophys Interesse eigenartig unschuldig und vollkommen echt war. Er lehnte sich stöhnend in die Ecke zurück. »Dieses Thema ist hiermit beendet.«

»Du hörst dich fatalerweise wie meine Großmutter an. Wirklich, ich bin sehr enttäuscht, Julian. Ich hatte gehofft, wenn ich heirate, würde ich mit jemandem zusammenleben, der ein amüsanterer Gesprächspartner ist.«

»Ich werde versuchen, dich auf andere Weise zu amüsieren«, murmelte er, schloß die Augen und legte seinen Kopf in die Polster.

»Wenn du damit wieder auf Verführung anspielen willst, Julian, so muß ich dir sagen, daß ich dieses Thema überhaupt nicht interessant finde.«

»Wegen dem, was deiner Schwester passiert ist? Ich verstehe, daß diese Geschichte bei dir Narben hinterlassen hat. Aber du mußt lernen, daß ein riesiger Unterschied ist zwischen dem, was zwischen Eheleuten geschieht und der Art unangenehmer Verführung, die deine Schwester erdulden mußte.«

»Wirklich, Mylord? Wo lernt denn ein Mann so feine Unterschiede zu machen? In der Schule? Habt Ihr sie während Eurer ersten Ehe gelernt oder durch Eure Erfahrung im Aushalten von Mätressen?«

Julians Geduldsfaden hatte inzwischen bestenfalls die Konsistenz einer Spinnwebe. Er bewegte sich nicht und hielt die Augen geschlossen. Aus gutem Grund. »Ich habe dir erklärt, daß meine erste Ehe kein Gesprächsthema ist. Ebensowenig das Thema, das du gerade angeschnitten hast. Wenn du klug bist, Sophy, wirst du dir das einprägen.«

Seine Stimme war so gefährlich ruhig, daß ihr etwas mulmig wurde. Sie sagte nichts mehr.

Julian hatte sich allmählich wieder unter Kontrolle. Er öffnete seine Augen und sah seine frischgebackene Braut an. »Früher oder später wirst du dich an mich gewöhnen müssen, Sophy.«

»Ihr habt mir drei Monate versprochen, Mylord.«

»Verdammt noch mal, Weib, ich werde dich in den nächsten drei Monaten ganz sicher nicht mit Gewalt nehmen. Aber erwarte nicht, daß ich in der Zwischenzeit überhaupt keinen Versuch mache, deine Meinung über das Liebesspiel zu ändern. Das ist schlicht zuviel verlangt, und außerdem liegt es völlig außerhalb unseres lächerlichen Abkommens.«

Ihr Kopf schnellte herum. »Ist es das, was du damit gemeint hast, als du sagtest, auf das Ehrgefühl eines Mannes wäre kein Verlaß, wenn er es mit Frauen zu tun hat? Soll ich etwa annehmen, daß ich mich auf dein Wort als Gentleman nicht verlassen kann?«

Diese Beleidigung traf ihn bis ins Mark. »Es gibt keinen einzigen Mann in meinem Bekanntenkreis, der es wagen würde, so etwas zu mir zu sagen, Madame.«

»Wirst du mich jetzt fordern?« fragte sie höchst interessiert. »Du solltest aber wissen, daß mir mein Großvater den Umgang mit Pistolen beigebracht hat. Ich bin eine anerkannt gute Schützin.«

Julian fragte sich, ob die Ehre eines Gentleman ihn daran hindern könnte, seine Frau an ihrem Hochzeitstag zu verprügeln. Irgendwie verlief der Anfang dieser Ehe nicht so glatt und reibungslos, wie er sich das vorgestellt hatte.

Er musterte das heitere neugierige Gesicht, das ihm gegenübersaß und versuchte, eine Antwort auf Sophys empörende Bemerkung zu finden. In diesem Augenblick fiel das lose Stück Band von ihrer Tasche auf den Boden der Kutsche.

Sophy beugte sich verärgert vor, um es aufzuheben. Julian bewegte sich gleichzeitig mit ihr, und seine große Hand streifte ihre kleine.

»Gestattet«, sagte er mit frostiger Stimme, nahm das verirrte Stück Band und ließ es in ihre Handfläche fallen.

»Danke«, sagte sie, ein bißchen verschämt. Sie versuchte jetzt hektisch, das Band wieder an den Beutel zu nesteln.

Julian lehnte sich zurück und beobachtete fasziniert, wie sich ein weiteres Stück Band löste. Vor seinen Augen begann sich das ganze komplizierte Bändermuster aufzulösen. In weniger als fünf Minuten saß Sophy mit einem völlig demolierten Täschchen da. Sie hob den Kopf und sah ihn verwirrt an.

»Ich werde nie verstehen, wieso ausgerechnet mir dauernd solche Sachen passieren«, sagte sie.

Julian nahm wortlos die Tasche von ihrem Schoß, öffnete sie und steckte alle Bänderstücke hinein.

Als er ihr den Beutel wieder reichte, überkam ihn mit einem Mal das ungute Gefühl, daß er da womöglich die Büchse der Pandora geöffnet hatte.

Drei

Etwa in der Mitte der zweiten Woche ihrer Flitterwochen bekam Sophy allmählich Befürchtungen, daß sie einen Mann geheiratet hatte, der ernste Probleme mit seinem Verdauungsportwein hatte.

Bis zu diesem Zeitpunkt hatte sie ihre Hochzeitsreise, wenn auch etwas vorsichtig, genossen. Eslington Park lag inmitten einer beschaulichen Kulisse von bewaldeten Hügeln und üppigem Weideland. Das Haus war im klassisch inspirierten Stil Palladios gebaut, der während des letzten Jahrhunderts sehr modern gewesen war.

Die Innenräume wirkten etwas ältlich und schwer, aber Sophy war der Meinung, aus diesen gutproportionierten Räumen mit den hohen Fenstern wäre etwas zu machen. Sie freute sich schon darauf, die Räume neu zu gestalten.

In der Zwischenzeit hatte sie ihre helle Freude an den täglichen Ausritten mit Julian, auf denen sie die neu erworbenen Wälder, Wiesen und das reiche Ackerland erkundeten. Er hatte ihr seinen neu ernannten Verwalter John Fleming vorgestellt und schien wirklich dankbar, daß Sophy nicht beleidigt war, wenn er viele Stunden lang die Zukunft Eslington Parks mit dem eifrigen jungen Mann plante. Julian hatte sich auch alle Mühe gegeben, Sophy, wie auch sich selbst, allen Pächtern auf dem Besitztum vorzustellen. Er schien sehr erfreut, als Sophy mit Kennerblick Schafe und verschiedene Kostproben landwirtschaftlicher Produkte bewundert hatte. *Es hat doch seine Vorteile, wenn man auf dem Land aufgewachsen ist*, dachte Sophy insgeheim. Zumindest konnte eine solche Frau sich einigermaßen intelligent mit ihrem Gatten unterhalten, der offensichtlich das Land sehr liebte.

Mehr als einmal fragte sich Sophy, ob Julian wohl je eine ähnliche Liebe für seine neue Braut entwickeln würde.

Die Pächter und Nachbarn hatten mit Spannung die Ankunft ihres neuen Lords erwartet. Aber nachdem Julian einige der Bauern in ihre Scheunen begleitet hatte, ohne einen Gedanken an die Politur seiner eleganten Reitstiefel zu verschwenden, ging es wie ein Lauffeuer durch die Umgebung, daß der neue Herr von Eslington sein Handwerk verstand, wenn es um Ackerbau und Schafsaufzucht ging.

Sophy wurde bereitwillig akzeptiert, nachdem sie einige mollige Babies im Arm gehalten hatte und mit besorgter Miene vor den Wiegen einiger kranker gestanden war und weise Gespräche über den Gebrauch hiesiger Kräuter in Hausmitteln geführt hatte. Mehr als einmal hatte Julian geduldig warten müssen, während seine Frau einer Bäuerin ein Rezept für Hustensirup oder ein Verdauungstränklein gab.

Er fand es anscheinend sehr amüsant, Strohhalme aus Sophys Haaren zu zupfen, wenn sie aus den engen Hütten kam.

»Du wirst mir eine gute Frau sein, Sophy«, hatte er zufrieden am dritten Tag nach so einem Ausflug bemerkt. »Diesmal hab ich eine gute Wahl getroffen.«

Bei diesem Lob war Sophy warm ums Herz geworden, aber sie hatte ihre Freude nicht gezeigt, sondern lachend erwidert: »Damit willst du wohl sagen, daß ich das Zeug habe, eine gute Farmersehefrau zu werden?«

»Wenn man die Sache genau betrachtet, Sophy, dann bin ich genau das. Ein Farmer.« Und sein Blick war über die Landschaft geschweift, mit dem Besitzerstolz des Mannes, der weiß, daß alles, was er sieht, ihm gehört. »Und eine gute Farmersfrau paßt sehr gut zu mir.«

»Du redest ja, als könnte ich das eines Tages tatsächlich werden«, hatte sie leise gesagt. »Darf ich dich daran erinnern, daß ich bereits deine Frau bin?«

Sein Grinsen war geradezu satanisch. »Noch nicht, meine Liebe, aber schon bald, viel eher, als du geplant hast.«

Die Dienerschaft von Eslington Park war gut geschult und beachtlich effizient, obwohl Sophy sich innerlich wand, wenn die Diener sich ein Bein ausrissen, um Julian jeden Wunsch von den Lippen abzulesen. Sie waren offensichtlich auf der Hut vor ihrem neuen

Herrn, wenn auch sehr stolz darauf, einem so wichtigen Mann dienen zu können.

Sie hatten nämlich Gerüchte über seinen Jähzorn vom Kutscher, Pferdeknecht, Kammerherrn und der Zofe, die Lord und Lady Ravenwood begleiteten, gehört und wollten kein Risiko eingehen.

Alles in allem verliefen die Flitterwochen recht angenehm. Das einzige, was Sophy ihren Aufenthalt in Norfolk vergällte, war der subtile aber absichtliche Druck, den Julian sie jeden Abend spüren ließ. Allmählich machte sie das wirklich nervös.

Julian hatte offensichtlich nicht die Absicht, sich die nächsten drei Monate von ihrem Bett fernzuhalten. Er rechnete fest damit, sie lange, bevor dieser Zeitraum verstrichen war, verführen zu können.

Bis zu dem Punkt, als sie feststellte, daß sich sein Portweinkonsum nach dem Essen stetig steigerte, war Sophy überzeugt gewesen, sie hätte die Lage im Griff. Das Schwierigste war, ihre eigene Reaktion auf seine beständig intimer werdenden Gutenachtküsse unter Kontrolle zu halten. Wenn ihr das gelänge, würde Julian zumindest sein Wort halten, auch wenn es ihm noch so schwerfiel. Sie spürte instinktiv, daß sein Stolz ihm verbat, sich dazu herabzulassen, sich gewaltsam Zutritt zu ihrem Bett zu verschaffen.

Aber sein wachsender Portweinkonsum machte ihr Sorgen. Er brachte ein neues, gefährliches Element in eine ohnehin gespannte Situation. Sie erinnerte sich nur allzu gut an jene Nacht, in der ihre Schwester Amelia von einem ihrer heimlichen Schäferstündchen zurückgekehrt war und ihr unter Tränen gestand, daß zuviel des guten Weines bei einem Gentleman zu brutalen Worten und bestialischem Verhalten führen konnte. Amelias zarte Arme waren in jener Nacht voller blauer Flecken gewesen. Sophy war außer sich vor Wut gewesen und hatte erneut verlangt, daß Amelia den Namen ihres Geliebten nenne. Amelia hatte sich wieder geweigert.

»Hast du deinem sauberen Geliebten gesagt, daß die Dorrings seit Generationen Nachbarn der Ravenwoods sind? Wenn Großvater herausfindet, was da vorgeht, wird er direkt zu Lord Ravenwood gehen und dafür sorgen, daß diesem Unsinn ein Ende gemacht wird.«

Amelia schniefte. »Genau aus diesem Grund habe ich dafür gesorgt, daß mein Herzallerliebster nicht weiß, wer mein Großvater ist. Oh, Sophy, begreifst du denn nicht? Ich fürchte, wenn mein Geliebter entdeckt, daß ich eine Dorring und somit die Enkelin eines so engen Nachbarn von Ravenwood bin, wird er es nicht mehr riskieren, sich mit mir zu treffen.«

»Du läßt dich lieber von deinem Geliebten mißbrauchen, als ihm zu sagen, wer du bist?« hatte Sophy fassungslos gefragt.

»Du weißt ja nicht, was es heißt zu lieben«, hatte Amelia geflüstert und sich dann in den Schlaf geweint.

Amelia hatte sich geirrt, das wußte Sophy. Sie wußte, was es heißt zu lieben, aber sie versuchte, mit den Gefahren dieses Gefühls intelligenter umzugehen, als es ihre arme Schwester getan hatte. Sie würde nicht die gleichen Fehler machen wie Amelia.

Sophy erduldete einige Abende stumm ihre wachsende Angst über Julians reichlichen Portweingenuß, bis sie es wagte, das Thema anzuschneiden.

»Habt Ihr Schwierigkeiten mit dem Einschlafen, Mylord?« hatte sie ihn schließlich in der zweiten Woche ihrer Ehe gefragt. Sie saßen vor dem Kamin im Roten Salon. Julian hatte sich gerade ein weiteres großes Glas Portwein eingegossen.

Er musterte sie mit halbgeschlossenen Lidern. »Warum fragst du?«

»Verzeih mir, aber ich bin nicht blind und sehe, daß deine Vorliebe für Portwein täglich wächst. Viele Menschen trinken Sherry, Portwein oder Rotwein, um besser einschlafen zu können. Bist du es gewohnt, abends so viel zu trinken?«

Seine Finger trommelten gegen die Armlehne seines Stuhls, während er sie lange ansah. »Nein«, sagte er schließlich und kippte das halbe Glas Portwein hinunter. »Stört es dich?«

Sophy konzentrierte sich auf ihre Stickerei. »Wenn du Schwierigkeiten mit dem Einschlafen hast, gibt es wesentlich wirksamere Mittel. Bess hat mir viele gezeigt.«

»Willst du mir etwa Laudanum verabreichen?«

»Nein. Laudanum ist zwar sehr wirksam, aber ich würde es erst verabreichen, wenn andere Mittel versagen. Wenn du möchtest, kann ich dir eine Kräutermischung zubereiten.«

»Danke, Sophy. Aber ich glaube, ich bleibe beim Portwein. Ich verstehe ihn, und er versteht mich.«

Sophy hob erstaunt die Augenbrauen. »Was gibt es da zu verstehen, Mylord?«

»Soll ich ganz offen sprechen, Madame Gemahlin?«

»Natürlich.« Die Frage überraschte sie. »Du weißt doch, daß es mir wesentlich lieber ist, wenn wir offen miteinander reden. Du bist derjenige, der in bestimmten Angelegenheiten damit Schwierigkeiten hat, nicht ich.«

»Eine faire Warnung: Das ist keine Sache, über die du gerne reden wirst.«

»Unsinn. Wenn du Schwierigkeiten mit dem Einschlafen hast, bin ich mir sicher, daß es bessere Mittel gibt als Portwein.«

»In dem Punkt sind wir uns einig. Die Frage, meine Liebe, ist, bist du bereit, mir das wirksame Mittel zu geben?«

Sein spöttischer Ton ließ ihren Kopf hochschnellen, und sie sah direkt in seine grünen Augen. Und dann begriff sie plötzlich.

»Ich verstehe«, sagte sie, und es gelang ihr, einigermaßen gelassen zu klingen. »Ich habe nicht geahnt, daß unser Übereinkommen dir körperliche Unannehmlichkeiten bereitet.«

»Und nachdem du es jetzt weißt, würdest du vielleicht in Betracht ziehen, mich von meinem Versprechen zu entbinden?«

Das Stickgarn riß in ihrer Hand. Sophy starrte entsetzt die baumelnden Fäden an. »Ich dachte, alles verliefe recht gut, Mylord«, sagte sie kleinlaut.

»Das ist mir klar. Du hast dich doch hier in Eslington Park sehr gut amüsiert, nicht wahr, Sophy?«

»Sehr gut, Mylord.«

»Ich auch. In gewisser Hinsicht. In anderer dagegen finde ich diese Flitterwochen sehr aufreibend.« Er kippte den Rest seines Portweins hinunter. »Verdammt aufreibend. Tatsache ist, unsere Situation hier ist einfach unnatürlich, Sophy.«

Sie seufzte reumütig. »Ich nehme an, das heißt, daß wir unsere Flitterwochen abbrechen werden.«

Das leere Kristallglas zerbrach zwischen seinen Händen. Julian wischte sich fluchend die dünnen Scherben von den Fingern. »Es heißt«, sagte er mit grimmiger Miene, »daß ich das hier zu einer normalen Ehe machen möchte. Ich muß darauf bestehen, das ist meine Pflicht und auch mein Wunsch.«

»Kannst du es denn nicht erwarten, deinen Erben zu zeugen?«

»Im Augenblick denke ich nicht an meinen zukünftigen Erben. Ich denke an den jetzigen Grafen von Ravenwood. Ich denke auch an die jetzige Gräfin von Ravenwood. Der Hauptgrund dafür, daß du nicht so leidest wie ich, Sophy, ist, daß du noch nicht weißt, was du verpaßt.«

Sophy errötete vor Zorn. »Ihr braucht gar nicht so widerlich herablassend zu sein, Mylord. Ich bin auf dem Land aufgewachsen, habt Ihr das schon vergessen? Ich bin mit Tieren aufgewachsen und hab schon bei einigen Geburten mitgeholfen. Ich bin mir sehr wohl dessen bewußt, was zwischen Mann und Frau passiert. Ich glaube nicht, daß die Sache so ungeheuer lehrreich ist.«

»Es soll auch keine intellektuelle Übung sein, Madame, sondern eine körperliche.«

»Wie Reiten? Ihr müßt schon verzeihen, es klingt wesentlich weniger sinnvoll als das. Wenn man reitet, so erfüllt es doch zumindest einen Zweck, nämlich daß man an einem vorgegebenen Ziel ankommt.«

»Vielleicht ist es höchste Zeit, daß du lernst, was für ein Ziel dich im Schlafzimmer erwartet, meine Liebe.«

Julian war schon aufgesprungen und hatte nach ihr gegriffen, ehe sie wußte, wie ihr geschah. Er riß ihr die Stickerei aus den Händen und warf sie beiseite. Dann legte er die Arme um sie und zog sie an sich. Als sie sein Gesicht sah, wurde ihr klar, daß das nicht wieder einer dieser schmeichelnden, lockenden Gutenachtküsse werden würde, die sie in letzter Zeit bekommen hatte.

Sophy stemmte sich erschrocken gegen seine Schulter. »Hör auf, Julian. Ich hab dir gesagt, daß ich nicht verführt werden möchte.«

»Allmählich komme ich zu der Überzeugung, daß es meine Pflicht ist, dich zu verführen. Dieses verdammte Abkommen mit dir kostet mich einfach zuviel Kraft, meine Kleine. Hab Mitleid mit deinem armen Gemahl. Ich werde ohne Zweifel vor Enttäuschung sterben, wenn ich die ganzen drei Monate warten muß. Sophy, hör auf, dich gegen mich zu wehren.«

»Julian, bitte –«

»Still, meine Süße.« Sein Daumen zeichnete die Konturen ihres weichen Mundes nach. »Ich habe dir mein Wort gegeben, daß ich dich nicht mit Gewalt nehmen werde, und diesen Eid werde ich halten, selbst wenn er mich umbringt. Aber ich habe ein Recht darauf zu versuchen, dich umzustimmen, und genau das werde ich, bei Gott, tun. Ich habe dir zehn Tage Zeit gegeben, dich an die Vorstellung, mit mir verheiratet zu sein, zu gewöhnen. Das sind neun Tage mehr, als dir jeder andere Mann in derselben Situation zugestanden hätte.«

Sein Mund bemächtigte sich jetzt heftig, unmißverständlich fordernd des ihren. Das war kein sanfter Angriff auf ihre Sinne wie an den letzten Abenden. Dieser Kuß war leidenschaftlich und bewußt überwältigend. Sie spürte, wie Julians Zunge frech zwischen ihre Lippen drang. Einen Augenblick durchströmte schwere, berauschende Wärme Sophys Glieder, dann schmeckte sie den Portwein auf seiner Zunge und begann, sich instinktiv zu wehren.

»Halt still«, murmelte Julian und strich beruhigend mit seiner großen Hand über ihren Rücken. »Halt dich einfach still und laß dich küssen. Mehr will ich im Augenblick nicht. Ich werde jetzt ein paar von diesen lächerlichen Ängsten ausräumen.«

»Ich habe keine Angst vor dir«, protestierte sie hastig, obwohl ihr die Kraft seiner Hände nur allzu bewußt war. »Ich habe einfach keine Lust, einen Mann, der praktisch ein Fremder ist, in die Privatsphäre meines Schlafzimmers eindringen zu lassen.«

»Wir sind uns nicht mehr fremd, Sophy. Wir sind Mann und Frau, und es ist höchste Zeit, daß wir auch Liebende werden.«

Sein Mund umschloß den ihren und ließ ihre Proteste verstummen. Julian küßte sie heftig, gründlich, drückte ihr seinen Stempel auf, bis Sophy am ganzen Leib zitterte. Wie immer, wenn er sie so in den Armen hielt, fühlte sie sich seltsam atemlos und schwach. Und dann glitten seine Hände tiefer, packten sie und zwangen sie, sich an seinen Körper zu schmiegen. Sie spürte seine Härte und zuckte zusammen.

»Julian?« Sie sah ihn mit großen Augen an.

»Was hast du erwartet?« Er grinste boshaft. »Ein Mann unterscheidet sich nicht sonderlich von einem Tier auf dem Bauernhof. Du bist ja angeblich ein so großer Experte zu diesem Thema.«

»Mylord, das ist doch wohl nicht dasselbe, wie ein Schaf und einen Schafsbock in eine Koppel zu sperren.«

»Ich bin froh, daß du den Unterschied zu schätzen weißt.«

Er ließ nicht zu, daß sie sich von ihm entfernte. Statt dessen packte er ihre Pobacken mit seinen großen Händen und drückte sie an seine muskulösen Schenkel.

Sophy schwirrte der Kopf, als sie unverkennbar seine schwellende Männlichkeit spürte, die sich gegen ihren weichen Leib drängte. Ihre Röcke wirbelten um seine Beine, verfingen sich und blieben an seinen Waden hängen. Er breitete die Beine aus, und plötzlich war sie zwischen seinen Beinen gefangen.

»Sophy, Kleines, Sophy, meine Süße, laß mich dich lieben. Es ist nur recht.« Die drängende Bitte unterstützte er mit zahllosen kleinen Küssen die Linie ihres Kinns entlang, ihren Hals hinunter bis zu ihrer nackten Schulter.

Sophy war unfähig zu reagieren. Sie kam sich vor, als würde sie auf einer mächtigen Flutwelle hinaus aufs Meer gespült. Sie hatte Julian schon zu lange aus der Ferne geliebt. Die Versuchung, sich der sinnlichen Wärme hinzugeben, die er in ihr entfachte, war geradezu überwältigend. Sie schlang unbewußt die Arme um seinen Hals und öffnete einladend ihre Lippen. Er hatte ihr in den letzten paar Tagen schon einiges beigebracht, was das Küssen anging.

Julian brauchte keine zweite Aufforderung. Mit leisem, zufriedenem Stöhnen bemächtigte er sich erneut ihrer Lippen. Diesmal griff seine Hand nach ihrer Brust, umschloß sie sanft und sein Daumen suchte behutsam unter dem dünnen Musselin nach ihrer Knospe.

Sophy hörte nicht, wie sich die Salontür hinter ihnen öffnete, aber sie hörte das erschrockene Keuchen und das Geräusch der Tür, die rasch wieder geschlossen wurde. Julian hob den Kopf und warf einen grimmigen Blick über ihre Locken. Der Bann war gebrochen.

Sophy errötete bis in die Haarspitzen, als ihr klar wurde, daß einer der Diener diesen leidenschaftlichen Kuß gesehen hatte. Sie wich zurück, und Julian ließ sie gehen, mit einem leisen Lächeln, weil sie so zerzaust aussah. Sie griff sich ins Haar und entdeckte, daß es noch ein viel schlimmeres Chaos war als sonst. Mehrere Locken baumelten ihr über die Ohren, und das Band, das ihr die Zofe vor dem Essen so sorgfältig gebunden hatte, hing lose im Nacken.

»Ich... entschuldigt mich, Mylord. Ich muß nach oben gehen. Alles ist aufgegangen.« Sie drehte sich rasch um und rannte zur Tür.

»Sophy.« Ein Glas klirrte.

»Ja, Mylord?« Sie blieb mit der Hand am Türknopf stehen und warf mißtrauisch einen Blick zurück.

Julian stand am Kamin. Einen Arm hatte er lässig über den weißen Marmorsims drapiert, und in der Hand hielt er ein frisches Glas Portwein. Sophy bekam Angst, als sie die männliche Befriedigung in seinen Augen sah. Sein Mund lächelte liebevoll, aber das Lächeln konnte die Arroganz, die er ausstrahlte, nicht mildern. Er war sich jetzt seiner sehr sicher, sehr zuversichtlich.

»Verführung ist doch keine so furchtbare Sache, nicht wahr, meine Süße? Du wirst es genießen, und ich glaube, du hattest genug Zeit, dir darüber klarzuwerden.«

War es wohl auch so für die arme Amelia gewesen? Eine Macht, die ihre Sinne überwältigt hatte?

Ohne zu merken, was sie da tat, berührte Sophy ihre Lippen mit einer Fingerspitze. »Sind Küsse, wie die, die Ihr mir gerade gegeben habt, Eure Vorstellung von Verführung, Mylord?«

Er nickte und seine Augen funkelten vor Vergnügen. »Ich hoffe, du genießt sie, Sophy, denn es wird noch viele solcher Küsse geben. Heute abend fangen wir damit an. Geh du nach oben ins Bett, meine Liebe, ich komme gleich nach. Ich werde dich dazu verführen, mir eine richtige Hochzeitsnacht zu schenken. Glaub mir, mein Herz, morgen früh wirst du mir dankbar sein, daß ich diese widernatürliche Situation, die du geschaffen hast, beendet habe. Und ich werde deine Dankesbezeugungen mit großer Freude entgegennehmen.«

Nackte Wut packte Sophy und mischte sich mit den anderen berauschenden Gefühlen, die sie bereits durchströmten. Ihr Zorn war so grenzenlos, daß sie keinen Ton herausbrachte. Sie riß die schwere Mahagonitür zum Gang auf und rannte quer durch die Halle.

Ein paar Minuten später stürmte sie in ihr Schlafzimmer und erschreckte ihre Zofe, die gerade das Bett aufschlug.

»Mylady! Ist etwas passiert?«

Sophy versuchte, ihre Wut und ihre verworrenen Sinne in Griff zu bekommen. Sie atmete viel zu heftig. »Nein, nein, Mary. Nichts ist passiert. Ich bin nur zu schnell die Treppe hochgerannt. Bitte hilf mir mit meinem Kleid.«

»Selbstverständlich, Madame.« Mary, ein aufgewecktes junges

Mädchen, die sehr stolz war auf ihre kürzliche Beförderung zur Zofe einer Lady, ging zu ihrer Herrin und half ihr aus dem Kleid. Sie trug das bestickte Musselinkleid geradezu ehrfürchtig weg.

»Ich hätte gerne eine Kanne Tee vor dem Schlafengehen, Mary. Würdest du mir bitte eine raufschicken lassen?«

»Sofort, Mylady.«

»Oh, und Mary, laß zwei Tassen auf das Tablett stellen.« Sophy holte tief Luft. »Der Graf wird mich besuchen.«

Mary nickte beifällig, hielt aber klugerweise den Mund, als sie Sophy in einen Chintzmorgenrock half. »Ich werde den Tee sofort raufschicken lassen, Madame. Oh, da fällt mir etwas ein. Eines der Hausmädchen hat Schwierigkeiten mit dem Magen. Sie glaubt, sie hat was Unrechtes gegessen. Sie wollte wissen, ob ich Euch um Rat fragen könnte.«

»Was? Oh, ja, natürlich.« Sophy ging zu ihrer Truhe mit getrockneten Kräutern und füllte rasch ein kleines Päckchen mit verschiedenen Kräutern, unter anderem gemahlene Lakritze und Rhabarber. »Bring ihr das und sag, sie soll zwei Fingerspitzen von jedem in eine Tasse Tee mischen. Das sollte ihren Magen beruhigen. Wenn es ihr morgen früh nicht bessergeht, laß es mich auf jeden Fall wissen.«

»Danke, Madame. Alice wird ja so dankbar sein. Sie leidet viel unter ihrem nervösen Magen, wie ich gehört hab. Ach, übrigens, Allan, der Lakai, hat gesagt, ich soll Euch sagen, daß sein rauher Hals viel besser ist, dank diesem Honig und Brandy Sirup, den Ihr ihm von der Köchin habt zubereiten lassen.«

»Ausgezeichnet. Ausgezeichnet. Freut mich, das zu hören«, sagte Sophy ungeduldig. Nichts interessierte sie momentan weniger als der rauhe Hals des Lakaien. »Und jetzt bitte, Mary, beeil dich mit dem Tee, ja?«

»Ja, Madame.« Mary huschte aus dem Zimmer.

Sophy begann, im Zimmer auf und ab zu laufen, ihre weichen Pantoffel glitten lautlos über den dunklen gemusterten Teppich. Sie merkte gar nicht, daß sich ein Stück Spitzenbesatz vom Kragen ihres Mantels gelöst hatte und jetzt über einer Brust baumelte.

Dieser eingebildete, unsagbar arrogante Mann, den sie geheiratet hatte, dachte tatsächlich, er bräuchte sie nur zu berühren und sie würde seinen Verführungskünsten erliegen. Er würde sie nicht in

Ruhe lassen und sie verfolgen, bis er ihr seinen Willen aufgezwungen hatte. Das wußte sie jetzt. Er mußte sie offenbar besteigen, um seinen männlichen Stolz zu wahren.

Sophy wurde allmählich klar, daß sie keinen Frieden haben würde, ehe Julian sich in ihrem Schlafzimmer als ihr Herr und Meister bewiesen hatte. Sie würde wohl kaum Gelegenheit haben, an einer harmonischen Beziehung mit ihm zu arbeiten, solange Julian nur einen Gedanken im Kopf hatte, nämlich sie zu verführen.

Sophy blieb mit einem Mal stehen und fragte sich, ob sich der Graf von Ravenwood mit einer einzigen Nacht der Eroberung zufriedengeben würde. Julian war schließlich und endlich nicht in sie verliebt. Im Augenblick stellte sie wohl eine Herausforderung dar, weil sie seine Frau war und ihm die Privilegien verweigerte, die er als sein gutes Recht betrachtete. Aber wenn er glaubte, er hätte endlich beiden von ihnen bewiesen, daß er sie verführen konnte, würde er sie vielleicht eine Weile in Ruhe lassen.

Sophy ging rasch zu ihrer schön geschnitzten Kräutertruhe und betrachtete nachdenklich die Reihen winziger Schubladen. Sie kochte innerlich vor Wut und Angst und einem anderen Gefühl, mit dem sie sich nicht näher auseinandersetzen wollte. Es blieb nicht viel Zeit. In wenigen Minuten würde Julian durch die Tür schlendern, die sein Ankleidezimmer mit ihrem Schlafgemach verband. Und dann würde er sie in die Arme nehmen und sie berühren, wie er seine kleine Ballettänzerin oder was immer sie war berührte.

Mary öffnete die Tür und kam mit einem Silbertablett herein. »Euer Tee, Madame. Darf es sonst noch etwas sein?«

»Nein, danke, Mary. Du kannst gehen.« Sophy rang sich ein, wie sie hoffte, normales Lächeln ab, aber Marys Augen zwinkerten sehr vergnügt, als sie einen kleinen Knicks machte und das Zimmer verließ.

Dienstboten wissen scheinbar immer alles, was in einem so großen Haus wie diesem vorgeht, dachte Sophy erbost. Es war gut möglich, daß die Zofe genau wußte, daß Julian noch keine Nacht im Bett seiner Frau verbracht hatte. Der Gedanke war irgendwie beschämend.

Sophy überlegte kurz, ob Julian vielleicht so verärgert war, weil er wußte, daß das gesamte Personal spekulierte, warum er seine frischgebackene Frau nicht in ihrem Schlafzimmer besuchte.

Sophy stählte ihr Herz. Sie würde sich nicht von ihrem Ziel abbringen lassen, nur um Julians männlichen Stolz zu retten. Davon hatte er ohnehin reichlich. Sie griff in ihre Kräutertruhe, nahm eine Prise Kamille und eine Prise von etwas wesentlich Kräftigerem. Geschickt rührte sie es in den ziehenden Tee.

Dann setzte sie sich, um auf ihn zu warten. Sie mußte sich setzen. Ihre Beine zitterten so heftig, daß sie nicht stehen konnte.

Sie brauchte nicht lange auf das Unvermeidliche zu warten. Die Verbindungstür öffnete sich leise, und Sophy zuckte zusammen. Ihr Blick wanderte zur Tür. Julian stand da, in einem schwarzen Seidenmantel mit dem Wappen der Ravenwoods auf der Tasche. Er musterte sie mit einem nachdenklichen Lächeln.

»Du bist einfach zu nervös, Kleines«, sagte er mit sanfter Stimme und schloß die Tür hinter sich. »Das kommt davon, wenn man eine Sache zu lange hinausschiebt. Du hast die ganze Geschichte zu etwas Fürchterlichem aufgebauscht. Bis morgen früh wird alles in die richtigen Proportionen gerückt sein.«

»Ich möchte dich ein allerletztes Mal bitten, Julian, die Sache nicht weiter zu verfolgen. Du brichst den Gedanken des Eids, wenn auch nicht den Eid selbst.«

Sein Lächeln verflog, und sein Blick wurde grimmig. Er steckte die Hände in die Taschen seines Morgenmantels und begann, langsam im Zimmer hin- und herzugehen. »Wir werden nicht noch einmal über meine Ehre diskutieren. Ich versichere dir, sie liegt mir sehr am Herzen, und ich würde nichts tun, was sie besudelt.«

»Du hast also deine eigene Definition für Ehre?«

Er warf ihr einen wütenden Blick zu. »Ich weiß wesentlich besser, wie sie zu definieren ist als du, Sophy.«

»Ich habe nicht die Fähigkeit, sie richtig zu definieren, weil ich nur eine Frau bin?«

Er entspannte sich sichtlich, ein Anflug von Lächeln umspielte seinen harten Mund. »Du bist nicht nur eine Frau, mein Herz. Du bist ein sehr interessantes weibliches Wesen, glaub mir. Ich hätte nicht im Traum daran gedacht, daß ich eine so phantastische Mischung finde, als ich um deine Hand angehalten habe. Weißt du, daß von deinem Mantel ein Stück Spitze weghängt?«

Sophy schaute betreten nach unten und sah entsetzt das Stück

Spitze, das über ihrem Busen baumelte. Sie machte ein oder zwei vergebliche Versuche, es wieder an seinen Platz zu stecken, dann gab sie auf. Sie hob den Kopf und mußte feststellen, daß direkt vor ihrem Auge eine Strähne hing, so daß sie Julian kaum sehen konnte. Sie schob sie irritiert hinters Ohr und richtete sich stolz auf.

»Möchtet Ihr vielleicht eine Tasse Tee, Mylord?«

Sein Lächeln wurde breiter, und Julians Augen wurden noch grüner. »Danke, Sophy. Nach dem vielen Portwein, den ich mir nach dem Essen gegönnt habe, ist eine Tasse Tee sehr willkommen. Ich möchte doch nicht in einem wichtigen Moment einfach einschlafen. Du wärst sehr enttäuscht, da bin ich mir sicher.«

Arrogantes Mannsbild, dachte sie, während sie das Gebräu mit zitternder Hand eingoß. Er sah ihr Angebot von Tee als Geste der Kapitulation, da war sie sich sicher. Er nahm die Tasse wie ein Kommandant, der auf dem Schlachtfeld das Schwert des Verlierers überreicht bekommt.

»Was für ein interessantes Aroma. Deine eigene Mischung, Sophy?« Julian nahm einen Schluck Tee und fing wieder an, im Zimmer herumzulaufen.

»Ja.« Das Wort verfing sich irgendwo in ihrer Kehle. Sie beobachtete, wie er einen weiteren Schluck nahm. »Kamille und... andere Blüten. Es ist sehr beruhigend für überreizte Nerven.«

Julian nickte gedankenverloren. »Ausgezeichnet.« Er blieb vor dem kleinen Rosenholzschreibtisch stehen und sah sich die Bücher an, die dort sorgfältig gestapelt lagen. »Ah, der beklagenswerte Lesestoff meines kleinen Blaustrumpfes. Laß mal sehen, wie bedauerlich dein Geschmack wirklich ist.«

Er zog die ledergebundenen Bände der Reihe nach aus dem Regal und nahm noch einen Schluck Tee, während er die gestanzten Einbände studierte. »Hm. Aristoteles und Vergil in der Übersetzung. Zugegeben etwas überwältigend für den durchschnittlichen Leser, aber eigentlich gar nicht so furchtbar. Solche Sachen hab ich früher selbst gelesen.«

»Ich bin froh, daß es Euren Beifall findet«, sagte Sophy steif.

Er warf ihr einen amüsierten Blick zu. »Findest du mich herablassend, Sophy?«

»Sehr.«

»Es ist wirklich unabsichtlich, weißt du. Ich bin nur neugierig, was dich betrifft.« Er stellte die Klassiker wieder zurück und nahm einen weiteren Band heraus. »Was haben wir denn noch hier? Wesleys *Primitive Physik*? Ein recht veraltetes Werk, nicht wahr?«

»Trotzdem eine ausgezeichnete Kräuterkunde, Mylord. Mit vielen Details über englische Kräuter. Großvater hat es mir geschenkt.«

»Ah, ja, Kräuter.« Er stellte das Buch zurück und zog das nächste heraus. Er lächelte nachsichtig. »Wie ich sehe, hat Lord Byrons romantischer Unsinn bereits den Weg aufs Land gefunden. Hat dir *Childe Harold* gefallen, Sophy?«

»Ich fand es sehr unterhaltsam, Mylord. Und Ihr?«

Er grinste über diese offene Herausforderung. »Ich gebe zu, daß ich es gelesen habe, und ich gebe zu, daß der Mann ein Händchen für Melodrama hat, aber er stammt ja schließlich von einer langen Reihe melodramatischer Narren ab. Ich fürchte, wir werden noch mehr von Lord Byrons melodramatischen Helden hören.«

»Wenigstens ist er nicht langweilig. Soviel ich weiß, ist Lord Byron in London der letzte Schrei«, sagte Sophy vorsichtig und fragte sich, ob sie etwa per Zufall auf einen Punkt von gemeinsamem intellektuellem Interesse gestoßen wäre.

»Wenn du damit meinst, daß sich ihm die Frauen reihenweise an den Hals werfen, hast du recht. Jeder, der dumm genug ist, zu einem dieser Menschenaufläufe zu gehen, die Byron mit seiner Anwesenheit ziert, läuft Gefahr, von zahllosen hübschen Füßen zertrampelt zu werden.« Julian schien nicht die Spur eifersüchtig. Er fand das Phänomen Byron wohl amüsant, mehr aber auch nicht. »Was haben wir denn sonst noch hier? Vielleicht einen gelehrten Text über Mathematik?«

Sophy verschlug es den Atem, als sie das Buch in seiner Hand erkannte. »Nicht direkt, Mylord.«

Julians nachsichtige Miene war wie weggewischt, als er den Titel vorlas. »Wollstonecraft *Eine Rechtfertigung der Rechte der Frauen*?«

»Ich fürchte ja, Mylord.«

Seine Augen blitzten vor Wut, als er sie ansah. »Mit solchen Sachen beschäftigst du dich? Diesen lächerlichen Unsinn, den eine Frau verzapft hat, die praktisch eine Dirne war?«

»Miss Wollstonecraft war keine... Dirne«, sagte Sophy wutentbrannt. »Sie war eine Freidenkerin, eine intellektuelle Frau.«

»Sie war eine Hure. Sie lebte offen ohne Trauschein mit mehreren Männern zusammen.«

»Sie war der Meinung, daß die Ehe nur ein Käfig für die Frauen ist. Sobald eine Frau heiratet, ist sie ihrem Mann auf Gedeih und Verderb ausgeliefert. Sie hat keine eigenen Rechte. Miss Wollstonecraft hatte sich eingehend mit der Lage der Frauen befaßt, und sie kam zu dem Schluß, daß etwas dagegen getan werden müßte. Ich bin zufällig auch ihrer Meinung. Ihr sagt, Ihr wärt neugierig, was mich betrifft, Mylord. Nun ja, Ihr könntet einiges über meine Interessen erfahren, wenn Ihr dieses Buch lest.«

»Ich denke gar nicht daran, dieses Narrenstück zu lesen.«

Julian warf das Buch achtlos beiseite. »Und außerdem, meine Liebe, werde ich nicht dulden, daß du dir den Verstand mit dem Geschreibsel dieser Frau vergiftest, die man, nach allem was recht ist, ins Irrenhaus hätte sperren oder am Trevor Square als professionelle Kurtisane unterbringen sollen.«

Sophy hätte ihm am liebsten ihre volle Teetasse ins Gesicht geschleudert. »Wir hatten ein Abkommen über meine Lesegewohnheiten, Mylord. Wollt Ihr das etwa auch noch verletzen?«

Julian kippte den Rest seines Tees hinunter und stellte die Tasse beiseite. Dann ging er langsam auf sie zu, mit wütender Miene. »Wenn Ihr mir noch einmal mangelnde Ehre an den Kopf werft, Madame, kann ich für die Konsequenzen nicht garantieren. Ich habe endgültig die Nase voll von dieser Farce, die du Hochzeitsreise nennst und bei der nichts Sinnvolles passiert. Es ist höchste Zeit, die Sache in normale Bahnen zu lenken. Ich war lange genug nachsichtig mit dir, Sophy. Von jetzt an wirst du im Schlafzimmer und auch außerhalb eine richtige Ehefrau sein. Du wirst mein Urteil auf allen Gebieten akzeptieren und dazu gehört auch die Auswahl deines Lesestoffes.«

Sophys Tasse und Untertasse klapperten beängstigend, als sie aufsprang. Die Haarsträhne, die sie hinters Ohr geschoben hatte, fiel ihr wieder übers Gesicht. Sie machte einen Schritt zurück, und ihr Absatz verfing sich im Saum ihres Morgenmantels. Der zarte Stoff riß mit einem ratschenden Geräusch.

»Jetzt schau dir an, was du gemacht hast«, jammerte sie und sah sich bestürzt den herunterhängenden Saum an.

»Bis jetzt hab ich noch gar nichts getan.« Julian blieb vor ihr stehen und musterte ihre nervöse, aber aufmüpfige Miene. Sein Blick wurde zärtlich. »Beruhige dich. Ich hab dich noch nicht einmal angefaßt, und du siehst aus, als hättest du bereits einen furchtbaren Kampf um deine tragisch deplazierte weibliche Ehre geführt.« Er streckte die Hand aus und nahm die baumelnde Strähne. »Wie machst du das nur, Sophy?« fragte er leise.

»Wie mache ich was, Mylord?«

»Keine andere Frau aus meiner Bekanntschaft läuft so bezaubernd verschlampt herum. Immer hängt ein Stück Band oder eine Spitze von deinen Kleidern weg, und dein Haar bleibt auch nie da, wo es sein soll.«

»Ihr habt gewußt, daß ich modisch eine Null bin, Mylord, als Ihr mich geheiratet habt«, sagte sie giftig.

»Ich weiß. Es sollte keine Kritik sein. Ich hab mich nur gefragt, wie du diesen Effekt erzielst. Es wirkt so unbewußt.« Er ließ die Strähne los, und seine kräftigen Finger tasteten sich über ihren Kopf und zogen weitere Haarnadeln heraus.

Sophy erstarrte, als er seinen anderen Arm um ihre Taille legte und sie enger an sich zog. In Panik fragte sie sich, wie lange es wohl dauern würde, bis der Tee seine unvermeidliche Wirkung tat. Julian schien überhaupt nicht schläfrig.

»Bitte, Julian –«

»Deine Bitte wird in Erfüllung gehen, mein Herz«, murmelte er gegen ihren Mund. »Ich werde dich heute nacht befriedigen, wie du dir es nie erträumt hättest. Ich schlage vor, du entspannst dich und läßt dir zeigen, daß es gar nicht so schlimm ist, eine Ehefrau zu sein.«

»Ich muß auf unserer Abmachung bestehen...« Sie wollte sich wehren, aber sie war so nervös, daß ihr die Beine den Dienst versagten. Sie klammerte sich an Julians Schultern und fragte sich, was sie wohl tun würde, wenn sie Julian aus Versehen die falschen Kräuter in den Tee getan hatte.

»Nach dieser Nacht wirst du dieses Abkommen vergessen.« Julians Mund umschloß den ihren, bewegte sich langsam, betörend. Seine Hände fanden den Gürtel ihres Morgenmantels.

Sophy machte vor Schreck einen Satz, als er den Mantel langsam über ihre Schultern streifte. Sie sah in seine vor Leidenschaft glühenden Augen, aber da war kein Anzeichen von Müdigkeit.

»Julian, laß mir bitte noch ein paar Minuten Zeit. Ich habe meinen Tee noch nicht ausgetrunken. Vielleicht möchtest du auch noch eine Tasse?«

»Mach dir keine Hoffnungen, meine Süße. Du versuchst nur, das Unvermeidliche hinauszuzögern, und ich versichere dir, daß das Unvermeidliche für uns beide sehr angenehm sein wird.« Seine Hände glitten besitzergreifend über ihre Taille und ihre Hüften und schmiegten den feinen Batist ihres Nachthemdes eng an ihren Körper. »Sehr angenehm«, flüsterte er, und seine Stimme wurde ganz heiser, als er sanft ihren Po drückte.

Sophys Haut und das Blut in ihren Adern begannen unter der Glut seines Blickes zu brennen. Seine Leidenschaft war mesmerisierend. Noch nie hatte ein Mann sie so angesehn, wie Julian sie jetzt ansah. Sie spürte sein hitziges Temperament und seine Kraft, und es war berauschend wie eine Tasse des Kräutertees, den sie ihm verabreicht hatte.

»Küß mich, Sophy.« Julian hob mit einem Finger ihr Kinn.

Sie stellte sich gehorsam auf die Zehenspitzen und strich mit ihren Lippen über seinen Mund. *Wie lange noch*? fragte sie sich panisch.

»Noch mal, Sophy.«

Sie krallte sich in den Stoff seines Morgenmantels, als sie erneut seinen Mund mit dem ihren berührte. Er war warm und hart und seltsam zwingend. Sie hätte sich die ganze Nacht lang so an ihn klammern können, aber sie wußte, daß er sich nicht mit schlichten Küssen zufriedengeben würde.

»Das ist schon besser, meine Süße.« Seine Stimme wurde immer undeutlicher, ob nun von dem Schlaftrunk oder seinem Verlangen nach ihr war nicht klar. »Sobald du und ich zu einem Einverständnis gekommen sind, werden wir sehr gut miteinander auskommen, Sophy.«

»Machst du das, was du jetzt mit mir machst, auch mit deiner Mätresse?« fragte sie frech.

Sein Gesicht wurde grimmig. »Ich habe dich mehr als einmal gewarnt, nicht über solche Dinge zu reden.«

»Du warnst mich ständig vor irgend etwas, Julian. Das wird allmählich langweilig.«

»Ach wirklich? Dann ist es wohl höchste Zeit, daß du lernst, daß ich nicht nur reden, sondern auch handeln kann.«

Er raffte sie in seine Arme und trug sie zum aufgeschlagenen Bett. Dort ließ er sie vorsichtig auf die Laken fallen. Sie strampelte sich hoch und dabei rutschte ungewollt, wie immer bei ihr, das feine Batistnachthemd über ihre Schenkel hoch. Sie hob den Kopf und sah, daß Julians Blick auf ihre Brüste geheftet war. Sie wußte, daß sich ihre Brustwarzen unter dem dünnen Stoff abzeichneten.

Julian streifte seinen Morgenmantel ab, und sein Blick glitt ihren Körper entlang und über ihre nackten Beine. »So schöne Beine. Ich bin mir sicher, der Rest von dir wird sich als genauso zauberhaft erweisen.«

Aber Sophy hörte ihn gar nicht. Sie starrte erstaunt seinen nackten Körper an. Sie hatte noch nie zuvor einen entblößten Mann gesehen, geschweige denn einen mit einer Erektion. Der Anblick war atemberaubend. Sie hatte sich immer für reif und sehr gut informiert gehalten, kein naives Mädchen, das leicht zu schockieren war. Sie war, wie sie Julian gegenüber so oft betonte, ein Mädchen, das auf dem Land aufgewachsen war. Aber Julians Glied schien der ohnehin verwirrten Sophy von gigantischen Ausmaßen. Es ragte aggressiv aus einem Nest gelockter schwarzer Haare. Die Haut seines flachen Bauches und der breiten behaarten Brust spannte sich über geschmeidige Muskeln, die sie mühelos überwältigen würden.

Im Schein der Kerzen sah Julian grenzenlos männlich und grenzenlos gefährlich aus, aber auch grenzenlos anziehend in seiner strotzenden Kraft. Und das machte ihr mehr angst als alles andere.

»Julian, nein«, sagte Sophy hastig. »Bitte tu das nicht. Du hast mir dein Wort darauf gegeben.«

Seine Augen blitzten kurz vor Wut auf, aber seine Stimme wurde immer undeutlicher. »Verdammt noch mal, Sophy. Ich war wirklich lange genug geduldig. Fang jetzt nicht wieder mit diesem sogenannten Abkommen an. Ich werde es nicht verletzen.«

Er ließ sich auf dem Bett nieder, und seine große, kräftige Hand packte ihren Arm. Sie sah, daß sich sein Blick endlich trübte und stellte erleichtert fest, daß er jeden Moment einschlafen würde.

»Sophy?« murmelte er benommen. »So weich, so süß. Du gehörst mir, weißt du.« Lange dunkle Wimpern senkten sich langsam und verbargen den verwirrten Ausdruck in Julians Augen. »Ich werde dich hegen. Werde nicht zulassen, daß du wirst wie dieses Luder Elizabeth. Eher erwürg ich dich.«

Er beugte den Kopf, um sie zu küssen. Sophy erstarrte, aber seine Lippen berührten die ihren nicht mehr. Julian stöhnte einmal kurz auf, dann fiel er in die Kissen. Seine starke Hand umklammerte noch einige Augenblicke ihren Arm, dann fiel sie kraftlos aufs Bett.

Sophys Puls raste wie verrückt, als sie neben Julian auf dem Bett lag. Einige Minuten lang wagte sie nicht, sich zu bewegen. Allmählich beruhigte sich ihr Herzschlag, und sie versicherte sich, daß Julian nicht aufwachen würde. Der Wein, den er vorher getrunken hatte, würde zusammen mit den Kräutern dafür sorgen, daß er bis zum Morgen durchschlief.

Sophy rutschte vorsichtig aus dem Bett, den Blick unverwandt auf Julians prachtvolle Gestalt gerichtet. Er sah sehr wild und brutal aus, wie er da auf den weißen Laken lag.

Was hatte sie getan?

Sophy stellte sich neben das Bett und versuchte, vernünftig zu überlegen.

Sie war sich nicht sicher, an wieviel sich Julian morgen beim Aufwachen erinnern würde. Sollte er je dahinterkommen, daß sie ihn betäubt hatte, würde seine Wut gegen sie ungeheuerlich sein. Irgendwie mußte es ihr gelingen, ihn davon zu überzeugen, er hätte sein Ziel erreicht.

Sophy lief zu ihrer Kräutertruhe. Bess hatte ihr erklärt, daß Frauen manchmal Blutungen hatten, wenn sie das erste Mal mit einem Mann schliefen, besonders wenn der Mann unvorsichtig und wenig zärtlich war. Sie wußte nicht, ob Julian damit rechnete, morgen früh Blut auf den Laken zu finden. Aber es würde ihn sicher im Glauben bestätigen, er hätte seine Gattenpflicht erfüllt, wenn er welches fand.

Sophy mixte ein rötliches Gebräu aus rotblättrigen Kräutern in etwas Tee. Als die Mischung fertig war, beäugte sie sie mißtrauisch. Die Farbe war schon richtig, nur war das Ganze etwas dünn. Aber das war vielleicht egal, wenn es das Laken aufgesaugt hatte.

Sie ging wieder zum Bett und tupfte etwas von dem falschen Blut auf das Laken, wo sie ein paar Minuten vorher gelegen hatte. Es wurde schnell aufgesaugt, nur ein feuchter, rötlicher Ring blieb zurück. Sophy fragte sich, mit wieviel Blut ein Mann wohl rechnete, wenn er mit einer Jungfrau schlief.

Sie überlegte krampfhaft und kam schließlich zu dem Schluß, daß die Flüssigkeitsmenge auf dem Laken nicht reichte. Mit zitternder Hand beugte sie sich über das Bett, und ein kräftiger Schwall des künstlichen Blutes schwappte über den Tassenrand.

Sophy richtete sich erschrocken auf, und noch mehr von der Flüssigkeit plätscherte auf das Laken. Jetzt hatte es einen stattlichen feuchten rosa Fleck. Sophy fragte sich, ob sie es wohl übertrieben hatte.

Hastig goß sie den Rest der rötlichen Flüssigkeit in den Teetopf. Dann blies sie die Kerzen aus und glitt behutsam neben Julian ins Bett, darauf bedacht, sein schweres, muskulöses Bein nicht zu berühren.

Sie hatte keine andere Wahl. Sie mußte sich auf ein Stück des breiten feuchten Flecks legen.

Vier

Julian hörte, wie sich die Schlafzimmertür öffnete. Leise weibliche Stimmen tauschten Worte. Die Tür schloß sich wieder, und dann hörte er das fröhliche Klappern eines Frühstückstabletts, das auf einem Tisch neben ihm abgestellt wurde.

Eine ganz ungewohnte Lethargie lähmte seine Glieder, und er versuchte, sich langsam zu strecken. Sein Mund schmeckte wie eine Müllgrube. Er runzelte die Stirn und versuchte sich zu erinnern, wieviel Portwein er im Lauf des gestrigen Abends getrunken hatte.

Die Augen zu öffnen war eine ungeheure Anstrengung. Als es ihm schließlich gelang, wußte er überhaupt nicht, wo er war. Die Wände seines Zimmers hatten offensichtlich über Nacht die Farbe gewechselt. Er starrte die fremden chinesischen Tapeten lange an, und schließlich kam allmählich die Erinnerung zurück.

Er war in Sophys Bett.

Julian richtete sich langsam in den Kissen auf und wartete darauf, daß auch noch der Rest einer sicherlich angenehmen Erinnerung zurückkam. Aber da war nichts, außer schwachen, aber lästigen Kopfschmerzen. Er runzelte erneut die Stirn und rieb sich die Schläfen.

Es war doch nicht möglich, daß er den Liebesakt mit seiner neuen Braut vergessen hatte. Dafür hatte ihn schon zu lange schmerzliches Verlangen danach gequält. Fast zehn Tage lang hatte er gelitten, ehe der richtige Moment gekommen war. Aber die Erlösung hätte doch sicherlich eine sehr angenehme Erinnerung hinterlassen müssen.

Er sah sich im Zimmer um und entdeckte Sophy, die neben dem Kleiderschrank stand. Sie trug denselben Morgenmantel, den sie gestern abend angehabt hatte. Sie stand mit dem Rücken zu ihm, und ein Lächeln huschte über sein Gesicht, als er die verirrte Rüsche sah, die sich unter dem Kragen verklemmt hatte. Julian verspürte den heftigen Drang, zu ihr zu gehen und die Spitze gerade zu rücken. Und dann würde er ihr einfach den Morgenmantel ausziehen und sie zurück ins Bett tragen.

Er versuchte sich zu erinnern, wie ihre kleinen, sanft gerundeten Brüste im Kerzenlicht ausgesehen hatten, aber da war nur das Bild ihrer dunklen, harten Brustwarzen, die sich gegen den weichen Stoff ihres Batistnachthemdes drängten.

Er zwang sich, weiter zurückzudenken und stellte fest, daß er sich schemenhaft daran erinnern konnte, wie seine Frau auf dem Bett gelegen war, das Nachthemd über die Knie hochgezogen. Ihre nackten Beine waren sehr graziös und elegant gewesen, und er erinnerte sich daran, wie erregt er bei dem Gedanken gewesen war, daß diese Beine ihn gleich umschlingen würden.

Er erinnerte sich auch daran, wie er sich seines Morgenmantels entledigt hatte, als eine Flut von Verlangen ihn durchströmte. Sophy hatte ihn entsetzt und verunsichert angesehen, und das hatte ihn wütend gemacht. Er hatte sich zu ihr aufs Bett gesetzt, entschlossen, sie zu beruhigen und dazu zu bringen, ihn zu akzeptieren. Sie war sehr mißtrauisch und nervös, aber er hatte gewußt, daß er sie dazu bringen würde, sich zu entspannen und das Liebesspiel zu genießen. Sie hatte ja bereits gezeigt, daß sie seine Leidenschaft erwidern konnte.

Er hatte nach ihr gegriffen und...

Julian schüttelte den Kopf, um die Spinnweben zu vertreiben. Er hatte sich doch wohl nicht blamiert und seine ehelichen Pflichten nicht erfüllt. Er war so besessen von dem Gedanken gewesen, Sophy zur Seinen zu machen, daß er sicher nicht mitten drin eingeschlafen war, egal wieviel Portwein er getrunken hatte.

Schockiert von diesem unglaublichen Gedächtnisverlust schob Julian die Laken zurück. Sein Schenkel streifte einen harten Flecken auf dem Laken – einen feuchten Fleck, der über Nacht getrocknet war. Er grinste vor Erleichterung und Befriedigung und senkte langsam den Blick nach unten. Er wußte, was er da vorfinden würde: den Beweis, daß er sich doch nicht unsterblich blamiert hatte.

Aber aus seiner Befriedigung wurde schlagartig Entsetzen. Der rötlich braune Fleck auf dem Laken war viel zu groß.

Unmöglich groß.

Monströs groß.

Was hatte er seiner sanften, zarten Frau angetan?

Die einzige Erfahrung Julians mit einer Jungfrau war seine Hochzeitsnacht mit Elizabeth gewesen, und mit der bitteren Weisheit, die er in den letzten Jahren erworben hatte, hatte er guten Grund, das anzuzweifeln.

Aber er hatte die üblichen Männergespräche gehört und wußte, daß eine Frau normalerweise nicht blutete wie ein abgestochenes Kalb. Manchmal blutete die Frau sogar überhaupt nicht.

Ein Mann mußte buchstäblich über eine Frau herfallen, um eine solche Blutung zu verursachen. Er mußte ihr wirklich sehr weh tun, um solchen Schaden anzurichten.

Julian wurde ganz flau im Magen angesichts dieses unumstößlichen Beweises seiner brutalen Ungeschicklichkeit. Seine eigenen Worte fielen ihm wieder ein. *Morgen früh wirst du mir danken.*

Gütiger Gott, jede Frau, die so etwas erdulden mußte, wie Sophy es erlitten hatte, war sicher nicht in der Stimmung, dem Mann zu danken, der sie so schwer verletzt hatte. Julian schloß kurz die Augen und versuchte verzweifelt, sich zu erinnern, was genau er ihr angetan hatte. Aber keine belastende Szene zeigte sich vor seinem inneren Auge, und trotzdem konnte er die Beweise nicht abstreiten.

»Sophy?« Seine Stimme klang sogar in seinen Ohren grob.

Sophy zuckte zusammen, als hätte er ihr einen Peitschenhieb versetzt. Sie wirbelte herum, mit einem Ausdruck im Gesicht, der Julian mit den Zähnen knirschen ließ.

»Guten… guten Morgen, Mylord.« Ihre Augen waren ganz groß und voller weiblicher Nervosität.

»Ich habe das Gefühl, dieser spezielle Morgen hätte wesentlich besser sein können, als er es ist. Und das ist meine Schuld.« Er setzte sich auf die Bettkante und griff nach seinem Morgenmantel, ließ sich aber mit dem Anziehen Zeit, während er fieberhaft überlegte, wie er wohl am besten mit dieser Situation fertig werden könnte. Sie würde wohl kaum in der Stimmung sein, sich beschwichtigende Worte anzuhören. Gütiger Gott im Himmel, er wünschte, sein Kopf würde nicht so schmerzen.

»Ich glaube, Euer Kammerherr wartet schon mit dem Rasierzeug, Mylord.«

Das ignorierte er. »Bist du in Ordnung?« fragte er mit leiser

Stimme. Er wollte auf sie zugehen, blieb aber sofort stehen, als sie vor ihm zurückwich. Der Schrank bremste ihren Rückzug, aber ihr Gesichtsausdruck zeigte, daß sie am liebsten davongerannt wäre. Sie stand da, mit einem bestickten Unterrock, den sie fest umklammerte und beobachtete ihn ängstlich.

»Mir geht es gut, Mylord.«

Julian holte Luft. »Oh, Sophy, Kleines, was hab ich dir angetan? War ich gestern nacht wirklich so ein Unhold?«

»Euer Rasierwasser wird kalt, Mylord.«

»Sophy, die Temperatur meines Rasierwassers ist mir völlig egal. Ich mache mir Sorgen um dich.«

»Ich hab's dir gesagt. Mir geht es gut. Bitte, Julian, ich muß mich anziehen.«

Er stöhnte und ging auf sie zu, ohne Rücksicht auf ihre Ausweichversuche. Er nahm sie behutsam bei den Schultern und sah in ihr besorgtes Gesicht. »Wir müssen reden.«

Ihre Zungenspitze benetzte nervös ihre Lippen. »Seid Ihr denn nicht befriedigt, Mylord? Ich hatte gehofft, Ihr wärt es.«

»Oh, mein Gott«, hauchte er und drückte zärtlich ihren Kopf an seine Schulter. »Ich kann mir gut vorstellen, wie verzweifelt du hoffst, daß ich befriedigt bin. Ich bin mir sicher, du möchtest nie wieder eine Nacht wie die gestrige erleben.«

»Ich muß Euch recht geben, Mylord. Eine solche Nacht möchte ich in meinem ganzen Leben nicht mehr erleben.« Ihre Stimme war zwar undeutlich, weil sie das in seinen Morgenmantel murmelte, aber der heftige Wunsch war unüberhörbar.

Quälende Schuldgefühle packten ihn. Er streichelte ihr beruhigend den Rücken. »Würde es helfen, wenn ich bei meiner Ehre schwöre, daß es das nächste Mal kein so grobes Erlebnis sein wird?«

»Euer Ehrenwort, Mylord?«

Er fluchte heftig und drückte ihr Gesicht fester an seine Schulter. Er spürte, wie verkrampft sie war, hatte aber nicht die leiseste Ahnung, was er dagegen tun könnte. »Ich weiß, daß du heute morgen nicht sonderlich viel auf mein Ehrenwort gibst, aber ich verspreche dir, daß du das nächste Mal, wenn wir uns lieben, nicht leiden wirst.«

»Ich würde es vorziehen, nicht an ein nächstes Mal zu denken.«

Er atmete langsam aus. »Nein, das kann ich verstehen.« Er spürte, wie sie versuchte, sich von ihm loszureißen, aber er konnte sie jetzt noch nicht gehen lassen. Er mußte eine Möglichkeit finden, sie davon zu überzeugen, daß er nicht der Unhold war, als den sie ihn gestern nacht offensichtlich erlebt hatte. »Es tut mir leid, Kleines. Ich weiß nicht, was in mich gefahren ist. Es wird dir sicher schwerfallen, das zu verstehen, aber ich kann mich ehrlich nicht mehr erinnern, was genau passiert ist. Aber eins mußt du mir glauben, ich hatte nie vor, dir weh zu tun.«

Sie versuchte, sich vorsichtig aus seiner Umarmung zu lösen. »Ich würde lieber nicht darüber reden.«

»Aber wir müssen darüber reden, ansonsten wirst du die Sache noch schlimmer machen, als sie ohnehin schon ist. Sophy, sieh mich an.«

Sie hob langsam den Kopf und warf ihm einen kurzen Blick zu, dann wandte sie sich hastig ab. »Was wollt Ihr denn von mir, Mylord?«

Seine Hände drückten sie kurz, dann zwang er sich, ruhig zu bleiben. »Ich möchte, daß du sagst, daß du mir verzeihst und das, was gestern nacht passiert ist, mir nicht nachtragen wirst. Aber ich nehme an, das ist heute morgen wohl ein bißchen viel verlangt.«

Sie nagte an ihrer Lippe. »Ist Euer Stolz befriedigt, Mylord?«

»Mein Stolz kann mir gestohlen bleiben. Ich versuche eine Möglichkeit zu finden, mich bei dir zu entschuldigen und dich wissen zu lassen, daß es nie wieder so ... so unangenehm sein wird.« Zum Teufel, *unangenehm* war wirklich eine lächerliche Untertreibung, wenn er sich vorstellte, was sie gestern nacht empfunden hatte, als er sich wie ein Tier zwischen ihren Beinen zu schaffen machte. »Das Liebesspiel zwischen Mann und Frau soll ein erfreuliches Erlebnis sein. Es hätte dir gestern nacht Freude machen sollen. Ich wollte, daß es ein lustvolles Erlebnis für dich wird. Ich weiß nicht, was passiert ist. Verdammt, ich muß den Verstand verloren haben.«

»Bitte, Mylord, das ist mir so furchtbar peinlich. Müssen wir denn darüber reden?«

»Du mußt einsehen, daß wir es nicht dabei bewenden lassen können.«

Nach einer Pause fragte sie vorsichtig: »Warum nicht?«

»Sophy, Schätzchen, sei bitte vernünftig. Wir sind verheiratet. Wir werden uns oft lieben. Ich möchte nicht, daß du Angst vor dieser Erfahrung hast.«

»Ich wünschte, du würdest nicht dauernd von lieben reden, es hat doch gar nichts damit zu tun«, sagte sie schnippisch.

Julian schloß die Augen und versuchte, geduldig zu bleiben. Das mindeste, was einer seiner Braut schuldig war, war Geduld. Unglücklicherweise gehörte gerade die nicht zu seinen Stärken.

»Sophy, sag mir eines? Haßt du mich heute morgen?«

Sie schluckte und sah unverwandt aus dem Fenster. »Nein, Mylord.«

»Na ja, das ist wenigstens etwas. Nicht viel, aber etwas. Verdammt noch mal, Sophy, was hab ich dir gestern abend angetan? Ich muß mich auf dich geworfen haben, aber ich schwöre, ich weiß nur noch, daß ich zu dir ins Bett gestiegen bin, sonst nichts mehr.«

»Ich kann wirklich nicht darüber reden, Mylord.«

»Nein, das kannst du wohl wirklich nicht.« Er raufte sich das Haar. Wie konnte er erwarten, daß sie ihm eine detaillierte Beschreibung seines Handelns gab? Er wollte die gräßliche Geschichte ja selbst nicht hören. Trotzdem mußte er unbedingt wissen, was er ihr angetan hatte. Er mußte wissen, ob er sich tatsächlich wie ein Satan benommen hatte.

»Julian?«

»Ich weiß, das ist keine Entschuldigung, meine Süße, aber ich fürchte, ich habe gestern mehr Portwein getrunken, als ich dachte. Ich werde mich nie wieder in solch beklagenswertem Zustand deinem Bett nähern. Es war unverzeihlich. Bitte nimm meine Entschuldigung an, und glaube mir, daß es das nächste Mal ganz anders sein wird.«

Sophy räusperte sich. »Was das nächste Mal angeht –«

Er zuckte zusammen. »Ich weiß, daß du dich nicht darauf freuen kannst, aber ich gebe dir mein Wort, daß ich beim nächsten Mal nichts überstürzen werde. Aber du mußt dir darüber im klaren sein, daß wir uns irgendwann wieder lieben müssen. Sophy, das war das erste Mal für dich, nun ja, es ist so ähnlich, wie wenn man vom Pferd fällt. Wenn man nicht wieder aufsteigt, reitet man vielleicht nie wieder.«

»Ich bin mir nicht sicher, ob das wirklich ein so furchtbares Schicksal ist«, murmelte sie.

»*Sophy!*«

»Ja, natürlich. Da wäre ja noch die kleine Angelegenheit mit Eurem Erben. Verzeiht, Mylord, das wäre mir fast entfallen.«

Selbstverachtung durchbohrte ihn wie ein Pfeil. »Ich habe nicht an meinen Erben gedacht, sondern an dich«, sagte er mit zusammengebissenen Zähnen.

»Unser Abkommen galt für drei Monate«, erinnerte sie ihn leise. »Glaubt Ihr, wir könnten diese Vereinbarung wieder aufnehmen?«

Julian fluchte leise vor sich hin. »Ich halte es nicht für eine gute Idee, so lange zu warten. Deine natürliche Abneigung wird sich ins Uferlose steigern, wenn du drei ganze Monate hast, um über das zu grübeln, was gestern nacht passiert ist, Sophy. Ich habe dir erklärt, daß das Schlimmste jetzt vorbei ist. Es besteht kein Grund, sich hinter dieser Abmachung zu verschanzen, auf der du bestanden hast.«

»Wahrscheinlich habt Ihr recht. Besonders nachdem Ihr mir klar gemacht habt, wie beschränkt meine Mittel sind, diese Abmachung durchzusetzen.« Sie riß sich aus seiner Umarmung los und ging zum Fenster. »Ihr hattet ganz recht, Mylord, als Ihr mich darauf hingewiesen habt, daß eine Frau in einer Ehe nur sehr wenig Macht hat. Ihre einzige Hoffnung ist, daß sie sich auf die Ehre ihres Gatten als Gentleman verlassen kann.«

Wieder überrollte ihn eine Woge von Schuldgefühlen und drohte fast, ihn zu ertränken. Als er wieder auftauchte, wünschte er, der Teufel würde ihm gegenüberstehen und nicht Sophy. Zumindest könnte er dann einen Gegenangriff starten.

Seine Situation war untragbar. Es war leider klar, daß es nur einen ehrbaren Ausweg gab und den mußte er nehmen, auch wenn er wußte, daß dadurch für sie alles noch schwerer werden würde.

»Könntest du es über dich bringen, meinem Wort noch einmal zu vertrauen, wenn ich mich bereit erkläre, wieder zu unserem Drei-Monate-Arrangement zurückzukehren?« fragte Julian.

Sie warf ihm einen kurzen Blick über die Schulter zu. »Ja, ich glaube, diesmal könnte ich dir vertrauen. Natürlich nur, wenn du mir zusätzlich versprichst, mich nicht zu verführen und nicht nur, daß du mir keine Gewalt antust.«

»Gestern abend habe ich dir Verführung versprochen und habe dir statt dessen Gewalt angetan. Ja, ich kann verstehen, daß du die ursprünglichen Bedingungen erweitern willst.« Julian beugte förmlich das Haupt. »In Ordnung, Sophy. Mein Verstand sagt mir, daß es der falsche Weg ist, aber ich kann es dir nicht verweigern, wenn du nach dem, was gestern nacht passiert ist, darauf bestehst.«

Sophy nickte, und ihre Hände krallten sich ineinander. »Danke, Mylord.«

»Danke mir nicht. Ich bin der festen Überzeugung, daß ich einen ernsthaften Fehler begehe. Hier ist etwas ganz faul.« Er schüttelte wieder den Kopf und versuchte sich zu erinnern. Aber da war nur eine leere Wand. Verlor er womöglich den Verstand? »Du hast mein Wort, daß ich dich während der restlichen Zeit unserer Abmachung nicht mehr belästigen werde. Ich brauche wohl nicht extra zu erwähnen, daß ich dich auch nicht mit Gewalt nehmen werde.« Er zögerte, hätte sie zu gerne in den Arm genommen und an sich gedrückt, aber er wagte es nicht, sie zu berühren. »Bitte entschuldige mich jetzt.«

Er verließ das Schlafzimmer in der festen Überzeugung, daß er in ihren Augen kaum tiefer sinken konnte, als er in seinen schon gesunken war.

Die nächsten beiden Tage hätten von Rechts wegen die glücklichsten in Sophys Leben sein sollen. Ihre Flitterwochen waren jetzt tatsächlich zu dem Traum geworden, den sie sich in ihrer Naivität ausgemalt hatte. Julian war gütig, rücksichtsvoll und unerschütterlich sanft. Er behandelte sie, als wäre sie ein seltenes, unschätzbares Stück Porzellan. Die stumme, unterschwellige sinnliche Bedrohung, die sie seit Tagen gequält hatte, war endlich vergessen.

Natürlich war da immer noch das Verlangen in Julians Blick, aber das Feuer seiner Leidenschaft war jetzt gnadenlos eingedämmt, und sie mußte nicht mehr fürchten, daß es außer Kontrolle geriet. Zumindest hatte sie die Atempause, die sie vor ihrer Heirat versucht hatte auszuhandeln.

Doch anstatt entspannt die Zeit zu genießen, die sie sich erkauft hatte, fühlte Sophy sich hundeelend. Zwei Tage lang kämpfte sie mit ihren Schuldgefühlen, versuchte sich einzureden, sie hätte richtig gehandelt, das unter diesen Umständen einzig Mögliche getan. Eine Frau hatte so wenig Macht, daß sie gezwungen war, sich jedes greifbaren Mittels zu bedienen.

Aber ihr eigenes Ehrgefühl gestattete nicht, daß sie ihre Ängste mit solchen Überlegungen beschwichtigte.

Am dritten Tag nach ihrer fiktiven Hochzeitsnacht erwachte Sophy und wußte, daß sie diese Scharade keinen einzigen Tag mehr ertragen könnte, ganz zu schweigen noch drei Monate.

In ihrem ganzen Leben hatte sie sich noch nie so schrecklich gefühlt. Julians Selbstkasteiung war eine furchtbare Verantwortung, die wie Blei auf ihren schmalen Schultern lastete. Es war offensichtlich, daß er sich die bittersten Vorwürfe machte für das, was er glaubte, getan zu haben. Die Tatsache, daß er überhaupt nichts getan hatte, ließ Sophys Schuldgefühle ins Unermeßliche wachsen.

Sie kippte den Tee hinunter, den ihre Zofe gebracht hatte, knallte die Tasse auf ihren Unterteller und schlug die Decke zurück.

»Ein wunderschöner Tag ist das heute, Madame. Werdet Ihr nach dem Frühstück reiten?«

»Ja, Mary, das werde ich. Bitte schick jemanden zu Lord Ravenwood und laß fragen, ob er sich mir anschließen will, sei so gut.«

»Oh, ich glaube, Seine Lordschaft wird sich Euch sicher anschließen«, sagte Mary und grinste frech. »Der Mann würde sogar mit Euch nach Amerika fahren, wenn Ihr ihn drum bittet. Das ganze Personal hat seine helle Freude an dem, was hier vorgeht.«

»Helle Freude woran?«

»Wie er sich die Beine ausreißt, um Euch zu gefallen. So etwas hab ich noch nie gesehen. Seine Lordschaft dankt wahrscheinlich seinem Glücksstern, daß er eine Frau gekriegt hat, die so ganz anders ist als die Hexe, die er das erste Mal geheiratet hat.«

»Mary!«

»Tut mir leid, Madame. Aber ich weiß genauso gut wie Ihr, was sie zu Hause im Dorf über sie erzählen. Das war ja kein Geheimnis. Sie war eine ganz Wilde, jawohl. Das braune oder das blaue Kostüm, Mylady?«

»Das neue braune Kostüm, glaube ich, Mary. Und jetzt will ich nichts mehr über die erste Lady Ravenwood hören.« Sophy hoffte, ihr Ton hatte die nötige Strenge. Heute wollte sie nichts über ihre

Vorgängerin hören. Dank ihres schlechten Gewissens fragte sie sich, ob Julian, sobald er die Wahrheit erfahren hatte, zu dem Schluß kommen würde, daß sie genauso intrigant war wie seine erste Frau.

Eine Stunde später ging sie hinunter in die Halle, wo Julian sie bereits erwartete. Er schien sich in seiner eleganten Reitkleidung sehr wohl zu fühlen. Die engen hellen Reithosen, die kniehohen Stiefel und der knapp sitzende Rock betonten die unterschwellige Kraft seines Körpers.

Julian lächelte, als er Sophy die Treppe herunterkommen sah. Er hielt einen kleinen Korb hoch. »Ich hab uns von der Köchin ein Picknick einpacken lassen. Ich dachte, wir könnten vielleicht die alte Schloßruine erkunden, die wir auf dem Hügel über dem Fluß entdeckt haben. Würde Euch das gefallen, Madame?« Er ging zu ihr und nahm ihren Arm.

»Eine wirklich nette Idee, Julian«, sagte Sophy demütig und versuchte, sich ein Lächeln abzuringen. Seine Bemühungen, ihr eine Freude zu machen, rührten sie, und dadurch fühlte sie sich noch elender.

»Deine Zofe soll schnell nach oben laufen und dir eins deiner beklagenswerten Bücher holen. Ich kann alles ertragen außer der Wollstonecraft. Ich hab mir auch etwas aus der Bibliothek geholt. Wer weiß? Wenn die Sonne bleibt, können wir vielleicht den Nachmittag irgendwo unterwegs unter einem Baum mit Lesen verbringen.«

Ihr Herz machte einen kleinen Satz. »Das klingt wunderbar, Mylord.« Dann hatte sie die Wirklichkeit wieder eingeholt. Julian würde bestimmt nicht in der Stimmung sein, irgendwo unter einem Baum mit ihr zu lesen, nachdem sie ihm die gräßliche Wahrheit enthüllt hatte.

Er führte sie nach draußen in die helle Frühlingssonne. Zwei Pferde standen gesattelt bereit: ein brauner Vollblutwallach und Angel, mit je einem Knecht am Zügel. Julian beobachtete Sophys Gesicht genau, als er ihre Taille umfaßte und sie in den Sattel hob. Er schien erleichtert, als sie bei seiner Berührung nicht zusammenzuckte.

»Ich bin froh, daß du dich heute wieder kräftig genug zum Reiten fühlst«, sagte Julian, als er sich in den Sattel schwang und die Zügel aufnahm. »Unsere Morgenritte haben mir die letzten zwei Tage sehr gefehlt.« Er warf ihr einen prüfenden Blick zu. »Du bist sicher, daß du es, äh... bequem hast?«

Sie errötete bis unter die Haarspitzen und spornte ihr Pferd in Trab. »Sehr bequem, Julian.« *Bis ich den Mut finde, dir die ganze Wahrheit zu sagen, und dann werde ich mich absolut grauenhaft fühlen.* Sie fragte sich betreten, ob er sie wohl schlagen würde.

Eine Stunde später zügelten sie ihre Pferde in der Nähe des alten Normannenschlosses, das einst den Fluß bewacht hatte. Julian stieg ab und ging zu dem Wallach, auf dem Sophy ritt und hob seine Frau behutsam aus dem Sattel. Ihre Füße berührten den Boden, aber er ließ sie nicht sofort los.

»Ist etwas nicht in Ordnung, Mylord?«

»Nein.« Sein Lächeln war voller Wehmut. »Alles ist in Ordnung.« Er nahm seine Hand von ihrer Taille und rückte ihre Feder zurecht, die bereits wieder in gefährlichem Winkel von ihrem Hut baumelte.

Sophy seufzte. »Das war einer der Gründe, warum ich während meiner Saison in London ein solcher Reinfall war. Gleichgültig wie sorgfältig meine Zofe mich frisierte und mich anzog, bis ich im Ballsaal war, sah ich bereits wieder aus, als hätte mich eine Kutsche überfahren. Ich glaube, ich hätte lieber in schlichteren Zeiten gelebt, wo die Leute weniger Kleider trugen, um die sie sich Sorgen machen mußten.«

»Ich hätte nichts dagegen, mit dir in so einer Zeit zu leben«, sagte Julian grinsend und musterte ihr Kostüm. Seine strahlend grünen Augen funkelten amüsiert. »Ihr würdet blendend aussehen, wenn Ihr sehr wenig bekleidet herumrennt, Madame.«

Sie wußte, daß sie schon wieder errötete. Sie wandte sich hastig von ihm ab und machte sich auf den Weg zu dem Steinhaufen, der noch von dem alten Schloß übrig war. Zu jeder anderen Zeit hätte Sophy die Ruine unglaublich romantisch gefunden. Heute konnte sie sich gar nicht daran erfreuen. »Eine wunderbare Aussicht, nicht wahr? Es erinnert mich an das alte Schloß auf dem Ravenwood-Land. Ich hätte mein Skizzenbuch mitbringen sollen.«

»Ich wollte dich nicht in Verlegenheit bringen, Sophy«, sagte Julian leise, als er sie einholte. »Oder dich verängstigen, indem ich dich an neulich Nacht erinnere. Ich wollte nur einen kleinen Scherz machen.« Er berührte ihre Schulter. »Verzeih meine Taktlosigkeit.«

Sophy schloß die Augen. »Du hast mir keine Angst gemacht.«

»Immer wenn du so vor mir zurückweichst, krieg ich Angst, daß ich dir wieder einen neuen Grund gegeben habe, mich zu fürchten.«

»Julian, hör auf. Hör sofort auf damit. Ich fürchte dich nicht.«

»Du brauchst mich nicht anzulügen«, versicherte er ihr. »Ich bin mir sehr wohl bewußt, daß es sehr lange dauern wird, bis du mir ganz verziehen hast.«

»Oh, Julian, wenn du noch einmal Verzeihung sagst, werde ich ganz laut schreien.« Sie wandte sich ab von ihm, weil sie nicht wagte, ihn anzusehen.

»Sophy? Was, zum Teufel, ist denn jetzt schon wieder los? Es tut mir leid, wenn dir meine Entschuldigungsversuche nicht gefallen, aber sie sind ehrlich gemeint.«

Sie hatte größte Mühe, nicht sofort in Tränen auszubrechen. »Das verstehst du nicht«, sagte sie niedergeschlagen. »Ich will sie nur deshalb nicht mehr hören, weil sie... sie sind vollkommen *unnötig*.«

Nach einer kurzen Pause sagte Julian leise: »Du bist nicht dazu verpflichtet, mir die Sache leichter zu machen.«

Sie umklammerte ihre Reitpeitsche mit beiden Händen. »Ich versuche nicht, dir die Sache leichter zu machen. Ich versuche, dich in ein paar Punkten aufzuklären, in denen ich dich... dich absichtlich irregeführt habe.«

Wieder folgte eine kurze Pause. »Ich verstehe nicht, Sophy, was versuchst du mir denn zu sagen? Daß mein Liebesspiel gar nicht so schlimm war, obwohl ich weiß, daß das nicht wahr ist? Bitte spar dir die Mühe. Wir kennen beide die Wahrheit.«

»Nein, Julian, du kennst die Wahrheit nicht. Nur ich kenne die Wahrheit. Ich muß Euch ein Geständnis machen, Mylord, und ich fürchte, es wird Euch entsetzlich wütend machen.«

»Nicht mit dir, Sophy. Niemals mit dir.«

»Ich bete, daß Ihr Euch daran erinnert, Mylord, aber meine Vernunft sagt mir, daß Ihr das nicht tun werdet.« Sie nahm all ihren Mut zusammen, wagte aber immer noch nicht, sich umzudrehen und ihm in die Augen zu sehen. »Ihr müßt Euch für neulich nacht gar nicht entschuldigen, weil Ihr gar nichts getan habt.«

»*Was?*«

Sophy wischte sich mit dem Handrücken über die Augen. Dabei stieß sie gegen ihren Hut, und die Feder kippte wieder nach vorne. »Das heißt, Ihr habt nicht getan, was Ihr glaubt, getan zu haben.«

Das Schweigen hinter ihr wurde geradezu ohrenbetäubend, bevor Julian wieder etwas sagte. »Sophy, das Blut. Da war soviel Blut.«

Sie sagte rasch, ehe sie der Mut ganz verließ: »Zu meiner Verteidigung sollte ich sagen, daß du versucht hast, unsere Abmachung zu brechen. Ich war sehr nervös und sehr, sehr wütend. Ich hoffe, Ihr zieht das in Betracht, Mylord. Ihr solltet wirklich am besten wissen, was es heißt, jähzornig zu sein.«

»Verdammt noch mal, Sophy, wovon, zum Teufel, redest du überhaupt?« Julians Stimme war gefährlich ruhig.

»Ich versuche Euch zu erklären, Mylord, daß Ihr mich in dieser Nacht gar nicht angegriffen habt. Ihr seid, nun ja, eben einfach eingeschlafen.« Jetzt wagte Sophy endlich, sich ihm zuzuwenden. Er stand nur ein paar Meter entfernt von ihr, die Beine in den hohen Stiefeln leicht gespreizt, die Reitpeitsche am Schenkel. Sein smaragdgrüner Blick war kälter als die Tiefen des Hades.

»Ich bin eingeschlafen?«

Sophy nickte, den Blick starr auf einen Punkt hinter seiner Schulter gerichtet. »Ich habe dir ein paar Kräuter in den Tee getan. Du erinnerst dich, daß ich gesagt habe, ich hätte etwas, das wesentlich wirksamer zum Einschlafen ist als Portwein?«

»Ich erinnere mich. Aber du hast den Tee auch getrunken.«

Sie schüttelte den Kopf. »Ich hab nur so getan, als würde ich trinken. Du warst so damit beschäftigt, dich über Miss Wollstonecrafts Buch zu beschweren, daß du nicht gemerkt hast, was ich tue.«

Er kam einen Schritt näher. Die Reitpeitsche flatterte nervös gegen sein Bein. »Das Blut. Das ganze Laken war voll davon.«

»Wieder Kräuter, Mylord. Nachdem Ihr eingeschlafen wart, hab ich sie in den Tee gerührt, um die Farbe zu erzielen. Ich hab nur nicht gewußt, wieviel Flüssigkeit ich nehmen soll, versteht Ihr, und ich war so nervös, daß ich etwas verschüttet habe, und so wurde der Fleck größer als ich wollte.«

»Du hast etwas von dem Tee verschüttet«, wiederholte er langsam.

»Ja, Mylord.«

»Genug um mich davon zu überzeugen, ich hätte dich brutal aufgerissen.«

»Ja, Mylord.«

»Du willst mir damit sagen, daß in dieser Nacht gar nichts passiert ist? Überhaupt nichts?«

Sophy hatte sich wieder ein bißchen gefangen. »Na ja, Ihr hattet eben gesagt, Ihr würdet mich verführen, obwohl ich Euch klar und deutlich gesagt habe, daß ich das nicht wünsche, und Ihr seid gegen meinen Willen in mein Zimmer gekommen, und ich hab mich wirklich bedroht gefühlt, Mylord. Es hätte also einiges passieren *können*, wenn Ihr wißt, was ich meine. Es *ist* nur nichts passiert, weil ich bestimmte Schritte unternommen habe, um es zu verhindern. Ihr seid nicht der einzige, der Probleme mit seinem Jähzorn hat, Mylord.«

»Du hast mich betäubt.« Seine Stimme war eine Mischung aus Ungläubigkeit und Wut.

»Es war nur ein einfacher Schlaftrunk, Mylord.«

Seine Reitpeitsche knallte gegen den Stiefel und ließ sie verstummen. Julians Augen brannten wie grüne Feuer. »Du hast mich mit einem deiner verdammten Tränklein betäubt und dann alles in Szene gesetzt, damit ich denke, ich hätte dich vergewaltigt.«

Angesichts dieser unverblümten Feststellung erübrigte sich jedes Wort. Sophy ließ den Kopf hängen. Die Feder wedelte vor ihrem Auge, als sie versuchte, den Boden anzustarren. »So kann man es wohl sehen, Mylord. Aber ich wollte Euch wirklich nicht glauben machen, Ihr hättet... hättet mir weh getan. Ich wollte nur, daß Ihr glaubt, Ihr hättet Eure Pflicht getan. Ihr wart so erpicht auf Eure ehelichen Rechte.«

»Und du hast gedacht, wenn ich glauben würde, ich hätte diese Rechte wahrgenommen, würde ich dich die nächsten paar Monate in Ruhe lassen?«

»Ich dachte, daß Ihr dann vielleicht für eine Weile befriedigt seid, Mylord. Ich dachte, Ihr wärt dann vielleicht bereit, unser Abkommen einzuhalten.«

»Sophy, wenn du dieses verdammte Abkommen noch ein einziges Mal erwähnst, werde ich dir zweifellos den Hals umdrehen. Zumindest werde ich dir mit der Reitpeitsche den Hintern versohlen.«

Sie richtete sich tapfer auf. »Ich rechne mit Gewalt, Mylord. Es ist wohl bekannt, daß Ihr den Jähzorn eines Satans habt.«

»Ach, ist es das. Dann bin ich aber überrascht, daß du mich hierhergebracht hast, um deine große Beichte abzulegen. Hier ist keiner, der deine Hilfeschreie hören könnte, wenn ich mich dazu entschließe, dich gleich hier und jetzt zu bestrafen.«

»Ich hielt es für unfair, die Dienerschaft mit hineinzuziehen«, flüsterte sie.

»Wie edel von dir, meine Liebe. Du wirst verzeihen, wenn es mir schwerfällt zu glauben, daß eine Frau, die es fertigbringt, ihren Mann zu betäuben, Zeit damit verschwendet, sich Sorgen zu machen, was die Dienerschaft denken könnte.« Seine Augen wurden schmal. »Mein Gott, was haben die denn gedacht, als sie am nächsten Morgen dein Bettzeug gewechselt haben?«

»Ich habe Mary erklärt, daß ich etwas Tee vergossen habe.«

»Mit anderen Worten, ich war der einzige im ganzen Haus, der glaubte, er wäre ein brutaler Frauenschänder? Na, das ist doch wenigstens etwas.«

»Es tut mir leid, Julian, ehrlich. Ich kann zu meiner Verteidigung nur noch einmal sagen, daß ich wirklich Angst hatte und furchtbar wütend war. Ich hatte gedacht, wir kommen so gut miteinander aus und lernen uns allmählich kennen, und dann habt Ihr mich auf einmal bedroht.«

»Der Gedanke an das Liebesspiel macht dir so große Angst, daß du zu derartigen Mitteln greifst, um es zu vermeiden? Verdammt noch mal, Sophy, du bist doch kein naives kleines Mädchen mehr. Du bist eine erwachsene Frau, und du weißt sehr wohl, warum ich dich geheiratet habe.«

»Ich habe Euch schon einmal erklärt, Mylord, daß ich keine Angst vor dem eigentlichen Akt habe«, sagte sie wütend. »Ich will nur etwas Zeit haben, um Euch besser kennenzulernen. Ich wollte, daß wir beide Zeit haben zu lernen, miteinander umzugehen. Ich möchte nicht nach Eurem Gutdünken zu einer Zuchtstute gemacht werden, die man dann zum Weiden aufs Land schickt. Ihr müßt zugeben, daß das genau das war, was Ihr im Sinn hattet, als Ihr mich geheiratet habt.«

»Ich gebe gar nichts zu.« Er schlug noch einmal mit der Peitsche gegen seinen Stiefel. »Und was mich betrifft, so bist du diejenige, die die grundlegenden Bedingungen unserer Ehe verletzt. Meine Forderungen waren schlicht und einfach. Eine von ihnen, falls du dich erinnerst, war, daß du mich nie anlügst.«

»Julian, ich hab dich nie angelogen. Vielleicht habe ich dich getäuscht, aber du wirst doch sicher einsehen –«

»Du hast mich angelogen«, unterbrach er sie brutal. »Und wenn ich mich nicht in den letzten zwei Tagen in Schuldgefühlen gesuhlt hätte, wäre mir das sofort klar gewesen. Die Anzeichen waren alle da. Du konntest mir ja nicht einmal in die Augen sehen. Wenn ich nicht angenommen hätte, du könntest meinen Anblick nicht ertragen, hätte ich sofort begriffen, daß du mich täuschst.«

»Es tut mir leid, Julian.«

»Es wird dir noch wesentlich mehr leid tun, bevor wir miteinander fertig sind. Ich bin nicht dein närrischer, nachsichtiger Großvater, und es ist höchste Zeit, daß dir das bewußt wird. Ich dachte, du wärst intelligent genug, das von Anfang an zu sehen, aber offensichtlich muß dir diese Lektion noch klargemacht werden.«

»*Julian.*«

»Steig auf dein Pferd.«

Sophy zögerte. »Was werdet Ihr jetzt tun, Mylord?«

»Wenn ich mir darüber im klaren bin, werde ich es dich wissen lassen. In der Zwischenzeit sollst du das höchst zweifelhafte Vergnügen haben, dir den Kopf darüber zu zerbrechen.«

Sophy ging langsam auf den Wallach zu. »Ich weiß, daß du in Rage bist, Julian. Aber ich wünschte wirklich, du würdest mir sagen, wie du mich bestrafen willst. Ehrlich, ich glaube nicht, daß ich die Spannung ertragen kann.«

Seine Hände packten sie so unvermittelt von hinten um die Taille, daß sie vor Schreck einen Satz machte. Julian hob sie mit mühsam unterdrückter Wut in den Sattel. Dann sah er mit eisigem Zorn in den Augen zu ihr hinauf. »Wenn Ihr Euren Mann öfter hinters Licht führen wollt, Madame Gemahlin, dann solltet Ihr schleunigst lernen, die Spannung, wie seine Rache aussehen wird, zu ertragen. Und ich werde meine Rache kriegen, Sophy. Zweifle nicht daran. Ich habe nicht die Absicht zu dulden, daß du auch so ein unkontrollierbares Luder wirst wie meine erste Frau.«

Bevor sie etwas erwidern konnte, hatte er sich abgewandt und bestieg sein Pferd. Ohne ein weiteres Wort galoppierte er nach Hause. Sophy mußte ihm folgen, so gut es ging.

Sie kam eine halbe Stunde nach ihm an und mußte zu ihrem Leidwesen feststellen, daß der fröhliche, geschäftige Haushalt, der sich in den letzten Tagen herauskristallisiert hatte, wie durch ein Wunder verändert war. Eslington Park war jetzt ein tristes, abweisendes Haus.

Der Butler sah sie mit traurigen Augen an, als sie niedergeschlagen die Halle betrat. »Wir hatten uns schon Sorgen um Euch gemacht, Mylady«, sagte er leise.

»Danke, Tyson. Wie ihr seht, bin ich bei bester Gesundheit. Wo ist Lord Ravenwood?«

»In der Bibliothek, Mylady. Und er hat Order erteilt, daß er nicht gestört werden will.«

»Ich verstehe.« Sophy ging langsam auf die Treppe zu und warf einen verängstigten Blick auf die ominös geschlossenen Bibliothekstüren. Dann raffte sie die Röcke ihres Reitkostüms auf und rannte die Treppe hoch, ohne Rücksicht auf die besorgten Blicke der Dienerschaft.

Zum Dinner tauchte Julian wieder auf, um seine Rache zu verkünden. Als er sich ihr gegenüber an den Tisch setzte und sie seinen grimmigen Blick sah, wußte sie, daß er seinen Racheplan über einer Flasche Wein ausgebrütet hatte.

Eisiges Schweigen legte sich über das Speisezimmer. Sophy kam es vor, als würden all die Figuren in den gemalten Medaillons an der Decke mit anklagenden Augen auf sie herunterstarren.

Sie versuchte, irgendwie ihren Fisch hinunterzuwürgen, als Julian den Butler und den Lakaien mit einer kurzen Kopfbewegung aus dem Zimmer schickte. Sie hielt den Atem an.

»Ich werde morgen früh nach London abreisen«, sagte Julian. Das waren seine ersten Worte an sie seit dem Ausritt.

Sophy hob voller Hoffnung den Kopf. »Wir fahren nach London, Mylord?«

»Nein, Sophy, du fährst nicht nach London. Ich fahre. Du, mein liebes, ränkevolles Weib, wirst hier in Eslington Park bleiben. Ich werde dir deinen liebsten Wunsch erfüllen. Du kannst den Rest deiner drei kostbaren Monate in absolutem Frieden verbringen. Ich gebe dir mein Wort, daß ich dich nicht belästigen werde.«

Jetzt dämmerte ihr, daß er sie einfach hier in der Wildnis von Norfolk aussetzen wollte. Sophy schluckte entsetzt. »Ich werde ganz allein sein, Mylord?«

Er grinste bösartig. »Ganz allein was irgendwelche Gefährten oder einen schuldbeladenen Ehemann betrifft, der um dich herumscharwenzelt. Aber du hast ja ein ausgezeichnet geschultes Personal zu deiner alleinigen Verfügung. Du kannst dich damit amüsieren, ihre wehen Hälse und schlechten Lebern zu kurieren.«

»Julian, bitte. Es wäre mir lieber, du schlägst mich einfach und wir bringen es hinter uns.«

»Führ mich nicht in Versuchung«, riet er mit sarkastischem Augenaufschlag.

»Aber ich will hier nicht alleine bleiben. Ein Teil unserer Abmachung war, daß ich nicht aufs Land verbannt werde, wenn du nach London gehst.«

»Du wagst es, diese wahnsinnige Abmachung, nach allem, was du getan hast, immer noch im Mund zu führen?«

»Es tut mir leid, wenn es Euch nicht gefällt, Mylord, aber Ihr habt mir vor der Ehe in bestimmten Angelegenheiten Euer Wort gegeben. So wie ich das sehe, habt Ihr in einem Punkt den Eid fast gebrochen, und jetzt macht Ihr es schon wieder. Es ist nicht... ehrenwert von Euch, Mylord.«

»Wage nicht, mir Vorträge über Ehre zu halten, Sophy. Du bist eine Frau und verstehst nur sehr wenig davon«, brüllte er.

Sophy sah ihn unverwandt an. »Ich lerne schnell.«

Julian warf leise fluchend seine Serviette beiseite. »Schaut mich nicht an, als hätte ich keine Ehre, Madame. Ich versichere Euch, daß ich meinen Eid nicht brechen werde. Ihr werdet Euren Tag in London kriegen, aber der Tag wird erst kommen, wenn Ihr Eure Pflicht als Ehefrau gelernt habt.«

»Meine *Pflicht*.«

»Am Ende Eurer drei Monate werde ich nach Eslington Park zurückkehren und das Thema ausführlich besprechen. Ich hoffe doch, daß Ihr Euch bis dahin entschließen könnt, meine Berührung zu tolerieren. Ich werde aus dieser Ehe kriegen, was ich will.«

»Einen Erben und keinen Ärger.«

Ein Mund verzog sich zu einem grimmigen Grinsen. »Ihr habt mir bereits eine Menge Ärger gemacht, Sophy. Erfreut Euch daran, weil ich nicht noch einmal dulden werde, daß Ihr mein Leben in ein Chaos verwandelt.«

Sophy stand am nächsten Morgen recht armselig, aber mit tapfer erhobenem Haupt zwischen den Marmorstatuen in der Halle und beobachtete die Vorbereitungen für Julians Abreise. Während sein Valet das Verladen seines Gepäcks in die Kutsche überwachte, verabschiedete sich Julian sehr kühl und förmlich von seiner Braut.

»Ich wünsche Euch viel Freude an Eurer Ehe in den nächsten zweieinhalb Monaten, Madame.«

Er wollte sich schon abwenden, da sah er das baumelnde Band in ihrem Haar und fluchte kurz. Er griff rasch in ihr Haar, band es mit einer ungeduldigen Bewegung fest und war fort. Das Geräusch seiner Stiefel auf dem Marmor hatte etwas schrecklich Endgültiges.

Sophy ertrug genau eine Woche der erniedrigenden Verbannung, bevor sich ihre Lebensgeister wieder regten. Sie stellte fest, daß sie nun wirklich genug für ihr Verbrechen gebüßt hatte, und außerdem mußte sie zugeben, daß sie einen groben taktischen Fehler im Umgang mit ihrem Ehemann gemacht hatte.

Die Welt schien mit einem Schlag freundlicher, nachdem sie beschloß, Julian nach London zu folgen.

Wenn sie noch einiges darüber lernen mußte, wie man mit einem Ehemann umging, dann war es doch nur logisch, daß Julian auch einiges über den Umgang mit einer Ehefrau lernen mußte. Sophy war wild entschlossen, die Ehe ganz von vorne anzufangen.

Fünf

Julian musterte die todernste Versammlung, die ihn begrüßte, als er durch die Tür seines Clubs schritt. »Man könnte ja meinen, hier findet eine Beerdigung statt«, bemerkte er zu seinem Freund Miles Thurgood. »Oder die Trauerfeier nach einer Schlacht.«

»Was erwartest du denn?« fragte Miles, dessen attraktives junges Gesicht genauso grimmig anzusehen war wie das jedes anderen Mannes im Raum. Aber in seinen strahlend blauen Augen blitzte auch unmißverständlich Schadenfreude. »Es ist überall dasselbe heute abend, ob hier in den Clubs in St. James oder anderswo in der Stadt. Tragik und Trauer in der ganzen Stadt.«

»Die erste Folge der berüchtigten Featherstone *Memoiren* ist heute erschienen, nehm ich an?«

»Genau wie der Verleger versprochen hat. Pünktlich auf die Minute. Innerhalb einer Stunde ausverkauft, hab ich gehört.«

»Den tragischen Gesichtern nach zu schließen, hat die gute Featherstone ihre Drohung wahrgemacht und Namen genannt.«

»Glastonburys und Plimptons unter anderem.« Miles deutete auf die beiden Männer, die auf der anderen Seite des Raumes saßen. Zwischen ihren Stühlen stand ein Tisch mit einer Flasche Portwein, und es war unübersehbar, daß die beiden ältlichen Lords am Boden zerstört waren. »In der nächsten Folge werden noch mehr genannt werden, hat man uns gesagt.«

Julians Mund wurde schmal, als er sich setzte und eine Ausgabe der *Gazette* zur Hand nahm. »Nur eine Frau kann es fertigbringen, die Gemüter mehr zu erhitzen als ein Krieg.« Er überflog die Schlagzeilen auf der Suche nach den üblichen Schlachtenberichten und der Gefallenenliste der scheinbar endlosen Spanienkampagne.

Miles grinste, wurde aber schnell wieder ernst. »Du hast leicht reden, was die Featherstone *Memoiren* angeht. Deine neue Frau ist ja nicht hier in der Stadt, wo sie die Zeitungen kriegt. Glastonbury und Plimpton hatten nicht soviel Glück. Wie man hört, hat Lady Glastonbury dem Butler Anweisung gegeben, den armen Glastonbury aus seinem Haus zu sperren, und Plimptons Lady hat Berichten zufolge eine Szene geschmissen, daß die Balken gewackelt haben.«

»Und jetzt lecken beide Männer hier im Club ihre Wunden.«

»Wohin sollen sie denn sonst gehen? Das ist ihre letzte Zuflucht.«

»Narren sind sie, alle beide«, sagte Julian und las mit gerunzelter Stirn eine Kriegsdepesche.

»Narren, was?« Miles lehnte sich im Stuhl zurück und musterte seinen Freund mit einer Mischung aus Amüsement und Respekt. »Ich nehme an, du könntest ihnen ein paar gute Ratschläge im Umgang mit zornigen Frauen geben? Nicht jeder kann seine Frau dazu überreden, sich auf dem Land zu vergraben, Julian.«

Julian dachte gar nicht daran, sich ködern zu lassen. Er wußte, daß sich Miles und seine anderen Freunde wegen seiner neuen Braut vor Neugier verzehrten. »Glastonbury und Plimpton hätten dafür sorgen müssen, daß ihre Frauen die *Memoiren* erst gar nicht zu Gesicht bekommen.«

»Wie, bitte, hätten sie das verhindern sollen? Lady Glastonbury und Lady Plimpton haben sicher wie alle anderen Lakaien geschickt, die sich heute nachmittag vor dem Büro des Verlags angestellt haben.«

»Wenn Glastonbury und Plimpton ihre Frauen nicht besser im Griff haben, dann geschieht es ihnen ganz recht«, sagte Julian ohne eine Spur von Mitgefühl. »Ein Mann muß in seinem Haus strenge Regeln festlegen.«

Miles beugte sich vor und senkte die Stimme. »Es geht das Gerücht, daß sowohl Glastonbury als auch Plimpton Gelegenheit hatten, ihre Haut zu retten, aber sie haben den Vorteil nicht genutzt. Die Featherstone hat sich entschlossen, an den beiden ein Exempel zu statuieren, damit die nächsten Opfer leichter zur Einsicht kommen.«

Julian hob den Kopf. »Wovon redest du überhaupt?«

»Hast du denn nicht von den Briefen gehört, die Charlotte an ihre früheren Geliebten schickt?« sagte eine gelangweilte tiefe Stimme.

Julians Augenbrauen schossen in die Höhe, als der Neuankömmling sich lässig in den Stuhl gegenüber drapierte. »Was für Briefe sollen das denn sein, Daregate?«

Miles nickte. »Erzähl ihm von den Briefen.«

Gideon Xavier Daregate, einziger Neffe und ergo Erbe des zügellosen, unverheirateten Wüstlings Graf von Daregate, setzte sein ziemlich grausames Lächeln auf, was seinem kantigen Gesicht etwas von einem Raubvogel gab. Seine silbrig grauen, eiskalten Augen verstärkten diesen Eindruck noch. »Nun, die kleinen Briefchen, die die Featherstone per Boten allen potentiellen Opfern zustellen läßt. Wie es scheint, kann ein Mann arrangieren, daß sein Name nicht in den *Memoiren* erscheint.«

»Erpressung«, sagte Julian mit grimmiger Miene.

»Das kann man wohl sagen«, murmelte Daregate gelangweilt.

»Man zahlt Erpresser einfach nicht. Wenn man es tut, ermutigt man sie nur zu weiteren Forderungen.«

»Ich bin mir sicher, das haben sich auch Glastonbury und Plimpton gegenseitig gesagt«, sagte Daregate. »Und die Folge davon ist, daß nicht nur ihr Name in Charlottes *Memoiren* erwähnt ist, sondern sie auch noch schlecht dabei weggekommen sind. Offensichtlich war die Featherstone von ihren Künsten im Boudoir nicht sonderlich beeindruckt.«

Miles stöhnte. »Die *Memoiren* sind so detailliert?«

»Ich fürchte, ja«, sagte Daregate ungerührt. »Sie sind voll mit unwichtigen Einzelheiten, an die zu erinnern sich nur eine Frau die Mühe macht. Kleine, interessante Sachen, wie zum Beispiel, ob ein Mann es versäumt hat zu baden und frische Wäsche anzulegen, bevor er einen Besuch macht. Was ist denn los, Miles? Du warst doch nie einer von Charlottes Beschützern, oder?«

»Nein, aber Julian war es für kurze Zeit.« Miles grinste frech.

Julian schnitt eine Grimasse. »Gott steh mir bei, das ist doch schon so lange her. Ich bin überzeugt, Charlotte hat mich längst vergessen.«

»Zerbrich dir nicht den Kopf, Julian«, meinte Miles hilfsbereit, »mit ein bißchen Glück wird deine Frau nie etwas von den *Memoiren* hören.«

Julian nickte. Dafür würde er ganz sicher sorgen.

»Erzählt, Ravenwood«, unterbrach ihn Daregate, »wann werdet Ihr denn Eure neue Gräfin in die Gesellschaft einführen? Ihr wißt doch, daß alle schon vor Neugier platzen. Ihr könnt sie doch nicht ewig verstecken.«

»Die Gesellschaft hat doch, weiß Gott, mit den Featherstone *Memoiren* und mit Wellingtons Manövern in Spanien genug Stoff zum klatschen«, sagte Julian ruhig.

Thurgood und Daregate wollten beide protestieren, aber ein Blick in die eisigen Augen ihres Freundes ließ sie schlagartig verstummen.

»Ich glaube, ich könnte noch eine Flasche Wein vertragen«, sagte Daregate höflich. »Leistet ihr beide mir Gesellschaft?«

»Ja«, sagte Julian und legte die Zeitung beiseite. »Ich glaube, das werd ich.«

»Kommst du heute abend zu Lady Eastwells Soirée?« fragte Miles beiläufig. »Sollte interessant werden. Den Gerüchten zufolge hat Lord Eastwell heute einen von Charlottes Erpresserbriefen bekommen. Alle fragen sich, ob Lady Eastwell es schon weiß.«

»Ich habe großen Respekt vor Eastwell«, sagte Julian. »Ich habe ihn auf dem Kontinent unter Beschuß erlebt. Und Ihr auch, wenn ich's recht bedenke, Daregate. Der Mann weiß, wie man dem Feind die Stirn zeigt. Da müßte er doch auch wissen, wie er mit seiner Frau fertig wird.«

Daregate grinste, humorlos wie immer. »Ach, kommt schon, Ravenwood, wir wissen beide, daß ein Kampf gegen Napoléon ein Kinderspiel ist im Vergleich zu einer Schlacht mit einer zornigen Frau.«

Miles nickte wissend, obwohl jeder wußte, daß er weder verheiratet war, noch bis jetzt in irgendwelche ernsten Affären verwickelt gewesen war. »Sehr weise von dir, deine Braut auf dem Land zu lassen, Ravenwood. Wirklich sehr weise. Da kann sie keinen Ärger machen.«

Genau das versuchte Julian sich schon die ganze Woche, seit seiner Ankunft in London, einzureden. Aber heute abend, wie an jedem Abend seit seiner Rückkehr, war er sich wieder nicht so sicher, ob er die richtige Entscheidung getroffen hatte.

Tatsache war, Sophy fehlte ihm einfach. Es war bedauerlich, unerklärlich und verdammt lästig. Aber es war auch unbestreitbar. Es war idiotisch von ihm gewesen, sie einfach auf dem Land zurückzulassen. Es mußte doch eine andere Möglichkeit geben, mit ihr fertig zu werden.

Unglücklicherweise hatte er damals nicht klar genug denken können, um eine Alternative zu finden.

Die Sache ließ ihm immer noch keine Ruhe, als er viel später an diesem Abend seinen Club verließ. Er sprang in seine wartende Kutsche, der Kutscher knallte mit der Peitsche, und Julian lehnte sich im Sitz zurück und starrte mißgelaunt auf die dunklen Straßen hinaus.

Natürlich packte ihn immer noch die Wut, wenn er daran dachte, wie Sophy ihn in jener schicksalshaften Nacht hereingelegt hatte, als er mit aller Gewalt sein Gattenrecht hatte durchsetzen wollen. Und er ermahnte sich mehrmals täglich, daß es von entscheidender Wichtigkeit war, ihr jetzt eine Lektion zu erteilen, am Anfang ihrer Ehe, solange sie noch relativ naiv und formbar war. Unter keinen Umständen durfte sie den Eindruck bekommen, daß sie ihn manipulieren könnte.

Doch, gleichgültig wieviel Mühe er sich gab, sich an ihre Arglist zu erinnern und wie wichtig es war, solches Verhalten im Keim zu ersticken, so schlichen sich doch immer wieder andere Erinnerungen an Sophy ein. Ihm fehlten ihre morgendlichen Ritte, die intelligenten Gespräche über Farmverwaltung und die Schachspiele am Abend.

Außerdem vermißte er ihren verlockenden, fraulichen Duft, die Art, wie sie ihr Kinn vorschob, wenn sie ihn herausfordern wollte und den Hauch sanfter Unschuld, der in ihren türkisen Augen schimmerte. Er mußte auch ständig an ihr spitzbübisches Lachen und ihre Sorge um die Gesundheit der Diener und der Pächter denken.

In der vergangenen Woche hatte er sich mehrmals dabei ertappt, daß er sich fragte, welches ihrer Kleidungsstücke wohl in diesem Moment gerade wieder verrutscht war. Dann schloß er kurz die Augen und stellte sich vor, wie ihr Reithut schief über dem Ohr hing oder der Saum ihres Rockes gerissen war. Ihre Zofe hatte immer genug Beschäftigung.

Sophy war völlig anders als seine erste Frau.

Elizabeth war immer makellos gekleidet gewesen – jede Locke saß, jedes Dekolleté war geschickt arrangiert gewesen, um ihre Reize gut zur Geltung zu bringen. Selbst im Schlafzimmer hatte die erste Gräfin von Ravenwood immer elegante Perfektion verbreitet. Sie war eine schöne Göttin der Lust gewesen in ihren raffiniert geschnittenen Nachtgewändern, eine Kreatur, die die Natur geschaffen hatte, um die Leidenschaften der Männer zu erwecken und sie ins Verhängnis zu locken. Julian wurde jedesmal übel, wenn er daran dachte, wie rettungslos er in dem seidenen Netz dieser Hexe gefangen gewesen war.

Er verdrängte energisch die alten Erinnerungen. Er hatte Sophy zur Frau gewählt, weil sie so völlig anders war als Elizabeth, und er war wild entschlossen, dafür zu sorgen, daß sie auch so blieb. Gleichgültig welchen Preis er dafür bezahlen mußte, er würde nicht dulden, daß seine Sophy denselben flammenden, zerstörerischen Weg einschlug, den Elizabeth gewählt hatte.

Sein Ziel war zwar klar, aber er war sich nicht so sicher, wie er es bewerkstelligen sollte, dieses Ziel auch zu erreichen. Vielleicht war es ein Fehler gewesen, Sophy auf dem Land zu lassen. Nicht nur, daß sie ohne adäquate Aufsicht war, er saß hier in der Stadt und wußte nichts mit sich anzufangen.

Die Kutsche hielt vor der imposanten Stadtresidenz, die Julian hier unterhielt. Er warf einen mürrischen Blick auf die Eingangstür und dachte an das einsame Bett, das ihn dort erwartete. Wenn er einen Funken Vernunft hätte, würde er jetzt die Kutsche wenden lassen und zum Trevor Square fahren. Marianne Harwood würde ihn sicher mit offenen Armen empfangen, selbst zu dieser späten Stunde. Aber selbst die Verlockungen der üppigen Reize von La Belle Harwood konnten ihn nicht von seinem selbstauferlegten Zölibat abbringen. Schon achtundvierzig Stunden nach seiner Ankunft in London war Julian klargeworden, daß die einzige Frau, nach der er sich sehnte, seine Gemahlin war.

Er war sicherlich nur so besessen von ihr, weil er sich versagt hatte, was ihm rechtmäßig zustand, beschloß er, als er der Kutsche entstieg und die Treppe erklomm. Eines war jedenfalls sicher: Das nächste Mal, wenn er mit Sophy ins Bett stieg, würden sie sich beide klar und deutlich an jede Einzelheit erinnern.

»Guten Abend, Guppy«, sagte Julian, als der Butler die Tür öffnete. »Du bist so spät noch auf? Ich dachte, ich hätte gesagt, du brauchst nicht auf mich zu warten?«

»Guten Abend, Mylord.« Guppy räusperte sich mit wichtiger Miene, als er beiseite trat, um seinen Herrn einzulassen. »Wir hatten einige Aufregung heute abend. Das ganze Personal mußte länger aufbleiben.«

Julian, der schon auf halbem Weg zur Bibliothek war, blieb stehen und drehte sich um. Guppy war fünfundfünfzig, ausnehmend gut geschult und hatte keinerlei Hang zur Dramatik.

»Aufregung?«

Guppys Miene war starr wie immer, aber seine Augen funkelten vor unterdrückter Erregung. »Die Gräfin von Ravenwood ist eingetroffen, Mylord. Verzeiht die Bemerkung, aber das Personal hätte Lady Ravenwood einen wesentlich besseren Empfang bereiten können, wenn es über ihre Ankunft informiert gewesen wäre. So waren wir, fürchte ich, etwas überrascht. Selbstverständlich ist es uns gelungen, alles zur Zufriedenheit zu bewerkstelligen.«

Julian erstarrte. Sein Kopf war plötzlich wie leergefegt. *Sophy ist hier.* Er hatte anscheinend mit seiner Grübelei seine Frau aus dem Nichts heraufbeschworen. »Natürlich hast du alles zufriedenstellend geregelt, Guppy«, sagte er ganz mechanisch. »Ich hätte nichts anderes von dir und dem übrigen Personal erwartet. Wo ist Lady Ravenwood denn im Augenblick?«

»Sie hat sich vor kurzem zurückgezogen, Mylord. Madam ist, wenn ich mir die Freiheit erlauben darf, äußerst liebenswürdig im Umgang mit dem Personal. Mrs. Peabody hat sie natürlich in das Zimmer neben Eurem geführt.«

»Natürlich.« Julian vergaß, daß er sich noch ein Gläschen Portwein hatte gönnen wollen. Der Gedanke, daß Sophy oben im Bett lag, beflügelte ihn. Er schritt auf die Treppe zu. »Gute Nacht, Guppy.«

»Gute Nacht, Mylord.« Guppy gestattete sich den Anflug eines Lächelns, als er sich anschickte, die Eingangstür abzusperren.

Sophy ist hier. Freudige Erregung ließ Julians Herz schneller klopfen. Er unterdrückte das aber sofort. Schließlich und endlich hatte seine neue Frau sich ihm offen widersetzt, indem sie nach London kam. Seine brave kleine Braut vom Land entwickelte sich immer mehr zum Rebellen.

Er schritt den Gang hinunter, hin- und hergerissen zwischen Wut und freudiger Erregung bei dem Gedanken, Sophy wiederzusehen. Diese explosive Mischung von Gefühlen war wie ein Champagnerrausch. Er riß ungeduldig die Tür zu seinem Schlafgemach auf, wo er seinen Valet vorfand, der schnarchend in einem der roten Samtsessel lag.

»Hallo, Knapton. Du mußt wohl Schlaf nachholen?«

»Mylord.« Knapton fuhr erschrocken hoch und sah seinen Herrn mit grimmiger Miene in der Tür stehen. »Tut mir leid, Mylord. Ich hab mich nur ein paar Minuten hingesetzt, um auf Euch zu warten. Weiß nicht, wie das passiert ist. Muß weggedöst sein.«

»Vergiß es.« Julian deutete in Richtung Tür. »Ich kann heute abend ohne deine Hilfe zu Bett gehn.«

»Ja, Mylord. Wenn Ihr ganz sicher seid, daß Ihr keine Hilfe braucht, Mylord.« Knapton eilte zur Tür.

»Knapton.«

»Ja, Mylord?« Der Valet blieb in der Tür stehen und warf einen ängstlichen Blick über die Schulter.

»Wie ich höre, ist Lady Ravenwood heute abend eingetroffen.«

Knaptons spitzes Gesicht strahlte mit einem Mal. »Erst vor wenigen Stunden, Mylord. Das ganze Haus war kurzzeitig in Aufruhr, aber jetzt ist alles wieder in Ordnung. Lady Ravenwood hat das Personal gut im Griff, Mylord.«

»Lady Ravenwood hat so einiges gut im Griff«, murmelte Julian verbittert, als Knapton die Tür hinter sich zuzog. Er wartete, bis sich die äußere Tür hinter dem Valet geschlossen hatte, dann zog er seine Stiefel und seinen Abendanzug aus und griff nach seinem Morgenmantel.

Nachdem er den seidenen Gürtel gebunden hatte, blieb er noch einen Moment stehen und überlegte, wie er wohl am besten mit seiner trotzigen Frau umgehen sollte. Empörung kämpfte immer noch gegen das Verlangen nach ihr. Er hatte den überwältigenden Drang, seinen Zorn an Sophy auszulassen, aber ein ebenso heftiges Bedürfnis, ihren Körper zu besitzen. Vielleicht sollte er beides tun, sagte er sich.

Eines stand jedenfalls fest. Er konnte ihre Ankunft heute abend nicht einfach ignorieren und sie morgen beim Frühstück begrüßen, als wäre ihre Anwesenheit selbstverständlich.

Auf keinen Fall würde er weiter hier herumstehen wie ein Grünschnabel von Offizier vor seiner ersten Schlacht. Das hier war sein Haus, und er war der absolute Herr darin.

Julian holte tief Luft, dann ging er leise fluchend zu der Tür, die sein Ankleidezimmer mit Sophys Schlafzimmer verband. Er griff sich eine Kerze und hob die Hand, um anzuklopfen. Aber im letzten Augenblick änderte er seine Meinung. Das war nicht die Zeit für Höflichkeiten.

Er griff nach dem Türknopf, überzeugt, daß die Tür abgeschlossen sein würde. Zu seiner Überraschung war dem nicht so. Die Tür zu Sophys Schlafzimmer öffnete sich.

Einen Augenblick lang konnte er sie im Schatten des eleganten Raumes nicht entdecken. Dann sah er die kleine gerundete Silhouette ihres Körpers in der Mitte des massiven Bettes. Sein Unterleib zog sich schmerzlich zusammen. *Das ist mein Weib, und endlich ist sie in dem Schlafzimmer, wo sie hingehört.*

Sophy drehte sich unruhig, wollte noch einmal die Fetzen eines flüchtigen Traums erhaschen. Sie erwachte langsam, und es dauerte einige Zeit, bis sie die Orientierung in dem fremden Zimmer wieder gefunden hatte. Schließlich schlug sie die Augen auf und sah die flackernde Flamme einer Kerze auf sich zukommen. Sie erwachte schlagartig, in Panik, aber jetzt erkannte sie mit einem Seufzer der Erleichterung die Gestalt, die die Kerze hielt. Sie setzte sich auf und zog das Bettuch bis zu ihrem Hals hoch.

»*Julian.* Ihr habt mich vielleicht erschreckt, Mylord. Ihr bewegt Euch leise wie ein Gespenst.«

»Guten Abend, Madame.« Die Begrüßung war frostig und ohne jedes Gefühl. Seine Stimme war sehr leise, sehr gefährlich, was immer ein schlechtes Zeichen war. »Ich hoffe, du verzeihst mir, daß ich bei deiner Ankunft heute abend nicht zu Hause war. Ich habe dich nämlich nicht erwartet, mußt du wissen.«

»Oh, das macht doch nichts, Mylord. Ich bin mir wohl bewußt, daß meine Ankunft eine Überraschung für Euch ist.« Sophy versuchte, so gut es ging, die Angstschauer zu ignorieren, die ihr über den Rücken liefen. Sie hatte gewußt, daß sie diese Konfrontation über sich ergehen lassen mußte, seit dem Augenblick, in dem sie den Entschluß gefaßt hatte, Eslington Park zu verlassen. Sie hatte Stunden in der schwankenden Kutsche damit zugebracht, sich zu überlegen, was sie sagen würde, wenn sie sich dem Zorn Julians stellte.

»Überraschung? Das ist ziemlich milde ausgedrückt.«

»Es besteht kein Grund, sarkastisch zu sein, Mylord. Ich weiß, daß Ihr wahrscheinlich ein bißchen wütend auf mich seid.«

»Wie klug von dir.«

Sophy schluckte tapfer. Es würde wohl noch viel schwieriger werden, als sie gedacht hatte. Seine Haltung ihr gegenüber war in der vergangenen Woche nicht nachsichtiger geworden. »Vielleicht wäre es besser, wenn wir das morgen früh besprechen.«

»Wir werden es jetzt besprechen. Morgen früh wird keine Zeit dazu sein, denn du wirst damit beschäftigt sein, für deine Rückkehr nach Eslington Park zu packen.«

»*Nein*. Du mußt einsehen, Julian, daß du mich nicht einfach wegschicken kannst.« Sie klammerte sich noch fester an ihr Bettlaken. Sie hatte sich fest vorgenommen, ihn nicht anzubetteln. Sie würde ruhig und vernünftig sein. Er war schließlich und endlich ein vernünftiger Mann. Meistens. »Ich versuche, zwischen uns alles in Ordnung zu bringen. Ich habe schreckliche Fehler in meinem Verhalten dir gegenüber gemacht. Ich war im Unrecht, das weiß ich jetzt. Ich bin nach London gekommen, weil ich entschlossen bin, dir eine richtige Ehefrau zu sein.«

»Eine richtige Ehefrau? Sophy, das wird dich sicher sehr erstaunen, aber Tatsache ist: Eine richtige Ehefrau gehorcht ihrem Mann. Sie versucht nicht, ihm einzureden, daß er sich wie ein Unhold benommen hätte. Sie verweigert ihm nicht seine Rechte im Schlafzimmer. Sie erscheint nicht vor seiner Tür in der Stadt, wenn man ihr ausdrücklich befohlen hat, auf dem Land zu bleiben.«

»Ja, ich bin mir sehr wohl bewußt, daß ich mich nicht so benommen habe wie die Art Frau, die du dir vorstellst. Aber bei aller Fairness, Julian, ich finde deine Anforderungen sehr überzogen.«

»Überzogen? Madame, ich verlange nichts weiter von Euch, als ein gewisses Maß an –«

»Julian, bitte, ich möchte nicht mit dir streiten. Ich versuche, einiges gutzumachen. Diese Ehe hatte einen schlechten Start, und ich muß zugeben, daß es zum Großteil meine Schuld war. Aber ich finde, du kannst mir wenigstens die Gelegenheit geben, dir zu zeigen, daß ich willens bin, dir eine bessere Ehefrau zu sein.«

Julian schwieg lange. Er stand reglos da und musterte hochmütig ihr ängstliches Gesicht im Kerzenschein. Die flackernde Flamme gab seinem Gesicht etwas Dämonisches. Nie zuvor hatte er in Sophys Augen so satanisch ausgesehen.

»Ich möchte ganz sicher gehen, daß ich dich verstanden habe. Du sagst, du möchtest unsere Ehe auf eine normale Ebene bringen?«

»Ja, Julian.«

»Soll ich etwa annehmen, daß du jetzt bereit bist, mir meine Rechte im Bett zu gewähren?«

Sie nickte hastig, und ihr locker gebundenes Haar fiel auf die Schultern. »Ja«, sagte sie wieder. »Du mußt wissen, Julian, durch deduktive Logik bin ich zu dem Schluß gekommen, daß du recht hattest. Wir werden uns sicher besser vertragen, wenn alles zwischen uns normal ist.«

»Mit anderen Worten, du willst mich bestechen, damit ich dir erlaube, hier in London zu bleiben«, schloß er mit gefährlich ruhiger Stimme.

»Nein, nein, du mißverstehst mich.« Alarmiert von seiner Interpretation ihres Handelns, schlug Sophy die Decke zurück und sprang aus dem Bett. Erst als sie stand, fiel ihr ein, wie dünn der Stoff ihres Nachthemds war. Sie raffte ihren Morgenmantel hoch und hielt ihn vor sich.

Julian riß ihr den Mantel aus der Hand und warf ihn beiseite. »Den wirst du nicht brauchen, nicht wahr, meine Liebe? Du bist jetzt eine Frau, die Verführung im Sinn hat, weißt du noch? Du mußt jetzt die Finessen deiner neuen Karriere erlernen.«

Sophy starrte hilflos den Morgenmantel auf dem Boden an. Sie fühlte sich schrecklich entblößt und verletzlich in ihrem durchsichtigen Batistnachthemd. Tränen der Enttäuschung brannten in ihren Augen. Einen Augenblick lang fürchtete sie, sie müßte weinen. »Bitte, Julian«, sagte sie leise. »Gib mir eine Chance. Ich werde mein Bestes tun, um unsere Ehe zu einem Erfolg zu machen.«

Er hob die Kerze ein Stück, um ihr Gesicht besser sehen zu können und schwieg dann eine Ewigkeit, bis er schließlich sagte: »Weißt du, meine Liebe, ich glaube, du wirst mir tatsächlich eine gute Frau werden. Nachdem ich dir beigebracht habe, daß ich keine Marionette bin, die du an deinen Schnüren tanzen lassen kannst.«

»Ich wollte Euch nie so behandeln, Mylord.« Sophy nagte verzweifelt an ihrer Unterlippe. Sie hatte nicht geahnt, welches Ausmaß seine Empörung hatte. »Ich bedauere zutiefst, was in Eslington Park passiert ist. Ihr müßt wissen, ich habe keine Erfahrung im Umgang mit Ehemännern. Ich hab nur versucht, mich zu schützen.«

Er unterbrach sie barsch. »Sei still, Sophy. Jedesmal, wenn du den Mund aufmachst, gelingt es dir noch weniger, wie eine richtige Ehefrau zu klingen.«

Sophy ignorierte diesen Rat. Sie war überzeugt, daß ihr Mundwerk augenblicklich die einzig nützliche Waffe in ihrem kleinen Arsenal war. Sie griff zögernd nach dem Ärmel seines seidenen Morgenmantels. »Laß mich hier in der Stadt bleiben, Julian. Laß mich dir zeigen, daß ich es ehrlich meine mit dem Richtigstellen unserer Ehe. Ich schwöre dir, ich werde mich der Aufgabe mit all meinen Kräften widmen.«

»Wirst du das?« Seine Augen funkelten kalt, unnahbar.

Sophy spürte, wie etwas in ihr verwelkte und starb. Sie war sich so sicher gewesen, daß es ihr gelingen würde, ihn zu überzeugen, ihr eine zweite Chance zu geben. Sie hatte geglaubt, sie hätte während der kurzen Flitterwochen in Eslington Park diesen Mann ganz gut kennengelernt. Er war nicht absichtlich grausam oder unfair im Umgang mit anderen. Sie hatte damit gerechnet, daß er sich im Umgang mit seiner Frau an dieselben Spielregeln halten würde.

»Vielleicht hab ich mich geirrt«, sagte sie. »Ich hatte gehofft, du gibst mir dieselbe Chance, mich zu beweisen, wie du sie dem Pächter gegeben hast, der mit seiner Pacht im Rückstand war.«

Einen Augenblick lang sah er sie völlig ratlos an. »Du vergleichst dich mit einem meiner *Pächter*?«

»Ich fand den Vergleich sehr passend.«

»Der Vergleich ist ziemlich idiotisch.«

»Dann gibt es vielleicht keine Hoffnung, die Sache zwischen uns zu bereinigen.«

»Du irrst, Sophy. Ich hab dir gesagt, daß ich glaube, daß du im Lauf der Zeit eine ganz anständige Ehefrau abgeben wirst, und das meine ich auch. Die einzige wirkliche Frage ist, wie dieses Ziel am besten zu erreichen ist. Du mußt noch viel lernen.«

Du aber auch, dachte Sophy. *Und wer könnte dir das besser beibringen als deine Frau?* Aber sie durfte nicht vergessen, daß sie Julian heute abend überrascht hatte, und Männer konnten nicht sonderlich gut mit Überraschungen umgehen. Ihr Mann brauchte Zeit, um zu akzeptieren, daß sie unter seinem Dach war und auch vorhatte, da zu bleiben. »Ich verspreche, Euch keinerlei Ärger zu machen, wenn Ihr mir gestattet, hier in London zu bleiben, Mylord.«

»Keinen Ärger, was?« Einen kurzen Augenblick lang war da etwas wie ein amüsiertes Funkeln in Julians eisigen Augen zu sehen. »Ich kann dir gar nicht sagen, wie sehr mich das beruhigt, Sophy. Geh wieder ins Bett und schlaf weiter. Ich werde dir morgen früh meine Entscheidung mitteilen.«

Eine Woge der Erleichterung durchflutete sie. Sie hatte die erste Runde gewonnen. Er schickte sie wenigstens nicht einfach weg. Sophy lächelte zittrig. »Danke, Julian.«

»Dank mir lieber noch nicht. Wir beide haben noch viel zu klären zwischen uns.«

»Das ist mir klar. Aber wir sind doch zwei intelligente Leute, die sich auf Gedeih und Verderb ausgeliefert sind. Wir müssen unseren gesunden Menschenverstand benutzen, um zu lernen, wie wir tolerant zusammenleben können, meinst du nicht auch?«

»Siehst du die Situation so, Sophy? Daß wir auf Gedeih und Verderb einander ausgeliefert sind?«

»Ich weiß, daß Ihr es vorziehen würdet, wenn ich die Angelegenheit nicht romantisiere, Mylord. Aber ich versuche nur, unsere Ehe etwas realistischer zu sehen.«

»Das Beste daraus machen, in anderen Worten?«

Sie strahlte ihn an. »Genau, Mylord. Wie zwei Zugpferde, die zusammen in einem Geschirr arbeiten müssen. Wir müssen denselben Stall teilen, aus demselben Trog trinken, vom selben Heuballen fressen.«

»Sophy«, unterbrach sie Julian. »Ich bitte dich, keine Bauernhofvergleiche mehr. Sie beeinträchtigen meine Denkfähigkeit.«

»Das möchte ich unter allen Umständen vermeiden, Mylord.«

»Wie gütig von dir. Wir sehen uns morgen früh um elf Uhr in der Bibliothek.« Julian drehte sich um und verließ das Zimmer.

Sophy blieb allein im Dunklen zurück. Aber sie war sehr vergnügt, als sie wieder ins Bett stieg. Die erste Hürde war genommen. Sie spürte, daß Julian eigentlich nichts gegen ihre Anwesenheit einzuwenden hatte. Wenn es ihr gelänge, ihn morgen früh nicht zu provozieren, durfte sie sicher bleiben.

Sie hatte recht gehabt, was seinen Charakter betraf, sagte sich Sophy überglücklich. Julian war in vieler Hinsicht ein harter, kalter Mann, aber ein ehrenwerter. Er würde sie fair behandeln.

Am Morgen änderte Sophy dreimal ihre Meinung, ehe sie sich entschied, was sie für ihr Gespräch mit Julian anziehen sollte. Man hätte meinen können, sie ginge auf einen Ball, anstatt zu einer Aussprache mit ihrem Mann, tadelte sie sich selbst. Eine militärische Kampagne wäre wohl ein passenderer Vergleich gewesen.

Sie wählte schließlich ein leichtes gelbes Kleid, weißverbrämt und bat ihre Zofe, ihr das Haar in einen modischen Wasserfall von Lokken zu legen.

Als sie endlich mit ihrer Toilette zufrieden war, blieben ihr nur noch fünf Minuten, um die Treppe hinunterzugehen. Sie eilte den Gang entlang, rannte die Treppe hinunter und erreichte schließlich etwas außer Atem die Tür der Bibliothek. Ein Lakai öffnete sie prompt für sie, und sie segelte mit einem hoffnungsvollen Lächeln durch die Tür.

Julian erhob sich langsam von seinem Schreibtisch und begrüßte sie mit einem förmlichen Kopfnicken. »Du hättest dich nicht so beeilen müssen, Sophy.«

»Das ist schon in Ordnung«, versicherte sie ihm und ging rasch auf ihn zu. »Ich wollte dich nicht warten lassen.«

»Ehefrauen sind berüchtigt dafür, ihren Mann warten zu lassen.«

»Oh.« Sie wußte nicht so recht, wie sie diese Bemerkung verstehen sollte. »Nun ja, in dieser speziellen Disziplin kann ich mich ja ein andermal üben.« Sie sah sich um und entdeckte einen mit grüner Seide bezogenen Stuhl. »Heute morgen war ich viel zu gespannt auf deine Entscheidung im Hinblick auf meine Zukunft.«

Sie ging auf den grünen Stuhl zu und stolperte prompt. Sie fing sich gleich wieder und schaute nach unten, um zu sehen, was diesen Ausrutscher verursacht hatte. Julian folgte ihrem Blick.

»Mir scheint, das Band deines Slippers ist aufgegangen«, bemerkte er höflich.

Sophy errötete beschämt und setzte sich rasch. »Tatsächlich.« Sie bückte sich und band es hastig zu. Als sie sich wieder aufrichtete, sah sie, daß sich Julian wieder gesetzt hatte und sie mit seltsam resignierter Miene musterte. »Ist etwas nicht in Ordnung, Mylord?«

»Nein, alles läuft perfekt, wie mir scheint. Also, jetzt zu deinem Wunsch, hier in London zu bleiben.«

»Ja, Mylord?« Sie konnte es kaum erwarten zu hören, ob sie recht gehabt hatte und er wirklich einen Sinn für Fairneß hatte.

Julian zögerte, runzelte nachdenklich die Stirn und lehnte sich im Stuhl zurück, um ihr Gesicht zu betrachten. »Ich habe beschlossen, deine Bitte zu gewähren.«

Überschäumende Freude packte Sophy. Sie strahlte ihn beglückt und voller Erleichterung an. »Oh, Julian, danke. Ich verspreche dir, das wirst du nicht bereuen. Du warst sehr nachsichtig in dieser Sache, und ich habe deine Großmut wahrscheinlich nicht verdient, aber ich möchte dir versichern, daß ich entschlossen bin, deine Erwartungen von einer Ehefrau zu erfüllen.«

»Das verspricht zumindest interessant zu werden, wenn auch sonst nichts dabei rauskommt.«

»Julian, bitte, ich meine das ganz ernst.«

Sein rares Lächeln war kurz zu sehen. »Ich weiß, ich seh deine Absicht in deinen Augen. Und das, meine Liebe, ist der Grund, warum ich dir eine zweite Chance gebe. Ich hab es dir schon einmal gesagt, deine Augen sind sehr leicht zu lesen.«

»Ich schwöre dir, ich werde eine mustergültige Ehefrau werden. Es ist wirklich sehr lieb von dir, den äh... Vorfall in Eslington Park zu übersehen.«

»Ich schlage vor, keiner von uns beiden verliert mehr ein Wort über dieses Debakel.«

»Eine ausgezeichnete Idee«, stimmte ihm Sophy bereitwillig zu.

»Sehr gut, dann ist das hiermit erledigt. Dann fangen wir wohl am besten gleich an, diese Mann und Frau Geschichte zu praktizieren.«

Sophys Augen wurden ganz groß vor Angst und ihre Handflächen feucht. Sie hatte nicht erwartet, daß er sich mit so unziemlicher Hast der intimen Seite ihrer Beziehung zuwenden würde. Es war ja schließlich erst elf Uhr morgens. »Hier, Mylord?« fragte sie leise und sah sich verdutzt die Einrichtung der Bibliothek an. »Jetzt?«

»Definitiv hier und jetzt«, Julian schien ihr erstauntes Gesicht gar nicht bemerkt zu haben. Er war damit beschäftigt, in einer Schreibtischschublade zu kramen. »Ah, da wären wir.« Er zog eine Handvoll Briefe und Karten heraus und reichte sie ihr.

»Was ist denn das?«

»Einladungen. Du weißt schon: Empfänge, Parties, Soirées, Bälle. Solche Geschichten. Sie bedürfen einer Antwort. Ich hasse es, Einladungen auszusortieren, und mein Sekretär hat momentan Wichtigeres zu tun. Such dir ein paar aus, die dir interessant scheinen und schicke den anderen eine Absage.«

Sophy warf einen verwirrten Blick auf den Stapel Karten in ihrer Hand. »Das soll meine erste Pflicht als Ehefrau sein, Mylord?«

»Korrekt.«

Sie wartete einen Augenblick und fragte sich, ob sie nun erleichtert oder enttäuscht war. Es mußte wohl Erleichterung sein. »Ich mache das natürlich gern, Julian, aber du solltest eigentlich am besten wissen, daß ich sehr wenig Erfahrungen in gesellschaftlichen Dingen habe.«

»Sophy, das ist eine deiner liebenswertesten Eigenschaften.«

»Danke, Mylord. Ich wußte doch, daß ich irgendwo noch ein paar haben muß.«

Er warf ihr einen mißtrauischen Blick zu, vermied es aber, einen Kommentar abzugeben. »Wie es der Zufall will, habe ich eine Lösung für das Dilemma, in das uns deine Unerfahrenheit bringt. Ich werde dich mit einem professionellen Führer ausstatten, der dich durch die Wildnis der Gesellschaftswelt hier führt.«

»Einen Führer?«

»Meine Tante, Lady Frances Sinclair. Du kannst sie ruhig Fanny nennen. Das machen alle, auch der Prinz. Ich glaube, du wirst sie sehr interessant finden. Sie bildet sich ein, sie wäre ein ziemlicher Blaustrumpf, glaube ich. Sie und ihre Gefährtin haben jeden Mittwoch nachmittag einen kleinen Jour Fixe intellektuell veranlagter

Damen. Sie wird dich wahrscheinlich in ihren kleinen Club einladen.«

Sophy hörte, wie amüsiert herablassend er klang und lächelte heiter. »Ist ihr kleiner Club so ähnlich wie die Herrenclubs, in denen man trinken und wetten und sich zu jeder Tages- und Nachtzeit amüsieren kann?«

Julian warf ihr einen grimmigen Blick zu. »Ganz bestimmt nicht.«

»Wie enttäuschend. Aber wie dem auch sei, ich bin mir sicher, deine Tante werde ich mögen.«

»Du wirst gleich die Gelegenheit haben, das herauszufinden.« Julian warf einen Blick auf die Bibliotheksuhr. »Sie müßte jede Minute eintreffen.«

Sophy war sprachlos. »Sie kommt heute morgen zu Besuch?«

»Ich fürchte ja. Sie hat vor einer Stunde Nachricht geschickt, daß wir sie erwarten können. Sie wird ohne Zweifel mit ihrer Gesellschafterin Harriette Rattenbury kommen. Die beiden sind unzertrennlich.« Julian verzog spöttisch den Mund. »Meine Tante kann es gar nicht erwarten, dich kennenzulernen.«

»Aber woher weiß sie denn, daß ich in der Stadt bin?«

»Das ist auch noch etwas, was du über die feine Gesellschaft lernen mußt, Sophy. Klatsch verbreitet sich hier in der Stadt wie der Wind. Du tätest gut daran, das nicht zu vergessen, ich möchte wirklich keinen Klatsch über meine Frau hören. Ist das sonnenklar?«

»Ja, Julian.«

Sechs

»Verzeiht bitte meine Verspätung, aber ich weiß, daß Ihr mir alle vergeben werdet, wenn ich Euch sage, daß ich die zweite Folge habe. Hier ist sie, frisch aus der Druckerpresse. Ich mußte wirklich Kopf und Kragen riskieren, um sie zu kriegen. Ich habe keinen solchen Menschenauflauf mehr gesehen, seit dem Aufruhr nach dem Feuerwerk im Covent Garden.«

Sophy und die anderen zehn Gäste, die in dem goldweißen Salon im ägyptischen Stil saßen, wandten sich der jungen rothaarigen Frau zu, die gerade durch die Tür gestürmt war. Sie hielt ein schmales, ungebundenes Buch in den Händen, und ihre Augen tanzten vor Erregung.

»Bitte, setz dich, Anne. Du mußt wissen, daß wir alle vor Neugier fast vergehen.« Lady Frances Sinclair hatte sich graziös auf einem goldweißgestreiften Sofa drapiert, das mit kleinen Sphinxen verziert war und winkte ihren neuesten Gast zu einem Stuhl in ihrer Nähe. »Aber gestatte mir zuerst, daß ich dir die Frau meines Neffen, Lady Ravenwood, vorstelle. Sie ist vor einer Woche hier in der Stadt angekommen und hat ihr Interesse für unseren kleinen Mittwochnachmittagssalon bekundet. Sophy, das ist Miss Anne Silverthorne. Ihr zwei werdet Euch zweifellos heute abend beim Ball der Yelvertons wiedertreffen.«

Sophy schenkte der jungen Frau ein herzliches Lächeln. Sie amüsierte sich blendend, wie schon die ganze Woche, seit Fanny Sinclair und ihre Freundin Harriette Rattenbury in ihr Leben gerauscht waren. Julian hatte recht gehabt, was seine Tante und ihre Gesellschafterin betraf. Die beiden waren offensichtlich engstens befreundet, obwohl das erste, was bei ihnen auffiel, die Unterschiede zwischen ihnen waren und nicht die Ähnlichkeit.

Fanny war groß, von sehr aristokratischem Aussehen und hatte auch schwarze Haare und smaragdgrüne Augen, was offenbar ein Markenzeichen des Sinclair Clans war. Sie war Anfang Fünfzig, ein temperamentvolles, charmantes Wesen, das sich sichtlich wohl fühlte im Reichtum und dem ganzen Drumherum der feinen Gesellschaft.

Sie war außerdem herzerfrischend optimistisch, an allem, was um sie herum passierte, sehr interessiert, und sie hatte erstaunlich freie Ansichten. Ständig war sie voller geistreicher Einfälle und Pläne und sprühte förmlich vor Begeisterung für jede neue Idee, die ihr über den Weg kam. Die exotische ägyptische Einrichtung ihres Stadthauses paßte sehr gut zu ihr. Selbst die Tapete, mit einer kleinen Bordüre aus winzigen Mumien und Sphinxen, war eine angemessene Kulisse für Tante Fanny.

Sophy war zwar sehr begeistert von den bizarren ägyptischen Motiven in Lady Fannys Haus, stellte aber doch mit einiger Erleichterung fest, daß Julians Tante in bezug auf Kleider ein untrügliches Gespür für klassischen Schick hatte. Das hatte sie in der letzten Woche immer wieder für Sophy eingesetzt. Sophys Schränke quollen jetzt über mit den neuesten schmeichelhaftesten Modellen, und es waren noch mehr Kleider bestellt. Als Sophy es wagte zu fragen, ob diese exzessiven Ausgaben wirklich nötig wären, hatte Fanny fröhlich gelacht und mit einer lässigen Handbewegung die ganze Geschichte vom Tisch gewischt.

»Julian kann es sich leisten, seine Frau stilvoll zu kleiden und das wird er auch, wenn ich dabei etwas zu sagen habe. Mach dir keine Sorgen um die Rechnungen, meine Liebe. Zahl sie einfach aus deiner Apanage und verlang mehr Geld von Julian, wenn du es brauchst.«

Sophy war entsetzt gewesen. »Ich kann ihn doch unmöglich bitten, meine Apanage zu erhöhen. Er ist ohnehin unheimlich großzügig mit mir.«

»Unsinn. Ich werde dir ein Geheimnis von meinem Neffen verraten. Er ist nicht von Natur aus geizig, nur hat er unglücklicherweise wenig Interesse daran, für etwas Geld auszugeben, was nicht mit Landverbesserung, Schafen oder Pferden zu tun hat. Du wirst ihn von Zeit zu Zeit daran erinnern müssen, daß es gewisse Dinge gibt, ohne die eine Frau nicht leben kann.«

Genau wie sie ihn wohl gelegentlich daran erinnern mußte, daß er eine Frau hatte, dachte sich Sophy. In letzter Zeit hatte sie ihren Mann kaum gesehen.

Harry, wie Fannys Gesellschafterin genannt wurde, war das krasse Gegenteil von ihr, was Aussehen und Auftreten anging, obgleich sie etwa genauso alt war. Sie war klein, rundlich und strahlte eine unerschütterliche Ruhe aus. Ihre Geruhsamkeit war die perfekte Ergänzung zu Fannys Begeisterungsstürmen. Sie trug am liebsten imposante Turbane, ein Monokel am schwarzen Band und die Farbe Lila, die, wie sie fand, die Farbe ihrer Augen betonte. Bis heute hatte Sophy Harriette Rattenbury noch in keiner anderen Farbe gesehen. Aber gerade dieser Hang zum Exzentrischen paßte irgendwie sehr gut zu ihr.

Sophy hatte beide Frauen auf Anhieb gemocht, was wirklich ein Segen war, denn Julian hatte sie einfach ihrer Gesellschaft überlassen. Sophy hatte ihren Mann in der letzten Woche kaum gesehen, und in ihrem Schlafzimmer war er kein einziges Mal aufgetaucht. Sie war sich nicht ganz sicher, was sie davon halten sollte, aber sie war dank Fanny und Harry viel zu beschäftigt gewesen, um über diese Angelegenheit zu grübeln.

»Als denn«, sagte Fanny, als Anne begann, die Seiten des kleinen Buches aufzuschneiden, »bitte halt uns nicht länger hin als absolut nötig, Anne. Fang sofort an zu lesen.«

Sophy sah ihre Gastgeberinnen an. »Hat diese *Memoiren* wirklich eine Frau der Halbwelt geschrieben?«

»Nicht einfach irgendeine Frau, sondern *die* Frau aus diesen Kreisen«, versicherte ihr Fanny befriedigt. »Es ist kein Geheimnis, daß Charlotte Featherstone seit zehn Jahren die Königin der Londoner Kurtisanen ist. Männer von höchstem Rang haben sich um die Ehre duelliert, ihr Beschützer zu sein. Jetzt zieht sie sich auf dem Höhepunkt ihrer Karriere ins Privatleben zurück und hat sich entschlossen, der Gesellschaft mit ihren *Memoiren* eins auszuwischen.«

»Der erste Band ist vor einer Woche erschienen, und wir haben alle schon mit Spannung auf den zweiten gewartet«, kicherte eine der anderen Damen schadenfroh. »Anne wurde geschickt, ihn für uns zu holen.«

»Ist doch wirklich eine nette Abwechslung von den Sachen, die wir sonst mittwochs studieren und diskutieren, nicht wahr«, bemerkte Harriette. »Es ist manchmal etwas ermüdend, sich durch diese ziemlich seltsamen Gedichte Blakes zu kämpfen, und ich muß sagen, daß es oft wirklich schwierig ist, zwischen Coleridges literarischen Visionen und seinen Opiumvisionen zu unterscheiden.«

»Kommen wir doch gleich zum Wichtigsten«, sagte Fanny. »Welche Namen nennt die Große Featherstone denn diesmal?«

Anne überflog bereits die Seiten, die sie geöffnet hatte. »Ich sehe Lord Morgans und Lord Crandons Namen und, o gütiger Himmel, da ist auch ein königlicher Herzog.«

»Ein königlicher Herzog? Diese Miss Featherstone hat anscheinend einen sehr exquisiten Geschmack«, bemerkte Sophy fasziniert.

»Das hat sie wohl«, bemerkte Jane Morland, die dunkelhaarige junge Frau mit den ernsten Augen, die neben Sophy saß. »Man stelle sich vor, obwohl sie eine der modischen Parias ist, hat sie Leute kennengelernt, die zu treffen ich mir nicht einmal im Traum erhoffen kann. Sie hat Umgang mit Männern aus den obersten Schichten der Gesellschaft.«

»Sie hatte wohl wesentlich mehr als nur Umgang mit ihnen, wenn ihr mich fragt«, murmelte Harriette und rückte ihr Monokel zurecht.

»Aber woher kommt sie? Wer ist sie?« fragte Sophy.

»Ich habe gehört, sie wäre die illegitime Tochter einer gewöhnlichen Straßendirne«, sagte eine der älteren Frauen amüsiert, aber auch leicht angewidert.

»Eine gewöhnliche Straßendirne hätte es nie geschafft, ganz London auf sich aufmerksam zu machen, wie die Featherstone«, sagte Jane überzeugt. »Zu ihren Bewunderern gehört eine stattliche Anzahl Adliger. Sie ist offensichtlich etwas Besonderes.«

Sophy nickte langsam. »Stellt euch nur vor, was sie für Hindernisse in ihrem Leben überwinden mußte, um ihre augenblickliche Position zu erreichen.«

»Ich könnte mir vorstellen, daß ihre augenblickliche Position flach auf dem Rücken ist«, sagte Fanny.

»Aber sie muß doch sehr viel Geist und Witz haben, wenn sie so viele einflußreiche Liebhaber faszinieren konnte«, sagte Sophy.

»Das hat sie sicher«, stimmte ihr Jane Morland zu. »Es ist wirklich ganz interessant zu sehen, wie bestimmte Leute, die nichts außer Flair und Intelligenz besitzen, andere von ihrer gesellschaftlichen Überlegenheit überzeugen können. Nehmt doch mal Brummell oder Byrons Freund Scrope Davies zum Beispiel.«

»Ich könnte mir denken, daß Miss Featherstone sehr schön sein muß, wenn sie so erfolgreich in ihrem, äh, erwählten Beruf ist«, sagte Anne nachdenklich.

»Sie ist eigentlich keine große Schönheit«, verkündete Fanny.

Die anderen Frauen sahen sie überrascht an.

Fanny lächelte. »Es stimmt. Ich hab sie schon einige Male gesehen, wißt ihr. Aus der Ferne natürlich. Erst neulich haben Harry und ich sie beim Einkaufen in der Bond Street gesehen, nicht wahr, Harry?«

»Meiner Treu, ja. Wirklich beeindruckend.«

»Sie saß in einem kaum vorstellbaren gelben Zweispänner«, erklärte Fanny ihrem aufmerksamen Publikum. »Sie trug ein dunkelblaues Kleid, und an jedem Finger blitzten Diamanten. Wirklich ein atemberaubender Anblick. Sie ist blond und sieht ganz passabel aus, und sie weiß natürlich das Beste daraus zu machen, aber ich kann euch versichern, daß es in der Gesellschaft viele Frauen gibt, die schöner sind als sie.«

»Warum sind dann die Herren der Gesellschaft so angetan von ihr?« fragte Sophy.

»Herren sind Kreaturen mit schlichtem Verstand«, erklärte Harriette gelassen und führte ihre Teetasse zum Mund. »Sie lassen sich leicht von Neuheiten blenden und der Aussicht auf romantische Abenteuer. Ich denke mir, die Große Featherstone wird wissen, wie sie den Männern einreden kann, daß sie bei ihr beides erwarten können.«

»Es wäre wirklich interessant, ihre geheimen Methoden zu kennen, mit denen man Männer in die Knie zwingt«, sagte eine ältliche Matrone in taubengrauer Seide.

Fanny schüttelte den Kopf. »Vergiß nicht, daß sie trotz allem Glanz und Glitzer in ihrer Welt genauso festgekettet ist wie wir in unserer. Sie mag vielleicht ein Fang für die Männer der Gesellschaft sein, aber sie kann sie nicht ewig halten, und das muß sie auch wissen. Außerdem kann sie nicht darauf hoffen, einen ihrer hochrangigen Verehrer zu heiraten und dadurch in eine sicherere Welt aufzusteigen.«

»Das ist wohl war«, sagte Harriette und spitzte den Mund. »Egal wie verfallen er ihr auch sein mag, egal wieviele teure Ketten er ihr vielleicht schenkt, kein Edelmann, der bei Verstand ist, wird einer Frau der Halbwelt einen Heiratsantrag machen. Selbst wenn er sich so weit vergißt, daß er es tut, wird seine Familie die Geschichte schnell im Keim ersticken.«

»Ihr habt recht, Fanny«, sagte Sophy nachdenklich. »Miss Featherstone ist in ihrer Welt gefangen und wir in unserer. Trotzdem, wenn sie es geschafft hat, aus der Gosse dahin aufzusteigen, wo sie heute offensichtlich ist, muß sie eine sehr gescheite Frau sein. Ich glaube, sie könnte einen sehr interessanten Beitrag zu Euren nachmittäglichen Salons leisten, Fanny.«

Ein schockiertes Raunen ging durch die kleine Gruppe. Aber Fanny lachte. »Sehr interessant, ohne Zweifel.«

»Wißt Ihr was?« fuhr Sophy impulsiv fort. »Ich glaube, ich würde sie gerne kennenlernen.«

Alle Augen im Raum richteten sich fassungslos auf sie.

»Sie kennenlernen?« rief Jane entsetzt aber zugleich fasziniert. »Du möchtest so einer Frau vorgestellt werden?«

Anne Silverthorne lächelte zögernd. »Es wäre sicher recht amüsant, nicht wahr?«

»Still, ihr alle drei«, unterbrach sie eine der älteren Frauen erbost. »Habt ihr denn jeden Sinn für Anstand verloren? Eine wirklich lächerliche Vorstellung.«

Fanny warf Sophy einen amüsierten Blick zu. »Wenn Julian auch nur vermuten würde, daß du so ein Ziel vor Augen hast, wärst du innerhalb von vierundzwanzig Stunden wieder auf dem Land.«

»Glaubst du, Julian ist ihr je begegnet?« fragte Sophy.

Fanny verschluckte sich an ihrem Tee und setzte schnell Tasse und Teller ab. »Verzeihung«, sagte sie, als Harriette ihr einen vertraulichen Klaps zwischen die Schulterblätter gab. »Verzeiht, bitte.«

»Ist alles in Ordnung?« fragte Harriette mäßig besorgt, als Fanny sich wieder gefangen hatte.

»Ja, ja, alles in Ordnung, danke Harry.« Fanny lächelte die ängstliche Runde fröhlich an. »Mir geht es wieder wunderbar. Ich bitte euch alle um Verzeihung. Als denn, wo waren wir. Oh, ja, du wolltest mit dem Vorlesen anfangen, Anne. Bitte.«

Anne stürzte sich mit Feuereifer auf die erstaunlich lebendige Prosa, und jede Frau im Raum lauschte hingerissen. Charlotte Featherstones *Memoiren* waren gut geschrieben, unterhaltsam und köstlich skandalös.

»Lord Ashford hat der Featherstone ein Kollier im Wert von fünftausend Pfund geschenkt?« rief ein Mitglied der Gruppe entsetzt an einer Stelle dazwischen. »Wartet, bis seine Frau das hört. Ich weiß aus sicherer Quelle, daß Lady Ashford seit Jahren furchtbar sparen muß. Ashford erzählt ihr ständig, daß er es sich nicht leisten kann, ihr neue Kleider und Juwelen zu kaufen.«

»Er sagt sicher die Wahrheit. Er kann sie sich wahrscheinlich für seine Frau nicht leisten, solange er sie Charlotte Featherstone kauft«, bemerkte Fanny.

»Da kommt noch mehr über Ashford«, sagte Anne mit einem sehr boshaften Lachen. »Hört euch das an:

Nachdem Lord Ashford an diesem Abend gegangen war, sagte ich zu meiner Zofe, Lady Ashford stünde eigentlich in meiner Schuld. Schließlich und endlich würde Ashford, wenn ich nicht wäre, wesentlich mehr Abende zu Hause verbringen und seine arme Frau mit seinen beklagenswert phantasielosen Liebesbezeugungen langweilen. Man bedenke nur, welch große Last ich der Dame abgenommen habe.

»Ich würde sagen, sie ist für ihre Mühe reichlich entlohnt worden«, sagte Harriette und goß Tee aus der Silberkanne ein.

»Lady Ashford wird tobsüchtig sein, wenn sie das hört«, bemerkte jemand anderes.

»Und das mit Recht«, sagte Sophy wutentbrannt. »Ihr Lord hat sich schändlich verhalten. Wir finden es ja amüsant, aber wenn man es sich durch den Kopf gehen läßt, muß einem doch klarwerden, daß er seine Frau öffentlich gedemütigt hat. Stellt euch bitte vor, wie er reagieren würde, wenn die Situation umgedreht wäre und Lady Ashford diese Art von Gerede verursacht hätte.«

Julian, zum einen, wäre wild entschlossen, bei einem solchen

Skandal Blut zu vergießen, dachte Sophy zufrieden, aber auch mit ein bißchen Angst. Unter solchen Umständen wäre sein Zorn sicher ehrfurchtgebietend, und sein heftiger Stolz würde nach Rache schreien.

»Lady Ashford ist wohl kaum in der Lage, Charlotte Featherstone zum Duell zu fordern«, bemerkte eine Frau in der Truppe ironisch. »So wie's aussieht, wird die arme Frau schlicht und einfach gezwungen sein, sich aufs Land zurückzuziehen, bis der Klatsch verstummt ist.«

Eine andere Frau grinste wissend. »Lord Ashford ist also ein großer Langweiler im Bett, was? Sehr interessant.«

»Wenn es nach der Featherstone geht, sind die meisten Männer langweilig im Bett«, sagte Fanny. »Bis jetzt hat sie noch über keinen ihrer Bewunderer ein gutes Wort verloren.«

»Vielleicht haben die interessanteren Liebhaber ihren Erpresserlohn bezahlt, damit sie nicht im Buch erscheinen«, schlug eine junge Frau vor.

»Oder vielleicht sind Männer im allgemeinen einfach keine so guten Liebhaber«, bemerkte Harriette ruhig. »Noch jemand Tee?«

Auf der Straße vor der eleganten Residenz der Yelvertons drängten sich zahllose elegante Kutschen. Julian stieg um Mitternacht aus seiner aus und kämpfte sich durch die Reihen herumstehender Kutscher, Pferdeknechte und Lakaien zu den breiten Treppen, die in die Empfangshalle der Yelvertons führten.

Fanny hatte ihm praktisch befohlen, heute abend zu erscheinen. Sie hatte ihm klargemacht, daß es Sophys erster großer Ball sein würde und Julians Anwesenheit sehr erwünscht wäre. Natürlich stand es ihm frei, die meiste Zeit seiner eigenen Wege zu gehen, aber es gab eben bestimmte Gelegenheiten, die seine Anwesenheit an Sophys Seite erforderten. Das war eine von ihnen.

Julian, der in der letzten Woche ständig zu unchristlicher Stunde aufgestanden und jede Nacht viel zu spät ins Bett gekommen war, um ein Zusammentreffen mit seiner Frau zu vermeiden, hatte keine Ausrede gefunden, als Fanny ihm klarmachte, daß sie fest mit seinem Erscheinen rechnete. Er hatte sich in sein Schicksal gefügt und würde mit seiner Frau einen Tanz wagen.

Für ihn war das ein freiwilliger Ausflug in die Folterkammer. Die wenigen Minuten auf dem Tanzboden des Ballsaals mit ihr in seinen Armen würden für ihn schwerer werden, als Sophy es je ahnen könnte.

Die Zeit ohne sie war schon nicht leicht gewesen, aber die letzte Woche unter ein und demselben Dach mit Sophy war die pure Hölle gewesen. Die Nacht, in der er sie bei seiner Heimkehr zu Hause vorgefunden hatte, bereit sich zu entschuldigen und mit ihm in der Stadt zu wohnen, war er anfangs ungeheuer erleichtert gewesen, aber dann hatte ihn die Vorsicht gepackt.

Aber es war ihm gelungen sich einzureden, daß sie sich ihm brav unterworfen hatte. Sie hatte offensichtlich ihre empörenden Forderungen aufgegeben und war bereit, die Rolle einer anständigen Ehefrau für ihn zu übernehmen. In der Nacht, als er sie in ihrem Schlafzimmer zur Rede gestellt hatte, hatte sie sich ihm praktisch angeboten.

Es hatte Julian jede Unze Willenskraft gekostet, die er besaß, in jener Nacht das Zimmer wieder zu verlassen. Sophy hatte so süß und gefügig und verlockend ausgesehen, daß er sie am liebsten an sich gerissen und sein Recht gefordert hätte. Aber ihre Ankunft hatte ihn durcheinandergebracht, und er traute seinen Reaktionen nicht. Er hatte gewußt, daß er Zeit zum Nachdenken brauchte.

Bis zum folgenden Morgen war ihm auch klargeworden, daß er sie jetzt, wo sie wieder bei ihm war, nicht einfach wegschicken konnte. Es bestand auch gar kein Grund dafür, hatte er sich eingeredet. Sie hatte schließlich ihren Stolz überwunden, war in die Stadt gekommen und hatte sich ihm auf Gedeih und Verderb ausgeliefert. Sie hatte darum gebeten, bleiben zu dürfen. Hatte sie sich denn nicht für die peinlichen Vorfälle in Eslington Park entschuldigt?

Julian kam zu dem Schluß, daß sein Stolz gerettet war und die Lektion erteilt. Er würde gnädig sein und ihr erlauben, in der Stadt zu bleiben. Die Entscheidung war nicht schwierig gewesen, auch wenn er bis zum Morgengrauen deshalb kein Auge zugemacht hatte.

Im Lauf dieser schlaflosen Nacht hatte er ebenfalls beschlossen, daß er sofort seine ehelichen Rechte fordern würde. Er hatte weiß Gott lange genug darauf verzichtet. Aber bis zum Morgen war ihm klargeworden, daß es doch nicht so einfach war. Etwas fehlte bei dieser Gleichung.

Nachdem er nicht direkt ein Mensch war, der häufig in sich ging und zur Selbstanalyse neigte, hatte er fast den ganzen Morgen bis zu dem Gespräch im Arbeitszimmer gebraucht, eine vage Vorstellung davon zu kriegen, was daran falsch war, sofort zu Sophy ins Bett zu springen.

Schließlich hatte er sich eingestanden, daß er nicht wollte, daß Sophy sich ihm nur aus weiblicher Pflichterfüllung hingab.

Es war, um ehrlich zu sein, verdammt bitter, daß sie das wollte. Er wollte von ihr begehrt werden. Er wollte in diese klaren, ehrlichen Augen schauen und darin echtes Verlangen und weibliches Bedürfnis lesen. Aber vor allem gefiel ihm die Vorstellung nicht, daß sie, egal wie willig sie sich jetzt gab, insgeheim immer noch fand, er hätte ihre ursprüngliche Abmachung verletzt.

Diese Erkenntnis hatte ihn in ein frustrierendes Dilemma gestürzt. Außerdem war er deshalb außerordentlich gereizt, worauf ihn seine Freunde hilfsbereit hinwiesen.

Daregate und Thurgood waren nicht so dumm gewesen, ihn zu fragen, ob er zu Hause Ärger hätte, aber Julian war sich bewußt, daß beide das vermuteten. Beide hatten mehrmals angedeutet, daß sie sich darauf freuten, Sophy kennenzulernen. Heute abend würden sie und der Rest der Gesellschaft die erste Gelegenheit dazu haben.

Julians Laune besserte sich etwas, als ihm der Gedanke kam, daß Sophy inzwischen wahrscheinlich heilfroh sein würde, ihn endlich zu sehen. Er wußte, daß sie damit rechnete, gesellschaftlich ein totaler Reinfall zu sein, genau wie vor fünf Jahren. Die diesmalige Anwesenheit eines Ehemanns würde ihr sicher etwas Mut geben. Vielleicht würde ihre Dankbarkeit sie sogar dazu bringen, ihn in einem etwas günstigeren Licht zu sehen.

Julian war schon öfter bei den Yelvertons zu Gast gewesen und kannte sich im Ballsaal aus. Er vermied es, vom Butler angekündigt zu werden und suchte sich die Treppe zu dem Balkon, von dem aus man den überfüllten Saal überschauen konnte.

Er stemmte beide Hände gegen das schwer geschnitzte Geländer und sah sich das Gewühl an. Tausende von Kerzen erleuchteten den Ballsaal. In einer Ecke spielte eine Kapelle, und mehrere Paare waren auf der Tanzfläche. Prachtvoll livrierte Lakaien, beladen mit Tabletts, schlängelten sich durch das Gedränge elegant gekleideter Männer und Frauen. Gelächter und Gespräche tönten nach oben.

Julian ließ den Blick durch den Raum schweifen und versuchte, Sophy zu entdecken. Fanny hatte ihm gesagt, ihr Protegée würde ein rosenfarbenes Kleid tragen. Sophy würde ohne Zweifel bei einem der Grüppchen von Frauen stehen, die die Wand neben den Fenstern säumten.

»Nein, Julian, sie ist nicht da drüben. Sie ist auf der anderen Seite des Raums. Man kann sie kaum sehen, weil sie nicht sehr groß ist. Wenn sie von einer Gruppe bewundernder Männer umgeben ist, wie jetzt im Augenblick, wird sie praktisch unsichtbar.«

Julian drehte den Kopf und sah seine Tante auf sich zukommen. Lady Fanny lachte wie immer übers ganze Gesicht und sah hinreißend aus in silbergrünem Satin.

»Guten Abend, Tante.« Er nahm ihre Hand und führte sie an seine Lippen. »Ihr seht blendend aus heute abend. Wo ist Harry?«

»Sie kühlt sich mit etwas Limonade auf der Terrasse das Gemüt. Die Hitze macht ihr zu schaffen, dem armen Schatz. Aber sie besteht ja drauf, diese schweren Turbane zu tragen. Ich wollte gerade zu ihr gehen, als ich gesehen hab, wie du dich hier heraufschleichst. Du bist also doch gekommen, um zu sehen, wie sich deine kleine Frau hier schlägt, hmm?«

»Ich erkenne einen königlichen Befehl, wenn ich ihn höre, Madame. Ich bin hier, weil Ihr darauf bestanden habt. Also, was soll das heißen, Sophy wird unsichtbar?«

»Schau's dir selbst an.« Fanny ging zum Geländer und zeigte stolz auf die Menge unter sich. »Sie ist seit dem Augenblick unserer Ankunft von Verehrern umringt. Das war vor einer Stunde.«

Julian richtete den Blick auf das hintere Ende des Ballsaals und suchte mit gerunzelter Stirn nach einem rosa Seidenkleid in dem Regenbogen herrlicher Gewänder unter sich. Dann bewegte sich ein Mann, der Teil einer Gruppe anderer Männer war, und Julian entdeckte Sophy inmitten der Gruppe.

»Was, zum Teufel, macht sie denn da unten?« sagte er barsch.

»Ist das nicht offensichtlich? Sie ist auf dem besten Weg, ein Erfolg zu werden, Julian.« Fanny lächelte befriedigt. »Sie ist ungeheuer charmant und hat keinerlei Schwierigkeiten, Konversation zu machen. Bis jetzt hat sie bereits ein Mittel für Lady Bixbys nervösen Magen verschrieben, einen Umschlag für Lord Thantons Brust und einen Sirup für Lady Yelvertons Hals.«

»Keiner der Männer, die sie momentan umringen, scheint mir medizinischen Rat zu suchen«, murmelte Julian.

»Ganz richtig. Als ich sie vor kurzem verließ, begann sie gerade mit einer Beschreibung von Schafzuchtpraktiken in Norfolk.«

»Verdammt, alles was sie über Schafzucht in Norfolk weiß, hab ich ihr beigebracht. Auf unserer Hochzeitsreise.«

»Na ja, dann muß es dich doch sehr freuen, daß sie das Wissen gesellschaftlich auszunützen weiß.«

Julians Augen wurden schmal, als er die Männer musterte, die sich um seine Frau drängten. Eine große Gestalt mit hellen Haaren und von Kopf bis Fuß in Schwarz gekleidet erregte seine Aufmerksamkeit. »Wie ich sehe, hat Waycott keine Zeit verloren, sich ihr vorzustellen.«

»Oje. Ist er auch bei der Gruppe?« Fannys Lächeln verschwand, als sie sich vorbeugte und seinem Blick folgte. »Tut mir leid, Julian. Ich habe nicht damit gerechnet, daß er heute abend hier ist. Aber es war doch klar, daß sie ihm früher oder später begegnen mußte, zusammen mit ein paar anderen Bewunderern von Elizabeth.«

»Ich habe Sophy Eurer Obhut anvertraut, Fanny, weil ich dachte, Ihr hättet genug gesunden Menschenverstand, sie vor Ärger zu bewahren.«

»Deine Frau vor Ärger zu bewahren ist deine Aufgabe, nicht meine«, erwiderte Fanny verärgert. »Ich bin ihre Freundin und Beraterin, mehr nicht.«

Julian war klar, daß das eine Rüge war, weil er sich in der vergangenen Woche kaum um Sophy gekümmert hatte, aber er war nicht in der Stimmung, sich zu verteidigen. Er war viel zu besorgt über den Anblick des gutaussehenden blonden Gottes, der in diesem Augenblick Sophy ein Glas Limonade reichte. Er hatte genau diesen speziellen Ausdruck vor fünf Jahren schon einmal auf Waycotts Gesicht gesehen, nämlich als der Viscount begonnen hatte, sich ständig in Elizabeths Nähe zu bewegen.

Julians Hände ballten sich zu Fäusten, aber er zwang sich mit großer Mühe, ruhig zu bleiben. Beim letzten Mal war er ein liebeskranker Narr gewesen, der die dunklen Wolken, die sich über ihm zusammenbrauten erst sah, als es zu spät war. Dieses Mal würde er rasch handeln und ohne Rücksicht auf Verluste eine neuerliche Katastrophe verhindern.

»Entschuldigt mich, Fanny. Ich glaube, Ihr habt recht. Es ist meine Aufgabe, Sophy zu beschützen, und darum sollte ich mich jetzt kümmern.«

Fanny sah ihn besorgt an. »Julian, bitte sei vorsichtig, wie du die Sache handhabst. Sophy ist nicht Elizabeth.«

»Genau. Und ich habe vor, dafür zu sorgen, daß sie nicht wie Elizabeth wird.« Julian war bereits an der kurzen Treppe, die vom Balkon in den Ballsaal führte.

Sobald er unten angelangt war, fand er sich sofort mit einer Mauer aus Menschen konfrontiert, von denen ihn einige begrüßten und ihm zu seiner kürzlichen Heirat gratulierten. Julian gelang es, höflich zu nicken, die gutgemeinten Komplimente für seine Gräfin zu akzeptieren und die verschleierte Neugier, die sie oft begleitete, zu ignorieren.

Seine Größe gereichte ihm zum Vorteil. Er überragte die meisten anderen Leute im Raum, und er hatte keine Schwierigkeit, das Grüppchen Männer, das um Sophy kreiste, im Auge zu behalten. Innerhalb weniger Minuten hatte er den Platz erreicht, wo sie Hof hielt.

Er entdeckte den geknickten Blumenschmuck in ihrer Frisur, gerade als Waycott die Hand ausstreckte, um ihn zurechtzurücken.

»Wenn Ihr mir gestattet, diese Rose zu pflücken, Madame«, sagte Waycott mit gewandter Galanterie, als er nach der baumelnden Emailleblume in Sophys Haar griff.

Julian drängte sich an zwei jungen Männern vorbei, die den blonden Mann neidisch beobachteten. »Mein Privileg, Waycott.« Er zog das Ornament aus der Locke, gerade als Sophy überrascht den Kopf hob. Waycott ließ die Hand fallen, und seine blaßblauen Augen wurden schmal vor Wut.

»*Julian.*« Sophy strahlte ihn an. »Ich hatte schon Angst, du könntest heute abend nicht kommen. Ist es nicht ein wunderbarer Ball?«

»Wunderbar.« Julian musterte sie eindringlich und merkte plötzlich, wie ungeheuer eifersüchtig er war. Fanny hatte sie wirklich gut ausstaffiert, stellte er fest. Sophys Kleid hatte eine prächtige Farbe, und der Schnitt betonte perfekt ihre schlanke Figur. Ihr Haar war zu einem eleganten Lockengewirr hochgetürmt, das ihren graziösen Hals zur Geltung brachte.

Der Schmuck war auf ein Minimum beschränkt, und ihm kam der Gedanke, daß die Ravenwood Smaragde an Sophys Hals sehr schön aussehen würden. Unglücklicherweise konnte er sie ihr nicht geben, da er sie nicht hatte.

»Ich amüsiere mich heute abend wirklich prächtig«, fuhr Sophy fröhlich fort. »Alle waren so aufmerksam und haben mich so herzlich aufgenommen. Hast du all meine Freunde schon kennengelernt?« Sie nickte kurz in Richtung der Gruppe Männer, die ungeduldig warteten.

Julians eisiger Blick schweifte über die kleine Versammlung. Jedes bekannte Gesicht bedachte er mit einem lakonischen Lächeln. Sein Blick verweilte kurz auf Waycotts amüsiertem, abschätzendem Gesicht. Dann wandte er sich mit Nachdruck von ihm ab. »Aber ja, Sophy, ich glaube, ich kenne praktisch alle Anwesenden. Und ich bin überzeugt, daß du inzwischen mehr als genug von ihrer Gesellschaft hattest.«

Keinem der Männer entging die unmißverständliche Warnung, nur Waycott schien eher amüsiert als beeindruckt. Die anderen aber beeilten sich, ihm zu gratulieren, und Julian mußte sich wohl oder übel einige Minuten lang überschwengliches Lob für den Charme seiner Frau anhören, ihr Wissen über Kräuter und ihr Konversationstalent.

»Hat für eine Frau ausgesprochen beachtliche Kenntnisse über Landwirtschaftstechniken«, verkündete ein ältlicher Bewunderer. »Könnte stundenlang mit ihr reden.«

»Wir haben uns gerade über Schafe unterhalten«, erklärte ein rotgesichtiger junger Mann. »Lady Ravenwood hat da ein paar sehr interessante Ansichten über Zuchtmethoden.«

»Sicherlich faszinierend«, sagte Julian. Er nickte seiner Frau zu. »Allmählich wird mir klar, daß ich eine Expertin zu diesem Thema geheiratet habe.«

»Ihr werdet Euch erinnern, Mylord, daß ich viel lese«, murmelte Sophy. »Und in letzter Zeit habe ich mir die Freiheit genommen und mich in Eurer Bibliothek bedient. Ihr habt eine ausgezeichnete Sammlung von Büchern über Hofverwaltung.«

»Ich werde wohl dafür sorgen müssen, daß sie durch etwas mit höheren Ansprüchen ersetzt werden. Religiöse Traktate wären vielleicht angebracht.« Julian streckte seine Hand aus. »Aber jetzt würde ich gerne wissen, ob Ihr Euch lange genug von diesem faszinierenden Gespräch losreißen könnt, um Eurem Gatten einen Tanz zu schenken, Madame?«

Sophys Augen strahlten vergnügt. »Aber natürlich, Julian. Sie verzeihen, Gentlemen?« fragte sie höflich, als sie ihre Hand auf den Arm ihres Mannes legte.

»Natürlich«, murmelte Waycott. »Wir verstehen doch alle den Ruf der Pflicht, nicht wahr? Kommt zurück zu uns, Sophy, wenn Ihr wieder bereit seid zu spielen.«

Julian hatte alle Mühe, sich zu beherrschen. Am liebsten hätte er Waycott einen Schlag in sein viel zu schönes Gesicht verpaßt. Aber Sophy würde ihm eine derartige Szene nie verzeihen und Lady Yelverton auch nicht. Er ignorierte Waycotts kleinen Seitenhieb einfach und führte Sophy auf die Tanzfläche.

»Ich habe den Eindruck, du amüsierst dich gut«, sagte er, als Sophy leichtfüßig in seine Arme glitt.

»Sehr gut sogar. Oh, Julian, es ist alles so anders als das letzte Mal. Heute abend sind alle so nett. Ich habe heute abend öfter getanzt als während meiner gesamten Ballsaison vor fünf Jahren.« Sophys Wangen waren leicht gerötet, und ihre bildschönen Augen funkelten vor Freude.

»Ich bin froh, daß dein erstes wichtiges gesellschaftliches Ereignis als Gräfin Ravenwood ein Erfolg ist.« Er betonte bewußt ihren neuen Titel. Sie sollte ihre Position und ihre Verpflichtung dieser Position gegenüber nicht vergessen.

Sophys Lächeln wurde mit einem Mal nachdenklich. »Wahrscheinlich geht alles nur so gut, weil ich verheiratet bin. Jedes männliche Wesen betrachtet mich jetzt als ungefährlich, weißt du.«

Julian runzelte überrascht die Stirn. »Was, zum Teufel, meinst du denn damit?«

»Ist das nicht offensichtlich? Ich bin nicht mehr auf der Suche nach einem Ehemann. Ich habe ihn schon an Land gezogen, wie es so schön heißt. So haben die Männer das Gefühl, sie können ungestraft mit mir flirten und mir den Hof machen, ohne jede Verpflichtung, mir einen Antrag zu machen. Es ist jetzt einfach ein harmloser Spaß, wohingegen sie vor fünf Jahren das große Risiko gehabt hätten, ihre Absichten deutlich zu machen.«

Julian verkniff sich einen Fluch. »Du bist auf dem Holzweg mit dieser Schlußfolgerung«, versicherte er ihr mit zusammengebissenen Zähnen. »Sei nicht so naiv, Sophy. Du bist alt genug zu wissen, daß dein Status als verheiratete Frau für manche Männer ein Freibrief für unehrenhafte Annäherung ist. Sie glauben, sie hätten die Freiheit, dich zu verführen, weil du eben *sicher* bist.«

Sie lächelte zwar noch, aber ihr Blick wurde etwas mißtrauisch. »Also wirklich, Julian. Du übertreibst doch. Soweit ich das beurteilen kann, laufe ich nicht Gefahr, von *irgendeinem* Mann hier verführt zu werden.«

Es dauerte nur den Bruchteil einer Sekunde bis ihm klar wurde, daß sie ihn mit allen anderen anwesenden Männern in einen Topf warf. »Verzeiht mir, Madame. Mir war gar nicht klar, daß Ihr so begierig darauf seid, verführt zu werden. Ich hatte sogar den absolut gegenteiligen Eindruck. Mein Fehler, da bin ich mir sicher.«

»Ihr mißversteht mich.« Ihr Blick richtete sich auf seine Krawatte. »Diesmal wollte ich einfach nur einen Scherz machen.«

»Ach wirklich?«

»Ja, selbstverständlich. Verzeiht mir, ich wollte nur Eure Laune ein bißchen heben. Ihr schient mir über die Maßen beunruhigt von einer nonexistenten Bedrohung meiner Tugend. Ich versichere Euch, daß keiner der Männer aus der Gruppe irgendwelche unziemlichen Annäherungsversuche oder Anträge gemacht hat.«

Julian seufzte. »Das Problem, Sophy, ist, daß ich fürchte, du erkennst einen unziemlichen Antrag erst, wenn die Sache bereits zu weit gegangen ist. Du magst ja schon dreiundzwanzig Jahre alt sein, aber du hast kaum Erfahrung, was die Gesellschaft betrifft. Sie ist nichts weiter als ein glitzerndes Jagdgebiet, und eine attraktive, naive, sicher verheiratete junge Frau wird häufig als kapitaler Hirsch betrachtet.«

Sie erstarrte in seinen Armen, und ihre Augen wurden schmal. »Bitte sei nicht gönnerhaft, Julian. So naiv bin ich auch wieder nicht. Ich versichere dir, daß ich nicht die Absicht habe, mich von irgendeinem deiner Freunde verführen zu lassen.«

»Unglücklicherweise, meine Liebe, bleiben dann immer noch all meine Feinde.«

Sieben

Später an diesem Abend lief Sophy nervös in ihrem Schlafzimmer auf und ab. Ihr schwirrte immer noch der Kopf von den Ereignissen des Abends. Alles war so aufregend und so wunderbar anders gewesen als vor fünf Jahren, bei ihrem ersten Ausflug in die feine Gesellschaft.

Sie war sich sehr wohl bewußt, daß ihr neuer Status als Ravenwoods Frau ein Grund für die Aufmerksamkeit, die sie genoß, war, aber sie war auch überzeugt, daß sie sich in Punkto Konversation sehr tapfer geschlagen hatte. Zum einen hatte sie mit dreiundzwanzig wesentlich mehr Selbstsicherheit als damals mit achtzehn. Und sie war sich auch diesmal nicht vorgekommen wie ein Stück Vieh, das auf dem Heiratsmarkt zur Schau gestellt wurde. Heute abend war sie völlig entspannt gewesen und hatte sich blendend amüsiert. Alles war gutgegangen, bis Julian kam.

Anfänglich war sie überglücklich gewesen, ihn zu sehen und hatte sich darauf gefreut, ihm zeigen zu können, daß sie in dieser Welt zurechtkam. Aber nach dem ersten Tanz mit ihm dämmerte ihr, daß Julian nicht nur beim Ball der Yelverstones erschienen war, um ihre neuentdeckte Fähigkeit, sich in der Gesellschaft zu bewegen, zu bewundern. Er war gekommen, weil er besorgt war, sie könnte zum Opfer eines der männlichen Raubtiere werden, die durch den Dschungel des *Ton* streiften.

Es war wirklich deprimierend, feststellen zu müssen, daß Julian den Rest des Abends mit ihr verbrachte, weil er all seine Besitztümer eifersüchtig hütete.

Vor einer Stunde waren sie nach Hause gekommen, und Sophy war sofort nach oben gegangen, um sich auf die Nacht vorzubereiten. Julian hatte nicht versucht, sie aufzuhalten. Er hatte ihr höflich eine gute Nacht gewünscht und war dann in die Bibliothek verschwunden. Ein paar Minuten zuvor hatte Sophy seine gedämpften Schritte auf dem mit Teppich ausgelegten Korridor vor ihrem Zimmer gehört.

Die freudige Erregung über ihren ersten großen Abend in der Gesellschaft verblaßte rasch, und das war in Sophys Augen nur Julians Schuld. Er hatte entschieden alles daran gesetzt, ihr die Freude gründlich zu verderben.

Sophy drehte am hinteren Ende des Zimmers um und schritt zurück zu ihrem Toilettentisch. Ihr Blick fiel auf das kleine Schmuckkästchen und verharrte schuldbewußt darauf. Sie konnte nicht abstreiten, daß sie bei all der Hektik und Aufregung ihrer ersten Woche in der Stadt als Gräfin von Ravenwood ihr Ziel, Amelia zu rächen, etwas ins Abseits verdrängt hatte. Im Augenblick war die Rettung ihrer Ehe das Wichtigste in ihrem Leben gewesen.

Natürlich hatte sie ihren Schwur, Amelias Verführer zu finden, nicht vergessen, sagte sich Sophy, nur hatten momentan andere Dinge den Vorrang.

Aber sobald ihre Beziehung zu Julian einigermaßen normal verlief, würde sie sich wieder der Suche nach dem Mann, der für Amelias Tod verantwortlich war, zuwenden.

»Ich habe dich nicht vergessen, liebe Schwester«, flüsterte Sophy. Sie hob gerade den Deckel des Kästchens, als sich die Tür hinter ihr öffnete. Sie drehte sich erschrocken um und sah Julian in der Verbindungstür zwischen ihren Zimmern stehen. Er trug einen Morgenmantel und sonst nichts. Der Deckel des Kästchens fiel mit einem Knall zu.

Julian warf einen Blick auf das kleine Kästchen und sah dann Sophy in die Augen. »Du brauchst nichts zu sagen, Schatz. Ich habe das schon früh am heutigen Abend begriffen. Verzeih mir, daß ich nicht daran gedacht habe, dir ein paar Schmucksachen zu geben, die du brauchst, um hier in der Stadt standesgemäß gekleidet zu sein.«

»Es war nicht meine Absicht, Euch um Schmuck zu bitten, Mylord«, sagte Sophy verärgert. Ehrlich, dieser Mann hatte eine Art, immer die irritierendsten Dinge vorauszusetzen. »Wolltet Ihr etwas von mir?«

Er zögerte einen Augenblick, ohne Anstalten zu machen, ins

Zimmer zu kommen. »Ja, ich glaube schon«, sagte er schließlich. »Sophy, ich habe viel über die unerledigten Geschichten zwischen uns beiden nachgedacht.«

»Geschichten, Mylord?«

Seine Augen wurden schmal. »Wär es dir lieber, wenn ich nicht um den heißen Brei herumrede? Na schön, ich habe sehr gründlich über die Angelegenheit des Vollzugs unserer Ehe nachgedacht.«

Sophy hatte plötzlich dasselbe flaue Gefühl im Magen wie an jenem Tag, als sie von einem Baum in den Fluß gefallen war. »Ich verstehe. Wahrscheinlich liegt das an all dem Gerede über Schafzucht bei den Yelverstones. Das hat euch wohl daran erinnert?«

Julian steckte die Hände in die Taschen seines Morgenmantels und ging langsam auf sie zu. »Heute abend ist mir das erste Mal klargeworden, daß dein Mangel an persönlicher Erfahrung im Ehebett ein großes Risiko für dich darstellt.«

Sophy blinzelte erstaunt. »Risiko, Mylord?«

Er nickte, dann nahm er einen Kristallschwan von ihrem Toilettentisch und drehte ihn gedankenverloren in der Hand. »Du bist viel zu naiv und viel zu unschuldig, Sophy. Du hast nicht die Erfahrung, die eine Frau braucht, um die Nuancen und Doppelbödigkeiten, die bestimmte Männer in die Unterhaltung einstreuen, zu verstehen. Es könnte nur allzu leicht passieren, daß du solche Männer unbewußt ermutigst, einfach nur, weil du nicht verstehst, was sie wirklich meinen.«

»Ich glaube, ich fange an zu begreifen, was Ihr meint, Mylord«, sagte Sophy. »Ihr glaubt, die Tatsache, daß ich noch keine richtige Frau in jedem Sinn des Wortes bin, könnte für mich ein gesellschaftliches Handicap sein.«

»So könnte man es ausdrücken.«

»Eine schreckliche Vorstellung. Etwa so, wie wenn man den Fisch mit der falschen Gabel ißt, könnte ich mir denken.«

»Etwas ernster, das kann ich dir versichern, Sophy. Wenn du unverheiratet wärest, wäre dein Mangel an Wissen über bestimmte Dinge ein gewisser Schutz. Jeder Mann, der versuchen würde, dich zu verführen, wüßte, daß er verpflichtet wäre, dich zu heiraten. Aber als verheiratete Frau hast du keinen solchen Schutz. Und sollte eine gewisse Sorte Mann Wind davon bekommen, daß du noch nicht mit deinem Mann im Bett warst, würde er dich gnadenlos verfolgen. Er würde dich als amüsante Eroberung betrachten.«

»Mit anderen Worten, dieser fiktive Mann würde mich als kapitalen Fang betrachten.«

»Genau.« Julian legte den Schwan ab und lächelte Sophy wohlwollend an. »Ich bin froh, daß du die Situation begreifst.«

»Oh, ja, das tu ich«, sagte sie, trotz erheblicher Schwierigkeiten beim Atmen. »Du willst damit sagen, du hast endlich beschlossen, deine ehelichen Rechte zu fordern.«

Er zuckte gelassen die Achseln. »Es ist meiner Meinung nach nur zu deinem Besten. Um deinetwillen sollten wir jetzt endlich die Beziehung auf eine normale Ebene bringen.«

Sophys Finger krallten sich in die Lehne ihres Schminkstuhls. »Julian, ich habe dir erklärt, daß es mein Wunsch ist, dir eine richtige Ehefrau zu sein, aber ich muß dich noch um einen Gefallen bitten, bevor wir zur Tat schreiten.«

Seine funkelnden grünen Augen verrieten, daß er innerlich gar nicht so ruhig war. »Und was wäre das für ein Gefallen, meine Liebe?«

»Daß du endlich aufhörst, dein Vorhaben logisch zu rechtfertigen. Deine Versicherungen, das alles wäre nur zu meinem Besten, haben auf mich dieselbe Wirkung wie mein spezieller Kräutertee auf dich in Eslington Park.«

Julian verschlug es für einen Augenblick die Sprache. Dann brüllte er vor Lachen, was wiederum Sophy schockierte.

»Du bist in Gefahr einzuschlafen, was?« Er ging rasch auf die völlig überraschte Sophy zu, raffte sie in seine Arme und schritt auf das breite Bett zu. »Das kann ich natürlich nicht dulden, Madame. Ich schwöre, ich werde mein Bestes tun, Euch wachzuhalten.«

Sophys Lächeln war etwas ängstlich, und sie klammerte sich an seine breiten Schultern. Ihr ganzer Körper bebte vor Erregung. »Glaubt mir, Mylord, Ihr habt jetzt meine ungeteilte Aufmerksamkeit.«

»Das hoffe ich doch sehr, nachdem ich schon seit Tagen an nichts anderes mehr denken kann.«

Er setzte sie behutsam aufs Bett und zog ihr den Morgenmantel aus. Sein Lächeln war sinnlich und voller Erwartung.

Als er seinen Morgenmantel abstreifte und seinen muskulösen, schlanken Körper im Kerzenlicht enthüllte, hatte Sophy keine Zweifel mehr daran, daß er das aus echtem Verlangen tat. Julians Männlichkeit war voll erigiert, pulsierte vor Erregung. Sie sah ihn lange an, und ein letztes Flackern der Unsicherheit ging durch ihren Körper, als sie merkte, wie ihr eigenes Verlangen sich regte.

»Mach ich dir angst, Sophy?« Julian legte sich neben sie auf das breite Bett und nahm sie in die Arme. Seine großen Hände bewegten sich über ihre Hüften, ertasteten sie durch den Stoff ihres Nachthemds. »Ich will dich nicht erschrecken.«

»Du erschreckst mich doch nicht. Ich habe dir schon einige Male gesagt, daß ich kein naives Kind mehr bin, das gerade der Schulbank entwachsen ist.« Sie erschauderte, als sie die Wärme seiner Handfläche auf ihrer Hüfte spürte.

»Ah, ja, ich vergesse immer wieder, daß meine Braut vom Land sehr erfahren in Zucht- und Fortpflanzungsfragen ist.« Er küßte ihren Hals und lächelte, als ein weiterer Schauder sie durchzuckte. »Ich sehe, daß ich keine Angst haben muß, versehentlich deine zarten Gefühle zu verletzen.«

»Ich glaube fast, du machst dich lustig über mich, Julian.«

»Ich glaube, du hast recht.« Er legte sie langsam auf den Rücken, griff nach den Bändern ihres Nachthemds und löste sie bedächtig. Er ließ sie keinen Moment aus den Augen, während er ihre Brüste mit seiner Berührung entblößte.

»Du bist so weich und weiblich, Kleines.«

Sophy war wie hypnotisiert von Julians Blick. Sie beobachtete fasziniert, wie das sinnliche Lachen in seinen Augen in dunkle Begierde umschlug. Sie streckte die Hand aus und strich über seine Wange und war sehr überrascht, wie heftig er auf diese vorsichtige Zärtlichkeit reagierte.

Er stöhnte laut und beugte den Kopf, bis sein Mund den ihren fand. Sein Kuß war heiß und hungrig, fordernd, zeigte, wie sehr er sie begehrte. Seine Zähne schlossen sich vorsichtig um ihre Unterlippe und bissen zu. Als Sophy leise aufstöhnte, glitt seine Zunge in ihren Mund, und sein Daumen strich gleichzeitig über eine rosige Brustwarze.

Sophy reagierte heftig auf seine Berührung und packte seine

Hand, die ihre Brust streichelte. Sie spürte, wie ihr Körper zu sinnlichem Bewußtsein erwachte, und ihr wurde klar, daß sie sich bald nicht mehr unter Kontrolle haben würde.

Diesmal war es in Ordnung, sagte sie sich, als eine kleine innere Stimme sich warnend regte. Auch wenn Julian nicht in sie verliebt war, so war er doch ihr Mann. Er hatte geschworen, sie zu schützen, und sie vertraute darauf, daß er seinen Teil des Ehehandels erfüllen würde. Dafür würde sie ihm eine gute Frau sein, eine richtige Ehefrau.

Es war nicht seine Schuld, daß sie in ihn verliebt war. Es war nicht seine Schuld, daß das Risiko, das sie heute einging, viel größer war als seines.

»Sophy, Sophy, laß dich gehn. Gib dich mir hin. Du bist so süß. So weich.« Julian unterbrach seinen leidenschaftlichen Kuß und streifte ihr das Nachthemd ab. Er warf es achtlos auf den Boden neben dem Bett und labte sich gierig am Anblick ihres schattenverhüllten Körpers. Er legte seine Hand auf ihre nackte Wade und strich langsam zu ihrer Hüfte hoch. Als sie erzitterte, beugte er sich über sie und küßte sie beschwichtigend.

Die Beschwichtigung wurde schlagartig zu forderndem Verlangen, als Sophys Hände sich in seine Haare krallten und ihn fest an sich zogen. Ihre Beine bewegten sich rastlos, bis er eines unter seinem begrub. Dadurch mußte sie sich seiner Berührung öffnen, und seine Hand tastete sich zur seidigen Haut ihres Innenschenkels.

Sophy warf den Kopf in den Kissen hin und her und keuchte vor Erregung, während Julians Finger kleine Kreise auf ihrer Haut zeichneten. Seine großen Hände fühlten sich so gut an auf ihrem Körper, so stark und sicher und wissend. Sie fühlte sich geschützt und umsorgt.

»Julian, Julian, ich fühle mich so seltsam.«

»Ich weiß, Süßes. Dein Körper macht kein Geheimnis daraus. Ich bin froh. Ich möchte, daß du dich so fühlst.« Er schmiegte sich an sie, ließ sie seine Männlichkeit an ihrer Hüfte spüren.

Die Kraft, die sein Körper ausstrahlte, ließ sie zusammenzucken, aber sie wehrte sich nicht, als er ihre Hand packte und sie zu seinem pulsierenden Schaft führte. Sie berührte ihn zögernd, machte sich mit seiner Größe und Form vertraut.

»Siehst du, wie sehr ich dich begehre, Sophy?« Julians Stimme war heiser vor Begierde. »Aber ich schwöre dir, ich werde dich nicht nehmen, ehe du mich nicht genauso begehrst.«

»Woher wirst du wissen, wann es soweit ist?« fragte sie und sah ihn durch halbgeschlossene Lider an.

Er lächelte kurz, und seine Hand schloß sich um den weichen Hügel zwischen ihren Beinen. »Du wirst es mir auf deine eigene Art sagen.«

Sie spürte die wachsende Wärme zwischen ihren Beinen und bewegte sich wieder, suchte instinktiv eine noch intimere Berührung. »Ich glaube, es ist soweit«, flüsterte sie.

Er ließ langsam einen Finger in ihre Weichheit gleiten. Sophy erstarrte, und dann spürte sie die Feuchtigkeit zwischen ihren Beinen.

»Bald«, versprach Julian befriedigt. Seine Lippen tasteten sich über ihre Brüste. »Sehr bald.« Er steckte seinen Finger wieder in sie und zog ihn dann nicht ganz heraus.

Sophy bewegte sich zögernd um den tastenden Finger, und ihr Körper zog sich instinktiv um ihn zusammen, als wollte sie ihn tiefer in sich spüren.

Julian gehorchte keuchend vor Erregung. »Du bist so eng und so warm«, murmelte er, dann bemächtigte sich sein Mund wieder des ihren. »Und du begehrst mich. Du begehrst mich doch wirklich, nicht wahr, mein Schatz?« Seine Zunge drängte sich zwischen ihre Lippen, imitierte die aufreizenden Bewegungen seiner Hand.

Sophy klammerte sich keuchend an seine Schultern, zog ihn enger an sich. Als er mit seinem Daumen einen kleinen, exquisit empfindlichen Punkt berührte, der in dem dunklen Nest verborgen lag, bohrten sich ihre Nägel unwillkürlich in seinen Rücken.

»*Julian.* Ja, oh, Gott, *ja.*«

Jetzt legte er sich auf sie, ein muskulöses Bein glitt zwischen ihre Beine, um Platz für ihn zu schaffen. Sophy öffnete die Augen, als sein Leib sich zwischen ihre Schenkel drängte. Er war so schwer, überwältigend schwer. Es war ein köstliches Gefühl, so in die Laken gedrückt zu werden. Und als sie in sein Gesicht sah, packte sie Erregung, wie sie sie nie zuvor verspürt hatte.

»Heb deine Knie, Schätzchen«, drängte er sie. »Genau so, Schatz. Öffne dich mir. Sag mir, daß du mich begehrst.«

»Ich begehre dich. Oh, Julian, ich will dich so sehr.« Sie fühlte sich so offen und verletzlich, aber seltsam sicher. Das war Julian, und er würde ihr niemals weh tun. Langsam stieß er sich gegen ihr weiches Fleisch, befeuchtete sich mit dem flüssigen Honig, der aus ihrer zarten Scheide floß. Sie senkte instinktiv die Beine und kniff sie zusammen.

»Nein, Schatz. So wird es leichter für dich sein. Du mußt mir vertrauen. Ich werde ganz langsam in dich eindringen. Nur so weit und so schnell wie du willst. Du kannst mich jederzeit aufhalten.«

Sein Körper war gespannt wie ein Bogen, und ihre Hände rutschten auf seinem schweißnassen Rücken ab. Er lügt, dachte sie überglücklich. Entweder das, oder er versuchte sich verzweifelt einzureden, daß er tatsächlich genug Willenskraft hatte, auf ihre Bitte hin aufzuhören. Egal wie, sie spürte instinktiv, daß er genauso nahe daran war, die Kontrolle zu verlieren, wie sie.

Diese Erkenntnis gab ihr das Gefühl, herrlich lasterhaft und weiblich und stark zu sein. Es war einfach wunderbar zu wissen, daß sie ihren starken, selbstsicheren Mann soweit bringen konnte. Zumindest darin waren sie ebenbürtig.

»Keine Sorge, Julian. Ich würde dich jetzt nicht aufhalten, genausowenig wie ich versuchen würde, die Sonne aufzuhalten«, keuchte sie atemlos.

»Freut mich sehr, das zu hören. Schau mich an, Sophy. Ich möchte deine Augen sehen, wenn ich dich zu meiner Frau mache, in jedem Sinn des Wortes.«

Sie öffnete wieder die Augen und hielt die Luft an, als sie spürte, wie er langsam begann, in sie einzudringen. Ihre Nägel bohrten sich wieder in seinen Rücken.

»Ist schon gut, Kleines.« Schweißperlen sammelten sich auf seiner Stirn, während er langsam weiter in sie vorstieß. »Anfangs wird's ein bißchen stürmisch werden, aber dann werden wir davonsegeln.«

»Ich sehe mich aber nicht als Schiff auf hoher See, Julian«, keuchte sie, obwohl sie jetzt das Gefühl hatte, bis zum Zerreißen gedehnt, gefüllt zu werden. Ihre Nägel bohrten sich tiefer in seine Haut.

»Ich glaube, wir sind beide auf hoher See«, flüsterte er und kämpfte gegen den Drang an, sich einfach in sie zu rammen. *»Halt dich fest, Sophy!«*

Sie wußte, daß der brüchige Faden seiner Selbstbeherrschung soeben gerissen war. Es war ein herrliches Gefühl, doch dann bäumte er sich stöhnend auf und stieß tief in sie hinein.

»*Julian!*« Schockiert von der feurigen, raschen Invasion schrie Sophy auf und stemmte sich gegen seine Schultern, als könnte sie ihn abwerfen.

»Ist schon gut, Liebes. Ich schwöre dir, alles wird gut. Wehr dich nicht gegen mich, Sophy. Es wird bald vorbei sein. Versuch dich zu entspannen.« Julian bedeckte ihr Gesicht und ihren Hals mit winzigen Küssen und verharrte reglos in ihrem engen Kanal. »Es braucht ein bißchen Zeit.«

»Wird die Zeit dich vielleicht ein bißchen kleiner machen?« fragte sie etwas erbost.

Er nahm stöhnend ihr verärgertes Gesicht zwischen seine großen Hände, seine funkelnden Augen strahlten sie an. »Die Zeit wird dir helfen, dich an mich zu gewöhnen. Du wirst lernen, das zu mögen, Sophy, ich weiß es. Du fühlst dich so wunderbar an, und in dir steckt soviel Leidenschaft. Du darfst nicht so ungeduldig sein.«

»Ihr habt leicht reden, Mylord. Ihr habt ja, was Ihr haben wolltet, nehm ich an.«

»Fast alles«, stimmte er mit einem kurzen Lächeln zu. »Aber es wird erst dann perfekt für mich sein, wenn es auch für dich perfekt ist. Fühlst du dich schon besser?«

Sie überlegte einige Zeit. »Ja«, gab sie schließlich zu.

»Gut.« Er küßte sie lange und genüßlich, und dann begann er, sich mit langen, langsamen Stößen vorsichtig in ihrem engen Tunnel zu bewegen.

Sophy biß sich in die Unterlippe und wartete ängstlich, ob die Bewegung alles verschlimmern würde. Aber das tat sie nicht. Um ehrlich zu sein, es war jetzt gar nicht mehr so unangenehm, wie sie feststellte. Etwas von ihrer Erregung kam wieder, wenn auch nur langsam. Ihr Körper gewöhnte sich allmählich an das Gefühl.

Sie kam gerade an den Punkt, wo sie allmählich begann, das seltsame Gefühl zu genießen, als Julian sich plötzlich heftiger bewegte.

»Julian, warte, mach bitte etwas langsamer«, sagte sie hastig, als sie merkte, daß er Gefahr lief, seinem Trieb freien Lauf zu lassen.

»Es tut mir leid, Sophy. Ich hab's versucht, aber ich kann nicht mehr länger warten.« Er biß die Zähne zusammen, dann stieß er einen unterdrückten Schrei aus und begrub sich bis zum Heft in ihr.

Sein ganzer Körper erstarrte, und Sophy spürte, wie sich seine heiße, schwere Essenz in sie ergoß. Getrieben von einem Urinstinkt, schlang sie ihre Arme und Beine um ihn und hielt ihn fest. *Er gehört jetzt mir*, dachte sie verwundert. *In diesem Augenblick und für alle Zeit gehört er mir.*

»Halt mich fest«, stöhnte Julian. »Halte mich, Sophy.« Langsam löste sich die Starre, und er ließ sich schweißgebadet auf sie fallen.

Sophy blieb lange still liegen und streichelte Julians schweißnassen Rücken mit den Fingerspitzen, während ihr Blick über den Betthimmel wanderte. Sie konnte nicht behaupten, daß sie den eigentlichen Akt genossen hatte, aber die Zärtlichkeiten davor hatten ihr gut gefallen. Und die warme Intimität der Umarmung hinterher war ein herrliches Gefühl.

Sie spürte, daß Julian sich in keiner anderen Situation ihr gegenüber so bloßstellen würde wie in dieser. Das allein war es schon wert, diese Geschichte mit dem Liebesakt zu ertragen.

Julian regte sich zögernd und stützte sich auf einen Ellbogen. Er lächelte befriedigt und strahlte, als sie sein Lächeln erwiderte. Er gab ihr einen kleinen Kuß auf die Nasenspitze.

»Ich fühle mich wie ein Hengst am Ende eines harten Rennens. Ich mag zwar gewonnen haben, aber ich bin erschöpft und schwach. Ich brauch ein paar Minuten Zeit, um mich zu erholen. Nächstes Mal wird es besser für dich sein.« Er strich ihr zärtlich das Haar aus der Stirn.

»Ein paar Minuten«, sagte sie höchst überrascht. »Du redest ja, als wollten wir das heute nacht noch ein paarmal machen.«

»Davon bin ich fest überzeugt«, sagte Julian mit unverkennbarer Vorfreude. Seine warme Handfläche legte sich besitzergreifend über ihren Bauch. »Ich habe sehr lange auf Euch warten müssen, Madame Gemahlin, und ich will all die Nächte, die wir vergeudet haben, aufholen.«

Sophy spürte jetzt, wie wund sie zwischen den Beinen war und zuckte erschrocken zusammen. »Verzeih mir«, sagte sie hastig. »Ich möchte wirklich gerne eine gute Ehefrau sein, aber ich glaube nicht, daß ich mich so schnell erholen werde, wie du zu glauben scheinst.

Würde es dir sehr viel ausmachen, wenn wir es nicht gleich wieder tun?«

Er runzelte besorgt die Stirn. »Habe ich dir sehr weh getan?«

»Nein, nein. Ich möchte es nur nicht gleich wieder machen. Zum Teil war es... war es sehr angenehm, das kann ich dir versichern, aber wenn du nichts dagegen hast, würde ich es lieber in einer anderen Nacht machen.«

Er zuckte zerknirscht zusammen. »Es tut mir leid, Schatz. Es ist alles meine Schuld. Ich wollte mir viel mehr Zeit lassen mit dir.« Er rollte sich zur Seite und stand auf.

»Wohin gehst du?«

»Ich bin gleich wieder da«, versprach er.

Sie beobachtete, wie er durch die Schatten zum Waschtisch ging und Wasser vom Krug in die Schüssel goß. Dann nahm er ein Handtuch vom Ständer und tränkte es mit Wasser.

Als er zum Bett zurückging, dämmerte Sophy, was er vorhatte. Sie setzte sich rasch auf und zog sich das Laken bis zum Hals hoch. »Nein, Julian, bitte, das kann ich auch alleine.«

»Du mußt es mir gestatten, Sophy. Das ist ein weiteres Privileg eines Gatten.« Er setzte sich neben sie und zog ihr sanft, aber bestimmt das Laken weg. »Leg dich hin, Schätzchen, ich werd's dir ein bißchen bequemer machen.«

»Wirklich, Julian, es wär mir lieber, wenn du nicht...«

Aber er ließ sich nicht aufhalten. Er schob sie auf den Rücken. Sophy fluchte leise, und Julian lachte.

»Es gibt keinen Grund, jetzt plötzlich die Schüchterne zu spielen, mein Herz. Ich habe deine süße Leidenschaft bereits erlebt, weißt du noch? Vor ein paar Minuten noch warst du so warm und feucht und sehr empfänglich. Du hast mir erlaubt, dich überall zu berühren.« Er wusch sie kurz ab und warf dann das Handtuch beiseite.

»Julian. Ich... ich muß dich etwas fragen«, sagte Sophy, als sie rasch das Laken wieder hochraffte.

»Was möchtest du denn wissen?« Er stieg zu ihr ins Bett und legte sich neben sie.

»Du hast gesagt, daß es bei dieser Sache eine Möglichkeit gibt zu verhindern, daß dabei ein Kind gezeugt wird. Hast du heute so eine Technik angewandt?«

Kurzes gespanntes Schweigen breitete sich über dem Bett aus. Julian lehnte sich in die Kissen zurück, die Arme hinter dem Kopf verschränkt.

»Nein«, sagte er schließlich ohne viel Umschweife. »Das hab ich nicht.«

»Oh«, sie versuchte nicht zu zeigen, wie sehr sie das beunruhigte.

»Du hast gewußt, was ich aus diesem Arrangement erwarte, als du dich bereit erklärt hast, mir eine richtige Ehefrau zu sein, Sophy.«

»Einen Erben und keinen Ärger.« Vielleicht war die Illusion von Intimität von vorhin wirklich nur das gewesen: eine Illusion, dachte sie niedergeschlagen. Sie konnte nicht abstreiten, daß Julian sie tatsächlich begehrt hatte, als er heute abend zu ihr kam, aber sie durfte einfach nicht vergessen, daß sein Hauptziel war, einen Erben zu kriegen.

Wieder umhüllte Schweigen das schattenverhangene Bett. Dann fragte Julian leise: »Wäre es denn so schrecklich, mir einen Sohn zu gebären, Sophy?«

»Was passiert denn, wenn ich eine Tochter bekomme, Mylord?« fragte sie kühl, um nicht direkt antworten zu müssen.

Er lächelte unerwartet. »Eine Tochter wäre mir sehr recht, besonders wenn sie nach ihrer Mutter gerät.«

Sophy fragte sich, wie sie dieses Kompliment werten sollte, und kam zu dem Schluß, es wäre das Beste, nicht zuviel darüber nachzudenken. »Aber du brauchst doch einen Sohn für Ravenwood.«

»Dann müssen wir es einfach weiterversuchen, bis wir einen kriegen, nicht wahr?« fragte Julian. Er streckte die Arme aus, zog sie an sich und legte ihren Kopf auf seine Schulter. »Aber ich glaube nicht, daß wir allzu viele Schwierigkeiten haben werden, einen Sohn zu produzieren. Die Sinclairs kriegen immer Söhne, und du bist kräftig und gesund. Aber du hast meine Frage nicht beantwortet, Sophy. Würde es dir sehr viel ausmachen, wenn sich herausstellen würde, daß du heute abend empfangen hättest?«

»Unsere Ehe ist noch sehr jung«, sagte sie zögernd. »Wir müssen beide noch viel über den anderen lernen. Es schiene mir klüger, noch zu warten.« *Bis du gelernt hast, mich zu lieben*, fügte sie insgeheim hinzu.

»Ich sehe keinen Grund zu warten. Ein Baby wäre gut für dich.«

»Warum? Weil ich mir dadurch meiner Pflichten und Verantwortungen als Ehefrau bewußter wäre? Die kenne ich inzwischen sehr gut.«

Julian seufzte. »Ich wollte damit nur sagen, daß ich glaube, du würdest eine gute Mutter abgeben. Und ich glaube, daß ein eigenes Baby dir erleichtern würde, dich mit deiner Rolle als Ehefrau abzufinden.«

Sophy stöhnte, wütend, weil sie die intime, zärtliche Stimmung durchbrochen hatte, die Julian ihr nach dem Liebesakt geboten hatte. Sie versuchte, die Sache mit Humor zu retten. Sie drehte sich zu ihm und lächelte herausfordernd. »Sag mal, Julian, sind alle Ehemänner so unverschämt arrogant davon überzeugt, daß sie wissen, was für ihre Frau das Beste ist?«

»Sophy, das trifft mich zutiefst.« Er schnitt eine Grimasse. Aber er sah erleichtert aus und lachte. »Du findest mich arrogant?«

»Es gibt Zeiten, da sehe ich mich außerstande, nicht zu diesem Schluß zu kommen.«

Seine Miene wurde wieder ernst. »Ich weiß, daß es dir so vorkommen muß. Aber ich meine es wirklich ehrlich, Sophy. Ich möchte dir ein guter Ehemann sein.«

»Das weiß ich«, murmelte sie. »Und genau das ist der Grund, warum ich bereit bin, deine Anfälle von Hochmut zu ertragen. Siehst du jetzt, was für eine verständnisvolle Frau du hast?«

Er musterte sie mit halbgeschlossenen Lidern. »Eine mustergültige Ehefrau.«

»Bezweifle das ja nicht. Ich könnte Unterricht darin geben.«

»Eine Vorstellung, die den anderen Ehemännern der Gesellschaft die Kälteschauer über den Rücken jagen würde. Ich werde dennoch versuchen, mir deine guten Absichten vor Augen zu führen, wenn du wieder Schlaftränklein braust und diese verdammte Wollstonecraft liest.« Er hob den Kopf, gab Sophy einen Kuß und ließ sich dann in die schneeweißen Kissen zurückfallen. »Da gibt es noch etwas, worüber wir reden müssen, o mein mustergültiges Eheweib.«

»Was denn?« Sie gähnte verschlafen. Es war ein seltsames Gefühl, ihn im Bett zu haben, aber irgendwie war es ein schönes Gefühl, seine Kraft und Wärme so nahe zu haben. Sie fragte sich, ob er wohl die Nacht hier verbringen würde.

»Du warst verärgert, als ich vorhin sagte, ich wäre der Meinung, wir sollten unsere Ehe vollziehen«, begann er behutsam.

»Nur weil du darauf bestanden hast, es wäre zu meinem eigenen Besten.«

Er lächelte. »Ja, ich kann verstehen, wieso du darauf kommst, ich wäre arrogant und hochmütig. Aber, wie dem auch sei, es war wirklich höchste Zeit für dich zu erfahren, was du riskierst, wenn du mit Waycott und seinesgleichen flirtest.«

Sophys Schläfrigkeit und gute Laune waren wie weggeblasen. Sie stützte sich auf einen Ellenbogen und starrte Julian wutentbrannt an. »Ich habe nicht mit dem Viscount geflirtet.«

»Doch, Sophy, das hast du. Ich geb ja zu, daß du es vielleicht nicht realisiert hast, aber ich kann dir versichern, daß er dich angeguckt hat, als wärst du ein Stück Erdbeerkuchen mit Sahne. Und jedesmal, wenn du ihn angelächelt hast, hat er sich die Lefzen geleckt.«

»Julian, du übertreibst!«

Er zog sie zurück auf seine Schulter. »Nein, Sophy, das tu ich nicht. Und Waycott ist nicht der einzige, der den ganzen Abend hinter dir hergehechelt ist. Du mußt bei solchen Männern auf der Hut sein. Vor allem darfst du sie um keinen Preis ermutigen, nicht einmal unbewußt.«

»Warum fürchtest du ausgerechnet Waycott?«

»Ich fürchte ihn nicht. Aber ich habe mich damit abgefunden, daß er für Frauen gefährlich ist, und ich will nicht, daß sich meine Frau solcher Gefahr aussetzt. Er würde dich sofort verführen, wenn er dazu die Chance wittert.«

»Warum ausgerechnet mich? Es waren doch wesentlich schönere Frauen auf dem Ball von Lady Yelverton.«

»Weil du meine Frau bist.«

»Aber warum?«

»Er haßt mich mit Inbrunst, Sophy. Vergiß das nie.«

Und plötzlich hatte sie begriffen. »War Waycott einer von Elizabeths Liebhabern?« fragte sie ohne nachzudenken.

Julians Miene verwandelte sich wieder in die grimmige, abweisende Maske, die ihm den Titel Satan eingebracht hatte. »Ich habe dir gesagt, daß ich mit niemandem über meine erste Frau rede. Auch nicht mit dir, Sophy.«

Sie versuchte, aus seinem Arm zu rutschen. »Verzeih mir, Julian. Ich hab mich vergessen.«

»Ja, das hast du.« Er nahm sie fester in den Arm, als er spürte, daß sie vor ihm zurückwich und drückte sie an sich. »Aber nachdem du ja ein solches Muster an Ehefrau bist, wird das sicher nicht mehr passieren, oder?«

Sophy gab den Kampf gegen seinen Arm auf. Sie kniff die Augen zusammen und musterte ihn eindringlich. »Nimmst du mich wieder auf den Arm, Julian?«

»Nein, Madame, ich versichere Euch, ich mein es todernst.« Aber jetzt lächelte er wieder so befriedigt wie vorhin nach dem Liebesakt. »Dreh deinen Kopf zu mir, Schatz. Ich möchte etwas untersuchen.« Er nahm ihr Kinn und drehte ihr Gesicht so, daß er ihre Augen im Kerzenlicht studieren konnte. Dann schüttelte er langsam den Kopf. »Genau wie ich befürchtet habe.«

»Was ist denn?« fragte sie ängstlich.

»Ich habe mir eingeredet, du würdest diesen klaren, unschuldigen Blick verlieren, wenn ich einmal richtig mit dir geschlafen hätte, aber ich hab mich geirrt. Deine Augen sind noch genauso klar und unschuldig wie vor dem Liebesakt. Es wird sehr schwer werden, dich vor den Raubtieren der Gesellschaft zu schützen, mein Schatz. Wie ich sehe, bleibt mir da nur eine Möglichkeit.«

»Und die wäre, Mylord?« fragte Sophy demütig.

»Ich werde mehr Zeit an deiner Seite verbringen müssen.« Julian gähnte ausgiebig. »Von jetzt an mußt du mir eine Liste deiner abendlichen Verpflichtungen geben. Ich werde dich begleiten, sooft ich kann.«

»Wirklich, Mylord? Mögt Ihr die Oper?«

»Ich verabscheue Opern.«

Sophy grinste. »Das ist ja wirklich sehr schade. Deine Tante, ihre Freundin Harriette und ich wollen nämlich morgen ins King's Theatre. Wirst du es als deine Pflicht betrachten, uns zu begleiten?«

»Ein Mann tut, was er tun muß«, sagte Julian edelmütig.

Acht

»Wie in aller Welt werden Fanny und Harry uns in diesem Gedränge finden?« fragte Sophy ängstlich angesichts des Gewirrs von Kutschen, das den ganzen Haymarket in der Nähe des King's Theatre füllte. »Da müssen ja über tausend Leute hier sein.«

»Eher dreitausend.« Julian nahm ihren Arm und führte sie in das beliebte Theater. »Aber mach dir keine Sorgen um Harry und Fanny. Die werden keine Schwierigkeiten haben, uns zu finden.«

»Warum nicht?«

»Weil sie meine Loge benützen«, erklärte ihr Julian gelassen, während sie sich durch die prächtig gekleidete Menge drängten.

»Oh, ich verstehe. Ein sehr praktisches Arrangement.«

»Das findet Fanny auch. Sie spart sich die Miete für eine eigene Loge.«

Sophy sah ihn an. »Du hast doch nichts dagegen, daß sie sie benützt, oder?«

»Nein. Sie ist eines der wenigen Mitglieder meiner Familie, die ich über einen längeren Zeitraum ertragen kann.«

Ein paar Minuten später führte sie Julian in eine prächtig ausgestattete Loge, in guter Lage zwischen den fünf Reihen ähnlicher Logen. Sophy setzte sich und ließ fasziniert den Blick durch das hufeisenförmige Auditorium schweifen. Es war voll mit juwelengeschmückten Damen und elegant gekleideten Herrn. Unten im Parkett flanierten die eitlen Schnösel und Dandies und präsentierten die neuesten modischen Extravaganzen. Beim Anblick ihrer lächerlich auffälligen Kleidung merkte Sophy, daß sie insgeheim froh war, daß Julian schlichte, konservative Kleidung bevorzugte.

Nach einiger Zeit merkte sie aber, daß die eigentliche Vorstellung des Abends nicht auf der Bühne stattfand, sondern in den Logen.

»Das sieht aus wie fünf Reihen Miniaturbühnen«, kicherte Sophy vergnügt. »Jeder hat sich angezogen, um gesehen zu werden und ist damit beschäftigt zu sehen, wer welchen Schmuck trägt und wer wen in einer Loge besucht. Ich versteh gar nicht, wie du die Oper langweilig finden kannst, Julian, wenn im Publikum soviel passiert.«

Julian lehnte sich in seinem Samtstuhl zurück und musterte mit hochgezogenen Brauen den Zuschauerraum. »Da magst du recht haben, meine Liebe. Auf jeden Fall ist da wesentlich mehr los als auf der Bühne.«

Schweigend musterte er die Reihen von Logen. Sophy folgte seinem Blick und merkte, wie er kurz auf einer bestimmten Loge verharrte, wo eine atemberaubend gekleidete Frau vor männlichen Bewunderern Hof hielt. Sophy beobachtete sie einen Augenblick, die attraktive Blondine, die soviel Aufmerksamkeit erregte, machte sie neugierig.

»Wer ist diese Frau, Julian?«

»Welche Frau?« fragte Julian desinteressiert.

»Die in der dritten Reihe mit dem grünen Kleid. Sie muß sehr beliebt sein. Schau, wie viele Männer sie um sich hat. Ich seh keine andere Frau in ihrer Loge.«

»Ach, die Frau.« Julian sah kurz zu ihr hinüber. »Die braucht dich nicht zu interessieren, Sophy. Es ist sehr unwahrscheinlich, daß sie dir in der Gesellschaft begegnet.«

»Man kann nie wissen, oder?«

»In diesem Fall bin ich mir ganz sicher.«

»Julian, ich ertrag diese Geheimnistuerei nicht. Wer ist sie?«

Julian seufzte. »Eine der modischen Parias«, sagte er gelangweilt. »Es sind viele hier heute abend. Die Logen sind sozusagen ihre Schaufenster.«

Sophy bekam ganz große Augen. »Echte Damen der Halbwelt? Sie halten sich Logen hier im King's Theatre?«

»Wie ich schon sagte, solche Logen sind ausgezeichnete Schaufenster für ihre, äh, Waren.«

Sophy war sehr erstaunt. »Aber, es muß doch ein Vermögen kosten, so eine Loge für die Saison zu mieten.«

»Nicht direkt, aber billig ist es auf jeden Fall nicht«, gab er zu.

»Die Damen der Halbwelt sehen das wohl als Geschäftsinvestition.«

Sophy beugte sich interessiert vor. »Zeig mir doch noch ein paar von diesen schicken Parias, Julian. Ich schwör dir, vom Aussehen her kann man sie nicht von den feinen Damen unterscheiden.«

Julian warf ihr einen zweifelnden, aber auch amüsierten Blick zu. »Eine interessante Beobachtung, Sophy. Und in vielen Fällen eine richtige, fürchte ich. Aber es gibt ein paar Ausnahmen. Einige Frauen haben eine unverkennbare Aura von Aristokratie und das zeigt sich immer, egal was sie anhaben.«

Sophy war so damit beschäftigt, sich die Logen anzusehn, daß sie gar nicht merkte, wie eindringlich er sie ansah. »Welche sind denn die Ausnahmen? Zeig mir doch bitte ein oder zwei. Ich kann nicht unterscheiden, wer jetzt eine Halbweltdame und wer eine Herzogin ist.«

»Laß es gut sein, Sophy. Ich habe deiner bedauernswerten Neugier für einen Abend genug Stoff gegeben. Ich glaube, es ist höchste Zeit, daß wir das Thema wechseln.«

»Julian, ist dir schon einmal aufgefallen, daß du immer das Thema genau dann wechselst, wenn ein Gespräch verspricht, besonders interessant zu werden?«

»Wirklich? Wie unhöflich von mir.«

»Ich glaube, es tut dir kein bißchen leid. Oh, schau, da ist Anne Silverthorne mit ihrer Großmutter.« Sophy machte ihrer Freundin ein Zeichen mit dem Fächer, und Anne erwiderte prompt lachend den Gruß aus einer nahen Loge. »Können wir sie in ihrer Loge besuchen, Julian?«

»Zwischen den Akten vielleicht.«

»Wie schön. Anne sieht bildhübsch aus heute abend, nicht wahr? Das gelbe Kleid paßt so wunderbar zu ihren roten Haaren.«

»Einige würden sagen, das Kleid ist etwas zu tief ausgeschnitten für eine junge unverheiratete Frau«, sagte Julian mit einem kritischen Blick auf Annes Kleid.

»Wenn Anne erst ein modisches Kleid anzieht, wenn sie verheiratet ist, wird sie nie eins tragen können. Sie hat mir gesagt, sie will nie heiraten. Sie hält sehr wenig vom männlichen Geschlecht, und die Institution Ehe interessiert sie gar nicht.«

Julians Mundwinkel zogen sich verächtlich nach unten. »Ich nehme an, du hast Miss Silverthorne bei dem Mittwochs-Salon meiner Tante kennengelernt?«

»Ja, das stimmt.«

»Nach dem zu urteilen, was du mir gerade erzählt hast, bin ich mir nicht unbedingt sicher, ob du dich mit Frauen ihresgleichen abgeben solltest, meine Liebe.«

»Du hast wahrscheinlich recht«, sagte Sophy fröhlich. »Anne hat einen furchtbar schlechten Einfluß auf mich. Aber ich fürchte, es ist bereits zu spät. Wir sind ganz dicke Freundinnen geworden, mußt du wissen, und seine Freunde läßt man doch nicht einfach im Stich, nicht wahr?«

»Sophy –«

»Ich bin mir sicher, du würdest dich auch nicht einfach von deinen Freunden abwenden. Das wäre nicht ehrenhaft.«

Julian warf ihr einen mißtrauischen Blick zu. »Also, Sophy –«

»Keine Angst, Julian. Anne ist nicht meine einzige Freundin. Janet Morland ist eine weitere neue Bekannte von mir, und die wird sicher deinen Ansprüchen genügen. Sie ist eine sehr ernste Natur. Alles Vernunft und Zurückhaltung.«

»Es beruhigt mich, das zu hören«, sagte Julian. »Aber ich muß dir den Rat geben, in der Wahl deiner weiblichen Freunde genausoviel Vorsicht walten zu lassen wie bei der deiner männlichen.«

»Julian, wenn ich beim Aussuchen meiner Freunde so vorsichtig wäre, wie du es gern hättest, würde ich ein sehr einsames Leben führen. Entweder das oder irgendwelche stumpfsinnigen Wesen würden mich zu Tode langweilen.«

»Irgendwie kann ich mir das gar nicht vorstellen.«

»Ich eigentlich auch nicht.« Sophy schaute sich auf der Suche nach neuer Unterhaltung um. »Ich muß schon sagen, Fanny und Harry kommen aber sehr spät. Ich hoffe, es ist nichts passiert.«

»Jetzt hast du aber das Thema gewechselt.«

»Die Technik hab ich von dir gelernt.« Sophy wollte in diesem Sinne fortfahren, als sie plötzlich merkte, daß die attraktive blonde Kurtisane mit dem grünen Kleid direkt zu ihr herübersah.

Einen Augenblick lang erwiderte Sophy neugierig den direkten Blick der Frau. Sie wollte Julian gerade noch einmal nach dem Namen der Frau fragen, als ein plötzlicher Aufruhr in der Galerie den Anfang der Oper ankündigte. Sophy vergaß die Frau in Grün und wandte ihre Aufmerksamkeit der Bühne zu.

Der Vorhang hinter Sophy teilte sich in der Mitte des ersten Aktes, und sie drehte sich um, weil sie dachte, Fanny und Harry kämen, aber der Besucher war Miles Thurgood. Julian winkte ihm, Platz zu nehmen. Sophy lächelte ihn an.

»Ich muß schon sagen, die Catalani ist heute in Hochform, was.« Miles hatte sich vorgebeugt und flüsterte Sophy ins Ohr. »Hab gehört, sie hat einen Riesenkrach mit ihrem neuesten Liebhaber gehabt, kurz bevor sie auf die Bühne gekommen ist. Angeblich hat sie ihm den Nachttopf über den Kopf gestülpt. Der arme Kerl soll im nächsten Akt auftreten. Ob er's wohl schafft, bis dahin wieder sauber zu sein?«

Sophy kicherte und ignorierte Julians mißbilligenden Blick. »Woher wißt Ihr denn das?« flüsterte sie Miles zu.

»Die Eskapaden der Catalani hinter der Bühne sind legendär«, erklärte Miles grinsend.

»Es besteht kein Grund, meine Frau mit solchen Geschichten zu unterhalten«, sagte Julian in sehr bestimmtem Ton. »Such dir jemand anderen, über den du reden kannst, wenn du in dieser Loge bleiben willst.«

»Hört gar nicht auf ihn«, sagte Sophy. »Julian ist in manchen Dingen ungeheuer zugeknöpft.«

»Ist das wahr, Julian«, rief Miles mit Unschuldsmiene. »Weißt du was, jetzt, wo deine Gräfin das sagt, fürchte ich, sie könnte recht haben. Du warst in letzter Zeit recht langweilig. Das muß wohl die Ehe machen.«

»Ohne Zweifel«, sagte Julian kühl.

»Die Catalani ist nicht die einzige, die heute abend Gesprächsstoff ist«, fuhr Miles fröhlich fort. »Wie man hört, haben noch ein paar ehrenwerte Mitglieder der Gesellschaft Briefe von der Großen Featherstone gekriegt. Das muß man der Frau lassen, sie hat schon Nerven, sich hier mitten unter ihre Opfer zu setzen.«

Sophy wandte sich aufgeregt zu ihm. »Charlotte Featherstone ist heute abend hier? Wo?«

»Das reicht, Thurgood«, unterbrach ihn Julian schroff.

Aber Miles zeigte auf die Loge, in der die modisch gekleidete Blondine saß, die Sophy vor ein paar Minuten so eindringlich gemustert hatte. »Das ist sie da drüben.«

»Die Dame in dem grünen Kleid?« Sophy versuchte, die berüchtigte Kurtisane in dem abgedunkelten Theater auszumachen.

»Verdammt noch mal, Thurgood, ich hab gesagt, es reicht«, zischte Julian.

»Tut mir leid, Ravenwood, wollte nichts Unziemliches sagen. Aber jeder weiß doch, wer die Featherstone ist. Das ist wohl kein Geheimnis.«

Julians Blick verhieß nichts Gutes. »Sophy, möchtest du etwas Limonade?«

»Ja, Julian, das wäre wunderbar.«

»Ausgezeichnet. Ich bin mir sicher, es wäre Miles eine Ehre, dir ein Glas zu holen. Hab ich recht, Thurgood?«

Miles sprang auf und machte einen eleganten Kratzfuß vor Sophy. »Es wäre mir eine Ehre, Lady Ravenwood. Ich bin gleich wieder da.« Auf dem Weg zum Vorhang hinten in der Loge blieb er noch einmal kurz stehen. »Verzeiht, Lady Ravenwood«, sagte er lächelnd, »aber diese Feder wird jeden Moment hinunterfallen. Darf ich so frei sein und sie Euch feststecken.«

»O ja.« Sophy griff sich ins Haar, um den Ausreißer wieder festzustecken, und Miles beugte sich vor, um ihr zu helfen.

»Geh und hol die Limonade, Thurgood«, befahl Julian, griff nach der Feder und steckte sie selbst fest. »Ich bin absolut in der Lage, Sophys Sachen selbst in Ordnung zu bringen.« Miles verließ rasch die Loge.

»Also weißt du, Julian, es war doch wirklich nicht nötig, ihn wegzuschicken, nur weil er mir Charlotte Featherstone gezeigt hat.« Sophy warf ihrem Mann einen vorwurfsvollen Blick zu. »Ich war sehr neugierig auf die Frau.«

»Ich kann mir nicht vorstellen, warum.«

»Natürlich weil ich ihre *Memoiren* gelesen habe«, erklärte ihm Sophy und beugte sich noch einmal vor, um die Frau in Grün besser sehen zu können.

»Du hast *was* gelesen?« krächzte Julian.

»Wir studieren die *Memoiren* der Featherstone in Fanny und

Harrys Salons am Mittwoch. Eine einmalige Betrachtung der Gesellschaft. Wir können die nächste Folge kaum erwarten.«

»Verdammt noch mal, Sophy, wenn ich geahnt hätte, daß Fanny dich derartigem Unrat aussetzt, hätte ich nie erlaubt, daß du sie mittwochs besuchst. Was, zum Teufel, soll dieser Unsinn? Ihr studiert doch angeblich Literatur und Philosophie, nicht das Gekritzel einer Dirne.«

»Beruhige dich, Julian. Ich bin eine verheiratete Frau von dreiundzwanzig und kein sechzehnjähriges Schulmädchen.« Sie lächelte ihn an. »Ich hatte recht vorhin. Du bist wirklich in manchen Dingen sehr zugeknöpft.«

Er musterte sie mit wütend zusammengekniffenen Augen. »Zugeknöpft ist milde ausgedrückt für das, was ich zu diesem Thema denke, Sophy. Ich verbiete dir hiermit, weitere Folgen der *Memoiren* zu lesen. Hast du mich verstanden?«

Sophys gute Laune geriet etwas ins Wanken. Nichts lag ihr ferner, als diesen Abend mit einem Streit zu ruinieren, aber sie mußte auch ihren Standpunkt klarmachen. Gestern abend hatte sie in einem der wichtigsten Punkte ihres ehelichen Arrangements klein beigegeben. Das würde nicht noch einmal passieren.

»Julian«, sagte sie vorsichtig. »Ich muß dich daran erinnern, daß wir vor unserer Ehe besprochen haben, daß ich die Freiheit habe zu lesen, was ich will.«

»Wirf mir ja nicht wieder dieses alberne Abkommen ins Gesicht, Sophy. Das hat nichts mit den Featherstone *Memoiren* zu tun.«

»Es war kein albernes Abkommen, und es hat natürlich etwas damit zu tun. Du versuchst mir vorzuschreiben, was ich lesen kann und was nicht. Wir haben uns darauf geeinigt, daß du das nicht tun würdest.«

»Ich habe keine Lust, darüber mit dir zu diskutieren«, sagte Julian mit zusammengebissenen Zähnen.

»Ausgezeichnet.« Sophy lächelte erleichtert. »Ich möchte darüber auch nicht mit Euch diskutieren, Mylord. Siehst du? In manchen Dingen können wir uns doch sehr schnell einigen. Das ist doch ein gutes Zeichen, findest du nicht?«

»Versteh mich nicht falsch«, sagte Julian grimmig. »Ich dulde keine Diskussion. Ich sage dir hiermit, daß ich nicht will, daß du noch weitere Folgen der Featherstone *Memoiren* liest. Als dein Mann verbiete ich es dir ausdrücklich.«

Sophy holte tief Luft. Sie durfte keinesfalls dulden, daß er sie so einfach überfahren konnte. »Wie mir scheint, bin ich bereits einen sehr großen Kompromiß eingegangen im Hinblick auf unser Hochzeitsabkommen. Du kannst nicht erwarten, daß ich noch einen weiteren schließe. Das ist nicht fair, und ich glaube, daß du im Grunde deines Herzens ein fairer Mann bist.«

»Nicht *fair.*« Julian beugte sich vor und griff eine ihrer Hände. »Sophy, schau mich an. Was gestern nacht passiert ist, fällt nicht unter die Bezeichnung Kompromiß. Du bist einfach zur Vernunft gekommen und hast gemerkt, daß dieser spezielle Teil unseres ehelichen Abkommens irrational und unnatürlich war.«

»Ach, wirklich. Wie gescheit von mir.«

»Das ist wirklich nicht zum Scherzen, Sophy. Du warst im Unrecht, als du auf dieser albernen Klausel bestanden hast, und du warst vernünftig genug, das einzusehen. Die Angelegenheit dieser *Memoiren* ist ein weiterer Punkt, in dem du dich irrst. Du mußt mir schon zugestehen, daß ich dich in solchen Dingen führe.«

Sie schaute ihn an. »Sei bitte vernünftig. Wenn ich in diesem Punkt auch nachgebe, was wirst du dann als nächstes fordern? Daß ich nicht mehr über mein Erbe verfügen kann?«

»Der Teufel hol dein Erbe«, fuhr er sie an. »Ich will dein Geld nicht, und das weißt du auch.«

»Das sagst du jetzt. Aber vor ein paar Wochen hast du auch gesagt, es wäre dir egal, was ich lese. Woher soll ich wissen, daß du nicht auch deine Meinung über mein Erbe änderst?«

»Sophy, das ist wirklich der Gipfel. Warum, in drei Teufels Namen, willst du denn unbedingt diese *Memoiren* lesen?«

»Ich finde sie sehr faszinierend, Mylord. Charlotte Featherstone ist eine höchst interessante Frau. Stell dir bloß vor, was sie schon alles durchgemacht hat.«

»Einen Haufen Männer hat sie durchgemacht, und ich möchte nicht, daß du die Einzelheiten über jeden ihrer Geliebten liest.«

»Ich werde mir Mühe geben, das Thema nicht mehr zu erwähnen, Mylord, nachdem es offensichtlich Euer moralisches Empfinden verletzt.«

»Du wirst nichts mehr zu diesem Thema *lesen*«, korrigierte er sie mit bedrohlicher Stimme. Dann wurde seine Miene sanfter. »Sophy, mein Schatz, das ist doch keinen Streit wert.«

»Wir könnten uns gar nicht einiger sein, Mylord.«

»Was ich von dir verlange, ist einfach etwas vernünftige Umsicht in der Wahl deines Lesestoffs.«

»Julian, so faszinierend und lehrreich die Themen Tierzucht und Ackerbau auch sind, gelegentlich werden sie doch etwas langweilig. Ich muß einfach etwas Abwechslung beim Lesen haben.«

»Du willst dich doch nicht wirklich dazu herablassen, solchen Klatsch wie in diesen *Memoiren* zu lesen?«

»Ich hab dich an dem Tag, an dem wir beschlossen haben zu heiraten, gewarnt, daß ich einen beklagenswerten Hang zu unterhaltsamem Klatsch habe.«

»Ich werde nicht dulden, daß du dem frönst.«

»Du scheinst mir ja sehr viel über die Art Klatsch zu wissen, wie er in diesen *Memoiren* steht. Liest du sie zufällig auch? Vielleicht könnten wir damit eine Basis für ein Gespräch finden.«

»Nein, ich lese sie nicht, und ich habe auch nicht die Absicht, es zu tun. Außerdem –«

Fannys Stimme ertönte von der Tür und ließ Julian verstummen. »Sophy, Julian, guten Abend. Habt Ihr schon gedacht, wir kommen gar nicht mehr?« Fanny rauschte durch die Tür, ein Traum in bronzefarbener Seide. Harriette Rattenbury kam direkt hinter ihr, prächtig angetan in ihrem üblichen Lila mit Turban.

»Guten Abend allerseits. Tut mir so leid, daß wir zu spät kommen.« Harriette strahlte Sophy an. »Dieses Hellblau steht dir besonders gut. Warum schaust du denn so grimmig. Ist irgend etwas passiert?«

Sophy raffte sich hastig zu einem Lächeln auf und entzog Julian ihre Hand. »Nein, nein, Harry. Ich war nur besorgt um euch beide.«

»Oh, kein Grund zur Sorge«, beschwichtigte sie Harriette und setzte sich mit einem Seufzer der Erleichterung. »Alles meine Schuld, fürchte ich. Mein Rheumatismus hat sich heute nachmittag wieder mal gemeldet, und ich mußte feststellen, daß mir meine Medizin ausgegangen ist. Die gute Fanny hat darauf bestanden, sie holen zu lassen, und die Folge davon war, daß wir erst zu spät mit der

Toilette fürs Theater begonnen haben. Wie ist denn die Vorstellung? Ist die Catalani gut bei Stimme?«

»Wie ich höre, hat sie ihrem Liebhaber kurz vor dem ersten Akt den Nachttopf über den Kopf gekippt«, sagte Sophy prompt.

»Dann singt sie wahrscheinlich wie ein Engel.« Fanny kicherte. »Jeder weiß, daß sie immer in Höchstform ist, wenn sie mit einem ihrer Liebhaber streitet. Das gibt ihrer Arbeit Esprit und Elan.«

Julian warf einen Blick auf Sophys äußerlich sehr gefaßtes Gesicht. »Die interessantere Szene findet aber augenblicklich hier in der Loge statt, Tante Fanny, und der Anlaß seid Ihr und Harry.«

»Das halte ich für äußerst unwahrscheinlich«, murmelte Fanny. »Wir lassen uns nie auf Szenen ein, nicht wahr, Harry.«

»Du meine Güte, nein. Sehr unziemlich.«

»Genug«, sagte Julian barsch. »Ich habe gerade entdeckt, daß ihr bei Euren Mittwoch-Salons die Featherstone *Memoiren* studiert. Was, zum Teufel, ist denn aus Shakespeare und Aristoteles geworden?«

»Sie sind tot«, sagte Harriette freundlich.

Fanny ignorierte Sophys unterdrücktes Kichern und winkte gelangweilt ab. »Julian, wirklich, als einigermaßen gebildeter Mann müßtest du doch wissen, wie breit gefächert die Interessen eines intelligenten Menschen sind. Die ewige Suche nach Erleuchtung darf nicht durch Handschellen behindert sein.«

»Fanny, ich warne Euch. Ich will nicht, daß Sophy mit solchem Unsinn konfrontiert wird.«

»Es ist zu spät«, warf Sophy ein. »Bin ich schon.«

Er wandte sich mit grimmiger Miene zu ihr. »Dann müssen wir versuchen, die schlechten Nachwirkungen einzudämmen. Du wirst keine Fortsetzungen mehr lesen. Ich verbiete es.« Er erhob sich. »So, wenn die Damen mich jetzt bitte entschuldigen wollen. Ich glaube, ich werde mal nachsehen, wo Miles so lange bleibt. Ich bin gleich wieder zurück.«

»Lauf nur, Julian«, murmelte Fanny. »Wir kommen schon zurecht.«

»Ohne Zweifel«, stimmte er kühl zu. »Paßt bitte auf, daß Sophy nicht aus der Loge fällt, wenn sie wieder versucht, einen besseren Ausblick auf Charlotte Featherstone zu kriegen, ja?«

Er nickte kurz, warf Sophy einen wutentbrannten Blick zu und stolzierte aus der Loge. Sophy seufzte, als der Vorhang sich hinter ihm schloß.

»Er macht sehr gute Abgänge, nicht wahr?« sagte sie.

»Alle Männer machen gute Abgänge«, sagte Harriette und holte ihr Opernglas aus ihrer perlenbestickten Abendtasche. »Sie brauchen sie auch so oft, weißt du. Weg in die Schule, weg in den Krieg, weg in den Club, oder weg zu ihren Mätressen.«

Sophy ließ sich das durch den Kopf gehen. »Ich würde sagen, es war eher ein Fall von wegrennen als weggehen.«

»Ausgezeichnet beobachtet«, sagte Fanny fröhlich. »Wie recht du doch hast, meine Liebe. Wir wurden gerade Zeuge eines echten strategischen Rückzugs. Julian hat solche Taktiken wahrscheinlich unter Wellington gelernt. Wie ich sehe, lernst du das Geschäft, Ehefrau zu sein, sehr schnell.«

Sophy schnitt eine Grimasse. »Ich hoffe doch sehr, ihr werdet Julians Anweisungen für unsere Lesestunde mittwoch nachmittags keine Beachtung schenken.«

»Mein liebes Mädchen, zerbrich dir bitte nicht den Kopf über solche Nichtigkeiten«, sagte Fanny gelassen. »Natürlich werden wir sie nicht beachten. Männer haben so begrenzte Vorstellungen von dem, was Frauen tun sollten, findest du nicht auch.«

»Julian ist ein guter Mann, an anderen gemessen, Sophy, aber er hat auch seine wunden Punkte«, sagte Harriette und hob das Opernglas an die Augen. »Natürlich kann man ihm das nicht verdenken, nach alldem, was er mit seiner ersten Gräfin mitgemacht hat. Außerdem fürchte ich, daß seine Kriegserfahrungen seine ohnehin sehr nüchterne Lebenseinstellung noch verstärkt haben. Julian hat ein sehr stark entwickeltes Pflichtbewußtsein, weißt du und... ah, da ist sie ja.«

»Wer?« fragte Sophy, die durch den Gedanken an Elizabeth und die Auswirkungen des Krieges auf Männer sehr abgelenkt war.

»Die Große Featherstone. Sie trägt heute abend Grün, wie ich sehe. Und das Diamanten- und Rubinkollier, das ihr Ashford geschenkt hat.«

»Wirklich? Wie wunderbar unverschämt von ihr, es zu tragen, nach all den Dingen, die sie in der zweiten Fortsetzung über ihn geschrieben hat. Lady Ashford muß tobsüchtig sein.« Fanny kramte rasch ihr Opernglas aus der Tasche und richtete es auf sie.

»Darf ich Euer Opernglas borgen?« fragte Sophy Harriette. »Ich hab nicht daran gedacht, eins zu kaufen.«

»Natürlich. Wir werden dir diese Woche eins besorgen gehen. Man kann einfach nicht ohne eins die Oper besuchen.« Harriettes Lächeln war heiter wie immer. »Hier gibt es soviel zu sehen. Man möchte doch nichts verpassen.«

»Ja«, stimmte Sophy zu, als sie das Glas auf die Frau in Grün richtete. »Soviel zu sehen. Ihr habt wirklich recht mit dem Kollier. Es ist ein Prachtstück. Man kann verstehen, daß sich eine Ehefrau beklagt, wenn sie entdeckt, daß ihr Gatte seiner Mätresse solche Klunker schenkt.«

»Insbesondere, wenn die Frau sich mit Juwelen von wesentlich geringerem Wert zufriedengeben muß«, sagte Fanny mit einem nachdenklichen Blick auf den schlichten Anhänger, der Sophys Hals zierte. »Ich frage mich, warum dir Julian die Ravenwood-Smaragde noch nicht gegeben hat?«

»Ich brauche keine Smaragde«, sagte Sophy. Sie beobachtete immer noch die Loge Charlotte Featherstones und sah, wie ein vertrauter Mann mit blassen Haaren sie betrat. Charlotte drehte sich zu ihm und begrüßte ihn mit einer graziösen Geste ihrer ringgeschmückten Hand. Waycott beugte sich mit vollendeter Eleganz über die glitzernde Hand.

»Wenn du mich fragst«, sagte Harriette ganz beiläufig zu Fanny, »so hat dein Neffe sich wahrscheinlich bei seiner ersten Frau an den Ravenwood Smaragden übergesehen.«

»Da könntest du wohl recht haben, Harry. Elizabeth hat ihm immer nur Kummer gemacht, wenn sie diese Smaragade getragen hat. Es könnte sein, daß Julian speziell diese Steine an keiner Frau mehr sehen will. Der Anblick würde ihn sicher schmerzlich an Elizabeth erinnern.«

Sophy fragte sich, ob das wohl der wahre Grund war, warum Julian ihr die Ravenwood-Familienjuwelen noch nicht gegeben hatte. Möglicherweise gab es dafür noch ein paar andere, weniger schmeichelhafte Gründe.

Eine Frau mußte sehr viel Haltung, ein gewisses Auftreten und

Gewandtheit besitzen, um schöne Juwelen tragen zu können, ganz besonders so dramatische Steine wie Smaragde. Julian war vielleicht der Meinung, daß seine Frau nicht die Präsenz besaß, die die Ravenwood Juwelen verlangten. Oder vielleicht hielt er sie für nicht hübsch genug dafür.

Aber gestern nacht, dachte sie voller Sehnsucht, für ganz kurze Zeit, in der Intimität ihres Schlafzimmers, hatte Julian ihr das Gefühl gegeben, wirklich wunderschön zu sein.

Sophy beklagte sich nicht und verlangte auch keine Erklärung, als Julian sie später an diesem Abend nach Hause begleitete und ihr dann mitteilte, er würde noch auf ein oder zwei Stunden in seinen Klub gehen. Julian wunderte sich über diesen Mangel an Protest, als er sich mißgelaunt in seiner Kutsche durch die dunklen Straßen chauffieren ließ. War es Sophy denn gleichgültig, wie er den Rest des Abends verbrachte, oder war sie nur froh, daß er nicht ein zweites Mal in ihr Schlafzimmer eindrang?

Ursprünglich wollte Julian nach der Oper gar nicht mehr in den Club gehen. Er hatte fest vorgehabt, Sophy nach Hause zu bringen und den Rest der Nacht damit zu verbringen, sie die Freuden des Ehebettes zu lehren. Er hatte einen Großteil des Tages damit verbracht, sich genau zu überlegen, wie er dabei vorgehen würde. Diesmal, hatte er sich geschworen, würde er es ihr recht machen.

Er hatte sich vorgestellt, wie er sie langsam ausziehen würde, jeden Zentimeter ihres weichen Körpers küssen, bis sie vollkommen bereit war für ihn. Diesmal würde er nicht in letzter Minute die Selbstbeherrschung verlieren und sich wild in sie rammen. Diesmal würde er ganz langsam vorgehen und dafür sorgen, daß sie lernte, daß sie diese Lust teilen konnten.

Julian war sich sehr wohl bewußt, daß er am vorigen Abend zu einem kritischen Zeitpunkt den Kopf verloren hatte. Das war nicht seine Art. Er war in Sophys Schlafzimmer gegangen, überzeugt, er hätte alles unter Kontrolle, und er würde sie jetzt so lieben, daß sie ihre Freude daran hätte.

Leider war sein Verlangen nach ihr so heftig, und er hatte so lange darauf gewartet, sie zu besitzen, daß er, sobald er sich in ihrem schmalen, einladenden Körper verloren hatte, keine Beherrschung mehr über sich hatte. Offensichtlich hatte er all seine Reserven in dieser Hinsicht während der vergangenen Woche aufgebraucht, als er sich dazu gezwungen hatte, sie nicht anzufassen.

Die Erinnerung an die Wollust, mit der er sich in ihrem seidigen Kanal begraben hatte, reichte, um ihn sofort wieder hart zu machen. Julian schüttelte den Kopf, fassungslos, weil die ganze Sache zu etwas viel Größerem und Unkontrollierbarerem eskaliert war, als er je geglaubt hätte. Er fragte sich, wie es überhaupt dazu kommen konnte, daß er so besessen von Sophy war.

Es hatte keinen Sinn zu versuchen, es zu analysieren, sagte er sich, als die Kutsche vor seinem Club hielt. Das Wichtigste war, daß er dafür sorgte, daß diese Besessenheit nicht völlig von ihm Besitz ergriff. Er mußte sie in den Griff kriegen, und das hieß, Sophy in den Griff kriegen. Er mußte die Zügel für sie beide mit strenger Hand führen. Seine zweite Ehe würde nicht so verlaufen wie seine erste. Und nicht nur das, Sophy brauchte seinen Schutz. Sie war viel zu naiv und vertrauensselig.

Aber als er die warme Zuflucht seines Clubs betrat, schien es Julian plötzlich, als höre er das ferne Echo von Elizabeths höhnischem Gelächter.

»Ravenwood.« Miles Thurgood saß neben dem Kamin und grinste ihn fröhlich an. »Hab nicht damit gerechnet, daß du heute abend hier auftauchst. Nimm Platz und ein Glas Portwein.«

»Danke.« Julian ließ sich in einen Sessel neben ihm fallen. »Jeder Mann, der eine Oper ertragen hat, hat sich ein Glas Portwein verdient.«

»Genau dasselbe habe ich auch vor ein paar Minuten gesagt. Obwohl ich sagen muß, daß das heutige Spektakel dank der Großen Featherstone unterhaltsamer war als sonst.«

»Bitte erinnere mich nicht daran.«

Miles kicherte. »Zuzusehen, wie du versuchst, deiner Frau die Neugier an der Featherstone auszutreiben, war natürlich das Amüsanteste. Nehme an, du hast dabei kläglich versagt, was? Frauen sind immer genau von dem fasziniert, was sie ignorieren sollten.«

»Nicht gerade überraschend, wenn man bedenkt, daß du sie auch noch ermutigt hast«, murmelte Julian und goß sich ein Glas Portwein ein.

»Jetzt sei doch bitte vernünftig, Ravenwood. Jedermann hier in der Stadt redet über die *Memoiren*. Du kannst doch nicht wirklich erwarten, daß Lady Ravenwood sie einfach ignoriert.«

»Ich erwarte, daß meine Frau sich in der Wahl ihrer Literatur von mir beraten läßt«, sagte Julian kühl.

»Komm jetzt, sei doch ehrlich«, sagte Miles. »Deine Sorge ist nicht ihr literarischer Geschmack, oder? Du hast einfach Angst, daß sie früher oder später in den *Memoiren* auf deinen Namen trifft.«

»Meine Beziehung zu der Featherstone geht meine Frau überhaupt nichts an.«

»Eine prächtige Einstellung, die sicher jeder Mann, der sich heute abend hier versteckt, mit dir gemeinsam hat«, versicherte ihm Miles. Dann wurde seine heitere Miene mit einem Mal ernst. »Apropos heute abend hier Anwesende –«

Julian hob den Kopf. »Ja?«

Miles räusperte sich und senkte die Stimme. »Finde, du solltest wissen, daß Waycott im Kartenzimmer ist.«

Julians Hand krallte sich in sein Glas, aber er sagte ganz gelassen: »Ach ja? Wie interessant. Er verkehrt doch für gewöhnlich nicht in diesem Club.«

»Stimmt. Aber er ist Mitglied, weißt du. Heute abend hat er sich dessen offensichtlich besonnen.« Miles beugte sich vor. »Du solltest wissen, daß er Wetten anbietet.«

»Ach, tut er das?«

Miles räusperte sich. »Wetten in bezug auf dich und die Ravenwood-Smaragde.«

Eine kalte Faust krallte sich in Julians Eingeweide. »Was für eine Wette?«

»Er wettet, daß du Sophy die Ravenwood Smaragde nicht vor Ablauf des Jahres geben wirst«, sagte Miles. »Du weißt, worauf er damit anspielen will. Genausogut könnte er hinausposaunen, daß deine neue Frau nie den Platz Elizabeths in deinem Leben einnehmen kann. Wenn Lady Ravenwood das hört, wird sie am Boden zerstört sein.«

»Dann müssen wir dafür sorgen, daß sie nie davon hört. Ich weiß, daß ich darauf zählen kann, daß du den Mund hältst, Thurgood.«

»Ja, natürlich. Das ist nicht zum Scherzen wie die Featherstones-

Geschichte. Aber du mußt dir darüber im klaren sein, daß wahrscheinlich ein Haufen Leute davon hören wird, und denen kannst du nicht allen den Mund verbieten. Es wäre vielleicht das Einfachste, wenn du dafür sorgst, daß Lady Ravenwood die Juwelen so bald wie möglich in der Öffentlichkeit trägt. Auf die Art –« Miles verstummte erschrocken, da Julian sich plötzlich erhob. »Was hast du denn vor?«

»Ich hab mir gedacht, ich schau mal, wie das Spiel an den Tischen heute abend läuft«, sagte Julian und ging in Richtung Spielsalon.

»Aber du spielst doch fast nie. Warum willst du denn jetzt plötzlich ins Casino? *Warte!*« Miles sprang auf und trabte hinter ihm her. »Wirklich, Julian, ich finde, es wäre besser, wenn du heute abend da nicht hineingehst.«

Julian ignorierte ihn. Er ging in das überfüllte Casino und schlenderte dort herum, bis er seine Beute sah. Waycott, der gerade beim Hazard gewonnen hatte, hob den Kopf und sah Julian. Er lächelte und wartete.

Julian merkte, daß plötzlich alle im Raum den Atem anhielten. Er wußte, daß Miles irgendwo dicht hinter ihm war, und aus dem Augenwinkel sah er Daregate, der gerade seine Karten weglegte und sich langsam erhob.

»Guten Abend, Ravenwood«, sagte Waycott freundlich, als Julian vor ihm zum Stehen kam. »Habt Ihr Euch heute abend in der Oper gut amüsiert? Ich habe Eure bildhübsche Braut gesehen, obwohl es schwer war, sie in der Menge auszumachen. Aber ich hab natürlich auch Ausschau nach den Ravenwood-Smaragden gehalten.«

»Meine Frau ist nicht der Typ, der sich mit Juwelen behängt«, murmelte Julian. »Ich finde, sie sieht am besten aus, wenn sie schlichtere, klassische Sachen trägt.«

»In der Tat? Und ist sie auch Eurer Meinung? Frauen lieben doch Juwelen. Ihr solltet das wohl am besten wissen.«

Julian senkte die Stimme, aber sein Ton war unmißverständlich scharf. »In wichtigen Angelegenheiten fügt sich meine Frau meinen Wünschen. Sie vertraut meinem Urteil nicht nur in bezug auf ihre Kleidung, sondern auch in bezug auf ihre Bekanntschaften.«

»Im Gegensatz zu Eurer ersten Frau, was?« Waycotts Augen funkelten vor Bosheit. »Wieso seid Ihr denn so überzeugt, daß sich die neue Lady Ravenwood von Euch führen läßt, Ravenwood? Sie scheint mir eine intelligente junge Frau, wenn auch ein bißchen naiv. Ich vermute, sie wird sich schon bald auf ihr eigenes Urteil verlassen, was ihre Kleidung und ihre Bekanntschaften angeht. Und dann werdet Ihr wieder in einer ähnlichen Position sein wie in Eurer ersten Ehe, nicht wahr?«

»Wenn ich je Grund zu dem Verdacht hätte, Sophys Ansichten würden von einem anderen als mir beeinflußt, hätte ich keine andere Wahl, als Schritte zu unternehmen, diese Situation zu verändern.«

»Wie kommt ihr auf die Idee, daß es Euch gelingen könnte, eine solche Situation zu verändern?« Waycott grinste unverschämt. »In der Vergangenheit hattet Ihr doch wenig Glück damit.«

»Diesmal gibt es einen Unterschied«, sagte Julian ruhig.

»Und der wäre?«

»Diesmal weiß ich genau, wo ich suchen muß, sollte sich eine Bedrohung für meine Frau zeigen. Ich werde nicht zögern, diese Bedrohung im Keim zu ersticken.«

Waycotts Augen brannten jetzt wie im Fieber. »Sollte ich das als Warnung betrachten?«

»Das überlasse ich Eurem Urteilsvermögen, so sehr das auch zu wünschen übrig läßt.« Julian neigte spöttisch den Kopf.

Waycott ballte die Hände zu Fäusten, und seine Augen loderten fiebrig. »Verflucht sollt Ihr sein, Ravenwood«, zischte er sehr leise. »Wenn Ihr glaubt, Ihr hättet einen Grund, mich zu fordern, dann tut Euch keinen Zwang an.«

»Aber ich habe doch noch gar keinen Grund, nicht wahr?« fragte Julian mit gefährlich ruhiger Stimme.

»Da wäre immer noch die Sache mit Elizabeth«, sagte Waycott herausfordernd. Seine Finger arbeiteten hektisch.

»Ihr unterstellt mir einen viel zu starren Ehrenkodex«, sagte Julian. »Ich werde mir ganz bestimmt nicht die Mühe machen, im Morgengrauen aufzustehen, um einen Mann wegen Elizabeth zu töten. Soviel Aufwand war sie nicht wert.«

Waycott war inzwischen puterrot vor Wut. »Ihr habt jetzt wieder eine Frau. Werdet Ihr zulassen, daß man Euch ein zweites Mal Hörner aufsetzt, Ravenwood?«

»Nein«, erwiderte Julian sehr ruhig. »Im Gegensatz zu Elizabeth ist es Sophy sehr wohl wert, einen Mann für sie zu töten, und ich würde keinen Augenblick zögern, es zu tun, wenn es notwendig werden sollte.«

»Bastard. Ihr wart es, der nicht gut genug war für Elizabeth. Und macht Euch nicht die Mühe, Drohungen auszustoßen. Wir alle wissen, daß Ihr nie wieder mich oder einen anderen Mann wegen einer Frau fordern werdet. Das habt Ihr selbst gesagt, erinnert Ihr Euch noch?« Waycott machte einen drohenden Schritt auf ihn zu.

»So, hab ich das?« Eine Woge der Vorfreude brandete über Julian. Aber bevor einer von den beiden noch etwas tun oder sagen konnte, tauchten plötzlich Daregate und Thurgood an Julians Seite auf.

»Da bist du ja, Ravenwood«, sagte Daregate fröhlich zu Julian. »Thurgood und ich suchen dich schon die ganze Zeit. Wir wollten dich dazu überreden, ein Spielchen mit uns zu machen. Ihr entschuldigt uns, Waycott?« Sein Lächeln war wie immer etwas bösartig und herausfordernd.

Waycott nickte, drehte sich auf dem Absatz um und schritt aus dem Zimmer.

Julian sah ihm nach, voller Enttäuschung. »Ich weiß nicht, warum Ihr Euch die Mühe gemacht habt dazwischenzugehen«, sagte er zu seinen Freunden. »Früher oder später werde ich ihn doch töten müssen.«

Neun

Der parfümierte Brief mit dem eleganten violetten Siegel kam am nächsten Morgen mit Sophys Teetablett. Sie setzte sich im Bett auf, gähnte und warf einen neugierigen Blick auf diese unerwartete Botschaft.

»Wann ist denn das gekommen, Mary?«

»Einer der Lakaien hat gesagt, ein Junge hätte es erst vor einer halben Stunde gebracht, Mylady.« Mary huschte geschäftig im Zimmer herum, zog die Vorhänge auf und legte das hübsche Morgenkleid zurecht, das Fanny und Sophy vor ein paar Tagen zusammen ausgesucht hatten.

Sophy nippte an ihrem Tee und durchschnitt das Siegel auf dem Umschlag. Sie überflog kurz den Inhalt und runzelte die Stirn, da dieser zuerst keinen Sinn ergab. Da war auch keine Unterschrift, nur die Initialen am Schluß. Erst beim zweiten Mal lesen dämmerte ihr, was dieser Brief bedeutete.

Verehrte Madame,

Laßt mich mit meinen besten, ehrlich gemeinten Wünschen zu Eurer kürzlichen Heirat beginnen. Ich hatte noch nicht die Ehre, Euch vorgestellt zu werden, bin aber der Meinung, daß wir uns doch nicht fremd sind, da wir einen gewissen gemeinsamen Freund haben. Außerdem bin ich mir sicher, daß Ihr eine sehr sensible und diskrete Frau seid, da unser Freund sicher nicht denselben Fehler in seiner zweiten Ehe macht, den er in der ersten begangen hat.

Im Vertrauen auf Eure Diskretion bin ich der festen Meinung, daß Ihr, nachdem Ihr den Inhalt dieses Briefes gelesen habt, den simplen Schritt tun werdet, durch den die Details meiner sehr angenehmen Verbindung mit unserem gemeinsamen Freund für immer unter uns bleiben werden.

Madame, ich bin im Augenblick mit der schwierigen Aufgabe beschäftigt, mir den Frieden und die Ruhe im Alter zu sichern. Ich möchte nicht gezwungen sein, in meinen späten Jahren von der Wohlfahrt anderer abhängig zu sein. Dieses Ziel versuche ich durch das Erscheinen meiner *Memoiren* zu erreichen. Vielleicht kennt Ihr die ersten Fortsetzungen? In naher Zukunft werden noch einige weitere erscheinen.

Mein Ziel beim Schreiben dieser *Memoiren* ist es, nicht zu demütigen oder zu beschämen, sondern einfach nur ausreichende Mittel zu erwerben, die eine unsichere Zukunft sichern. In dieser Hinsicht biete ich den Beteiligten eine Gelegenheit, sich zu versichern, daß spezielle Namen nicht veröffentlicht werden, um unangenehmen Klatsch zu vermeiden. Diese Gelegenheit wird mir außerdem die Mittel einbringen, die ich benötige, ohne mich zu zwingen, intime Details vergangener Verbindungen zu enthüllen. Wie Ihr sehen könnt, ist der Vorschlag, den ich Euch unterbreiten will, für alle Beteiligten von Vorteil.

Und somit, Madame, kommen wir jetzt zur eigentlichen Sache: Wenn Ihr mir bis morgen nachmittag fünf Uhr die Summe von zweihundert Pfund übersendet, könnt Ihr versichert sein, daß eine Reihe sehr charmanter Briefe, die mir Euer Mann einst geschrieben hat, nicht in den *Memoiren* erscheint.

Für Euch ist diese Summe ein lächerlicher Betrag, weniger als der Preis eines neuen Kleides. Für mich ist sie der Baustein für die gemütliche, kleine, mit Rosen bedeckte Cottage in Bath, in die ich mich bald zurückziehen werde. In Erwartung Eurer prompten Antwort verbleibe ich

Hochachtungsvoll
C. F.

Sophy las den Brief noch ein drittes Mal mit zitternden Händen durch. Sie kochte innerlich vor Wut. Und das nicht, weil Julian möglicherweise einst eine intime Beziehung zu Charlotte Featherstone hatte. Es lag auch nicht an der Bedrohung, diese frühere Verbindung in einem Buch veröffentlicht zu sehen, so demütigend das auch war.

Sophy war halb ohnmächtig vor Zorn, weil Julian sich früher einmal die Zeit genommen hatte, einer professionellen Kurtisane Liebesbriefe zu schreiben und es jetzt nicht einmal fertig brachte, seiner neuen Frau ein winziges Liebesgedicht zu überbringen.

»Mary, häng das Morgenkleid weg und hol mein grünes Reitkostüm.«

Mary sah sie überrascht an. »Ihr wollt heute morgen reiten gehen, Madame?«

»Ja.«

»Wird Lord Ravenwood Euch begleiten?« fragte Mary, als sie sich an die Arbeit machte.

»Nein, das wird er nicht.« Sophy schob die Laken beiseite und stieg aus dem Bett. Charlotte Featherstones Brief hielt sie immer noch in der Hand. »Anne Silverthorne und Jane Morland reiten fast jeden Morgen im Park. Ich glaube, ich werde mich ihnen heute anschließen.«

Mary nickte. »Ich werde Anweisung geben, daß ein Pferd für Euch gesattelt und ein Lakai bereitgestellt wird.«

»Bitte tu das, Mary.«

Kurze Zeit später half ein livrierter Lakai Sophy auf eine schöne kastanienbraune Stute und schwang sich dann auf sein eigenes Pferd. Sophy trabte sofort los, und der Lakai mußte sehen, wie er nachkam.

Es war nicht sonderlich schwer, Anne und Jane zu finden, die auf einem der Hauptwege langsam dahingaloppierten. Ihre Diener folgten in diskretem Abstand und unterhielten sich leise miteinander.

Annes Mähne von roten Locken strahlte im Morgenlicht, und ihre Augen funkelten vor Freude, als sie Sophy entdeckte.

»Sophy, ich freu mich, daß du dich uns heute morgen anschließt. Wir sind gerade erst losgeritten. Ist es nicht ein wunderschöner Tag?«

»Für manche vielleicht«, sagte Sophy und ihre Stimme verhieß nichts Gutes. »Aber für andere nicht. Ich muß mit Euch reden.«

Janes ewig ernste Miene verdüsterte sich noch mehr. »Ist etwas Schlimmes passiert, Sophy?«

»Etwas sehr Schlimmes. Mir fehlen die Worte. Es ist wirklich der Gipfel. In meinem Leben bin ich noch nicht so gedemütigt worden.

Hier, lies das.« Sophy reichte Jane Charlottes Brief, und die drei Frauen zügelten ihre Pferde zum Schritt.

»Du lieber Himmel«, sagte Jane, nachdem sie den Brief überflogen hatte. Sie reichte ihn wortlos Anne.

Anne las den Brief rasch durch, dann hob sie sichtlich schockiert den Kopf. »Sie will Briefe abdrucken lassen, die Ravenwood ihr geschrieben hat?«

Sophy nickte mit wütend zusammengekniffenem Mund. »So scheint es zumindest. Außer natürlich, ich bezahle ihr zweihundert Pfund.«

»Das ist empörend«, rief Anne erbost.

»Das war wohl zu erwarten«, warf Jane prosaisch ein. »Schließlich und endlich hat die Featherstone ja auch nicht gezögert, in den ersten Fortsetzungen mehrere Mitglieder der Beau Monde beim Namen zu nennen. Sie hat sogar einen königlichen Herzog erwähnt, wißt ihr noch? Wenn Ravenwood irgendwann einmal mit ihr liiert war, ist es nur logisch, daß er früher oder später auch drankommt.«

»*Wie kann er es wagen.*« flüsterte Sophy kaum hörbar.

Jane warf ihr einen mitleidigen Blick zu. »Sophy, mein Schatz, du bist doch nicht so naiv. Die meisten Männer der Gesellschaft haben eben nun mal eine Mätresse. Zumindest behauptet sie nicht, Ravenwood wäre immer noch ein Bewunderer. Wenigstens dafür solltest du dankbar sein.«

»*Dankbar.*« Sophy brachte das Wort kaum heraus.

»Du hast doch mit uns zusammen die ersten Folgen der *Memoiren* gelesen. Du hast gesehen, mit wie vielen bekannten Namen Featherstone irgendwann liiert war. Die meisten waren in der Zeit ihrer Affäre mit Charlotte Featherstone verheiratet.«

»So viele Männer, die ein Doppelleben führen.« Sophy schüttelte zornig den Kopf. »Und sie besitzen die Unverschämtheit, den Frauen Vorträge über Ehre und ziemliches Verhalten zu halten. Es treibt einem die Galle hoch.«

»Unfair ist das einfach«, fügte Anne wütend hinzu. »Nur wieder ein Beispiel dafür, wie wenig meiner Meinung nach eine Ehe einer intelligenten Frau bieten kann.«

»Warum mußte er denn bloß dieser Featherstone Liebesbriefe schreiben?« fragte Sophy niedergeschlagen.

»Wenn er seine Gefühle schriftlich niedergelegt hat, muß die Affäre vor sehr langer Zeit gewesen sein. Nur ein sehr junger Mann begeht diesen Fehler«, bemerkte Jane.

Ah, ja, dachte Sophy. *Ein junger Mann.* Ein junger Mann, der noch starker, romantischer Gefühle fähig war. Scheinbar waren Julian all diese Gefühle ausgebrannt worden. Die Gefühle, die sie sich so sehnte, von ihm zu hören, hatte er vor Jahren an Frauen wie Charlotte Featherstone und Elizabeth vergeudet. Für Sophy war nichts übrig geblieben. Nichts.

In diesem Moment haßte sie sowohl Elizabeth als auch Charlotte mit aller Inbrunst ihrer Seele.

»Ich frage mich, warum Featherstone diesen Brief nicht an Ravenwood geschickt hat?« überlegte Anne.

Jane verzog ironisch den Mund. »Wahrscheinlich, weil sie ganz genau wußte, daß Ravenwood ihr sagen würde, sie soll sich zum Teufel scheren. Ich kann mir nicht vorstellen, daß Sophys Mann Erpressungsgelder bezahlt, ihr etwa?«

»Ich kenne ihn nicht besonders gut«, gab Anne zu, »aber nach allem, was ich höre, nein. Ich kann mir nicht vorstellen, daß er der Featherstone zweihundert Pfund schicken würde. Nicht einmal um Sophy die Demütigung zu ersparen, die die Veröffentlichung dieser gräßlichen Briefe sicher zur Folge hat.«

»Also«, schloß Jane, »wohlwissend, daß sie wenig Chancen hat, das Geld von Ravenwood zu bekommen, hat die Featherstone beschlossen, es statt dessen mit einer Erpressung Sophys zu versuchen.«

»Ich werde dieser Frau niemals einen Penny bezahlen«, schwor Sophy und riß so heftig an den Zügeln, daß die Stute erschrocken den Kopf hochwarf.

»Aber, was kannst du denn sonst tun?« fragte Anne behutsam. »Du willst doch wohl nicht, daß diese Briefe gedruckt werden. Stell dir bloß vor, was das für Gerede zufolge hätte.«

»So schlimm wird es schon nicht sein«, sagte Jane beruhigend. »Jeder weiß doch, daß die Affäre lange bevor Ravenwood Sophy heiratete stattfand.«

»Der Zeitpunkt der Affäre wird keine Rolle spielen«, sagte Sophy niedergeschlagen. »Es wird Gerede geben, und das wissen wir alle.

Diesmal ist es nämlich nicht einfach Klatsch, was die Featherstone schreibt, sondern sie wird Briefe veröffentlichen, die Julian tatsächlich geschrieben hat. Jeder wird über diese verflixten Liebesbriefe klatschen. Sie wahrscheinlich auch noch in der Oper und bei Gesellschaften zitieren. Der ganze *Ton* wird sich fragen, ob er mir ähnliche Briefe geschrieben hat, womöglich mit ähnlichem Wortlaut. Ich kann es nicht ertragen, das sag ich euch.«

»Sophy hat recht«, stimmte Anne zu. »Und als Frischverheiratete ist sie noch verletzlicher. Gesellschaftlich werden sich die Leute Ihrer gerade erst bewußt. Da wird das Gerede noch viel boshafter sein.«

An dieser schlichten Wahrheit gab es nichts zu rütteln. Alle drei Frauen verstummten für ein paar Minuten, während ihre Pferde langsam weiter den Weg entlangzockelten. Sophys Verstand arbeitete fieberhaft, aber es war schwer, einen klaren Gedanken zu fassen, immer wieder drängten sich Julians Liebesbriefe in ihr Bewußtsein.

»Ihr wißt natürlich genau, was passieren würde, wenn die Situation umgekehrt wäre«, sagte Sophy schließlich.

Jane runzelte die Stirn, aber Anne schien zu ahnen, was Sophy meinte.

»Sophy, zerbrich dir nicht den Kopf darüber«, sagte Jane. »Zeig Ravenwood den Brief und laß ihn die Sache regeln.«

»Ihr selbst habt gesagt, er wird der Featherstone einfach sagen, sie soll sich zum Teufel scheren. Die Briefe würden trotzdem erscheinen.«

»Wirklich eine unglückliche Situation«, sagte Anne. »Aber ich sehe keine Lösung.«

Sophy zögerte einen Augenblick und sagte dann leise: »Wir sagen das nur, weil wir Frauen sind und daran gewöhnt, machtlos zu sein. Aber es gibt eine Lösung, wenn man die Sache vom Standpunkt eines Mannes aus sieht.«

Jane sah sie mißtrauisch an. »Was denkst du denn da, Sophy?«

»Das«, verkündete Sophy plötzlich entschlossen, »ist eindeutig eine Frage der Ehre.«

Anne und Jane sahen sich an, dann richteten beide den Blick auf sie.

»Da hast du recht«, sagte Anne langsam, »aber ich sehe nicht, was das ändert, wenn wir es so betrachten.«

Sophy sah ihre Freundin streng an. »Wenn ein Mann einen solchen Brief erhalten würde, der mit Erpressung droht, wegen einer früheren Indiskretion seiner Frau, würde er nicht zögern, den Erpresser zu fordern.«

»Ihn fordern!« Jane war schockiert. »Aber Sophy, das ist doch eine ganz andere Situation!«

»Wirklich?«

»Doch«, sagte Jane rasch. »Sophy, hier geht es doch um dich und eine andere Frau. Du kannst doch nicht ernsthaft so etwas in Betracht ziehen.«

»Warum nicht?« fragte Sophy. »Mein Großvater hat mir den Umgang mit Pistolen beigebracht, und ich weiß, wo ich einen Satz Duellpistolen für dieses Ereignis herkriegen kann.«

»Woher willst du denn einen Satz Pistolen kriegen?« fragte Jane ängstlich.

»In Julians Bibliothek hängt ein sehr schönes Paar an der Wand.«

»Oh, du lieber Gott«, hauchte Jane.

Anne holte entschlossen Luft. »Sie hat recht, Jane. Warum sollte sie Charlotte Featherstone nicht fordern? Das ist doch in jedem Fall eine Frage der Ehre. Wenn die Situation umgekehrt wäre, würde Ravenwood sicher auch irgend etwas Gewalttätiges tun.«

»Ich bräuchte natürlich Sekundanten«, sagte Sophy nachdenklich, als der Plan in ihrem Kopf allmählich Gestalt annahm.

»Ich werde einer deiner Sekundanten sein«, sagte die getreue Anne. »Zufällig weiß ich, wie man eine Pistole lädt. Und Jane wird sich auch freiwillig melden, nicht wahr, Jane?«

»Das ist Wahnsinn«, jammerte Jane. »Das kannst du einfach nicht machen!«

»Warum nicht?«

»Na ja, erst einmal mußt du die Featherstone dazu kriegen, sich mit dem Duell einverstanden zu erklären. Daß sie das tut, ist höchst unwahrscheinlich.«

»Da wäre ich mir nicht so sicher«, murmelte Sophy. »Sie ist eine sehr ungewöhnliche Frau. In dem Punkt sind wir uns alle einig. Sie wäre nicht da, wo sie heute ist, wenn sie ein Feigling wäre.«

»Aber, warum sollte sie ihr Leben bei einem Duell riskieren?« fragte Jane.

»Wenn sie eine ehrenwerte Frau ist, wird sie es tun.«

»Aber, genau das ist ja der Punkt, Sophy. Sie ist eben keine ehrenwerte Frau«, rief Jane. »Sie ist eine Frau der Halbwelt, eine *Kurtisane*, eine professionelle Prostituierte.«

»Das heißt noch lange nicht, daß sie keine Ehre hat«, sagte Sophy. »Etwas an der Art, wie sie ihre *Memoiren* schreibt, läßt mich glauben, daß sie einen eigenen Ehrenkodex hat, nach dem sie lebt.«

»Ehrenwerte Menschen schicken keine Erpresserbriefe«, sagte Jane.

»Vielleicht.« Sophy schwieg einen Augenblick. »Aber vielleicht tun sie's doch, unter gewissen Umständen. Die Featherstone ist ohne Zweifel der Überzeugung, daß die Männer, die sich ihrer früher bedient haben, ihr eine Alterspension schuldig sind. Sie versucht nur, sie einzusammeln.«

»Und wenn man dem Klatsch trauen kann, hält sie Wort und nennt nicht die Namen derer, die bezahlt haben«, warf Anne ein. »Das ist doch wohl ein Zeichen von ehrenwertem Benehmen.«

»Du willst doch nicht etwa sagen, daß du sie ernsthaft verteidigst?« Jane sah richtig schockiert aus.

»Es ist mir egal, wieviel sie von den anderen eintreibt, aber ich werde nicht dulden, daß Julians Liebesbriefe an sie veröffentlicht werden«, sagte Sophy kategorisch.

»Dann schick ihr die zweihundert Pfund«, bat sie Jane. »Wenn sie wirklich so furchtbar ehrenwert ist, wird sie die Briefe nicht drukken lassen.«

»Das wäre nicht richtig. Es ist unehrenhaft und feige, einen Erpresser zu bezahlen«, sagte Sophy. »Wie ihr seht, hab ich also keine andere Wahl, als sie zu fordern. Genau das würde ein Mann unter denselben Umständen auch tun.«

»Oh, mein Gott«, flüsterte Jane hilflos. »Deine Logik begreife ich nicht. Ich kann einfach nicht glauben, daß das tatsächlich passiert.«

»Werdet ihr beide mir helfen?« Sophy sah ihre Freundinnen herausfordernd an.

»Auf mich kannst du zählen«, sagte Anne. »Und auf Jane auch. Sie braucht nur etwas Zeit, um sich an die Situation zu gewöhnen.«

»Oh, mein Gott«, sagte Jane noch einmal.

»Also gut«, sagte Sophy, »der erste Schritt ist, herauszufinden, ob Featherstone einverstanden ist, sich mit mir auf dem Feld der Ehre zu treffen. Ich werde ihr heute eine Botschaft schicken.«

»Als dein Sekundant werde ich dafür sorgen, daß sie überbracht wird.«

Jane sah Anne entsetzt an. »Seid ihr wahnsinnig geworden? Du kannst doch nicht eine Frau wie die Featherstone zum Duell fordern. Du könntest gesehen werden. Das würde dich in der Gesellschaft total ruinieren. Du wärst gezwungen, auf den Besitz deines Stiefvaters auf dem Land zurückzukehren. Willst du das etwa?«

Anne wurde blaß, und für einen Augenblick war echte Angst in ihren Augen zu sehen. »Nein, das will ich ganz bestimmt nicht.«

Sophy war besorgt, als sie sah, wie heftig ihre Freundin auf die Drohung, wieder aufs Land zurück zu müssen, reagierte. »Anne, ich möchte nicht, daß du meinetwegen ein unnötiges Risiko eingehst.«

Anne schüttelte hastig den Kopf, ihre Gesichtsfarbe normalisierte sich wieder, und ihre Augen strahlten. »Das ist schon in Ordnung. Ich weiß genau, wie wir die Sache handhaben werden. Ich werde einen Jungen mit deinem Brief an die Featherstone schicken, und er soll ihn direkt zu mir bringen. Ich werde ihn dann verkleidet der Featherstone überbringen und auf die Antwort warten. Keine Sorge, es wird mich niemand erkennen. Wenn ich mich entsprechend anziehe, sehe ich aus wie ein junger Mann. Ich hab es schon öfter versucht und sehr genossen.«

»Ja«, sagte Sophy, »das müßte gehen.«

Janes ängstlicher Blick wanderte von Anne zu Sophy und wieder zurück. »Das ist Irrsinn.«

»Das ist die einzige ehrenwerte Lösung für mich«, sagte Sophy. »Wir müssen hoffen, daß die Featherstone die Herausforderung annimmt.«

»Ich für meinen Teil bete, daß sie sich weigert«, sagte Jane kleinlaut.

Als Sophy eine halbe Stunde später von ihrem Ausritt nach Hause zurückkehrte, sagte man ihr, Julian wünsche sie in der Bibliothek zu sehen. Ihre erste Reaktion war zu sagen, sie wäre unpäßlich. Sie war sich nicht sicher, ob sie ihrem Mann jetzt einigermaßen gefaßt in die Augen sehen könnte. Der Brief an Charlotte Featherstone wartete darauf, geschrieben zu werden.

Aber es wäre feige, Julian aus dem Weg zu gehen, und heute war sie entschlossen, nicht feige zu sein. Sie mußte für das, was ihr bevorstand, üben.

»Danke, Guppy«, sagte sie zum Butler. »Ich werde gleich zu ihm gehen.« Sie drehte sich auf dem Absatz um und schritt tapfer auf die Bibliothek zu.

Julian sah von seinem Journal hoch, als sie den Raum betrat. Er erhob sich höflich. »Guten Morgen, Sophy. Wie ich sehe, warst du reiten.«

»Ja, Mylord. Ein herrlicher Morgen dafür.« Ihr Blick flatterte zu den beiden Duellpistolen, die hinter Julian an der Wand hingen. Ein gefährlich aussehendes Paar, aus der Werkstatt Mantons, einer der bekanntesten Büchsenmacher Londons.

Julians Lächeln war etwas tadelnd. »Wenn du mich informiert hättest, daß du heute reiten willst, hätte ich dich gern begleitet.«

»Ich war mit Freunden verabredet.«

»Ich verstehe.« Sein Blick war herausfordernd. »Soll das heißen, daß du mich nicht als Freund betrachtest?«

Sophy sah ihn an und fragte sich, ob man wohl für einen bloßen Freund sein Leben in einem Duell riskieren würde. »Nein, Mylord. Ihr seid nicht mein Freund. Ihr seid mein Gemahl.«

Sein Mund wurde schmal. »Ich wäre gerne beides, Sophy.«

»Wirklich, Mylord?«

Er setzte sich und klappte langsam das Journal zu. »Das klingt ja, als würdest du glauben, so etwas wäre nicht möglich.«

»Ist es denn möglich, Mylord?«

»Ich glaube, wir könnten es schaffen, wenn wir beide daran arbeiten. Nächstes Mal, wenn du morgens ausreiten willst, mußt du mir gestatten, dich zu begleiten, Sophy.«

»Danke, Mylord. Ich werde es in Betracht ziehen. Aber ich möchte Euch ganz bestimmt nicht von der Arbeit abhalten.«

»Gegen diese Ablenkung hätte ich nichts.« Sein Lächeln war einladend. »Wir könnten doch die Zeit gut nützen und über Ackerbaumethoden sprechen.«

»Ich fürchte, wir haben das Thema Schafzucht erschöpft, Mylord. Wenn Ihr mich jetzt bitte entschuldigen würdet, ich habe zu tun.«

Sophy konnte diese Konfrontation von Angesicht zu Angesicht keine Sekunde mehr ertragen, wirbelte herum und floh aus dem Zimmer. Sie raffte ihren voluminösen Reitrock hoch, rannte die Stufen hinauf, den Gang entlang und in die Abgeschiedenheit ihres Schlafzimmers.

Sie lief im Zimmer auf und ab und versuchte, den Brief an die Featherstone in Gedanken aufzusetzen, als Mary an die Tür klopfte.

»Komm herein«, sagte Sophy und zuckte zusammen, als sie sah, daß die Zofe mit ihrem kessen grünen Reithut hereinkam. »Oh, je, hab ich den in der Halle verloren, Mary?«

»Lord Ravenwood hat dem Diener erzählt, Ihr hättet ihn erst vor ein paar Minuten in der Bibliothek verloren, Madame. Er hat ihn raufbringen lassen, damit Ihr ihn nicht unnötig sucht.«

»Ich verstehe. Danke, Mary, ich möchte gerne allein sein. Ich muß meine Korrespondenz erledigen.«

»Selbstverständlich, Madame. Ich werde dem Personal sagen, daß Ihr eine Weile nicht gestört werden wollt.«

»Danke«, sagte Sophy noch einmal und setzte sich an ihren Schreibtisch, um den Brief an Charlotte Featherstone aufzusetzen. Nach mehreren vergeblichen Versuchen war Sophy schließlich mit dem Ergebnis zufrieden.

Liebe Miss C. F.,

ich habe heute morgen Euren empörenden Brief betreffs unseres *gemeinsamen Freundes* erhalten. In diesem Brief droht Ihr, gewisse indiskrete Briefe zu veröffentlichen, es sei denn, ich lasse mich erpressen. Das werde ich unter keinen Umständen tun.

Ich nehme mir die Freiheit, Euch zu sagen, daß Ihr mich in einer Art und Weise beleidigt habt, die Satisfaktion verlangt. Ich schlage vor, wir regeln diese Angelegenheit bei Morgengrauen des morgigen Tages. Euch steht es natürlich frei, die Waffen zu wählen, aber ich schlage Pistolen vor, da ich sie ohne große Mühe bereitstellen kann.

Wenn Ihr um Eure Ehre genau so besorgt seid wie um Eure Alterspension, werdet Ihr mir sofort eine positive Antwort zukommen lassen.

Hochachtungsvoll
S.

Sophy trocknete sorgfältig die Tinte, dann versiegelte sie den Brief. Tränen brannten in ihren Augen. Sie mußte einfach ständig an Julians Liebesbriefe an eine Kurtisane denken. *Liebesbriefe*. Sophy hätte ihre Seele für ein ähnliches Zeichen der Zuneigung von Ravenwood verkauft.

Und der Mann besaß die Frechheit zu behaupten, er wolle auch ihre Freundschaft und nicht nur die ehelichen Pflichten von ihr.

Sophy mußte zugeben, daß es doch ziemlich ironisch war, daß sie möglicherweise morgen ihr Leben für einen Mann riskierte, der sie wahrscheinlich nicht liebte oder es auch nicht konnte.

Charlotte Featherstones Antwort auf Sophys Herausforderung wurde später an diesem Nachmittag von einem zerlumpten rothaarigen Jungen überbracht, der den Brief in der Küche ablieferte. Der Brief war kurz und kam sofort zur Sache.

Madame,
morgen früh bei Tagesanbruch ist akzeptabel, Pistolen ebenfalls. Ich schlage Leighton Field vor, ein kurzes Stück außerhalb der Stadt, da es zu dieser Stunde menschenleer sein wird.
Bis zum Morgengrauen,

hochachtungsvoll, in Ehre
C. F.

Bis es Zeit wurde zum Schlafengehen, waren Sophys Gefühle ein einziges Chaos. Sie war sich bewußt, daß Julian von ihrer Einsilbigkeit beim Abendessen verärgert war, aber sie war nicht imstande gewesen, eine belanglose Konversation zu führen. Als er sich in die Bibliothek zurückzog, hatte sie sich entschuldigt und war sofort in ihr Schlafzimmer gegangen.

In der Zuflucht ihres Schlafgemachs las sie die beängstigend kurze Mitteilung der Featherstone mehrmals durch und fragte sich, was sie da getan hatte. Aber jetzt gab es kein Zurück mehr. Ihr Leben lag morgen in der Hand des Schicksals.

Wie in Trance verrichtete Sophy ihre Rituale vor dem Zubettgehen, wußte aber, daß sie heute nacht kein Auge zutun könnte. Nachdem Mary ihr eine gute Nacht gewünscht hatte, stellte sich Sophy ans Fenster und fragte sich, ob Julian vielleicht schon in wenigen Stunden ihre Beerdigung arrangieren würde.

Vielleicht würde sie auch nur verletzt werden, sagte sie sich, und blutrünstige Szenarios tauchten vor ihrem inneren Auge auf. Vielleicht würde sie an einem schrecklichen Fieber lange dahinsiechen.

Oder vielleicht würde Charlotte Featherstone diejenige sein, die sterben müßte.

Bei dem Gedanken, ein anderes menschliches Wesen zu töten, wurde Sophy mit einem Mal schlecht. Sie schluckte mehrmals und fragte sich, ob ihre Nerven wohl durchhalten würden, bis sie der Ehre Genüge getan hatte. Sie wagte nicht, sich einen Beruhigungstrank zu brauen, aus Angst, es könnte ihre Reaktionen im Morgengrauen verlangsamen.

Sophy versuchte, sich Mut zu machen, indem sie beschloß, daß mit ein bißchen Glück sie oder Charlotte nur verwundet werden würden. Oder vielleicht würden sie beide das Ziel verfehlen und keiner verletzt werden. Das wäre sicher die eleganteste Lösung.

Angst jagte ihr Kälteschauer über den Rücken. *Wie überlebten Männer diese gräßlichen Ängste vor Gefahr und Tod?* fragte sie sich, während sie weiter im Zimmer auf und ab lief. Sie waren damit nicht nur am Abend vor einem Duell konfrontiert, sondern auch auf dem Schlachtfeld und auf See. Sophy erschauderte.

Sie fragte sich, ob Julian je diese gräßliche Warterei mitgemacht hatte, und dann fiel ihr die Geschichte ein, die sie gehört hatte, von einem Duell, das er wegen Elizabeths Ehre geführt hatte. Und es mußte Momente wie diesen gegeben haben, als er gezwungen war, die langen Stunden vor einer Schlacht zu erdulden. Aber vielleicht hatte er als Mann Nerven, die gegen diese Art Angst gefeit waren. Oder er hatte vielleicht gelernt, sie zu beherrschen.

Zum ersten Mal wurde Sophy klar, daß der männliche Ehrenkodex eine sehr harte, kühne und anspruchsvolle Sache war. Doch zumindest garantierte seine Einhaltung den Männern die Achtung ihrer Gleichgesinnten. Wenn auch sonst nichts dabei rauskam, so würde Julian doch zumindest gezwungen, seine Frau wenigstens ein bißchen zu respektieren.

Oder etwa nicht? Würde ein Mann eine Frau respektieren, die nach seinem Ehrenkodex lebte, oder würde er die ganze Idee als lächerlich empfinden?

Mit diesem Gedanken wandte Sophy sich vom Fenster ab. Ihr Blick richtete sich auf das kleine Schmuckkästchen auf ihrem Toilettentisch, und der schwarze Ring fiel ihr wieder ein.

Reue packte sie. Wenn sie morgen getötet würde, blieb keiner mehr übrig, der Amelia rächen konnte. *Was war wichtiger*, fragte sie sich, *Amelia rächen oder dafür sorgen, daß Julians Liebesbriefe nicht gedruckt würden?*

Aber sie hatte eigentlich keine Wahl. Schon seit langem war Sophy klargeworden, daß ihre Gefühle für Julian wesentlich stärker waren als ihr Verlangen, den Verführer ihrer Schwester zu finden.

Entehrte sie aus Liebe zu Julian das Andenken ihrer Schwester?

Plötzlich war alles so entsetzlich kompliziert. Die Problematik der Situation war mit einem Mal so überwältigend, daß sich Sophy am liebsten versteckt hätte, bis ihre Welt wieder ins Lot gekommen war. Sie war so in Gedanken, daß sie gar nicht hörte, wie hinter ihr die Verbindungstür aufging.

»Sophy?«

»*Julian.*« Sie drehte sich rasch um. »Ich hab Euch nicht erwartet, Mylord.«

»Das tust du selten.« Er schlenderte langsam ins Zimmer, ohne sie aus den Augen zu lassen. »Ist etwas nicht in Ordnung, meine Liebe? Du warst beim Dinner sehr nervös.«

»Ich... ich hab mich schlecht gefühlt.«

»Kopfschmerzen?« fragte er ironisch.

»Nein. Meinem Kopf geht's gut, danke«, sagte sie ganz mechanisch, und dann wurde ihr plötzlich klar, daß sie zu hastig gesprochen hatte. Sie hätte die ihr gebotene Entschuldigung nützen sollen. Mit gerunzelter Stirn suchte sie nach einem angemessenen Ersatz. Vielleicht ihr Magen...

Julian lächelte. »Mach dir nicht die Mühe, dir jetzt schnell eine passende Krankheit einfallen zu lassen. Wir wissen beide, daß du in solchen Dingen nicht sehr geschickt bist.« Er ging zu ihr und stellte sich direkt vor sie. »Warum sagst du mir nicht die Wahrheit? Du bist wütend auf mich, nicht wahr?«

Sophy hob den Blick zu seinem, gepackt von einem Strudel von Emotionen und versuchte zu ergründen, was sie heute abend für ihn empfand. Zorn, Liebe, Haß, Leidenschaft und stärker als alles andere eine schreckliche Angst davor, ihn womöglich nie wiederzusehen. Möglicherweise würde sie nie wieder in seinen Armen liegen und diese zerbrechliche Intimität erfahren, die sie neulich nachts das erste Mal empfunden hatte.

»Ja, Julian, ich bin wütend auf dich.«

Er nickte, als hätte er tatsächlich alles begriffen. »Es ist wegen dieser kleinen Szene in der Oper, nicht wahr? Dir hat es nicht gepaßt, daß ich dir verbiete, die *Memoiren* zu lesen.«

Sophy hob ratlos die Schultern und nestelte an dem Verschluß ihres Schmuckkästchens herum. »Wir hatten eine Abmachung in bezug auf meinen Geschmack in Büchern, Mylord.«

Julians Blick fiel auf das kleine Kästchen unter ihrer Hand und wanderte dann zu ihrem abgewandten Gesicht. »Es ist wohl mein Schicksal, dich als Mann sowohl im Bett als auch außerhalb zu enttäuschen.«

Ihr Kopf schnellte hoch, und ihre Augen wurden groß. »Oh, nein, Mylord. Ich wollte nie andeuten, daß Ihr eine Enttäuschung im ... im Bett wärt. Ich will damit sagen, was neulich abends passiert ist, war recht«, sie räusperte sich, »ganz erträglich, sogar an einigen Punkten recht angenehm. Ich möchte nicht, daß Ihr etwas anderes denkt.«

Julian nahm ihr Kinn und drehte ihr Gesicht zu sich. »Ich möchte, daß du mich nicht nur erträglich im Bett findest, Sophy.«

Und mit einem Mal wurde ihr klar, daß er sie heute wieder lieben wollte. Das war der wahre Zweck seines Besuches in ihrem Zimmer. Ihr Herz machte einen Satz. Sie würde noch einmal Gelegenheit haben, ihn in den Armen zu halten und diese herrliche Nähe zu fühlen.

»Oh, *Julian*.« Sophy unterdrückte ein Schluchzen und warf sich in seine Arme. »Ich wünsche mir nichts sehnlicher, als daß du heute nacht ein bißchen bei mir bleibst.«

Seine Arme schlangen sich sofort um sie, doch Julian klang überrascht und auch amüsiert, als er ihr leise ins Haar flüsterte: »Wenn ich immer so begrüßt werde, wenn du wütend bist, werde ich hart daran arbeiten müssen, dich öfter zu ärgern.«

»Mach dich heute abend nicht über mich lustig, Julian. Halte mich einfach fest, so wie das letzte Mal«, murmelte sie.

»Dein Wunsch ist mir heute abend Befehl.« Er streifte behutsam den Morgenmantel von ihrer Schulter und drückte einen zärtlichen Kuß auf ihren Halsansatz. »Diesmal werde ich versuchen, dich nicht zu enttäuschen.«

Sophy schloß die Augen, als er sie langsam auszog. Sie war entschlossen, jeden Moment dieser Nacht, die vielleicht ihre letzte gemeinsame sein könnte, zu genießen. Ihr war auch gleichgültig, daß der eigentliche Liebesakt nicht sonderlich angenehm war. Sie suchte das einmalige Gefühl von Nähe, das damit einherging. Diese Nähe war vielleicht alles, was sie je von Julian zu erwarten hatte.

»Sophy, du bist so wunderbar anzuschauen, und du fühlst dich so weich an«, flüsterte Julian, als ihr letztes Kleidungsstück zu Boden fiel. Seine Augen labten sich gierig an ihrem nackten Körper, und die Hände folgten.

Sophy erschauderte und schwankte gegen ihn, als seine Hände sich über ihre Brüste legten. Seine Daumen glitten sanft über ihre Knospen, reizten und liebkosten sie. Als die zarten rosigen Spitzen hart wurden, stöhnte Julian befriedigt.

Seine Hände glitten seitlich zu ihren Hüften und dann zu ihrem Po, den sie zärtlich umspannten.

Sophy krallte sich in seine Schultern und schwelgte in seiner Kraft.

»Faß mich an, Schätzchen«, befahl Julian mit heiserer Stimme. »Steck deine Hände in meinen Morgenmantel und faß mich an.«

Sie konnte ihm nicht widerstehen. Ihre Hände wanderten unter die seidenen Revers seines Mantels, und sie breitete sie über seine Brust. »Du bist so stark«, flüsterte sie verwundert.

»Du machst mich stark«, sagte Julian amüsiert. »Du hast aber auch die Macht, mich sehr schwach zu machen.«

Er packte sie um die Taille und hob sie hoch, damit sie auf ihn heruntersehen konnte. Sie stemmte sich gegen seine Schultern und dachte, sie würde im smaragdenen Glanz seiner Augen ertrinken.

Sein Mantel öffnete sich, und er ließ sie an seinem Körper hinuntergleiten, bis sie wieder stand. Die intime Berührung jagte Wonneschauer durch ihren Körper, und sie klammerte sich an ihn, um nicht ins Taumeln zu geraten. Sie schloß die Augen, als er sie behutsam aufhob und zum Bett trug.

Er setzte sie in der Mitte des Lagers ab, legte sich neben sie, und seine Beine verschlangen sich mit den ihren. Er begann sie zu streicheln, langsam, seine Hände fanden jede Rundung, seine Finger erforschten jede Kuhle.

Und er redete auf sie ein – drängende, sinnliche, beruhigende Worte, die sie in einen Nebel von Hitze und Begierde hüllten. Sophy klammerte sich an jedes leise Versprechen, jeden zärtlichen Befehl, jede erregende Beschreibung von dem, was Julian heute nacht mit ihr machen würde.

»Du wirst in meinen Armen erzittern, Schätzchen. Ich werde dich dazu bringen, mich so zu begehren, daß du mich anbetteln wirst, dich zu nehmen. Du wirst mir von deiner Lust erzählen, und das wird meine Lust vollenden. Ich möchte dich heute nacht glücklich machen, Sophy.«

Er beugte sich über sie, und sein Mund war schwer und fordernd auf ihrem. Sophy reagierte heftig, sie wollte heute nacht alles für sich haben, was er an Leidenschaft und Wollust zu geben hatte. *Es gibt vielleicht nie wieder eine Gelegenheit dazu*, sagte sie sich. Bei Sonnenaufgang würde sie vielleicht schon kalt im Gras von Leighton Fields liegen. Ihre Zunge schlang sich um die seine und zog ihn in ihre feuchte Glut. Julian bedeutete heute nacht Leben, und sie klammerte sich instinktiv an das Leben und ihn.

Als seine Hand zwischen ihre Schenkel glitt, stieß sie einen leisen Schrei aus und bäumte sich seinen Fingern entgegen.

Julians heftige Freude über ihre Reaktion war unverkennbar, aber er schien darauf bedacht, sich diesmal zurückzuhalten.

»Sachte, Kleines, gib dich mir hin. Vertrau dich meiner Obhut an. Öffne deine Schenkel ein bißchen weiter, Schatz. Genau, so möchte ich dich haben. Süß und naß und begierig. Vertrau mir, Liebling. Diesmal mach ich es gut für dich.«

Die Worte brandeten um sie herum, rissen sie davon auf einer Woge der Erregung und des Verlangens, die keine Grenzen kannte.

Julian lockte sie weiter, führte sie auf ein unbekanntes Ziel zu, das immer größer und größer wurde am sinnlichen Horizont Sophys.

Als er mit seiner Zungenspitze die erblühten Knospen ihrer Brüste berührte, dachte Sophy, sie würde in tausend funkelnde Stücke zerbersten. Aber als er sich dann tiefer bewegte und sie zuerst seine Finger und dann seinen Mund auf dem kleinen, köstlich empfindlichen Punkt zwischen ihren Beinen spürte, glaubte sie zu explodieren.

Sie umklammerte seinen Kopf. »Julian, nein warte, bitte. Du sollst doch nicht –«

Ihre Hände begruben sich in seinem dunklen Haar, und sie schrie wieder. Julian packte ihre Hüften mit seinen großen Händen und ignorierte ihre Versuche, ihn abzuwerfen.

»Julian, nein. Ich will nicht… Oh, ja, bitte, *JA*!«

Ihr Körper erzitterte, erschauderte, bäumte sich auf, ein ungeheures Gefühl von Befreiung durchströmte ihren Körper. In diesem Moment vergaß sie alles – das bevorstehende Duell, ihre geheimen Ängste, wie merkwürdig es war, so genommen zu werden – alles außer dem Mann, der sie so intim berührte.

»Ja, mein Schatz«, flüsterte Julian befriedigt, glitt rasch ihren Körper hoch, krallte sich mit den Händen in ihr Haar und stieß seine Zunge in ihren geöffneten Mund.

Sie zitterte immer noch von den Nachwehen ihres Höhepunkts, als er sich tief in ihre heiße, nasse Enge rammte und sich seinem eigenen hingab.

Unfaßbarerweise erbebte ihr Körper noch einmal sanft unter ihm, und gefangen in den Klauen dieses fremden Entzückens murmelte Sophy die Worte, die in ihrem Herzen waren.

»Ich liebe dich, Julian. Ich liebe dich.«

Zehn

Julian lag schwer über dem weichen, schlanken Körper seiner Frau. So entspannt hatte er sich seit Jahren nicht mehr gefühlt. Er wußte, daß er sich bald bewegen müßte, wenn auch nur um die Kerzen zu löschen. Aber im Augenblick wollte er nur hier liegen und die herrliche Erfüllung genießen.

Der Geruch des Liebesaktes schwebte noch in der Luft und erfüllte ihn mit primitiver Befriedigung, genau wie das Echo von Sophys Worten. *Ich liebe dich, Julian.*

Sie war sich nicht bewußt gewesen, was sie sagte, erinnerte er sich. Sie war eine Frau, die zum ersten Mal ihr sinnliches Potential entdeckt hatte, und jetzt war sie dem Mann dankbar, der sie gelehrt hatte, die Wonnen sexueller Erfüllung zu genießen. Er würde einem Liebesgeständnis unter solchen Umständen nicht allzu viel Bedeutung beimessen, aber es hatte trotzdem gut geklungen, und ein Teil von ihm triumphierte.

Bereits beim ersten Kuß hatte er gespürt, daß Sophy lernen würde, auf ihn zu reagieren, aber er hätte sich nie träumen lassen, daß ihn ihre Reaktion so ungeheuer berühren würde. Er fühlte sich allmächtig, ein Held und Eroberer, der gerade die Früchte des Sieges genossen hatte und befriedigt war. Aber ebenso war er sich eines überwältigenden Bedürfnisses bewußt, seinen süßen Schatz zu beschützen. Sophy hatte sich ihm endlich vollkommen hingegeben, und er würde sie behüten.

Just in diesem Augenblick regte Sophy sich unter ihm, und ihre Lider öffneten sich langsam. Julian stemmte sein Gewicht auf die Ellbogen und sah hinunter in ihre benommenen, verwunderten Augen.

»Julian?«

Sein Mund strich kurz über den ihren, eine wortlose Beruhigung.

»So soll es zwischen Mann und Frau sein, und so wird es von jetzt an zwischen uns sein. Hast du es genossen, Kleines?«

Sie lächelte betreten und schlang ihre Arme um seinen Hals. »Das weißt du doch wohl.«

»Schon, aber ich würde es gerne aus deinem Mund hören.«

»Du hast mir große Lust bereitet«, flüsterte sie. Ihre Augen wurden ernst. »Etwas Derartiges habe ich noch nie erlebt.«

Er küßte ihre Nasenspitze, ihre Wange, ihre Mundwinkel. »Dann sind wir jetzt quitt, du und ich. Du hast mir genauso viel Wonne bereitet.«

»Ist das wirklich wahr?« Sie musterte eindringlich sein Gesicht.

»Es ist wahr.« Nie zuvor in seinem Leben war etwas so wahr oder so sicher gewesen, dachte er.

»Ich bin froh. Versuch dich in Zukunft daran zu erinnern, gleichgültig was passiert, ja, Julian?«

Die unerwartete Angst in ihren Worten beunruhigte ihn etwas. Aber er verdrängte das Gefühl und lächelte sie an. »Ich werde es wohl kaum vergessen.«

»Ich wünschte, das könnte ich glauben.« Sie lächelte auch, aber ziemlich wehmütig.

Julian runzelte die Stirn, er begriff ihren Stimmungsumschwung nicht. Sophy war heute abend irgendwie anders. Er hatte sie noch nie so erlebt, und allmählich machte ihm das Sorgen. »Was bedrückt dich, Sophy? Hast du Angst, wenn du das nächste Mal etwas tust, was mich ärgert, vergesse ich prompt, wie gut es zwischen uns im Bett war? Oder gefällt es dir nicht, daß ich dich dazu bringen kann, mich zu begehren, selbst wenn du wütend auf mich bist?«

»Ich weiß es nicht«, sagte sie langsam. »Diese Verführungsgeschichte ist schon sehr seltsam, nicht wahr?«

Es gefiel ihm ganz und gar nicht, daß sie das, was gerade zwischen ihnen passiert war, als Verführung bezeichnete. Jetzt wurde ihm klar, daß er nicht wollte, daß sie das, was er mit ihr im Bett machte, so bezeichnete. Verführung war das, was mit ihrer jüngeren Schwester passiert war. Er wollte nicht, daß Sophy seinen Liebesakt in diese Kategorie einordnete.

»Du darfst das nicht als Verführung betrachten«, befahl er leise. »Wir haben uns geliebt, du und ich.«

»Haben wir das?« Ihre Augen funkelten plötzlich. »Liebst du mich, Julian?«

Aus dem unguten Gefühl wurde schlagartig Wut, als er endlich merkte, was sie da machte. Was für ein Narr war er doch gewesen. Frauen waren so verdammt gut in solchen Dingen. Glaubte sie etwa, nur weil sie auf ihn reagiert hatte – ihm gesagt hatte, sie würde ihn lieben –, könnte sie ihn jetzt um den kleinen Finger wickeln? Julian spürte, wie die vertraute Falle langsam zuschnappte und rüstete sich instinktiv zum Kampf.

Er war sich nicht sicher, was er sagen würde, als er so auf ihr lag und sämtliche Alarmfanfaren in seinem Kopf dröhnten, und Sophy lächelte ihr seltsames, wehmütiges Lächeln und legte die Fingerspitzen an seinen Mund.

»Nein«, sagte sie, »du brauchst gar nichts zu sagen. Es ist schon in Ordnung, ich versteh es.«

»Verstehst was? Sophy, hör mir zu –«

»Ich glaube, es wäre besser, wenn wir nicht weiter darüber reden würden. Ich hab einfach ohne Gedanken drauflosgeredet.« Ihr Kopf drehte sich rastlos in den Kissen. »Es muß schon sehr spät sein.«

Er stöhnte, war aber dankbar für die Gnadenfrist. »Ja, sehr spät.« Er rollte sich widerwillig auf den Rücken, aber seine Hände glitten noch einmal mit Besitzerstolz über ihre Hüften.

»Julian?«

»Was ist denn, Sophy?«

»Solltest du nicht in dein eigenes Zimmer zurückgehen?«

Das überraschte ihn. »Ich hatte es nicht geplant«, sagte er schroff.

»Mir wäre es lieber, wenn du gehst«, sagte Sophy sehr leise.

»Warum denn das?« Er stützte sich erbost auf einen Ellbogen. Er hatte vorgehabt, die Nacht in ihrem Bett zu verbringen.

»Das letzte Mal bist du doch auch gegangen.«

Nur weil er gewußt hatte, daß er, wenn er bliebe, sie noch einmal nehmen würde. Sie war wund gewesen, und er hatte nicht gewollt, daß sie ihn für einen brünstigen Stier hielt. Er hatte nur Rücksicht auf die unangenehmen Nebenwirkungen des ersten Beischlafs nehmen wollen. »Das heißt aber nicht, daß ich vorhabe, jedesmal in mein Zimmer zurückzugehen, wenn wir uns geliebt haben.«

»Oh.« Im Schein der Kerzen sah sie seltsam verlegen aus. »Ich möchte heute nacht lieber allein sein, Julian. Bitte. Ich muß darauf bestehen.«

»Ah, ich glaube, ich fange an zu verstehen«, sagte Julian grimmig und schlug die Decken zurück. »Du bestehst darauf, allein zu sein, weil dir meine Antwort auf deine Frage vorhin nicht gepaßt hat. Du bestrafst mich auf deine weibliche Art, weil ich nicht zugelassen habe, daß du mich dazu manipulierst, dir ewige Liebesschwüre zu geben.«

»Nein, Julian, das ist nicht wahr.«

Er ignorierte das Flehen in ihrer Stimme, ging quer durch das Zimmer, packte seinen Morgenmantel und wandte sich dann zur Verbindungstür. Dann drehte er sich noch einmal um und fixierte sie mit grimmiger Miene. »Während du da in deinem Bett liegst und dein *Alleinsein* genießt, denke an die Freuden, die wir uns gegenseitig bereiten könnten. Es gibt kein Gesetz, das besagt, daß eine Frau und ein Mann es nur einmal in einer Nacht tun können.«

Er ging durch die Tür und knallte sie dann wutentbrannt hinter sich zu. Das verdammte kleine Luder. Für wen hielt sie sich, daß sie versuchte, ihn zu einer Aussage zu zwingen? Und wie kam sie darauf, daß sie damit durchkommen würde? Er hatte reichlich Erfahrung im Umgang mit manipulierenden Frauen, die wesentlich mehr Talent in dieser Richtung hatten, als Sophy es je haben würde.

Sophys ärmliche Versuche, ihn mit Sex zu beherrschen, waren einfach lächerlich. Wenn er nicht so verdammt wütend auf sie wäre, hätte er gelacht.

Sie war ein albernes, unerfahrenes Mädchen in dieser Beziehung, trotz ihrer dreiundzwanzig Lenze. Elizabeth war beim Verlassen der Schule älter und erfahrener in der Manipulation von Männern gewesen, als Sophy es mit fünfzig sein würde.

Julian schleuderte seinen Mantel über einen Stuhl und ließ sich auf das Bett fallen. Die Arme hinter dem Kopf verschränkt, starrte er gegen die dunkle Decke und hoffte, Sophy bereute bereits ihr übereiltes Handeln. Wenn sie dachte, sie könnte ihn bestrafen und ihn mit so einfachen Methoden an die Kandare bringen, machte sie einen bedauernswerten Fehler. Er hatte wesentlich subtilere, strategisch kompliziertere Schlachten hinter sich gebracht.

Aber Sophy war nicht Elizabeth und würde es auch nie sein. Und

Sophy hatte einen triftigen Grund, Verführung zu fürchten. Außerdem vermutete er, daß seine neue Frau einen Hang zur Romantik hatte. Julian stöhnte und massierte seine Augen. Allmählich beruhigte er sich wieder. Vielleicht sollte er seine Frau nicht so hart beurteilen. Natürlich hatte sie versucht, ihn dazu zu bringen, ihr seine Liebe zu schwören, aber sie hatte auch guten Grund, eine Leidenschaft zu fürchten, die nicht unter dem Deckmäntelchen Liebe lief.

In Sophys begrenzter Erfahrung war die einzige Alternative zu Liebe die Art grausamer, herzloser Verführung, durch die ihre Schwester schwanger geworden war. Es war natürlich, daß Sophy irgendeine Bestätigung wollte, daß sie nicht auch einer solchen erlegen war. Sie wollte eine Bestätigung, daß sie geliebt wurde, um nicht fürchten zu müssen, daß sie in die Fußstapfen ihrer Schwester trat.

Aber sie war eine verheiratete Frau, die das Bett mit ihrem rechtmäßigen Ehemann teilte, sagte sich Julian wutentbrannt. Sie hatte keinen Grund zu fürchten, daß man sie im gleichen Zustand wie ihre Schwester ausstoßen würde. Verdammt, er wollte einen Erben – braucht einen. Nichts lag ihm ferner, als sie auszustoßen, wenn sie guter Hoffnung wäre.

Sophy hatte sowohl den Schutz des Gesetzes als auch den persönlichen Eid des Grafen von Ravenwood, sie zu schützen und für sie zu sorgen. Ständig in Angst und Schrecken vor dem Schicksal ihrer Schwester herumzulaufen war haarsträubender weiblicher Unsinn, und den würde Julian unter keinen Umständen dulden. Er mußte sie davon überzeugen, daß es keine Parallele zwischen ihrem und dem Schicksal ihrer Schwester gab.

Denn eins war klar: Er hatte definitiv keine Lust, noch mehr Nächte allein in seinem Bett zu verbringen.

Julian wußte nicht, wie lange er dalag und überlegte, wie er seiner Frau eine Lektion erteilen würde, aber irgendwann schlief er schließlich ein. Sein Schlaf war aber sehr unruhig, und Stunden später weckte ihn das Geräusch von Sophys Tür, die sich leise schloß, abrupt aus dem Schlummer.

Er streckte sich und fragte sich, ob es wohl schon Zeit zum Aufstehen wäre. Aber als er ein Auge öffnete und wütend zum Fenster starrte, sah er, daß es hinter den Vorhängen noch stockfinstere Nacht war.

Niemand, nicht einmal Sophy, stand in London beim Morgengrauen auf. Julian drehte sich um und befahl sich wieder einzuschlafen. Aber irgendein Instinkt hinderte ihn daran. Er fragte sich, wer wohl Sophys Tür zu dieser unchristlichen Stunde geöffnet hatte.

Schließlich konnte er seiner wachsenden Neugier nicht mehr widerstehen, stieg aus dem Bett und ging zur Verbindungstür. Er öffnete sie leise.

Es dauerte einige Sekunden bis ihm klar wurde, daß Sophys Bett leer war. Und dann hörte er das leise Rattern von Kutschenrädern draußen vor dem Fenster. Und jetzt blieb das Gefährt stehen.

Plötzlich packte ihn irrationale, aber heftige Angst.

Julian sprang zum Fenster, riß die Vorhänge beiseite und sah gerade noch, wie eine vertraute, schlanke Gestalt in Männerhosen und Hemd in die geschlossene Kutsche sprang. Sophys hellbraunes Haar war zu einem strengen Knoten unter einem verschleierten Hut gebunden. In einer Hand trug sie einen hölzernen Kasten. Der Fahrer, ein schlanker, rothaariger Knabe in Schwarz, schnalzte den Pferden zu, und die Kutsche fuhr rasch los.

»Verdammt sollst du sein, Sophy.« Julians Finger krallten sich so heftig in die Vorhänge, daß er sie fast heruntergerissen hätte. »Zur Hölle sollst du fahren, du Miststück.«

Ich liebe dich. Liebst du mich auch, Julian?

Süßes, verlogenes Luder. »Du gehörst mir«, zischte er durch die Zähne. »Du gehörst mir, und eher seh ich dich in der Hölle, bevor ich dich einem andren überlasse.«

Julian ließ den Vorhang fallen, rannte in sein Zimmer, griff sich ein Hemd und zog rasch eine Hose an. Er packte seine Stiefel und rannte hinaus auf den Korridor. Am Fuß der Treppe kämpfte er sich in seine engen Reitstiefel und lief dann zum Dienstboteneingang. Er mußte sich ein Pferd aus dem Stall holen und sich beeilen, wenn er die Kutsche nicht aus den Augen verlieren wollte.

Im letzten Augenblick drehte er noch einmal um und rannte zurück in die Bibliothek. Er brauchte eine Waffe. Er würde den, der Sophy entführt hatte, töten. Und danach würde er sich gut überlegen, was er mit seiner Frau machen würde. Wenn sie glaubte, er würde sich von ihr das bieten lassen, was er mit Elizabeth mitgemacht hatte, stand ihr eine große Überraschung bevor.

Die Pistolen hingen nicht mehr an der Wand.

Julian blieb kaum Zeit, das zu verdauen, als er Pferdehufe draußen auf der Straße hörte. Er lief zur Eingangstür und riß sie auf, gerade als eine Frau in Schwarz mit schwarzem Schleier von einem grauen Wallach abstieg. Das Pferd trug einen Herrensattel, keinen für Damen.

»Oh, Gott sei Dank«, sagte die Frau sichtlich erschrocken, als sie ihn in der Tür stehen sah. »Ich hatte schon Angst, ich müßte das ganze Haus wecken, um Euch zu sprechen. So ist es viel besser. Vielleicht kann man den Skandal noch verhindern. Sie sind nach Leighton Field gefahren.«

Leighton Field? Das ergab keinen Sinn. Nur Rinder und Duellanten interessierten sich für Leighton Field.

»Um Himmels willen, beeilt Euch. Ihr könnt mein Pferd nehmen. Wie Ihr seht, reite ich keinen Damensattel.«

Julian zögerte keine Sekunde. Er packte die Zügel des grauen Pferdes und schwang sich in den Sattel. »Wer, zum Teufel, seid Ihr denn?« fragte er die verschleierte Frau. »Seine Frau?«

»Nein, Ihr versteht nicht, aber das werdet Ihr bald. Nur beeilt Euch.«

»Geht ins Haus«, befahl Julian, als der Graue anfing zu tänzeln. »Ihr könnt drinnen warten. Wenn einer der Dienstboten Euch dort findet, sagt nichts, außer, daß ich Euch gebeten habe dazubleiben.«

Julian gab dem Pferd die Sporen und galoppierte los, ohne auf die Antwort zu warten. Warum sollten Sophy und ihr Geliebter nach Leighton Field fliehen, fragte sich Julian wütend. Aber mit dieser Frage befaßte er sich nicht lange, er war viel zu sehr damit beschäftigt zu überlegen, welches Mitglied des *Ton* sein eigenes Todesurteil unterschrieben hatte, indem er Sophy heute morgen entführte.

Leighton Field sah im dämmrigen Morgenlicht kalt und feucht aus. Eine kleine Gruppe trister Bäume, deren schwere Äste vor Nässe trieften, kauerten unter dem noch dunklen Himmel. Dunst stieg vom Boden auf und hing dick und grau knietief über dem Boden. Annes kleine, geschlossene Kutsche, der offene Einspänner in kurzer Entfernung und die Pferde sahen aus, als würden sie in der Luft schweben.

Als Sophy aus der Kutsche stieg, verschwanden ihre Beine im Bodennebel. Sie warf einen Blick zu Anne, die das Kutschpferd festband. Wenn sie nicht gewußt hätte, wer es war, wäre Sophy überzeugt gewesen, daß die rothaarige Gestalt mit dem schmutzigen Gesicht ein junger Mann war.

»Sophy, bist du sicher, daß du diese Geschichte weiter verfolgen willst?« fragte Anne ängstlich.

Sophy warf einen Blick auf den Einspänner, der nur ein paar Meter entfernt stand. Die verschleierte Gestalt in Schwarz war immer noch nicht ausgestiegen. Charlotte Featherstone schien allein zu sein. »Ich habe keine andere Wahl, Anne.«

»Wo nur Jane bleibt? Sie sagte, wenn du entschlossen wärst, dich zum Narren zu machen, würde sie sich verpflichtet fühlen, dabei zu sein.«

»Vielleicht hat sie sich's anders überlegt.«

Anne schüttelte den Kopf. »Das sieht ihr nicht ähnlich.«

»Nun denn«, sagte Sophy und warf die Schultern zurück, »am besten bringen wir es hinter uns. Die Sonne wird bald aufgehen. Wie ich höre, erledigt man so etwas im Morgengrauen.« Sie machte sich auf den Weg zu dem nebelverhangenen Einspänner.

Die einsame Gestalt im Wagen regte sich, als Sophy sich näherte. Charlotte Featherstone, in einem eleganten schwarzen Reitkostüm, stieg aus. Die Kurtisane war zwar verschleiert, aber Sophy sah, daß ihr Haar sorgfältig frisiert war und Charlotte ein paar atemberaubende Perlohrringe trug. Ein Blick auf die modische Toilette der anderen Frau genügte, und Sophy kam sich vor wie ein linkisches Kind. Die Große Featherstone war offensichtlich ein Experte was Stil und Mode anging. Sie war sogar zu einem Duell im Morgengrauen perfekt gekleidet.

Anne ging nach vorn, um ihr Pferd anzubinden.

»Wißt Ihr was, Madame«, sagte Charlotte, »ich glaube nicht, daß irgendein Mann die Mühe wert ist, sich zu so früher Stunde aus dem Bett zu quälen.«

»Warum habt Ihr sie Euch dann gemacht?« erwiderte Sophy.

»Ich bin mir nicht sicher«, gab Charlotte zu. »Aber sicher nicht wegen dem Grafen von Ravenwood, auch wenn er einmal sehr charmant zu mir war. Vielleicht weil es eine ganz neue Erfahrung ist.«

»Ich kann mir vorstellen, daß nach Eurer ziemlich abenteuerlichen Karriere neue Erfahrungen selten sind.«

Charlotte sah Sophy direkt in die Augen. Ihre Stimme verlor den spöttischen Unterton und wurde ernst. »Ich kann Euch versichern, daß es wirklich ein rares Ereignis ist, daß eine Gräfin mich als fordernswerten Gegner betrachtet. Man könnte sogar sagen, ein einmaliges Erlebnis. Euch ist doch wohl klar, daß keine Frau aus Eurer Gesellschaft je mit mir gesprochen hat, geschweige denn mir solchen Respekt gezollt hat.«

Sophy neigte den Kopf zur Seite und musterte ihre Gegnerin.

»Ihr könnt versichert sein, daß ich großen Respekt vor Euch habe, Miß Featherstone. Ich habe Eure *Memoiren* gelesen und ich glaube, ich kann mir vorstellen, wie mühselig es für Euch war, zu Eurer augenblicklichen Position aufzusteigen.«

»Könnt Ihr das wirklich?« murmelte Charlotte. »Ihr müßt eine erstaunliche Fantasie besitzen.«

Sophy errötete, beschämt von dem Gedanken, für wie naiv sie diese Frau von Welt halten mußte. »Verzeiht mir«, sagte sie leise. »Ich bin mir sicher, daß ich mir nicht einmal annähernd vorstellen kann, was Ihr in Eurem Leben durchgemacht habt. Aber das heißt noch lange nicht, daß ich keinen Respekt davor haben kann, daß Ihr ganz allein Euren Weg in dieser Welt gemacht habt und das zu Euren eigenen Bedingungen.«

»Ich verstehe. Und auf Grund dieses grenzenlosen Respekts für mich wollt Ihr mir heute morgen eine Kugel durchs Herz jagen?«

Sophys Mund wurde schmal. »Ich kann verstehen, warum Ihr beschlossen habt, die *Memoiren* zu schreiben. Ich kann sogar verstehen, daß Ihr Euren früheren Geliebten Gelegenheit gebt, sich aus dem Werk freizukaufen. Aber als Ihr Euch meinen Gatten als nächstes Opfer ausgesucht habt, seid Ihr zu weit gegangen. Ich werde nicht dulden, daß diese Liebesbriefe erscheinen und sich alle Welt darüber mokiert.«

»Es wäre viel einfacher gewesen, mich zu bezahlen, Madame, als sich diese ganze Mühe zu machen.«

»Das kann ich nicht tun. Erpressungsgelder zu bezahlen ist feige und unehrenhaft. Wir werden die Sache heute morgen zwischen uns regeln und damit wird sie ein für alle Mal ein Ende haben.«

»Wird sie das? Wie kommt Ihr darauf, daß ich, sollte ich das Glück haben zu überleben, nicht einfach hingehe und das drucken lasse, was ich will?«

»Ihr habt meine Herausforderung angenommen. Durch dieses Treffen habt Ihr Euch einverstanden erklärt, die Sache zwischen uns mit Pistolen zu regeln.«

»Und Ihr glaubt, ich werde mich an diese Abmachung halten? Ihr glaubt, die Sache hätte damit ein Ende, gleichgültig wie dieses Duell ausgeht?«

»Ihr hättet Euch nicht die Mühe gemacht, heute morgen hier zu erscheinen, wenn Ihr nicht vorhättet, die Sache hier zu beenden.«

Charlotte beugte den Kopf. »Ihr habt ganz recht. So funktioniert dieser alberne männliche Ehrenkodex, nicht wahr. Wir regeln hier alles mit Pistolen.«

»Ja, dann wird es vorbei sein.«

Charlotte schüttelte den Kopf. »Armer Ravenwood. Ich frage mich, ob er eine Ahnung hat, was für eine Frau er sich da eingehandelt hat. Ihr müßt ein ziemlicher Schock für ihn sein nach Elizabeth.«

»Wir sind nicht hierhergekommen, um über meinen Mann oder seine frühere Frau zu diskutieren«, zischte Sophy mit zusammengebissenen Zähnen. Die Morgenluft war kalt, aber sie merkte mit einem Mal, daß sie schwitzte. Ihre Nerven waren bis zum Zerreißen gespannt. Sie wollte diese Geschichte endlich hinter sich bringen.

»Nein, wir sind hier, weil Euer Ehrgefühl Satisfaktion verlangt und weil Ihr denkt, ich teile Eure Vorstellung von Ehre. Ein interessanter Gedanke. Mich würde interessieren, ob Euch bewußt ist, daß die Definition der Ehre, die wir heute morgen anwenden, die Definition eines Mannes ist?«

»Es gibt scheinbar keine andere Definition von Ehre, die Respekt verdient«, sagte Sophy.

Charlottes Augen blitzten. »Ich verstehe«, sagte sie leise.

»Und Ihr wollt zumindest Ravenwoods Respekt, wenn schon nichts anderes, ist es das, Madame?«

»Ich bin der Meinung, daß wir die Sache jetzt ausreichend besprochen haben«, sagte Sophy.

»Respekt ist ja gut und schön, Madame«, fuhr Charlotte nachdenklich fort, »aber ich würde Euch raten, nicht zuviel Zeit darauf zu verschwenden, Ravenwoods Liebe zu gewinnen. Jeder weiß, daß er nach seiner Erfahrung mit Elizabeth nie wieder riskieren wird zu lieben. Auf jeden Fall muß ich mir die Freiheit nehmen, Euch zu sagen, daß keines Mannes Ehre wert ist, so früh aufzustehen und es auch keines Mannes Liebe wert ist, viel zu riskieren.«

»Es geht hier nicht um die Ehre eines Mannes oder die Liebe eines Mannes«, sagte Sophy kühl.

»Nein, das sehe ich. Hier geht es um Eure Ehre und Eure Liebe.« Charlotte lächelte. »Ich kann akzeptieren, daß das keine Trivialitäten sind. Sie könnten sogar ein bißchen Blut wert sein.«

»Sollen wir dann endlich beginnen?« Angst packte Sophy, als sie sich Anne zuwandte, die mit der Pistolenkassette in der Nähe stand. »Wir sind bereit. Es gibt keinen Grund, noch länger zu warten.«

Anne schaute von Sophy zu Charlotte. »Ich habe mich ein bißchen über die Beilegung von Streitigkeiten auf diese Weise erkundigt. Es gibt gewisse Schritte, die getan werden müssen, bevor ich die Pistolen lade. Erstens ist es meine Pflicht, euch zu sagen, daß es eine ehrenwerte Alternative zum eigentlichen Duell gibt. Ich bitte euch beide, sie in Betracht zu ziehen.«

Sophy runzelte die Stirn. »Welche Alternative?«

»Ihr, Lady Ravenwood, habt die Forderung überbringen lassen. Wenn sich aber Miß Featherstone für die Handlungen entschuldigt, die Eurer Forderung vorausgingen, wäre die Sache beendet, ohne daß ein Schuß gefeuert wird.«

Sophy blinzelte erstaunt. »Die ganze Geschichte kann durch eine simple Entschuldigung beendet werden?«

»Ich muß betonen, daß dies eine ehrenwerte Alternative für euch beide ist.« Anne sah Charlotte Featherstone an.

»Wie faszinierend«, murmelte Charlotte. »Stellt Euch nur vor, wir können beide aus der Sache rauskommen, ohne unsere Kleidung mit Blut zu verschmieren. Aber ich bin mir nicht sicher, ob ich mich entschuldigen will.«

»Das liegt natürlich bei Euch«, sagte Sophy steif.

»Nun ja, es ist doch wirklich noch sehr früh für so brutalen Sport, findet Ihr nicht? Und ich glaube fest daran, daß der vernünftige Weg immer der beste ist.« Charlotte lächelte Sophy an. »Ihr seid ganz sicher, daß Eurer Ehre Genüge getan ist, wenn ich mich entschuldige?«

»Ihr müßtet versprechen, die Liebesbriefe nicht zu veröffentlichen«, erinnerte sie Sophy hastig. Bevor Charlotte etwas sagen konnte, ertönten plötzlich Hufschläge aus dem Nebel.

»Das muß Jane sein«, sagte Anne erleichtert. »Ich hab gewußt, daß sie kommt. Wir müssen auf sie warten. Sie ist einer der Sekundanten.«

Sophy drehte sich um, gerade als ein großes, graues Pferd aus dem Nebel auftauchte, der die Bäume einhüllte. Das Tier donnerte in vollem Galopp auf sie zu, wie eine Geistererscheinung aus dem wabernden Nebel. Ein Geisterpferd, dachte Sophy, und es trug den Satan persönlich.

»Julian«, flüsterte sie.

»Irgendwie überrascht mich das nicht sonderlich«, bemerkte Charlotte. »Unser kleines Drama wird von Minute zu Minute amüsanter.«

»Was macht er denn mit Janes Pferd?« fragte Anne wütend.

Der große Grauschimmel hielt schnaubend und stampfend vor den drei Frauen. Julians funkelnde Augen musterten sie der Reihe nach. Dann entdeckte er die Pistolenkassette in Annes Hand.

»Was, zum Teufel, geht hier vor?«

Am liebsten wäre Sophy einfach weggerannt, aber sie sagte tapfer: »Ihr unterbrecht eine sehr private Angelegenheit, Mylord.«

Julian sah sie an, als hätte sie den Verstand verloren. Er schwang sich vom Pferd und warf Anne die Zügel zu, die sie ganz automatisch mit der freien Hand auffing.

»Eine Privatangelegenheit, Madame? Wie könnt Ihr es wagen, das so zu nennen?« Julians Gesicht war wutverzerrt. *»Ihr seid meine Frau. Was, zum Teufel, soll das hier?«*

»Ist das nicht offensichtlich, Ravenwood?« Von den drei anwesenden Frauen war Charlotte ohne Frage die einzige, die keine sonderliche Angst hatte. Ihre schönen Augen schimmerten zynischer denn je. »Eure Frau hat mich in einer Ehrensache gefordert.« Sie deutete auf die Pistolenkassette. »Wir Ihr seht, wollten wir die Angelegenheit auf die traditionelle, ehrenwerte, männliche Art bereinigen.«

»Ich glaube das einfach nicht.« Julian wandte sich Sophy zu. »Du hast Charlotte gefordert? Du hast sie zu einem Duell gefordert?«

Sophy nickte kurz, weigerte sich aber, etwas zu sagen.

»Warum, um Himmels willen?«

Charlotte lächelte grimmig. »Die Antwort auf diese Frage könnt Ihr doch wohl erraten, Ravenwood.«

Julian machte einen Schritt auf sie zu. »Verdammt. Du hast ihr einen deiner verfluchten Erpresserbriefe geschickt, nicht wahr?«

»Ich betrachte sie nicht als Erpresserbriefe«, sagte Charlotte gelassen. »Ich sehe sie als geschäftliche Möglichkeiten. Eure Frau aber hat es vorgezogen, mein kleines Angebot in einem anderen Licht zu sehen. Sie findet, es wäre unehrenhaft, mich zu bezahlen. Andererseits kann sie es aber auch nicht ertragen, Euren Namen in meinen Memoiren zu sehen. Also hat sie den Weg gewählt, den sie als einzige Alternative für eine ehrenwerte Frau betrachtet. Sie hat mich zum Duell mit Pistolen im Morgengrauen gefordert.«

»Pistolen im Morgengrauen«, sagte Julian, als könnte er seinen Augen immer noch nicht trauen. Er machte noch einen Schritt auf Charlotte zu. »Verschwinde von hier. Sofort. Fahr zurück in die Stadt und kein Wort von dem, was hier passiert ist. Sollte ich auch nur ein Wort über das hier hören, werde ich dafür sorgen, daß du nie dein kleines Haus in Bath kriegst, von dem du erzählt hast. Ich werde so viel Druck auf deine Gläubiger ausüben, daß sie dich aus der Stadt jagen. Hast du mich verstanden, Charlotte?«

»Julian, du gehst zu weit«, unterbrach ihn Sophy wütend.

Charlotte warf die Schultern zurück, aber der kühle Hohn war aus ihrem Blick verschwunden. Sie sah nicht verängstigt aus, nur resigniert. »Ich habe Euch verstanden, Ravenwood. Ihr habt Euch immer schon sehr klar ausgedrückt.«

»Ein Wort von dieser Geschichte hier, und ich werde all das ruinieren, wofür du gearbeitet hast, Charlotte, das schwöre ich dir. Du weißt, daß ich das kann.«

»Ihr braucht mir nicht zu drohen, Ravenwood. Zufälligerweise habe ich nicht vor, über diese Angelegenheit zu reden.« Sie wandte sich an Sophy. »Es war eine persönliche Angelegenheit zwischen Eurer Frau und mir. Es geht niemanden sonst etwas an.«

»Da bin ich ganz Eurer Meinung«, sagte Sophy streng.

»Ich möchte, daß Ihr wißt, Madame«, sagte Charlotte leise, »was mich angeht, ist die Sache beendet, auch wenn kein Schuß abgegeben wurde. Ihr braucht keine Angst davor zu haben, daß etwas in den *Memoiren* erscheinen wird.«

Sophy holte tief Luft. »Ich danke Euch.«

Charlotte lächelte kurz und machte eine kleine elegante Verbeugung vor Sophy. »Nein, Madame, ich habe Euch zu danken. Es war sehr unterhaltsam für mich. Meine Welt ist voller Männer aus Eurem Stand, die viel über Ehre reden. Aber ihr Verständnis dieses Begriffs ist sehr begrenzt. Genau diese Männer machen sich nicht die Mühe, sich ehrenwert gegenüber einer Frau oder irgend jemandem, der schwächer ist als sie, zu verhalten. Es ist wirklich eine große Freude, endlich jemanden kennenzulernen, der die Bedeutung des Wortes begreift. Es ist keine sonderlich große Überraschung, daß dieser bemerkenswert intelligente Jemand eine Frau ist. Adieu.«

»Auf Wiedersehen«, sagte Sophy und erwiderte die Verbeugung mit einer ebenso graziösen.

Charlotte kletterte leichtfüßig in die Kutsche und gab dem Pferd das Signal. Das kleine Gefährt verschwand im Dunst.

Julian sah Charlotte kurz nach, dann wandte er sich mit grimmiger Miene zu Anne und nahm ihr die Pistolenkassette ab. »Wer bist du, Junge?«

Anne hustete und zog sich die Mütze tiefer ins Gesicht. Sie wischte sich mit dem Handrücken über die Nase und schniefte. »Die Lady wollte eine Kutsche für heute früh. Ich hab den Klepper von meinem Vater geborgt, weil ich mir ein bißchen was nebenher verdienen wollte, wenn Ihr wißt, was ich meine.«

»Ich werde dir eine stattliche Summe nebenher geben, wenn du mir garantierst, daß du den Mund hältst über das, was heute morgen hier passiert ist. Aber sollte ich davon hören, werde ich dafür sorgen, daß dein Vater das Pferd und die Kutsche und alles, was er sonst noch besitzt, verliert. Außerdem wird er erfahren, daß es deine Schuld ist, daß er alles verloren hat. Hast du mich verstanden, Junge?«

»Äh, ja, Mylord. Alles klar, Mylord.«

»Sehr gut. Du wirst jetzt meine Frau in der Kutsche nach Hause fahren. Ich werde direkt hinter euch sein. Wenn wir am Haus angelangt sind, wirst du die Frau mitnehmen, die dort wartet und sie hinbringen, wo immer sie will. Dann wirst du ebenfalls verschwinden.«

»Ja, Sir.«

»Also, Julian«, begann Sophy, »es ist doch wirklich nicht nötig, jeden, der dir in die Finger kommt, zu bedrohen.«

Julian unterbrach sie mit einem eisigen Blick. »Kein Wort mehr von Euch, Madame. Sonst garantiere ich für nichts.« Er ging zur Kutsche und öffnete den Schlag. »Steig ein.«

Sie stieg wortlos in die Kutsche. Dabei rutschte ihr Hut ihr übers Ohr hinunter. Als sie saß, beugte sich Julian in die Kutsche und rückte ihn mit einer ungeduldigen Bewegung zurecht. Dann warf er die Pistolenkassette auf ihren Schoß, zog sich aus der Kutsche zurück und knallte die Tür zu.

Es war ohne Zweifel die längste Fahrt ihres Lebens, stellte Sophy fest, als sie tieftraurig in der schwankenden Kutsche saß. Julian war nicht nur empört, er war von eiskaltem, gefährlichem Zorn gepackt. Sie konnte nur hoffen, daß Anne und Jane vom Schlimmsten verschont blieben.

Der Haushalt erwachte gerade erst, als Anne die Kutsche vor der Eingangstür zum Stehen brachte. Jane, immer noch tief verschleiert, wartete ängstlich in der Bibliothek, als Julian mit Sophy im Schlepptau hereinschritt. Jane warf einen raschen Blick auf ihre Freundin.

»Bist du in Ordnung?« flüsterte sie ihr zu.

»Mir geht es gut, wie du siehst. Allen geht es gut, um genau zu sein. Aber es würde allen noch bessergehen, wenn du dich nicht eingemischt hättest.«

»Tut mir leid, Sophy, aber ich konnte nicht zulassen –«

»Das reicht jetzt«, unterbrach Julian sie, als Guppy, der sich hastig die Jacke zuknöpfte, aus der Tür unter der Treppe kam. Er schien höchst überrascht, seine Herrin in Reithosen zu sehen.

»Ist alles in Ordnung, Mylord?«

»Gewisse Pläne, die für heute morgen gemacht wurden, sind unerwartet geändert worden, Guppy, aber du kannst versichert sein, daß ich alles unter Kontrolle habe.«

»Natürlich, Mylord«, sagte Guppy würdevoll,

Es würde ihn seine Stellung kosten, wenn er auch nur ein Wort über diese bizarre Szene in der Halle verlieren würde, und das wußte Guppy. Es war offensichtlich, daß sein Herr einen seiner gefährlich ruhigen Wutanfälle hatte. Es war aber ebenso offensichtlich, daß

Lord Ravenwood die Situation im Griff hatte. Mit einem kurzen, besorgten Blick auf Sophy verschwand Guppy diskret in Richtung Küche.

Julian wandte sich jetzt zu Jane.

»Ich weiß nicht, wer Ihr seid, Madame, und Eurem Schleier nach zu schließen, wollt Ihr wohl Eure Identität geheimhalten. Aber wer immer Ihr auch seid, seid versichert, ich stehe auf ewig in Eurer Schuld. Ihr seid mir anscheinend die Einzige, die bei dieser ganzen Geschichte etwas Vernunft bewahrt hat.«

»Ich bin bekannt für meine Vernunft, Mylord«, sagt Jane traurig. »Ich fürchte sogar, einige meiner Freunde finden mich deshalb sehr langweilig.«

»Wenn Eure Freunde einen Funken Verstand hätten, würden sie Euch dafür um so mehr schätzen. Ich wünsche Euch noch einen guten Tag, Madame. Draußen wartet ein Junge mit einer geschlossenen Kutsche, der Euch nach Hause begleiten wird. Euer Pferd ist an die Kutsche gebunden. Wollt Ihr noch zusätzlichen Begleitschutz? Ich könnte Euch einen Lakaien mitgeben.«

»Nein, die Kutsche und der Junge genügen.« Jane warf einen kurzen Blick zu Sophy, die ratlos die Achseln zuckte. »Danke, Mylord. Ich hoffe, das ist das Ende dieser ganzen Affäre.«

»Dessen könnt Ihr sicher sein. Und ich hoffe, ich kann mich auf Eure Diskretion verlassen.«

»Das könnt Ihr, Mylord.«

Julian brachte sie zur Tür und half ihr in die kleine Kutsche. Dann schritt er die Treppe hoch in die Halle. Die große Tür schloß sich leise hinter ihm. Er blieb stehen und sah Sophy lange an.

Sophy wagte nicht zu atmen, wartete auf die Axt des Henkers.

»Geht nach oben und zieht Euch um, Madame. Für heute habt Ihr genug Männerspiele gespielt. Wir werden die Angelegenheit um zehn Uhr in der Bibliothek besprechen.«

»Es gibt nichts zu besprechen, Mylord«, sagte sie rasch. »Ihr wißt doch bereits alles.«

Julians Smaragdaugen funkelten vor Zorn und einem anderen Gefühl, das Sophy zu ihrem Erstaunen als Erleichterung identifizierte. »Ihr irrt Euch. Es gibt eine Menge zu besprechen. Wenn Ihr nicht Schlag zehn Uhr hier unten erscheint, werde ich Euch holen.«

Elf

»Vielleicht«, sagte Julian eisig gelassen, was unter den gegebenen Umständen wirklich beeindruckend war, »wärest du so gütig, mir diese ganze Sache von Anfang an zu schildern.«

Seine Worte zerschmetterten das ominöse Schweigen, das sich über die Bibliothek gelegt hatte, seit Sophy vor ein paar Minuten vorsichtig durch die Tür gekommen war. Julian hatte reglos hinter seinem wuchtigen Schreibtisch gesessen und hatte sie mit seiner üblichen, undurchschaubaren Miene lange gemustert, bevor er sich bequemte, mit dem zu beginnen, was ohne Zweifel ein höchst unangenehmes Gespräch werden würde.

Sophy holte tief Luft und schob ihr Kinn vor. »Du kennst ja bereits das Wichtigste.«

»Ich weiß, daß du einen der Erpresserbriefe der Featherstone gekriegt hast. Ich wäre dir sehr dankbar, wenn du so gütig wärst, mir zu erklären, warum du ihn mir nicht sofort ausgehändigt hast.«

»Sie hat sich mit ihrer Drohung an mich, nicht an dich gewandt. Ich betrachtete es als Frage der Ehre, darauf zu antworten.«

Julian kniff die Augen zusammen. »Ehre?«

»Wenn die Situation umgekehrt gewesen wäre, Mylord, hättet Ihr die Sache auch so gehandhabt wie ich. Das könnt Ihr nicht abstreiten.«

»Wenn die Situation umgekehrt wäre?« wiederholte er ratlos. »Wovon, zum Teufel, redest du überhaupt?«

»Ihr versteht mich sehr wohl, da bin ich mir sicher, Mylord.« Sophy merkte, daß sie zwischen Tränen und nackter Wut schwankte. Eine höchst gefährliche Mischung von Gefühlen. »Wenn ein Mann Euch gedroht hätte, die Details einer früheren... Indiskretion meinerseits zu veröffentlichen, hättet Ihr ihn gefordert. Ihr wißt, daß

Ihr genau so gehandelt hättet wie ich. Das könnt Ihr nicht abstreiten.«

»Sophy, das ist doch lächerlich«, sagte Julian barsch. »Das ist doch wohl kaum dieselbe Situation. Wage ja nicht, irgendwelche Parallelen zwischen deinem sträflichen Handeln heute morgen und dem, was ich in einer solchen Situation getan hätte, zu ziehen.«

»Warum nicht? Soll mir die Gelegenheit verwehrt bleiben, die Regeln der Ehre einzuhalten, nur weil ich eine Frau bin?«

»Ja, verdammt noch mal. Ich meine, nein. Versuch bitte nicht, das Ganze noch verworrener zu machen als es ohnehin schon ist. Die Ehre verlangt von dir nicht dasselbe, was sie von mir in derselben Situation erwarten würde, und das weißt du, verdammt noch mal, auch.«

»Ich finde es nur fair, daß ich demselben Kodex gerecht werde wie Ihr auch, Mylord.«

»*Nur fair*? Fairneß hat nichts damit zu tun.«

»Soll ich denn keine Mittel in solchen Situationen haben, Mylord?« fragte Sophy wütend. »Keine Möglichkeit, mich zu rächen? Keinen Weg, eine Frage der Ehre zu klären?«

»Sophy, hör mir bitte zu. Als dein Gemahl ist es meine Pflicht, dich zu rächen, sollte es nötig sein. Und ich sage dir hier und jetzt, daß es besser nie so weit kommen sollte. Es gibt aber keine Umkehrung der Situation. Das ist unvorstellbar.«

»Ihr solltet es Euch aber vorstellen, Mylord, denn genau das ist passiert. Und Ihr wart es nicht, der verpflichtet war, das zu regeln, sondern ich. Und ich habe der Ehre genüge getan. Ich verstehe nicht, wieso du mir das vorwirfst, Julian.«

Das verschlug ihm die Sprache. Es dauerte einige Sekunden, bis er sich wieder gefangen hatte. »Ich soll dir keinen Vorwurf machen? Sophy, was du heute getan hast, war empörend und skandalös. Es zeugt von einem beklagenswerten Mangel an gesundem Urteilsvermögen. Dir keinen Vorwurf machen? Sophy, diese Pistolen sind kein Spielzeug, sie sind Meisterstücke von Manton.«

»Dessen bin ich mir sehr wohl bewußt, Mylord. Außerdem kann ich mit ihnen umgehen. Ich hab dir gesagt, daß mir mein Großvater den Umgang mit Pistolen beigebracht hat.«

»Du hättest getötet werden können, du kleine Närrin.« Julian sprang auf und ging zur Vorderseite des Schreibtischs. Er lehnte sich dagegen und verschränkte seine Beine. »Hast du darüber nachgedacht, Sophy? Hast du dir überlegt, welches Risiko du eingehst? Ist dir vielleicht in den Sinn gekommen, daß du inzwischen tot sein könntest? Oder eine Mörderin? Duelle sind gegen das Gesetz, wie du weißt. Oder war das alles nur ein Spiel für dich?«

»Ich versichere Euch, es war kein Spiel, Mylord. Ich war –« Sophy verstummte und mußte schlucken, als die Erinnerung an ihre Ängste zurückkam. Sie wandte sich von Julians bohrendem Blick ab. »Ich hatte ziemliche Angst, um ehrlich zu sein.«

Julian fluchte leise. »Du glaubst, du hättest Angst gehabt«, murmelte er vor sich hin, dann sagte er: »Und hast du an den möglichen Skandal gedacht, Sophy? Hast du daran gedacht?«

Sie wagte nicht, ihn anzusehen. »Wir haben Schritte unternommen, damit gewährleistet ist, daß es keinen Skandal gibt.«

»Ich verstehe. Und wie hättest du denn eine Schußwunde erklärt, meine Liebe? Oder eine tote Prostituierte in Leighton Field?«

»Julian, bitte, du hast schon genug gesagt.«

»Genug?« Julians Stimme wurde gefährlich leise. »Sophy, das kann ich dir versichern, ich habe noch nicht mal richtig angefangen.«

»Also, ich sehe keinen Grund, warum ich mir noch mehr Vorträge von dir zu diesem Thema anhören soll.« Sophy sprang auf und blinzelte gegen die Tränen an, die auf ihren Wimpern zitterten. »Du verstehst es offensichtlich nicht. Harry hat ganz recht, wenn sie sagt, Männern fehlt die Fähigkeit, die Dinge zu begreifen, die für eine Frau wichtig sind.«

»Was begreife ich denn nicht? Die Tatsache, daß du dich schokkierend benommen hast, obwohl ich dir ausdrücklich gesagt habe, daß ich eines nicht dulden werde, nämlich, daß du ins Gerede kommst?«

»Es wird kein Gerede geben.«

»Das glaubst du vielleicht. Ich habe heute früh mein Bestes getan, um die Featherstone einzuschüchtern, aber es gibt absolut keine Garantie, daß sie den Mund halten wird.«

»Das wird sie. Sie hat es versprochen.«

»Verdammt noch mal, Sophy, du bist doch wohl nicht so naiv, dem Wort einer professionellen Dirne zu trauen?«

»Soweit ich das beurteilen kann, ist sie eine Frau von Ehre. Sie hat mir ihr Wort gegeben, daß sie deinen Namen nicht veröffentlichen und Stillschweigen über die Ereignisse dieses Morgens bewahren wird. Das genügt mir.«

»Dann bist du eine Närrin. Und selbst wenn die Featherstone den Mund hält, was ist mit dem Jungen, der dich nach Leighton Field gefahren hat? Was ist mit der Frau mit dem schwarzen Schleier? Welche Kontrolle hast du über die?«

»Sie werden nicht darüber reden«, sagte Sophy.

»Du meinst, du hoffst, sie werden nicht darüber sprechen.«

»Sie waren meine Sekundanten. Sie werden Wort halten und nichts von dem, was heute morgen passiert ist, weiter erzählen.«

»Verdammt noch mal, willst du damit etwa sagen, daß das beides Freunde von dir waren?«

»Ja, Mylord.«

»Auch der rothaarige Knabe? Wo in aller Welt solltest du einen jungen Mann dieses Standes kennengelernt und –« Julian fluchte erneut. »Jetzt begreife ich allmählich. Es war gar kein junger Mann, der die Kutsche gefahren hat, nicht wahr, Madame? Noch eine junge Frau in Männerkleidern, nehm ich an. Gütiger Gott. Eine ganze Generation von Weibern spielt verrückt.«

»Wenn Frauen gelegentlich ein bißchen verrückt scheinen, Mylord, dann sicherlich nur, weil Männer sie dazu getrieben haben. Aber sei's wie's sei, ich habe nicht vor, über die Rolle, die meine Freunde gespielt haben, zu diskutieren.«

»Das kann ich mir denken. Sie haben dir geholfen, das Treffen in Leighton Field zu arrangieren?«

»Ja.«

»Gott sei Dank war eine von ihnen so vernünftig, heute morgen zu mir zu kommen, obwohl es wirklich netter gewesen wäre, wenn sie mich früher verständigt hätte. So bin ich gerade noch rechtzeitig nach Leighton Field gekommen. Ihre Namen bitte, Sophy.«

Sophys Nägel bohrten sich in ihre Handflächen. »Euch muß doch klar sein, daß ich Euch die nicht sagen kann, Mylord.«

»Schon wieder die Regeln der Ehre, meine Liebe?« Sein Mund verzog sich grimmig.

»Lach mich nicht aus, Julian. Das ist das Einzige, was ich von dir nicht dulden werde. Wie du bemerkt hast, hätte ich heute morgen wegen dir mein Leben verlieren können. Das mindeste, was du tun kannst, ist, es nicht ins Lächerliche zu ziehen.«

»Du glaubst, ich kann darüber lachen?« Julian stieß sich vom Schreibtisch weg und stolzierte zum Fenster. Er drehte ihr den Rükken zu und schaute hinaus in den kleinen Garten. »Ich kann dir versichern, daß ich nichts an diesem Schlamassel amüsant finde. Ich habe die letzten paar Stunden überlegt, was ich mit dir machen soll, Sophy.«

»Solche Gedanken sind wahrscheinlich schlecht für Eure Leber, Mylord.«

»Meiner Verdauung hat es jedenfalls nicht sonderlich gutgetan, das muß ich zugeben. Der einzige Grund, warum du noch nicht auf dem Weg nach Eslington Park oder Ravenwood bist, ist der, daß das nur noch mehr Gerede zur Folge hätte. Wir müssen alle so tun, als wäre nichts passiert. Das ist unsere einzige Hoffnung. Deshalb wird dir erlaubt, hier in London zu bleiben. Aber du wirst dieses Haus nicht mehr ohne mich oder meine Tante verlassen. Und was deine *Sekundanten* betrifft, ich verbiete dir, sie wiederzusehen. Offensichtlich bist du nicht fähig, in der Wahl deiner Freunde weise zu sein.«

Bei dieser letzten Bemerkung explodierte Sophy vor Wut. Es war einfach zuviel. Die Nacht voller Leidenschaft und das angsterfüllte Warten, das Treffen im Morgengrauen mit Charlotte, Julians arrogante Empörtheit. Das war zuviel für Sophy. Zum ersten Mal in ihrem erwachsenen Leben ging die Wut mit ihr durch.

»Nein, verdammt noch mal, Ravenwood, du gehst zu weit. Du wirst mir nicht vorschreiben, wen ich sehen kann und wen nicht.«

Er warf einen Blick über die Schulter und musterte sie gelassen. »Ach, wirklich, Madame?«

»Ich werde es nicht zulassen.« Bebend vor Wut stellte sie sich ihm stolz. »Ich habe dich nicht geheiratet, um deine Gefangene zu werden.«

»Wirklich?« fragte er barsch. »Warum habt Ihr mich dann geheiratet, Madame?«

»Ich habe dich geheiratet, weil ich dich liebe«, schrie Sophy. »Ich liebe dich, seit ich achtzehn bin, ich Närrin.«

»Sophy, was, zum Teufel, sagst du da?«

Sie kannte sich nicht mehr vor Wut. Jede Logik und Vernunft waren vergessen. »Außerdem kannst du mich nicht für das bestrafen, was heute morgen passiert ist, weil es von Anfang an deine Schuld war.«

»Meine Schuld?« brüllte er, seine unnatürliche Ruhe war auch schon schwer angekratzt.

»Wenn du Charlotte Featherstone nicht diese Liebesbriefe geschrieben hättest, wäre das alles nicht passiert.«

»Welche Liebesbriefe?« fauchte Julian.

»Die du ihr während deiner Affäre mit ihr geschrieben hast. Die, die sie gedroht hat, in ihren *Memoiren* zu veröffentlichen. Ich konnte es nicht ertragen, Julian. Verstehst du das nicht? Ich konnte es nicht ertragen, daß die ganze Welt die schönen Liebesbriefe sieht, die du deiner Mätresse geschrieben hast, während ich noch nicht einmal eine Einkaufsliste von dir gekriegt habe. Du kannst spotten soviel du willst, aber ich habe auch meinen Stolz.«

Julian starrte sie fassungslos an. »Damit hat dir die Featherstone gedroht? Sie wolle alte Liebesbriefe von mir veröffentlichen?«

»Ja, verdammt noch mal. Du hast einer Mätresse Liebesbriefe geschenkt und machst dir nicht einmal die Mühe, deiner Frau irgendein kleines Zeichen deiner Zuneigung zu geben. Aber das ist wohl sehr verständlich, wenn man bedenkt, daß du ja keine Zuneigung für mich empfindest.«

»Um Himmels willen, Sophy, ich war sehr jung, als ich Charlotte Featherstone kennengelernt habe. Es kann sein, kann aber auch nicht sein, daß ich ihr ein oder zwei Briefchen gekritzelt habe. Um ehrlich zu sein, ich kann mich an die ganze Affäre kaum noch erinnern. Auf jeden Fall tätest du gut daran, nicht zu vergessen, daß sehr junge Männer gelegentlich Sachen an flüchtige Amouren schreiben, die man besser nicht schreiben sollte. Solche Amouren haben keinerlei Bedeutung, das kann ich dir versichern.«

»Oh, ich glaube Euch, Mylord.«

»Sophy, unter normalen Umständen würde ich mit dir nie über eine Frau wie die Featherstone reden. Aber angesichts der bizarren Situation, in der wir uns befinden, gestatte mir, dir eines ein für allemal klarzumachen. In der Art Beziehung, die ein Mann mit einer

Frau wie der Featherstone hat, geht es nicht um Zuneigung. Für die Frau ist es ein Geschäft und für den Mann eine Bequemlichkeit.«

»Eine solche Beziehung hört sich ja fast an wie eine Ehe, Mylord, nur daß dabei die Frau nicht den Luxus genießt, ihre eigenen Geschäftsangelegenheiten zu handhaben, wie das eine Frau der Halbwelt macht.«

»Verdammt, Sophy, deine Position und die der Featherstone kann man doch unmöglich vergleichen.« Julian gab sich offensichtlich Mühe, die Selbstbeherrschung nicht zu verlieren.

»Wirklich nicht, Mylord? Ich muß zugeben, daß ich mir wahrscheinlich nicht den Kopf über meine Altersversorgung zerbrechen muß wie Charlotte, außer Ihr bringt es fertig, Euer Vermögen durchzubringen. Aber ansonsten bin ich mir nicht so sicher, ob ich besser dran bin als Charlotte.«

»Du hast den Verstand verloren, Sophy. Jetzt wirst du irrational.«

»Und Ihr seid absolut unmöglich, Mylord.« Ihre Wut verebbte allmählich. Sophy merkte plötzlich, daß sie unendlich müde war. »Gegen solche Arroganz ist man einfach machtlos. Ich weiß gar nicht, warum ich mir überhaupt die Mühe mache, es zu versuchen.«

»Du findest mich arrogant, Sophy? Glaub mir, Sophy, das ist nichts im Vergleich zu dem, was ich war, als ich aus deinem Fenster gesehen habe, und du gerade in die Kutsche stiegst.«

Seine Stimme hatte einen neuen, rauhen Unterton, der nichts Gutes verhieß. Sophy war für einen Moment dadurch abgelenkt. »Ich hab nicht gewußt, daß Ihr gesehen habt, wie ich das Haus verlassen habe.«

»Weißt du, was ich gedacht habe, als ich dich in die Kutsche steigen sah?« Julians Blick war smaragdhart.

»Ich nehme an, Ihr wart besorgt, Mylord?«

»Ich dachte, du fährst mit deinem Geliebten weg.«

Sie sah ihn fassungslos an. »Geliebten? Welcher Geliebte?«

»Das war eine der vielen Fragen, mit denen ich mich beschäftigt habe, während ich hinter dir hergeritten bin. Ich hab nicht einmal gewußt, welcher Bastard von allen Bastarden in London dich entführt.«

»Oh, um Himmels willen, Julian, wie konntest du nur so etwas Dummes denken.«

»War es wirklich so dumm?«

»Aber selbstverständlich. Was, in aller Welt, sollte ich denn mit einem anderen Mann anfangen? Ich komme ja nicht einmal mit dem zurecht, den ich habe.« Sie drehte sich um und ging zur Tür.

»Sophy, bleib stehen, wo du bist. Ich bin noch nicht mit dir fertig.«

»Aber ich bin mit Euch ganz fertig, Mylord. Ich hab es satt, mich dafür beschimpfen zu lassen, daß ich den Weg der Ehre gewählt habe. Habe es satt zu versuchen, daß Ihr Euch in mich verliebt. Und ich habe es satt zu versuchen, eine Ehe zu schaffen, die auf gegenseitigem Respekt und Zuneigung beruht.«

»Verdammt, Sophy.«

»Keine Sorge, Mylord. Ich habe meine Lektion gelernt. Von jetzt an werdet Ihr genau die Ehe bekommen, die Ihr wünscht. Ich werde mir Mühe geben, Euch nicht im Weg zu sein. Ich werde mich mit wichtigeren Angelegenheiten beschäftigen – Angelegenheiten, die ich von Anfang an an erste Stelle hätte setzen sollen.«

»So, wirst du das?« fauchte er. »Und was ist mit dieser großen Liebe, die du angeblich für mich empfindest?«

»Kein Grund zur Sorge. Ich werde nicht mehr darüber sprechen. Mir ist klar, daß Euch das nur peinlich wäre und mich nur weiter demütigen würde. Und ich habe bereits genug Demütigungen für ein ganzes Leben erfahren.«

Julians Miene wurde etwas sanfter. »Sophy, meine Liebe, komm zurück und setz dich. Ich hab dir viel zu sagen.«

»Ich habe keine Lust, mir noch einen deiner ermüdenden Vorträge anzuhören. Weißt du was, Julian? Ich finde euren männlichen Ehrenkodex ziemlich albern. Sich in zwanzig Schritt Abstand im kalten Morgengrauen gegenüberzustehen und aufeinander loszuschießen, ist eine sinnlose Methode, um einen Streit zu schlichten.«

»In diesem Punkt zumindest sind wir uns vollkommen einig, Madame.«

»Das bezweifle ich. Ihr hättet die Sache zu Ende gebracht, ohne den ganzen Prozeß in Frage zu stellen. Charlotte und ich dagegen haben uns eingehend über das Thema unterhalten.«

»Ihr seid dagestanden und habt darüber geredet?« fragte Julian erstaunt.

»Natürlich haben wir das. Wir sind Frauen, Mylord, und deshalb wesentlich besser geeignet als Männer, zu solchen Fragen eine intelligente Diskussion zu führen. Man hatte uns gerade informiert, daß eine Entschuldigung alles ehrenhaft lösen würde und somit jede Schießerei unnötig war, als Ihr überflüssigerweise aus dem Nichts dahergedonnert kamt, um Euch in etwas einzumischen, was Euch nichts anging.«

Julian stöhnte. »Ich glaub das einfach nicht. Die Featherstone wollte sich bei dir entschuldigen?«

»Ja, ich denke schon. Sie ist eine Frau der Ehre, und sie hat erkannt, daß sie mir eine Entschuldigung schuldet. Und ich will Euch eins sagen, Mylord, sie hatte recht, als sie sagte, kein Mann wäre es wert, zu so unchristlicher Stunden aufzustehen, um eine Kugel zu riskieren.«

Sophy verließ die Bibliothek und schloß sehr leise die Tür hinter sich. Zumindest hatte sie es diesmal geschafft, einen guten Abgang zu haben. Mehr würde die ganze armselige Geschichte ohnehin nicht bringen.

Tränen brannten ihr in den Augen. Sie rannte nach oben in ihr Zimmer, wo sie sie ungestört vergießen konnte.

Lange Zeit später hob sie den Kopf von ihren verschränkten Armen, ging zum Waschtisch, um sich das Gesicht zu waschen und setzte sich dann an ihren Schreibtisch. Sie nahm die Feder, legte sich ein Stück Papier zurecht und schrieb einen weiteren Brief an Charlotte Featherstone.

Liebe Miss C. F.,

anbei die Summe von zweihundert Pfund. Ich schicke Euch das nicht wegen Eures Versprechens, gewisse Briefe nicht zu veröffentlichen, sondern weil ich der Meinung bin, daß Eure Bewunderer Euch dieselbe Rücksicht schulden wir ihren Frauen. Schließlich und endlich haben sie ja wohl mit Euch dieselbe Art Beziehung genossen, die sie mit den Frauen, die sie heiraten, haben. Somit haben sie auch die Verpflichtung, Euch eine Altersversorgung zukommen zu lassen. Die beiliegende Anweisung ist der Anteil unseres gemeinsamen Freundes an Eurer Altersversorgung.

Ich wünsche Euch viel Glück mit Eurem Häuschen in Bath.

Ihre S.

Sophy las den Brief noch einmal durch und versiegelte ihn dann. Sie würde ihn Anne zum Weiterleiten geben. Anne schien zu wissen, wie man so etwas handhabte.

Und damit war das ganze Fiasko beendet, dachte Sophy, als sie sich im Stuhl zurücklehnte. Sie hatte Julian die Wahrheit gesagt. Sie hatte auch heute morgen tatsächlich eine wertvolle Lektion gelernt. Es war sinnlos zu versuchen, den Respekt ihres Mannes zu gewinnen, indem sie seinen Ehrenkodex lebte.

Und sie wußte bereits, daß sie kaum eine Chance hatte, seine Liebe zu gewinnen.

Alles in allem hatte es wohl wenig Sinn, weiterhin Zeit damit zu verbringen, an ihrer Ehe zu arbeiten. Der Versuch, die Regeln zu ändern, die Julian festgelegt hatte, war hoffnungslos. Sie war in diesem goldenen Käfig gefangen, und sie würde das Beste daraus machen. Sie und Julian würden sich gelegentlich bei Bällen und Soirées und im Schlafzimmer treffen.

Sie würde sich bemühen, ihm einen Erben zu schenken, und er würde zum Ausgleich dafür sorgen, daß sie den Rest ihres Lebens gut gekleidet und gut untergebracht war. Es war gar kein schlechter Handel, dachte sie, nur ein sehr einsamer, leerer.

Es versprach, nicht die Art Ehe zu werden, nach der sie sich gesehnt hatte, aber wenigstens stellte sie sich jetzt endlich der Realität, fand Sophy. Und sie hatte schließlich noch andere Dinge hier in London zu tun, sagte sie sich, als sie sich erhob. Sie hatte genug Zeit mit dem Versuch, Julians Liebe und Zuneigung zu gewinnen, verschwendet. Er war nicht fähig, sie zu geben.

Und wie sie es Julian schon gesagt hatte, gab es ein anderes Projekt, das sie ausreichend beschäftigen würde. Sie mußte den Verführer ihrer Schwester finden.

Entschlossen, sich dieser Aufgabe zu widmen, ging Sophy zu ihrem Schrank, um sich das Zigeunerkostüm anzusehen, das sie an diesem Abend zu Lady Musgroves Maskenball tragen wollte. Sie betrachtete das bunte Kleid, den Schal und die Maske einige Zeit, dann warf sie einen Blick auf das kleine Schmuckkästchen.

Sie brauchte einen Plan, eine Möglichkeit, diejenigen aus der Reserve zu locken, die etwas über den schwarzen Ring wußten.

Und plötzlich hatte sie eine Inspiration. Sie würde den Ring bei dem Maskenball tragen, wo ihre eigene Identität ein Geheimnis war. Es würde sicher interessant sein zu beobachten, ob jemand den Ring bemerkte und etwas dazu sagte. Wenn ja, könnte sie vielleicht ein paar Hinweise auf den früheren Eigentümer bekommen.

Aber es waren noch viele Stunden bis zum Ball, und sie war ohnehin schon viel zu lange auf. Jetzt spürte Sophy mit einem Mal, wie erschöpft sie körperlich und emotionell war. Sie ging zum Bett, in der Absicht, ein kleines Nickerchen zu machen und schlief innerhalb von Minuten tief und fest.

Julian stand unten in der Bibliothek und starrte in den leeren Kamin. Sophys Bemerkung, daß kein Mann die Mühe wert wäre, im Morgengrauen aufzustehen und eine Kugel zu riskieren, brannte noch in seinen Ohren. Er hatte eine ähnliche Bemerkung nach seinem letzten Duell wegen Elizabeth gemacht.

Aber heute morgen hatte Sophy genau das getan, dachte Julian. Gott steh ihm bei, sie hatte das Unvorstellbare für eine anständige Frau getan. Sie hatte eine berühmte Kurtisane zum Duell gefordert und war dann im Morgengrauen aufgestanden, um ihren Hals für eine Frage der Ehre zu riskieren. Und alles nur, weil seine Frau glaubte, in ihn verliebt zu sein und es nicht ertragen konnte, seine Liebesbriefe an eine andere Frau abgedruckt zu sehen.

Er konnte nur dankbar sein, daß Charlotte offenbar nicht erwähnt hatte, daß die Perlohrringe, die sie zum Duell getragen hatte, ein Geschenk waren, das er ihr vor Jahren gemacht hatte. Er hatte sie sofort erkannt. Wenn Sophy das mit den Ohrringen gewußt hätte, wäre sie doppelt so wütend gewesen. Die Tatsache, daß Charlotte ihre jüngere Gegnerin nicht mit den Perlohrringen gereizt hatte, sagte sehr viel über den Respekt, den die Featherstone für die Frau hatte, von der sie gefordert worden war.

Sophy hatte ein Recht darauf, wütend zu sein, dachte Julian erschöpft. Er hatte ihr sehr viel Geld zur Verfügung gestellt, aber er war nicht sehr großzügig gewesen mit der Art Geschenke, die eine Frau von ihrem Mann erwartet. Wenn eine Kurtisane Perlen verdiente, was verdiente dann eine süße, leidenschaftliche, warmherzige, treue Frau?

Aber er hatte kaum einen Gedanken daran verschwendet, Sophy Juwelen zu kaufen. Der Grund dafür war, daß er immer noch davon besessen war, die Smaragde wiederzufinden. So hoffnungslos das jetzt auch schien, Julian hatte immer noch Schwierigkeiten, sich damit abzufinden, daß eine Gräfin Ravenwood etwas anderes als die Ravenwood-Familienjuwelen tragen sollte.

Nichtsdestotrotz gab es keinen Grund, wieso er Sophy nicht irgendein kleines, teures Schmuckstück kaufen sollte, das ihren weiblichen Stolz befriedigte. Er nahm sich vor, gleich an diesem Nachmittag zum Juwelier zu gehen.

Julian ging langsam nach oben in sein Zimmer. Die Erleichterung, die er verspürt hatte, als ihm klar wurde, daß Sophy das Haus nicht verlassen hatte, um mit einem anderen Mann fortzugehen, genügte leider immer noch nicht, die Eiseskälte zu vertreiben, die sein Herz umklammerte, jedesmal wenn er daran dachte, daß sie hätte sterben können.

Julian fluchte leise vor sich hin und schwor sich, nicht mehr daran zu denken. Es würde ihn nur zum Wahnsinn treiben.

Es war offensichtlich, daß Sophy tatsächlich ernst meinte, was sie gestern abend gesagt hatte, als sie in seinen Armen erschauderte. Sie glaubte wirklich, sie wäre in ihn verliebt.

Es war verständlich, daß Sophy ihre eigenen Gefühle nicht ganz begriff, sagte sich Julian. Der Unterschied zwischen Leidenschaft und Liebe war nicht immer klar erkennbar. Davon konnte er ein Lied singen.

Aber es würde sicherlich nicht schaden, wenn Sophy glaubte, ihn zu lieben, beschloß Julian. Gegen diese spezielle romantische Fantasie hatte er nichts einzuwenden.

Plötzlich hatte er das Bedürfnis, noch einmal von ihr zu hören, warum genau sie sich gezwungen gefühlt hatte, Charlotte Featherstone zu fordern. Julian öffnete die Verbindungstür zu Sophys Schlafzimmer. Die Frage erstarb auf seinen Lippen angesichts der Gestalt auf dem Bett.

Sie hatte sich zusammengerollt und schlief tief und fest. Julian ging zum Bett und betrachtete sie eine Weile. *Sie ist wirklich sehr süß und unschuldig,* dachte er. Wenn man sie jetzt so sah, konnte man sich kaum vorstellen, daß sie noch vor kurzem wie eine stolze Furie getobt hatte.

Aber es war auch schwer, sich vorzustellen, daß eine warme Flut weiblicher Leidenschaft in ihr schlummerte. Sophy erwies sich immer mehr als Frau mit vielen interessanten Aspekten.

Aus dem Augenwinkel sah er einen Stapel zart bestickter Taschentücher, die sich auf dem kleinen Schreibtisch aus Zedernholz türmten. Es war nicht schwer, sich zu denken, wie er zustande gekommen war.

Elizabeth hatte ihre Tränen vor ihm vergossen, dachte Julian. Sie hatte auf Kommando herrlich weinen können. Aber Sophy war in ihr Zimmer gegangen, um allein zu weinen. Er zuckte zusammen, als ein seltsames Gefühl ihn packte, das verdächtig nach schlechtem Gewissen roch. Er verdrängte es. Er hatte ein Recht darauf, heute auf Sophy wütend zu sein. Sie hätte sterben können.

Und was hätte ich dann gemacht?

Sie war sicher erschöpft, dachte Julian. Er wollte sie nicht wecken und schickte sich an, in sein Zimmer zu gehen. Dann entdeckte er das wildgemusterte Zigeunerkostüm, das im offenen Schrank hing, und ihm fiel ein, daß Sophy vorhatte, heute abend zum Maskenball der Musgroves zu gehen.

Normalerweise interessierten ihn Maskenbälle noch weniger als die Oper. Er hatte vorgehabt, seiner Tante zu erlauben, Sophy heute abend zu begleiten. Aber jetzt kam ihm der Gedanke, daß es vielleicht klüger wäre, später am Abend auf Lady Musgroves Maskenball vorbeizuschauen.

Mit einem Mal schien es ihm sehr wichtig, Sophy zu zeigen, daß er sie mehr schätzte als seine Ex-Mätresse. Wenn er sich beeilte, könnte er es zum Juwelier und zurück schaffen, bevor Sophy erwachte.

»Sophy, ich hab mir solche Sorgen gemacht. Geht es dir gut? Hat er dich geschlagen? Ich war mir sicher, daß er dich einen Monat lang nicht aus dem Haus läßt.« Anne, in einem weißroten Domino mit einer glitzernden Silbermaske, die die obere Hälfte ihres Gesichtes verdeckte, beugte sich ängstlich zu ihrer Freundin.

In dem riesigen Ballsaal drängten sich kostümierte Männer und Frauen. Ketten bunter Lampions waren gespannt, und Dutzende Topfpalmen waren strategisch im Raum aufgestellt, um die Illusion eines Wintergartens zu schaffen.

Sophy schnitt eine Grimasse unter ihrer Maske, als sie Annes Stimme erkannte. »Nein, natürlich hat er mich nicht geschlagen, und wie du siehst, bin ich auch nicht eingesperrt worden. Aber er hat nichts davon begriffen, Anne.«

»Nicht einmal, warum du es getan hast?«

»Das am allerwenigsten.«

Anne nickte traurig. »Das hab ich befürchtet. Ich glaube, Harriette hat leider recht, wenn sie sagt, Männer gestatten den Frauen nicht einmal denselben Sinn für Ehre zu haben, den sie besitzen.«

»Wo ist Jane?«

»Sie ist hier.« Anne sah sich im Ballsaal um. »In einem dunkelblauen Satindomino. Sie hat Angst, du wirst sie bis in alle Ewigkeit schneiden, nach dem, was sie heute morgen getan hat.«

»Natürlich werde ich sie nicht schneiden. Sie hat doch nur getan, was sie für das Beste hielt. Es war von Anfang an ein totales Desaster.«

Eine Gestalt im blauen Domino tauchte plötzlich neben Sophy auf. »Danke, Sophy«, sagte Jane niedergeschlagen. »Es ist wahr, daß ich nur getan hab, was ich für das Beste hielt.«

»Spar dir weitere Erklärungen«, sagte Anne brüsk.

Jane ignorierte das. »Sophy, es tut mir so leid, aber ich konnte einfach nicht zulassen, daß du dafür dein Leben riskierst. Wirst du mir je verzeihen?«

»Es ist aus und vorbei, Jane. Bitte vergiß es. Wie es der Zufall will, hätte Ravenwood wahrscheinlich das Duell auch ohne deine Hilfe gestört. Er hat mich heute morgen gesehen, als ich das Haus verließ.«

»Er hat dich gesehen? Du lieber Himmel. Was muß er bloß gedacht haben, als er dich in die Kutsche steigen sah?« fragte Anne betroffen.

Sophy zuckte die Achseln. »Er hat angenommen, ich würde mit einem anderen Mann fliehen.«

»Das erklärt den Ausdruck in seinen Augen, als er mir die Tür geöffnet hat«, flüsterte Jane. »Da hab ich gewußt, warum man ihn so oft den Satan nennt.«

»Oh, mein Gott«, sagte Anne. »Er muß gedacht haben, du benimmst dich wie seine erste Frau. Einige behaupten, er hätte sie wegen ihrer Untreue getötet.«

»Unsinn«, sagte Sophy. Sie hatte diese Geschichte nie so recht geglaubt, sie nie glauben wollen, aber für einen Augenblick fragte sie sich doch, wie weit Julian gehen würde, wenn man ihn zu sehr reizte. Heute morgen war er wirklich schrecklich wütend auf sie gewesen. Anne hatte recht, dachte Sophy und bekam eine leichte Gänsehaut. Dort unten in der Bibliothek hatte kurzzeitig der Satan aus diesen grünen Augen geblitzt.

»Wenn du mich fragst, bist du heute zweimal mit knapper Not entkommen«, sagte Jane. »Einmal im Duell und dann als Ravenwood gesehen hat, wie du in die Kutsche gestiegen bist.«

»Du kannst versichert sein, daß ich meine Lektion gelernt habe. Von jetzt an werde ich genau die Sorte Frau sein, die mein Mann erwartet. Ich werde mich nicht in sein Leben einmischen, und dafür erwarte ich von ihm, daß er sich nicht in meines einmischt.«

Anne nagte nachdenklich an ihrer Unterlippe. »Ich bin mir nicht so sicher, daß das so funktionieren wird, Sophy.«

»Dafür werde ich schon sorgen«, schwor Sophy. »Ich muß dich aber noch um einen Gefallen bitten, Anne. Kannst du dafür sorgen, daß Charlotte Featherstone noch einen Brief kriegt?«

»Sophy, bitte«, sagte Jane beunruhigt, »laß es gut sein. Du hast in der Richtung genug getan.«

»Keine Sorge, Jane, damit ist die Sache beendet. Kannst du das für mich tun, Anne?«

Anne nickte. »Das kann ich. Was willst du denn in dem Brief schreiben? Warte, laß mich raten. Du wirst ihr die zweihundert Pfund schicken, nicht wahr?«

»Genau das werde ich tun. Julian ist ihr das schuldig.«

»Das ist doch nicht zu fassen«, murmelte Jane.

»Du kannst aufhören, dich zu grämen, Jane. Wie ich schon sagte, es ist vorbei. Ich habe jetzt wichtigere Dinge, um die ich mich kümmern muß. Um die ich mich längst hätte kümmern müssen. Ich weiß nicht, wieso ich mich von dieser Ehe habe ablenken lassen.«

Janes Augen blitzten amüsiert hinter ihrer Maske. »Ich bin mir sicher, daß einen die Ehe anfangs sehr beschäftigt, Sophy. Mach dir keine Vorwürfe.«

»Na ja, sie hat gelernt, daß es sinnlos ist, zu versuchen, das Verhalten eines Mannes zu ändern«, bemerkte Anne. »Wenn man schon den Fehler gemacht hat, überhaupt zu heiraten, sollte man versuchen, seinen Mann soweit wie möglich zu ignorieren und sich auf interessantere Dinge zu konzentrieren.«

»Bist du ein Experte für Ehe?« fragte Jane.

»Ich habe viel gelernt, indem ich Sophy beobachtet habe. Jetzt erzähl uns, was diese wichtigeren Angelegenheiten sind, Sophy.«

Sophy zögerte und fragte sich, wieviel sie ihren Freundinnen von dem schwarzen Ring erzählen sollte, den sie trug. Bevor sie eine Entscheidung treffen konnte, stand plötzlich eine hochgewachsene Gestalt vor ihr, in schwarzem Cape und einer schwarzen Maske und verbeugte sich tief. Im Licht der Laternen war es unmöglich, die Farbe seiner Augen zu erkennen.

»Ich möchte um die Ehre dieses Tanzes bitten, Lady Zigeunerin.«

Sophy sah in die schattenverhüllten Augen, und mit einem Mal fror sie. Instinktiv wollte sie ablehnen, doch dann fiel ihr der Ring ein. Sie mußte irgendwo mit ihrer Suche beginnen, und es war nicht vorauszusehen, wer ihr die Hinweise geben könnte, die sie brauchte. Sie machte einen kleinen Knicks. »Danke, guter Herr. Es wäre mir eine Freude, mit Euch zu tanzen.«

Der Mann in Schwarz führte sie wortlos zur Tanzfläche. Sie merkte, daß er schwarze Handschuhe trug, und seine Nähe war ihr unangenehm, als er sie in die Arme nahm. Er tanzte mit vollendeter Grazie und gebührender Zurückhaltung, aber irgendwie fühlte Sophy sich bedroht.

»Weissagt Ihr auch die Zukunft, Lady Zigeunerin?« fragte der Mann. Seine Stimme war rauh und klang kühl amüsiert.

»Gelegentlich.«

»Das tu ich auch. Gelegentlich.«

Das erstaunte sie. »Wirklich, Sir? Was für eine Zukunft prophezeit Ihr denn mir?«

Seine schwarzen behandschuhten Finger strichen über den schwarzen Ring an ihrer Hand. »Eine sehr interessante Zukunft,

Mylady. Sehr interessant. Aber das ist ja wohl zu erwarten bei einer kühnen jungen Frau, die es wagt, diesen Ring in der Öffentlichkeit zu tragen.«

Zwölf

Sophy erstarrte. Sie wäre über ihre eigenen Füße gestolpert, wenn ihr Partner sie nicht kurz schmerzlich fester gehalten hätte. »Ihr kennt diesen Ring, Sir?« fragte sie und versuchte, dabei möglichst locker zu klingen.

»Ja.«

»Wie merkwürdig. Ich hab nicht gewußt, daß er so gewöhnlich ist.«

»Er ist sehr ungewöhnlich, Madame. Nur sehr wenige würden ihn erkennen.«

»Ich verstehe.«

»Darf ich fragen, wie er in Euren Besitz gekommen ist«, fragte der maskierte Mann mit ruhiger Stimme.

Sie hatte sich eine Geschichte zurechtgelegt. »Es ist ein Andenken, das mir eine Freundin gab, bevor sie starb.«

»Eure Freundin hätte Euch warnen sollen, daß dieser Ring sehr gefährlich ist. Ihr tätet gut daran, ihn abzulegen und nie wieder zu tragen.« Nach einer kleinen Pause schloß der Fremde leise: »Außer Ihr seid eine sehr abenteuerlustige Frau.«

Sophys Herz klopfte bis zum Hals, aber es gelang ihr, unter ihrer Halbmaske sorglos zu lächeln. »Ich kann mir nicht vorstellen, wieso Euch der Anblick dieses Ringes so beunruhigt. Was macht ihn denn so gefährlich?«

»Es steht mir nicht zu, Euch zu sagen, warum er gefährlich ist, Mylady. Die Trägerin muß das selbst herausfinden. Aber ich halte es für meine Pflicht, Euch zu warnen, daß er nichts für schwache Nerven ist.«

»Ich glaube, Ihr nehmt mich auf den Arm, Sir. Aber, ehrlich, ich kann nicht glauben, daß dieser Ring mehr ist als bloß ein ungewöhnliches Schmuckstück. Auf jeden Fall hab ich keine schwachen Nerven.«

»Dann werdet Ihr vielleicht mit dem Ring eine sehr ungewöhnliche Art des Vergnügens erleben.«

Sophy erschauderte, zwang sich aber weiterzulächeln. In diesem Augenblick war sie sehr froh, daß sie verkleidet war. »Ich bin überzeugt, Sir, Ihr macht Euch einen Scherz mit mir wegen des Kostüms, das ich heute abend trage. Habt Ihr Eure Freude daran, einer Wahrsagerin die Kälteschauer über den Rücken zu jagen, deren Aufgabe es ist, sonst anderen Kälteschauer über den Rücken zu jagen?«

»Jage ich Euch Kälteschauer über den Rücken, Madame?«

»Den einen oder anderen.«

»Genießt Ihr sie?«

»Nicht sonderlich.«

»Vielleicht werdet Ihr lernen, sie zu genießen. Eine bestimmte Art Frau kann das, mit ein bißchen Übung.«

»Ist das meine Zukunft?« fragte sie und spürte, wie ihre Handflächen feucht wurden, genau wie heute morgen, als sie Charlotte Featherstone gegenübergestanden hatte.

»Ich möchte Euch die Vorfreude nicht verderben, indem ich Euch einen Einblick in Eure Zukunft gebe. Es wird wesentlich interessanter sein, wenn Ihr Euer Schicksal im Lauf der Zeit erfahrt. Guten Abend, Lady Zigeunerin. Ich bin mir sicher, wir werden uns wieder begegnen.« Der Mann im schwarzen Cape ließ sie abrupt los, verbeugte sich tief über ihrer beringten Hand und verschwand dann in der Menge.

Sophy verfolgte ängstlich, wie er sich entfernte und fragte sich, ob sie ihn in dem Gedränge verfolgen könnte. Vielleicht könnte sie ihn draußen ohne Maske ertappen. Viele Leute verließen den Ballsaal, um sich in Lady Musgroves herrlichen Gärten etwas abzukühlen.

Sophy raffte ihre Röcke und machte sich auf den Weg. Nach kaum vier Metern, packte sie plötzlich eine Männerhand am Arm. Sie wirbelte erschrocken herum und fand sich einem weiteren großen Mann gegenüber, der ähnlich wie ihr vorheriger Partner schwarzes Cape und Maske trug. Der einzige Unterschied war, daß dieser Mann seine Kapuze abgestreift hatte und sein tiefschwarzes Haar zu sehen war. Er verbeugte sich.

»Verzeiht, aber ich suche die Dienste einer Dame Euresgleichen, Madame Zigeunerin. Hättet Ihr die Güte, mit mir zu tanzen und mir meine Zukunft weiszusagen? Ich hatte in letzter Zeit ein wenig Pech in der Liebe, und ich möchte wissen, ob sich das ändern wird.«

Sophy warf einen Blick auf die große Hand auf ihrem Arm und erkannte sie sofort. Julian hatte versucht, seine Stimme zu verstellen, aber sie würde ihn überall kennen. Seit sie mit ihm zusammenlebte, war das Gespür, das sie für seine Nähe hatte, noch intensiver geworden.

Sie bekam ein seltsames Gefühl in der Magengegend, als sie sich fragte, ob Julian sie erkannt hatte. Wenn ja, war er ganz bestimmt wütend auf sie wegen dem, was sie getan hatte, als sie beim Erwachen aus ihrem Nickerchen ein Armband auf ihrem Kissen vorgefunden hatte. Sie hob vorsichtig den Kopf.

»Möchtet Ihr denn, daß es sich ändert, Sir?«

»Ja«, sagte Julian und schwang sie auf die Tanzfläche. »Ich glaube, das möchte ich.«

»Was... was für ein Pech ist Euch denn widerfahren?« fragte sie.

»Wie es scheint, habe ich große Schwierigkeiten, meine Braut zufriedenzustellen.«

»Ist sie denn schwer zufriedenzustellen?«

»Ich fürchte, ja. Eine sehr anspruchsvolle Dame.« Julians Stimme wurde noch rauher. »Heute, zum Beispiel, hat sie mich wissen lassen, wie verärgert sie mit mir ist, weil ich noch nicht daran gedacht hatte, ihr ein Zeichen meiner Zuneigung zu schenken.«

Sophy biß sich auf die Lippe und sah krampfhaft über Julians Schulter. »Wie lange seid Ihr denn schon verheiratet, Sir?«

»Mehrere Wochen.«

»Und in all der Zeit habt Ihr ihr noch kein solches Zeichen zukommen lassen?«

»Ich gestehe, daß ich einfach nicht daran gedacht habe. Sehr nachlässig von mir. Aber heute habe ich, nachdem man mich auf mein Versäumnis hingewiesen hat, sofort Schritte unternommen, um diesen Fehler gutzumachen. Ich habe der Dame ein sehr hübsches Armband gekauft und es auf ihr Kissen gelegt.«

Sophy wand sich innerlich. »War es ein sehr teures Armband?«

»Sehr teuer. Aber offensichtlich nicht teuer genug, um Mylady zu befriedigen.« Julians Hand packte Sophys Taille fester. »Ich fand das Armband heute abend auf meinem Kissen, als ich mich zum Ausgehen anzog. Mit einem Brief, in dem stand, daß sie ein so armseliges Stück Tand nicht amüsant fände.«

Sophy sah hinauf zu ihm und versuchte, verzweifelt festzustellen, ob Julian wütend war oder einfach ein objektives Interesse daran hatte, warum sie das Armband verweigerte. Sie war sich immer noch nicht sicher, ob er sie erkannt hatte. »Wie mir scheint, Sir, habt Ihr die Beschwerde der Dame mißverstanden.«

»Hab ich das?« Ohne aus dem Takt zu kommen, steckte er den bunten Schal fest, der drohte, von ihrer Schulter zu gleiten. »Meint Ihr etwa, sie mag keinen Schmuck?«

»Ich bin mir sicher, sie schätzt Schmuck genauso sehr wie andere Frauen, aber wahrscheinlich gefällt ihr die Vorstellung nicht, daß Ihr versucht, sie mit Armbändern abzuspeisen.«

»Abzuspeisen?« Er ließ das Wort nachdenklich auf der Zunge zergehen. »Was meint Ihr denn damit?«

Sophy räusperte sich. »Habt Ihr zufällig mit Eurer Dame kürzlich gestritten?«

»Äm, ja. Sie hat etwas sehr Leichtsinniges getan. Etwas, was sie das Leben hätte kosten können. Ich war wütend. Ich hab ihr meine Wut gezeigt, und sie hat sich dazu entschieden zu schmollen.«

»Besteht denn nicht die Möglichkeit, daß sie verletzt war, weil Ihr nicht verstanden habt, warum sie das getan hat, was sie tat?«

»Sie kann nicht erwarten, daß ich so gefährliche Aktionen wie die ihre gutheiße«, sagte Julian ruhig. »Selbst wenn sie es als Frage der Ehre betrachtete. Ich werde nicht zulassen, daß sie so leichtfertig ihr Leben riskiert.«

»Also habt Ihr ihr ein Armband gegeben anstatt dem Verständnis, das sie suchte.«

Julians Mund unter der Maske war nur noch ein schmaler Strich. »Glaubt Ihr, sie hat das so gesehen?«

»Ich glaube, Eure Dame hatte das Gefühl, Ihr wolltet sie nach einem Streit genauso beschwichtigen, wie ihr versuchen würdet, Euch die Gunst einer Mätresse zurückzukaufen.« Sophy hielt den Atem an, sie wußte immer noch nicht, ob Julian sie erkannt hatte oder nicht.

»Eine interessante Theorie. Und eine mögliche Erklärung.«

»Funktioniert denn diese Technik im allgemeinen? Bei Mätressen meine ich?«

Julian geriet aus dem Takt, fing sich aber sofort wieder. »Äh, ja. Im allgemeinen.«

»Mätressen müssen sehr feige Kreaturen sein.«

»Eins ist sicherlich wahr, Mylady hat mit solchen Frauen nichts gemeinsam. Sie ist, zum Beispiel, ungeheuer stolz. Eine Mätresse kann sich viel Stolz nicht leisten.«

»Ich glaube, Euch selbst mangelt es auch nicht daran.«

Julians große Hand schloß sich fester um die ihre. »Da habt Ihr recht.«

»Wie mir scheint, habt Ihr und Eure Lady dann zumindest das gemeinsam. Es könnte eine Grundlage für besseres Verständnis sein.«

»Und, Madame Zigeunerin? Jetzt kennt Ihr meine traurige Geschichte. Wie stehen denn meine Chancen für die Zukunft?«

»Wenn Ihr wirklich Euer Glück ändern wollt, so müßt Ihr, meiner Meinung nach, Eure Lady davon überzeugen, daß Ihr ihren Stolz und ihr Ehrgefühl genauso respektiert wie das eines Mannes.«

»Und wie soll ich das Eurer Meinung nach anstellen?« fragte Julian.

Sophy holte Luft. »Zuerst müßt Ihr ihr etwas Wertvolleres geben als das Armband.« Julians Hand quetschte schmerzlich ihre Finger.

»Und was sollte das sein, Madame Zigeunerin?« Seine Stimme klang jetzt düster, bedrohlich. »Ein Paar Ohrringe vielleicht? Eine Halskette?«

Sophy versuchte vergeblich, ihre Hand aus Julians Umklammerung zu befreien. »Ich bin mir fast sicher, Eure Lady wäre sehr glücklich über eine selbstgepflückte Rose oder einen Liebesbrief oder ein paar Verse, die etwas von eurer Zuneigung zu ihr vermitteln. Das würde ihr wesentlich besser gefallen als Juwelen, Sir.«

Julians Griff lockerte sich. »Ah, Ihr glaubt, sie ist im Grunde ihres Herzens romantisch veranlagt? Ich hatte selbst schon diese Vermutung.«

»Ich glaube, sie weiß einfach, daß es für einen Mann sehr leicht ist, sein Gewissen mit Juwelen zu beruhigen.«

»Vielleicht wird sie erst glücklich sein, wenn sie glaubt, ich wäre hoffnungslos in den Schlingen der Liebe gefangen«, schlug Julian gelassen vor.

»Wäre das denn so schlimm, Sir?«

»Es wäre besser, wenn sie begreift, daß ich für diese Art Gefühl nicht empfänglich bin«, sagte Julian mit sanfter Stimme.

»Vielleicht lernt sie die Wahrheit auf dem harten Weg«, sagte Sophy.

»Glaubt Ihr das?«

»Ich halte es für sehr wahrscheinlich, daß sie sich schon bald als intelligent genug erweisen wird, dem nicht mehr nachzutrauern, was unerreichbar ist.«

»Und was wird sie dann tun?«

»Sie wird versuchen, Euch die Art Ehe zu geben, die Ihr Euch wünscht. Eine, in der Liebe und gegenseitiges Verständnis nicht wichtig ist. Sie wird aufhören, Zeit und Energie mit dem Versuch zu verschwenden, Eure Liebe zu gewinnen. Sie wird sich mit anderen Dingen beschäftigen und ein eigenes Leben führen.«

Julian drückte erneut ihre Hand, und seine Augen funkelten hinter der Maske. »Heißt das, sie wird versuchen, andere zu erobern?«

»Nein, Sir, das heißt es nicht. Eure Lady gehört zu den Frauen, die ihr Herz nur einmal verschenken, und wenn es abgewiesen wird, wird sie nicht versuchen, es einem anderen zu geben. Sie wird es einfach in Watte packen und sich mit anderen Projekten beschäftigen.«

»Ich habe nicht gesagt, daß ich das Geschenk des Herzens meiner Lady ablehnen würde. Ganz im Gegenteil. Ich würde einen solchen Schatz mit Freuden annehmen. Ich würde ihn und ihre Liebe hüten wie meinen Augapfel.«

»Ich verstehe«, sagte Sophy. »Ihr würdet es gerne sehen, wenn sie hoffnungslos in den Schlingen der Liebe verstrickt ist, die ihr verhöhnt, aber Ihr würdet selbst das Risiko nicht eingehen. Ist das Eure Methode, sie gefügig zu machen?«

»Legt mir bitte keine Worte in den Mund. Die fragliche Dame ist meine Frau«, sagte Julian barsch. »Es wäre sehr angenehm für alle Beteiligten, wenn sie mich zufällig auch lieben würde. Ich wollte ihr lediglich versichern, daß ihre Liebe bei mir in guten Händen ist.«

»Weil Ihr dann die Liebe dazu nutzen könntet, sie zu kontrollieren?«

»Interpretieren alle Wahrsager die Worte ihrer Kunden so freizügig?«

»Wenn Ihr das Gefühl habt, Ihr kriegt nicht genug für Euer Geld, habt keine Sorge. Ich habe nicht vor, für diese spezielle Weissagung etwas zu verlangen.«

»Bis jetzt habt Ihr mir noch nichts weisgesagt. Ihr habt nur versucht, mir eine Menge Ratschläge zu geben«, sagte Julian.

»Ich war der Meinung, Ihr wärt auf der Suche nach einer Möglichkeit, Euer Glück zu ändern.«

»Warum sagt Ihr mir nicht einfach, ob ich in Zukunft etwas Glück haben werde?« schlug Julian vor.

»Wenn Ihr nicht willens seid, Euch zu ändern, dann bin ich mir sicher, daß Ihr genau die Art Ehe kriegen werdet, die Ihr Euch wünscht, Sir. Ihr werdet Eure Frau wahrscheinlich so oft sehen, wie es notwendig ist, um Euch einen Erben zu verschaffen, und sie wird versuchen, Euch den Rest der Zeit aus dem Weg zu gehen.«

»Das klingt ja fast, als hätte meine Frau vor, für den Rest unserer Ehe zu schmollen«, bemerkte Julian spöttisch. »Eine erschreckende Aussicht.« Er rückte erneut Sophys Schal zurecht, der drohte, zu Boden zu gleiten und strich dann mit den Fingerspitzen über die Konturen des schwarzen Metallrings an ihrem Finger. Er warf einen kurzen Blick auf ihre Hand. »Ein sehr ungewöhnliches Schmuckstück, Madame Zigeunerin. Tragen alle Wahrsagerinnen solche Ringe?«

»Nein. Es ist ein Andenken.« Sie zögerte, und Angst durchfuhr sie wie ein Blitz. »Erkennt Ihr ihn, Sir?«

»Nein, aber er ist bemerkenswert häßlich. Wer hat ihn Euch gegeben?«

»Er gehörte meiner Schwester«, sagte Sophy vorsichtig. Sie mußte ruhig bleiben. Julian war nur etwas neugierig, was den Ring betraf. »Ich trage ihn manchmal, um mich an ihr Schicksal zu erinnern.«

»Und was war ihr Schicksal?« Julian beobachtete sie jetzt genau, als wisse er, was sich hinter ihrer Maske verbarg.

»Sie war so dumm, sich in einen Mann zu verlieben, der ihre Liebe nicht erwiderte«, flüsterte Sophy. »Vielleicht war er wie Ihr nicht empfänglich für solche Gefühle, aber er hatte gar nichts dagegen, daß sie sehr empfänglich dafür war. Sie hat ihm ihr Herz gegeben, und es hat sie das Leben gekostet.«

»Ich glaube, Ihr zieht die falschen Schlüsse aus der traurigen Geschichte Eurer Schwester«, sagte Julian sanft.

»Nun ja, ich denke ganz bestimmt nicht daran, mich selbst umzubringen«, erwiderte Sophy. »Aber ich denke auch nicht daran, einem Mann, der unfähig ist, es zu schätzen, ein wertvolles Geschenk zu machen. Verzeiht, Sir, aber ich habe gerade ein paar Freunde drüben am Fenster entdeckt. Ich muß mit ihnen reden.«

Sophy versuchte, sich aus Julians Griff zu befreien.

»Und wie steht's mit meiner Zukunft?« fragte Julian, der sie jetzt nur noch an den Enden ihres Schals festhielt.

»Eure Zukunft liegt in Euren Händen, Sir.« Sophy duckte sich geschickt aus dem Schal und floh in die Menge.

Julian blieb auf dem Tanzboden zurück, mit dem bunten Seidenschal in den Händen. Er betrachtete ihn eine Weile, dann faltete er ihn lächelnd und steckte ihn in die Innentasche seines Capes. Er wußte, wo die Zigeunerdame später zu finden sein würde.

Immer noch lächelnd ging er nach draußen, um seine Kutsche zu rufen. Tante Fanny und Harry würden wie geplant dafür sorgen, daß Sophy sicher nach Hause kam. Julian kam zu dem Schluß, daß er sich noch ein Stündchen in seinem Club gönnen könnte, ehe er nach Hause zurückkehrte.

Er war wesentlich besserer Laune als heute früh, und der Grund dafür war nicht weit zu suchen. Sophy war zwar immer noch böse auf ihn, immer noch verletzt, weil er ihr Handeln heute morgen verurteilt hatte. Aber er hatte sich davon überzeugt, daß sie, wie immer, die Wahrheit gesagt hatte, als sie behauptete, ihn zu lieben.

Er war sich dessen fast sicher gewesen, als er heute nachmittag das achtlos hingeworfene Armband auf seinem Kissen fand. Deshalb war er auch nicht direkt in ihr Schlafzimmer gestürmt und hatte ihr das Armband selbst ums Handgelenk gelegt. Nur eine verliebte Frau brachte es fertig, einem Mann ein so teures Geschenk an den Kopf zu werfen und sich statt dessen ein Sonett zu wünschen.

In Sonetten war er nicht sonderlich gut, aber vielleicht sollte er das nächste Mal ein kleines Briefchen dazu schreiben, wenn er versuchte, Sophy das Armband noch einmal zu geben.

Mehr denn je wünschte er, er würde endlich etwas über das Schicksal der Smaragde erfahren. Sie würden der neuen Gräfin Ravenwood sehr gut stehen. Er konnte sich gut vorstellen, wie sie aussehen würde, mit nichts außer den Smaragden bekleidet.

Das Bild tanzte für einen Moment vor seinen Augen und sofort regte sich seine Männlichkeit. *Später*, versprach sich Julian. Später würde er seine Zigeunerin in die Arme nehmen, sie berühren und küssen, bis sie ihre Lust hinausschrie, ihn um Erfüllung bettelte, ihm noch einmal von ihrer Liebe erzählte. Julian entdeckte, daß er auf den Geschmack gekommen war. Er konnte es kaum erwarten, noch einmal die Worte der Liebe aus ihrem Mund zu hören.

Ihre Drohung, ihr Herz in Watte zu hüllen und es in einem Schrank zu verstauen, beunruhigte ihn nicht sonderlich. Allmählich lernte er sie kennen, und eins war sicher, Sophy konnte sich nicht lange den zarten ehrlichen Gefühlen widersetzen, die so lebendig in ihren Adern flossen.

Im Gegensatz zu Elizabeth, die ein Opfer ihrer wilden Triebe war, war Sophy ein Opfer ihres eigenen Herzens. Aber sie war eine Frau, und ihr fehlte die Kraft, sich vor denen zu schützen, die ihre Natur ausnützen würden. Sie brauchte ihn als Beschützer.

Jetzt mußte er es nur irgendwie schaffen, ihr begreiflich zu machen, daß sie ihn nicht nur brauchte, sondern ihm auch mit ihrer Liebe vertrauen konnte.

Der Gedanke brachte die Erinnerung an den schwarzen Metallring wieder zurück. Julian runzelte grimmig die Stirn in der Dunkelheit der Kutsche. Die Vorstellung gefiel ihm gar nicht, daß Sophy diesen Ring als Andenken an ihre Schwester trug. Er war nicht nur häßlich, wie er ihr gesagt hatte, es war auch offensichtlich, daß er ihr dazu diente, sich daran zu erinnern, daß es immer unklug war, sein Herz einem Mann zu schenken, der diese Liebe nicht erwiderte.

Daregate kam gerade aus dem Kartenzimmer, als Julian seinen Club betrat und sich in der Nähe einer Flasche Portwein setzte. Daregates Augen funkelten kühl amüsiert, als er seinen Freund entdeckte. Ein Blick auf sein Gesicht genügte, und Julian wußte, daß bereits Gerüchte kursierten über das, was heute morgen in Leighton Field passiert war.

»Da bist du ja, Ravenwood.« Daregate schlug ihm auf die Schulter und ließ sich auf den Stuhl neben ihn fallen. »Ich habe mir schon Sorgen um dich gemacht, mein Freund. Duelle unterbrechen ist ein gefährliches Geschäft. Hättest dir eine Kugel einfangen können. Frauen und Pistolen vertragen sich nicht gut, weißt du.«

Julian versuchte es mit einem vernichtenden Blick, aber der hatte erwartungsgemäß wenig Wirkung. »Woher hast du denn diesen Unsinn?«

»Ah, es ist also wahr«, bemerkte Daregate befriedigt. »Ich dachte es mir fast. Deine Lady hat das Temperament dazu, und die Featherstone ist, Gott weiß, exzentrisch genug, die Herausforderung anzunehmen.«

Julian sah ihm direkt in die Augen. »Ich hab dich gefragt, wo du das gehört hast?«

Daregate goß sich ein Glas Portwein ein. »Reiner Zufall, das versichere ich dir. Keine Sorge. Es hat noch nicht die Runde gemacht, und wird es auch nicht.«

»Die Featherstone?« Julian schwor sich, sein Versprechen wahr zu machen und sie zu ruinieren, falls sie tatsächlich geredet hatte.

»Du kannst versichert sein, daß sie nichts sagen wird. Ich hab es von meinem Kammerdiener, der heute nachmittag bei einem Boxkampf war mit dem Mann, der die Pferde der Featherstone versorgt. Er hat meinem Mann erzählt, er hätte die Kutsche der Featherstone heute früh vor dem Morgengrauen bereitstellen müssen.«

»Und wie hat dann der Knecht herausgefunden, was passiert ist?«

»Wie es scheint, hat der Knecht ein Techtelmechtel mit einer der Zofen der Featherstone, und die hat ihm erzählt, daß eine gewisse Dame der Gesellschaft Anstoß an einem der Erpresserbriefe der Featherstone genommen hat. Namen wurden keine genannt, deshalb bist du in Sicherheit. Offensichtlich haben die Hauptakteure in diesem kleinen Drama einen Sinn für Diskretion. Aber als ich die Geschichte gehört habe, dachte ich mir, daß Sophy vielleicht die Beleidigte sein könnte. Ich kenne keine andere Frau, die den Mumm hätte, so etwas zu tun.«

Julian fluchte leise vor sich hin. »Ein Wort davon zu irgend jemandem, und ich schwöre, ich zieh dir das Fell über die Ohren, Daregate.«

»Aber, Julian, jetzt reg dich doch nicht auf.« Daregates Lächeln war überraschend ehrlich. »Das ist nur Dienstbotentratsch, der bald versickert sein wird. Wie ich schon sagte, es wurden keine Namen genannt. Solange keiner der Beteiligten redet, könnt ihr es einfach ignorieren. An deiner Stelle würde ich mich sehr geschmeichelt fühlen. Ich persönlich kenne keinen andren Mann, dessen Frau ihn so schätzt, daß sie seine Mätresse zum Duell fordert.«

»Ex-Mätresse«, murmelte Julian. »Vergiß das bitte nicht. Ich habe, weiß Gott, schon genug Zeit damit zugebracht, das Sophy klarzumachen.«

Daregate kicherte. »Aber, hat sie deine Erklärungen verstanden, Ravenwood? Frauen können sehr begriffsstutzig in solchen Angelegenheiten sein.«

»Woher willst du das wissen? Du hast dir ja nie die Mühe gemacht, zu heiraten.«

»Ich bin aber fähig, durch Beobachtung zu lernen«, sagte Daregate frech.

Julians Augenbrauen schossen nach oben. »Du wirst vielleicht reichlich Gelegenheit haben, das, was du gelernt hast, in die Praxis umzusetzen, wenn dein Onkel so weitermacht wie jetzt. Entweder ein eifersüchtiger Ehemann bringt ihn um, oder er wird sich zu Tode saufen.«

»Egal wie, bis sein Schicksal ihn eingeholt hat, wird es wohl kaum noch eine Chance geben, den Besitz zu retten«, sagte Daregate wutentbrannt. »Er hat ihn ausgeschlachtet und ausbluten lassen.«

Bevor Julian etwas dazu sagen konnte, schlenderte Miles Thurgood daher und setzte sich zu ihnen. Er hatte offensichtlich Daregates letzte Worte gehört.

»Wenn du den Titel erbst, liegt die Lösung klar auf der Hand«, sagte Miles. »Du wirst einfach eine reiche Erbin zum Heiraten finden müssen. Wenn ich mir das recht überlege, diese rothaarige Freundin von Sophy wird wahrscheinlich recht wohlhabend sein, wenn ihr Stiefvater endlich den Anstand besitzt, sich in die nächste Welt zu begeben.«

»Anne Silverthorne?« Daregate schnitt eine Grimasse. »Ich hab gehört, sie hat nicht die Absicht, je zu heiraten.«

»Ich glaube, Sophy hat ganz ähnlich gedacht«, murmelte Julian.

Er mußte an die junge Frau in Knabenkleidern denken, die heute morgen die Pistolen gehalten hatte und runzelte die Stirn, als ihm die roten Haare unter der Mütze einfielen. »Ich kann dir sogar versichern, daß sie viel zu viel gemeinsam haben. Wenn ich's recht bedenke, wäre es wahrscheinlich das Klügste, ihr aus dem Weg zu gehen, Daregate. Sie würde dir genauso viel Ärger machen wie Sophy mir im Augenblick.«

Daregate warf ihm einen neugierigen Blick zu. »Ich werd's mir merken. Wenn ich erbe, werde ich alle Hände voll zu tun haben, den Besitz zu retten. Das letzte, was ich dann brauchen könnte, wäre eine wilde, eigensinnige Frau wie Sophy.«

»Meine Frau ist weder wild noch eigensinnig«, sagte Julian streng.

Daregate sah ihn nachdenklich an. »Du hast recht. Elizabeth war wild und dickköpfig. Sophy ist nur temperamentvoll. Sie ist ganz anders als deine erste Gräfin, was?«

»Das ist sie.« Julian goß sich ein Glas Portwein ein. »Ich glaube, es ist höchste Zeit, das Thema zu wechseln.«

»Einverstanden«, sagte Daregate. »Die Aussicht, mir eine reiche Erbin zum Heiraten suchen zu müssen, um den Besitz zu retten, könnte mich fast dazu bringen, meinem lieben Onkel ein langes Leben und gute Gesundheit zu wünschen.«

»Fast«, sagte Miles amüsiert, »aber nicht ganz. Wenn der Besitz in deine Hände fällt, wirst du tun, was getan werden muß, um ihn zu retten, das wissen wir doch alle.«

»Ja.« Daregate kippte seinen Portwein hinunter und griff nach der Flasche. »Dann hätte ich wenigstens eine Beschäftigung, was?«

»Wie ich schon sagte«, bemerkte Julian. »Es ist höchste Zeit, das Thema zu wechseln. Ich habe eine Frage an euch beide und sie und die Antwort müssen unter uns dreien bleiben. Ist das klar?«

»Selbstverständlich«, sagte Daregate gelassen.

Miles nickte und wurde mit einem Mal ernst. »Verstanden.«

Julian schaute die beiden der Reihe nach an. Er vertraute jedem von ihnen. »Habt ihr je etwas gesehen oder gehört über einen Ring aus schwarzem Metall, auf dem ein Dreieck und so eine Art Tierkopf eingraviert sind?«

Daregate und Thurgood sahen sich an, dann richteten beide den Blick auf Julian. Sie schüttelten den Kopf.

»Ich glaube nicht«, sagte Miles.

»Ist es wichtig?« fragte Daregate.

»Vielleicht«, sagte Julian leise. »Vielleicht auch nicht. Aber mir scheint, ich hätte einmal Gerüchte gehört, daß solche Ringe von den Mitgliedern eines bestimmten Clubs getragen werden.«

Daregate runzelte nachdenklich die Stirn. »Ich glaube, an die Gerüchte kann ich mich auch erinnern, jetzt, wo du's sagst. Ein Club, der auf einem College gegründet wurde, nicht wahr? Die jungen Männer haben die schwarzen Ringe dazu verwendet, sich Signale zu senden. Es war alles sehr geheimnisvoll, ich weiß aber nicht mehr, was der Zweck dieses Clubs war. Wie kommst du denn ausgerechnet jetzt darauf?«

»Sophy ist im Besitz eines solchen Rings. Sie hat ihn von –« Julian verstummte. Er hatte kein Recht, die Geschichte Amelias weiterzuerzählen. »Von einer Freundin in Hampshire. Ich hab ihn gesehen und war neugierig, weil er mich an irgend etwas erinnert.«

»Wahrscheinlich ist er jetzt nur noch ein wertloses Andenken«, sagte Miles fröhlich.

»Er sieht ziemlich widerlich aus«, sagte Julian.

»Wenn du dir die Mühe machen würdest, deiner Frau ein bißchen anständigen Schmuck zu schenken, wär sie nicht gezwungen, alte Schulringe zu tragen«, sagte Daregate grob.

Julian warf ihm einen grimmigen Blick zu. »Und das von einem Mann, der eines Tages ernsthaft in Betracht ziehen muß, des Geldes wegen zu heiraten? Mach dir keine Sorgen um Sophys Juwelensammlung, Daregate. Ich versichere dir, ich bin absolut in der Lage, meine Frau in dieser Hinsicht würdig auszustatten.«

»Wird aber auch Zeit. Schade um die Smaragde. Wann wirst du denn endlich zugeben, daß sie für immer verschwunden sind?« fragte Daregate unverdrossen.

Miles war entsetzt. »Sie sind verschwunden?«

Julians Miene wurde noch grimmiger. »Gestohlen. Eines Tages werden sie sicherlich bei irgendeinem Juwelier auftauchen.«

»Wenn du nicht bald irgendeine Erklärung abgibst, werden die Leute bald Waycott glauben. Er behauptet, du könntest nicht ertragen, sie an einer anderen Frau zu sehen, nachdem du sie Elizabeth geschenkt hattest.«

Miles nickte hastig. »Hast du Sophy erklärt, daß die Smaragde verschwunden sind? Es wäre sicher nicht gut, wenn sie Waycotts Bemerkungen hört, daß du sie ihr nicht geben willst.«

»Sollte es notwendig sein, werde ich Sophy die Situation erklären«, sagte Julian steif. In der Zwischenzeit konnte sie, verdammt noch mal, lernen, die Juwelen zu tragen, die er ihr schenkte. »Was den schwarzen Ring angeht«, fuhr er leise fort.

»Was ist damit?« Daregate sah ihn fragend an. »Macht es dir Sorgen, daß Sophy ihn trägt?«

»Versteh nicht, warum er sich deshalb Sorgen machen soll, abgesehen davon, daß die Leute denken werden, Ravenwood sei verdammt geizig, was den Schmuck seiner Frau angeht«, sagte Miles.

Julians Finger trommelten auf der Armlehne. »Ich würde gerne ein bißchen mehr über diesen alten College Club erfahren. Aber ich möchte nicht, daß jemand erfährt, daß ich auf der Suche nach Antworten bin.«

Daregate lehnte sich im Stuhl zurück und verschränkte seine Beine. »Ich habe nichts Besseres zu tun. Ich könnte ein paar Nachforschungen für dich anstellen.«

Julian nickte. »Ich wäre dir sehr dankbar, Daregate. Laß es mich wissen, wenn du irgend etwas hörst.«

»Das mach ich, Ravenwood. Wenigstens hab ich dann zur Abwechslung was Interessantes zu tun. Spielen kann sehr langweilig werden.«

»Versteh ich nicht«, murmelte Thurgood. »Vor allem nicht, wenn man dauernd gewinnt wie du.«

Viel später an diesem Abend schickte Julian Knapton aus seinem Schlafzimmer und beendete seine eigenen Vorbereitungen zum Schlafengehen. Sophy war laut Guppy schon seit einiger Zeit zu Hause und schlief sicher schon tief und fest.

Julian streifte seinen Morgenmantel über, nahm das Diamantarmband und das andere Geschenk, das er gekauft hatte, nachdem das Armband abgelehnt worden war, holte den Brief, den er sich zu den Geschenken abgerungen hatte und ging zur Verbindungstür.

Im letzten Moment fiel ihm noch der Zigeunerschal ein. Er ging lächelnd zum Schrank und holte den Schal aus der Tasche des schwarzen Capes.

Jetzt ging er in Sophys abgedunkeltes Schlafzimmer und legte das Armband, das andere Päckchen, den Brief und den Schal auf den Nachttisch. Dann zog er seinen Morgenmantel aus und kletterte zu seiner schlafenden Frau ins Bett.

Als seine Hand ihre Brust berührte, drehte sie sich leise seufzend zu ihm und schmiegte sich an seinen Körper. Julian weckte sie langsam, mit langen, intensiven Küssen, die all ihre Sinne zum Leben erweckten. Alles, was er die beiden vorigen Male beim Liebesakt über sie gelernt hatte, wendete er jetzt an. Sie reagierte wie erhofft. Als ihre Wimpern sich langsam flatternd teilten, klammerte sich Sophy bereits an seine Schulter und öffnete ihre Schenkel, um ihn zu empfangen.

»Julian?«

»Wer sonst«, flüsterte er heiser, während er sich langsam in ihre feuchte Wärme versenkte. »Hast du heute abend Platz in deinen Armen für einen Mann, der sein Glück ändern will?«

»Oh, *Julian*.«

»Erzähl mir von deiner Liebe«, forderte er leise, als sie ihre Hüften seinem langsamen, behutsamen Stoß entgegenbäumte. Sie fühlte sich so gut an, dachte er. So vollkommen, als wäre sie nur für ihn geschaffen worden. »Sag mir, wie sehr du mich liebst, Sophy. Sag die Worte noch einmal.«

Aber Sophy wand sich bereits in Ekstase unter ihm und war keiner zusammenhängenden Worte mehr fähig, nur leise Schreie der Erfüllung kamen aus ihrer Kehle.

Julian erbebte von Kopf bis Fuß, ergoß sich in sie, füllte sie, verlor sich in ihr.

Als er schließlich lange Zeit später seinen Kopf hob, war Sophy wieder tief und fest eingeschlafen.

Ein andermal, versprach er sich, als er langsam wegdämmerte, ein andermal würde er ihr die Worte der Liebe entlocken.

Dreizehn

Als Sophy am nächsten Morgen die Augen aufschlug, sah sie als erstes den Schal ihres Zigeunerkostüms. Er war über das Kissen neben ihrem Kopf drapiert. Das Diamantarmband, das Julian ihr gestern geschenkt hatte, lag darauf, und die silbrig weißen Steine funkelten im Morgenlicht. Darunter steckte ein großes, in Papier gewickeltes Paket. Zwischen Schal und Armband steckte ein Brief.

Sophy richtete sich langsam auf, den Blick unverwandt auf die Gegenstände auf dem Kissen gerichtet. Julian hatte also gestern nacht auf dem Maskenball gewußt, wer sie war. Hatte er sich nur lustig über sie gemacht mit dem ganzen Gerede, er suche Glück in der Liebe, oder hatte er versucht, ihr etwas zu sagen? Das gab ihr zu denken.

Sie griff nach dem Brief, entfaltete ihn und las die kurze Nachricht.

> Meine liebste Gemahlin:
>
> Ich habe gestern aus verläßlicher Quelle erfahren, daß mein Glück in meinen eigenen Händen liegt. Aber das ist nicht die ganze Wahrheit. Ob er es nun will oder nicht, das Glück und die Ehre eines Mannes liegen häufig in den Händen seiner Frau. Ich bin überzeugt, daß in meinem Fall beides in besten Händen ist. Mir fehlt das Talent für Sonette oder Gedichte, aber ich möchte, daß Ihr dieses Armband gelegentlich tragt als Zeichen meiner Achtung. Und, daß Ihr, wenn Ihr Gelegenheit habt, das andere kleine Geschenk zu betrachten, an mich denkt.

Julians kühne Initialen waren quer über die Seite gekritzelt. Sophy faltete den Brief langsam wieder zusammen und betrachtete das glitzernde Diamantarmband. Achtung war ja nicht direkt Liebe, aber dazu gehörte doch wohl etwas Zuneigung.

Erinnerungen an Julians Leidenschaft und Kraft, die sie gestern nacht in der Dunkelheit umfangen hatten, brandeten über sie. Sie durfte sich aber nicht von der Leidenschaft, die er in ihr erweckte, in die Irre führen lassen. Leidenschaft war nicht gleich Liebe, wie Amelia zu ihrem Schaden hatte feststellen müssen.

Aber sie hatte mehr als Leidenschaft von Julian, wenn diesem Brief zu glauben war, sagte sich Sophy. Sie brachte es einfach nicht fertig, den kleinen Funken Hoffnung, der in ihr loderte, zu erstikken. Achtung beinhaltet Respekt, beschloß sie. Julian war wohl wütend über den Vorfall gestern morgen, aber vielleicht wollte er damit sagen, daß er sie doch irgendwie respektierte.

Sie stieg aus dem Bett und verstaute das Diamantarmband neben Amelias schwarzem Ring in ihrem Schmuckkästchen. Sie mußte diese Ehe realistisch sehen, sagte sich Sophy streng. Leidenschaft und Achtung waren ja ganz schön, aber eben nicht genug. Julian hatte ihr gestern nacht klargemacht, daß er zwar wollte, daß sie ihm ihre Liebe anvertraute, aber er hatte auch deutlich gezeigt, daß er nie einer Frau sein eigenes Herz anvertrauen würde.

Als sie das Schmuckkästchen schloß, fiel ihr das andere Paket auf dem Bett ein. Voller Neugier ging sie hin, hob das schwere Geschenk auf und wog es in der Hand. Es fühlte sich an wie ein Buch, dachte sie, und der Gedanke erregte sie wesentlich mehr als das Armband. Sie öffnete hastig die braune Papierverpackung.

Sie strahlte vor Freude, als sie den Namen des Autoren auf dem ledergebundenen Folianten las. Julian hatte ihr eine prachtvolle Ausgabe von Nicholas Culpepers berühmter Kräuterkunde: *English Physician* geschenkt. Sie konnte es kaum erwarten, das Buch Old Bess zu zeigen. Es war ein umfassender Führer für alle hilfreichen Kräuter und Pflanzen, die in England heimisch waren.

Sophy flog durchs Zimmer, um nach Mary zu läuten. Als das Mädchen ein paar Minuten später an der Tür klopfte, blieb ihr der Mund offen, als sie sah, daß ihre Herrin bereits halb angezogen war.

»Madame, was soll denn die Hast? Laßt Euch doch helfen. Oh, vorsicht, Madame, sonst zerreißt Ihr die Nähte.« Mary nahm ihrer Herrin das Kleid ab. »Ist irgend etwas passiert?«

»Nein, nein, Mary, es ist nichts passiert. Ist Seine Lordschaft noch im Haus?« Sophy bückte sich und streifte ihre weichen Lederslipper über.

»Ja, Madame, ich glaube, er ist in der Bibliothek. Soll ich ihn informieren lassen, daß Ihr ihn zu sehen wünscht?«

»Ich werd's ihm selbst sagen. Wunderbar, das reicht, Mary. Du kannst jetzt gehen.«

Mary sah sie entsetzt an. »Unmöglich. Ich kann Euch nicht aus dem Zimmer lassen, wenn Eure Haare so runterhängen. Das wär nicht recht. Wenn Ihr nur eine Minute stillhaltet, steck ich sie Euch hoch.«

Sophy fügte sich und murmelte ungeduldig vor sich hin, während Mary ihr Haar mit zwei Silberkämmen und einigen strategisch plazierten Haarnadeln aufsteckte. Als die letzte Locke verstaut war, sprang sie von ihrem Toilettentisch auf, packte ihr kostbares Kräuterbuch und rannte zur Tür hinaus und über den Gang die Treppe hinunter.

Sie blieb ganz außer Atem vor der Bibliothekstür stehen, klopfte einmal und platzte dann einfach ins Zimmer.

»*Julian.* Danke. Ich danke dir so sehr. Du bist so gut. Ich weiß nicht, wie ich dir zeigen kann, wie dankbar ich dir bin. Das ist das schönste Geschenk, das ich je bekommen habe. Du bist der großzügigste Ehemann in ganz England. Nein, der großzügigste Mann der Welt.«

Julian klappte langsam das Journal zu, an dem er arbeitete und erhob sich vorsichtig. Sein Blick wanderte von dem nackten Handgelenk zu dem Buch, das Sophy an ihren Busen drückte.

»Nachdem ich keine Spur von dem Armband entdecken kann, nehme ich an, der Culpeper ist der Grund für diese ganze Aufregung.«

»Oh, ja, Julian. Er ist prachtvoll. Du bist prachtvoll. Wie kann ich dir je danken?« Sophy rannte zu ihm, stellte sich auf die Zehenspitzen und gab ihrem Mann einen schüchternen, hastigen Kuß auf die Wange. »Danke, Mylord. Ich werde dieses Buch mein Leben lang hüten. Und ich verspreche, daß ich genau die Frau werde, die Ihr Euch wünscht. Ich werde Euch keinen Ärger mehr machen. Nie wieder.«

Mit einem letzten strahlenden Lächeln drehte Sophy sich um und eilte aus dem Zimmer, ohne zu merken, daß ein silberner Kamm aus ihrem Haar glitt und auf den Teppich fiel.

Julian beobachtete, wie die Tür ins Schloß fiel, und dann berührte er nachdenklich seine Wange an der Stelle, wo Sophy ihn geküßt hatte. Und plötzlich wurde ihm klar, daß dies die erste spontane Zärtlichkeit ihrerseits gewesen war. Er ging durchs Zimmer und hob den Kamm auf. Lächelnd trug er ihn zum Schreibtisch und legte ihn da hin, wo er ihn beim Arbeiten sehen konnte.

Der Culpeper, stellte er hochbefriedigt fest, war ein Geniestreich gewesen. Er verdankte Fanny diese Empfehlung, und er durfte nicht vergessen, sich bei ihr zu bedanken. Übers ganze Gesicht grinsend, mußte er sich eingestehen, daß er sich die sechstausend Pfund, die das Armband gekostet hatte, hätte sparen können. So wie er Sophy kannte, würde sie es wahrscheinlich verlieren, wenn sie es das erste Mal anlegte, falls sie es nicht überhaupt vergaß.

An diesem Nachmittag war Sophy strahlender Laune, als sie Anne und Jane eine Botschaft schickte und um ihren Besuch bat. Sie kamen gegen drei Uhr. Anne, wie immer voller Energie und Begeisterung, rauschte in einem melonenfarbenen Kleid in den Salon, gefolgt von der etwas schlichter gekleideten Jane. Die beiden Frauen legten ihre Hüte ab, setzten sich und wandten sich erwartungsvoll ihrer Gastgeberin zu.

»War es nicht wunderbar?« fragte Anne fröhlich, während Tee serviert wurde. »Ich kann dir gar nicht sagen, wie gerne ich auf Maskenbälle gehe.«

»Das kommt nur, weil du soviel Freude daran hast, andere hinters Licht zu führen«, bemerkte Jane. »Besonders Männer. Eines Tages wird dich deine Vorliebe für diesen Zeitvertreib noch in ernsthafte Schwierigkeiten bringen.«

»Unsinn. Hör nicht auf sie, Sophy. Sie ist in Vortragslaune. Jetzt erzähl uns schon, warum du uns so plötzlich sehen wolltest. Ich hoffe doch, du hast irgend etwas Aufregendes für uns.«

»Ich persönlich«, bemerkte Jane und nahm ihre Teetasse, »würde ein bißchen Ruhe und Frieden für eine Weile vorziehen.«

»Zufällig hab ich eine sehr ernste Sache mit Euch zu besprechen.

Ruhig Jane, ich bin nicht auf der Suche nach Aufregungen. Ich will nur ein paar Antworten.« Sophy nahm das Musselintaschentuch, in das sie den schwarzen Ring gewickelt hatte. Sie löste den Knoten und zeigte den beiden den Inhalt.

Jane beugte sich neugierig vor. »Was für ein merkwürdiger Ring.«

Anne streckte die Hand aus und strich über die gravierte Oberfläche. »Sehr seltsam. Und widerlich. Sag bloß nicht, daß dir dein Mann diesen Ring geschenkt hat? Ich hätte gedacht, Ravenwood hätte besseren Geschmack.«

»Nein. Er gehörte meiner Schwester.« Sophy sah den Ring in ihrer Hand an. »Ein Mann hat ihn ihr geschenkt. Mein Ziel ist es, ihn zu finden. In meinen Augen ist er des Mordes schuldig.« Sie erzählte in kurzen, knappen Sätzen die ganze traurige Geschichte.

Als sie damit fertig war, starrten Anne und Jane sie lange an. Wie nicht anders zu erwarten, reagierte Jane als erste.

»Wenn das, was du sagst, wahr ist, dann ist der Mann, der deiner Schwester den Ring gegeben hat, sicherlich ein Monster, aber ich verstehe nicht, was du tun kannst, selbst wenn es dir gelingt, ihn zu identifizieren. Unglücklicherweise gibt es viele solche Monster, die die Gesellschaft verunsichern, und sie alle kommen mit Mord durch.«

Sophy schob ihr Kinn vor. »Ich habe vor, ihn mit seinen Missetaten zu konfrontieren. Ich möchte, daß ihm bewußt wird, daß ich weiß, wer und was er ist.«

»Das könnte sehr gefährlich sein«, sagte Jane. »Oder zumindest peinlich. Du kannst nichts beweisen. Er wird über deine Vorwürfe einfach lachen.«

»Ja, aber er wird gezwungen sein zu erkennen, daß die Gräfin von Ravenwood weiß, wer er ist«, sagte Anne nachdenklich. »Sophy ist dieser Tage nicht ganz ohne Macht. Sie wird immer beliebter, weißt du. Und sie hat ziemlich viel Einfluß als Ravenwoods Frau. Wenn sie von ihrer Macht Gebrauch macht, könnte es gut möglich sein, daß sie den Eigentümer des Rings gesellschaftlich ruiniert. Das wäre eine sehr ernste Strafe für jeden Mann des *Ton*.«

»Gesetzt den Fall, daß er tatsächlich der Gesellschaft angehört«, warf Sophy ein. »Ich weiß überhaupt nichts von ihm, außer, daß er wahrscheinlich einer von Elizabeths Geliebten war.«

Jane seufzte. »Die Liste ist sehr lang, wird behauptet.«

»Sie kann gekürzt werden, bis nur noch der Mann darauf steht, dem der Ring gehört«, sagte Sophy.

»Aber zuerst müssen wir etwas über ihn herausfinden. Wie sollen wir da vorgehen?« fragte Anne, die sich sehr für das Projekt zu begeistern schien.

»Wartet, alle beide«, sagte Jane streng. »Überlegt erst einmal, bevor ihr euch in das nächste Abenteuer stürzt. Sophy, du hast erst vor kurzem Ravenwoods Zorn erlebt. Wenn du mich fragst, bist du sehr glimpflich davongekommen. Bist du wirklich so begierig darauf, dir wieder seinen Zorn zuzuziehen?«

»Das hier hat nichts mit Ravenwood zu tun«, sagte Sophy mit Nachdruck. Dann lächelte sie, das Kräuterbuch war ihr wieder eingefallen. »Außerdem hat er mir für das, was gestern morgen passiert ist, schon verziehen.«

Jane sah sie erstaunt an. »Hat er das wirklich? Wenn ja, dann ist er aber wesentlich toleranter, als sein Ruf einen glauben macht.«

»Mein Mann ist nicht der Satan, für den ihn alle halten«, sagte Sophy kühl. »Aber zurück zu unserer Suche nach dem Eigentümer des Rings. Tatsache ist, ich habe nicht vor, Ravenwood damit zu belästigen. Diese Aufgabe hatte ich mir bereits gestellt, bevor ich in die Heirat eingewilligt habe. In letzter Zeit habe ich mich dummerweise durch andere Dinge ablenken lassen. Aber ich bin jetzt mit diesen unwichtigen Dingen fertig und werde mich ganz dieser Sache widmen.«

Anne und Jane beobachteten sie eindringlich.

»Die Sache ist dir sehr ernst, nicht wahr?« fragte Jane schließlich.

»Im Augenblick ist das Auffinden des Eigentümers dieses Rings die wichtigste Aufgabe in meinem Leben. Und diese Aufgabe werde ich erfüllen.« Sophy sah ihre Freundinnen an. »Diesmal kann ich nicht riskieren, daß eine von euch sich verpflichtet fühlt, Ravenwood vor dem zu warnen, was ich vorhabe. Wenn ihr das Gefühl habt, ihr könnt mich nicht voll und ganz unterstützen, bitte ich euch, jetzt zu gehen.«

»Ich würde nicht im Traum daran denken, dich bei so einer Suche allein zu lassen«, sagte Anne.

»Jane?« Sophy lächelte. »Ich werde es verstehen, wenn du das Gefühl hast, du solltest da nicht mitmachen.«

Jane kniff den Mund zusammen. »Du hast natürlich guten Grund, meine Loyalität anzuzweifeln, Sophy. Das kann ich dir nicht verdenken. Aber ich möchte dir beweisen, daß ich wirklich deine Freundin bin. Ich werde dir in dieser Sache helfen.«

»Gut. Dann wäre das geregelt.« Sophy streckte ihre Hand aus. »Laßt uns den Handel besiegeln.«

Die drei faßten sich an den Händen zu einem stummen Eid, dann wandten sie sich wieder dem Ring zu.

»Wo sollen wir anfangen?« fragte Anne schließlich nach kurzem Nachdenken.

»Wir haben gestern abend angefangen«, sagte Sophy und erzählte ihnen von dem Mann mit dem schwarzen Kapuzencape und der Maske.

Jane war schockiert. »Er hat den Ring erkannt? Dich davor gewarnt? Du lieber Himmel, Sophy, warum hast du uns das nicht erzählt?«

»Ich wollte nichts sagen, bevor ich nicht euer Versprechen hatte, daß ihr mir bei diesem Unternehmen helft.«

»Sophy, das heißt, daß es bei diesem Ring wirklich etwas Geheimnisvolles zu entdecken gibt.« Anne nahm ihn und sah ihn sich genau an. »Bist du sicher, daß dein Tanzpartner sonst nichts gesagt hat? Nur, daß der Träger darauf zählen kann, eine sehr ungewöhnliche Art des Vergnügens zu erleben?«

»Was immer das heißen soll. Er hat gesagt, wir würden uns wiedersehen, und dann ist er gegangen.«

»Dem Himmel sei Dank, daß du verkleidet warst«, sagte Jane voller Inbrunst. »Jetzt, wo du weißt, daß es tatsächlich ein Geheimnis um diesen Ring gibt, darfst du ihn nicht mehr in der Öffentlichkeit tragen.«

Sophy runzelte die Stirn. »Ich muß zugeben, daß ich ihn wohl besser nicht tragen sollte, bevor wir mehr darüber erfahren. Aber, wenn es die einzige Möglichkeit ist, das Geheimnis zu lüften, werde ich ihn vielleicht doch tragen müssen.«

»Nein«, sagte Anne ganz uncharakteristisch vorsichtig. »Ich muß Jane zustimmen. Du darfst ihn nicht tragen. Zumindest nicht, ohne uns vorher zu fragen. Versprichst du das?«

Sophy zögerte, sah von einem besorgten Gesicht zum anderen.

»Na schön«, sagte sie widerwillig. »Ich werde erst mit euch beiden reden, bevor ich den Ring wieder trage. Also, wir müssen uns alles gründlich durch den Kopf gehen lassen, und dann schauen wir, was wir an Informationen haben.«

»Der Mann im schwarzen Cape hat angedeutet, daß der Ring gewissen Leuten wie ihm bekannt ist«, sagte Anne nachdenklich. »Das läßt auf eine Art Club oder Gruppe schließen.«

»Außerdem war da noch die Andeutung, daß es mehr als einen solchen Ring gibt«, sagte Sophy. Sie versuchte, sich an die genauen Worte des Mannes zu erinnern. »Vielleicht ist er das Symbol eines Geheimbundes.«

Jane schüttelte sich. »Das gefällt mir gar nicht.«

»Aber was für ein Bund denn?« fragte Anne rasch, ohne Rücksicht auf die Ängste ihrer Freundin. »Wir müssen versuchen, seine Ziele zu erfahren, bevor wir feststellen können, was für eine Art Mann einen solchen Ring tragen würde.«

»Vielleicht finden wir etwas über diesen Geheimbund heraus, wenn es uns gelingt, die Bedeutung der Symbole auf dem Ring zu entschlüsseln.« Sophy drehte das schwarze Metallband zwischen ihren Fingern und studierte das Dreieck und den Tierkopf. »Aber, wie fangen wir das an?«

Es dauerte einige Zeit, bis Jane mit offensichtlichem Widerwillen das Wort ergriff. »Ich glaube, ich weiß, wo wir anfangen können.«

Sophy sah sie überrascht an. »Wo denn?«

»Lady Fannys Bibliothek.«

* * *

Drei Tage später rannte Sophy die Treppe hinunter, in einer Hand ihren Beutel, in der anderen den Hut. Sie lief durch die Halle und war schon fast an der Tür, die ein Lakai eilends öffnete, als Julian in der Tür der Bibliothek erschien. Sie sah sofort, daß er mit ihr reden wollte, blieb widerwillig stehen und zwang sich, ihn anzulächeln.

»Einen schönen Nachmittag, Mylord. Wie ich sehe, habt Ihr heute viel Arbeit«, sagte sie.

Julian verschränkte die Arme und lehnte sich gegen den Türpfosten. »Gehst du schon wieder aus, Sophy?«

»Ja, Mylord.« Sophy setzte ihren Hut auf und begann die Schleife zuzubinden. »Ich habe Lady Fanny und Harriette versprochen, sie heute nachmittag zu besuchen.«

»Du hast sie diese Woche jeden Nachmittag besucht.«

»Nur die letzten drei Nachmittage, Mylord.«

Er neigte den Kopf. »Verzeihung. Du hast sicher recht. Wahrscheinlich waren es wirklich nur die letzten drei Nachmittage. Ich habe anscheinend den Überblick verloren, weil du jedesmal, wenn ich vorschlage auszureiten, oder in eine Ausstellung zu gehen, gerade zur Tür hinaus eilst.«

»Das Leben in der Stadt ist sehr hektisch, Mylord.«

»Eine echte Abwechslung im Vergleich zum Land, nicht wahr?«

Sophy beäugte ihn mißtrauisch und fragte sich, wohin das führen sollte. Sie wollte los. Die Kutsche wartete. »Wolltet Ihr etwas von mir, Mylord?«

»Ein bißchen von deiner Zeit, vielleicht?« sagte er leise.

Sophy nestelte an den Bändern ihres Hutes herum, bis die Schleife hoffnungslos schief war. »Ich fürchte, ich habe Eurer Tante versprochen, um drei da zu sein. Sie wird auf mich warten.«

Julian warf einen Blick über die Schulter auf die Uhr in der Bibliothek. »Du hast noch ein paar Minuten, bevor du losfahren mußt. Warum sagst du dem Stallknecht nicht, er soll die Pferde ein bißchen auf- und abführen? Ich möchte wirklich gerne deinen Rat in ein paar Angelegenheiten hören.«

»Rat?« Damit hatte er ihre Aufmerksamkeit. Julian hatte sie nicht um Rat gefragt, seit sie Eslington Park verlassen hatten.

»In einer Sache, die Ravenwood betrifft.«

»Oh.« Sie wußte nicht genau, wie sie darauf reagieren sollte. »Wird es lange dauern, Mylord?«

»Nein, meine Liebe. Es wird nicht lange dauern.« Er richtete sich auf und winkte sie mit einer eleganten Geste durch die Bibliothekstür. Dann sah er kurz zu dem Lakaien. »Sag dem Knecht, Lady Ravenwood wird noch eine Weile brauchen.«

Sophy setzte sich Julians Schreibtisch gegenüber und versuchte, den Knoten ihrer Hutschleife zu entwirren.

»Wenn du gestattest, meine Liebe.« Julian schloß die Bibliothekstür und ging zu ihr, um den Knoten zu lösen.

»Ehrlich, ich weiß nicht, was mit diesen Hutschleifen los ist«, beklagte sich Sophy, die Julians Nähe erröten ließ. »Irgendwie passen sie nie richtig zusammen.«

»Zerbrich dir nicht den Kopf darüber. Das ist eine der Aufgaben, in denen Ehemänner sehr geschickt sind.« Julian beugte sich über sie, und seine großen Hände entwirrten geschickt den widerspenstigen Knoten. Einen Augenblick später nahm er vorsichtig ihren Hut ab und überreichte ihn ihr mit einer kleinen Verbeugung.

»Danke«, sagte Sophy betreten. »Was für einen Rat wolltet Ihr denn von mir, Mylord?«

Julian ging hinter seinen Schreibtisch und setzte sich. »Ich habe gerade einige Berichte von meinem Verwalter in Ravenwood erhalten. Er schreibt, die Haushälterin ist krank und wird vielleicht nicht mehr genesen.«

»Die arme Mrs. Boyle«, sagte Sophy und dachte an die mollige Tyrannin, die den Ravenwood Haushalt seit vielen Jahren regierte. »Hat Euer Steward erwähnt, ob Old Bess schon nach ihr geschaut hat?«

Julian warf einen Blick auf den Brief, der vor ihm lag. »Ja, Old Bess war anscheinend vor ein paar Tagen im Haus und sagt, das Problem wäre Mrs. Boyles Herz. Selbst wenn sie das Glück hat, wieder zu genesen, wird sie ihre Pflichten nicht wieder aufnehmen können.«

Sophy runzelte besorgt die Stirn. »Es tut mir wirklich leid, das zu hören. Ich denke, Old Bess hat Mrs. Boyle angewiesen, Fingerhuttee zu trinken. Der ist in solchen Fällen sehr nützlich.«

»Ich weiß nicht, wie das mit dem Fingerhuttee ist«, sagte Julian höflich, »aber ich weiß, daß Mrs. Boyles Pensionierung für *uns* einige Probleme machen wird. Es muß sofort eine neue Haushälterin gefunden werden.«

»Auf jeden Fall. Ansonsten wäre Ravenwood in kürzester Zeit ein einziges Chaos.«

Julian lehnte sich in seinem Stuhl zurück. »Das Einstellen einer neuen Haushälterin ist eine sehr wichtige Angelegenheit. Es ist auch eines der Dinge, die außerhalb meiner Kompetenz liegen.«

Sophy konnte sich ein kleines Lächeln nicht verkneifen. »Du meine Güte, Mylord. Ich hatte keine Ahnung, daß es überhaupt etwas gibt, was außerhalb Eurer Kompetenz liegt.«

Julian grinste. »Es ist schon eine Weile her, seit du dich über meine beklagenswerte Arroganz lustig gemacht hast. Wie ich feststellen muß, fehlen mir deine bösen kleinen Spitzen.«

Ihr Lächeln war wie weggeblasen. »Unser Verhältnis war nicht gerade so, daß man gerne Scherze macht, Mylord.«

»Nein, das war es wohl nicht. Aber ich würde das ändern.«

Sie neigte den Kopf zur Seite. »Warum?«

»Ist das nicht offensichtlich?« fragte er leise. »Ich muß auch feststellen, daß mir nicht nur deine Scherze fehlen, sondern auch das angenehme Verhältnis, das wir hatten, bevor du dich verpflichtet fühltest, unser Bett unter Tee zu setzen.«

Sophy spürte, wie sie errötete und senkte den Blick auf den Hut in ihrem Schoß. »Für mich war diese Beziehung nicht so angenehm, Mylord. Es stimmt, daß wir damals mehr geredet und über gemeinsame Interessen diskutiert haben, aber ich konnte nie vergessen, daß du eigentlich nur einen Erben von mir wolltest. Das war eine große Belastung für mich, Julian.«

»Ich kann das jetzt besser verstehen, seit meinem Gespräch mit einer gewissen Zigeunerin. Sie hat mir erklärt, daß meine Frau von Natur aus etwas romantisch veranlagt wäre. Es ist meine Schuld, daß ich das im Umgang mit ihr nicht einkalkuliert habe, und ich würde gerne meine Fehler wiedergutmachen.«

Sophys Kopf schnellte hoch, sie runzelte verärgert die Stirn. »Du willst also meinen sogenannten Hang zur Romantik jetzt unterstützen? Spar dir die Mühe, Julian. Romantische Gesten sind bedeutungslos, wenn kein echtes Gefühl dahintersteckt.«

»Du könntest mir zumindest zugute halten, daß ich versuche, dich zufriedenzustellen, mein Schatz.« Er lächelte. »Das Culpeter Buch hat dir doch gefallen, nicht wahr?«

Schuldgefühle übermannten sie. »Ihr wißt doch, wie sehr ich mich darüber gefreut habe, Mylord.«

»Und das Armband?«

»Es ist sehr hübsch, Mylord.«

Er zuckte sichtlich zusammen. »Sehr hübsch, ich verstehe. Nun denn, ich freue mich schon darauf, es in nächster Zukunft an deinem Arm zu sehen.«

Sophy ergriff sofort die Gelegenheit, um etwas Positives zu sagen.

»Ich denke, ich werde es heute abend tragen, Mylord. Ich gehe zu einer Party bei Lady St. John.«

»Ich hatte wohl zuviel erwartet, als ich hoffte, du hättest heute abend keine Pläne?«

»Oh, ich habe für jeden Tag dieser und der nächsten Woche Pläne. Hier in der Stadt ist immer soviel los, nicht wahr?«

»Ja«, sagte Julian barsch. »Das stimmt. Du bist aber nicht verpflichtet, an jedem Ereignis teilzunehmen, für das du eine Einladung bekommst. Ich hatte gedacht, inzwischen wärst du sicher froh, endlich mal ein oder zwei ruhige Abende zu Hause zu verbringen.«

»Warum, in aller Welt, sollte ich denn hier einen Abend allein verbringen wollen«, murmelte Sophy.

Julian verschränkte seine Hände auf dem Schreibtisch. »Ich hatte vor, den Abend auch hier zu verbringen.«

Sophy zwang sich noch ein Lächeln ab. Er versuchte nur nett zu sein, sagte sie sich. Und bloße Nettigkeit wollte sie nicht von ihm. »Ich verstehe, noch eine romantische Geste, um meine Launen zu befriedigen? Das ist sehr großzügig von Euch, aber die Mühe könnt Ihr Euch sparen, Mylord.Ich kann mich sehr gut allein unterhalten. Wie ich Euch schon sagte, seit ich hier in der Stadt bin, verstehe ich viel besser, wie die Männer und Frauen der Gesellschaft ihr Leben führen sollen. Jetzt muß ich aber wirklich los. Eure Tante wird sich schon fragen, wo ich bleibe.«

Sie erhob sich rasch und vergaß dabei den Hut auf ihrem Schoß. Er glitt zu Boden.

»Sophy, du mißverstehst meine Absichten«, sagte Julian, stand auf und ging um den Schreibtisch herum, um den Hut aufzuheben. »Ich dachte nur, wir könnten zusammen einen ruhigen Abend zu Hause genießen.« Er setzte ihr den Hut auf und band eine ordentliche Schleife unter ihrem Kinn.

Sie sah ihn an und wünschte, sie wüßte, was er wirklich dachte. »Ich danke Euch für die Geste, Mylord. Aber ich denke nicht im Traum daran, Euer gesellschaftliches Leben zu stören. Ich bin mir sicher, Ihr würdet Euch sehr langweilen, wenn Ihr zu Hause bleibt. Guten Tag, Mylord.«

»Sophy!«

Sie blieb mit der Hand am Türknopf stehen. »Ja, Mylord.«

»Was ist mit der Anstellung einer neuen Haushälterin?«

»Sagt Eurem Verwalter, er soll sich mit Molly Ashkettle unterhalten. Sie gehört seit Jahren zu Eurem Personal auf Ravenwood und wird ein perfekter Ersatz für die arme Mrs. Boyle sein.« Sophy ging rasch zur Tür hinaus.

Fünfzehn Minuten später wurde sie in Lady Fannys Bibliothek geführt. Harriette, Jane und Anne waren bereits in einen Stapel Bücher auf dem Tisch vertieft.

»Tut mir leid, daß ich zu spät komme«, entschuldigte sich Sophy, als sie von ihrer Arbeit hoch schauten. »Mein Mann wollte wegen einer neuen Haushälterin mit mir reden.«

»Wie seltsam«, sagte Fanny, die auf einer kleinen Leiter stand und im obersten Regal kramte. »Ravenwood gibt sich doch nie mit dem Einstellen von Personal ab. Er überläßt das immer seinem Verwalter oder dem Butler. Aber das spielt alles keine Rolle, meine Liebe, wir machen nämlich große Fortschritte bei deinem kleinen Projekt.«

»Das stimmt«, sagte Anne, klappte ein Buch zu und öffnete das nächste. »Harriette hat vor kurzem einen Hinweis auf den Tierkopf auf dem Ring gefunden. Es ist ein mythisches Wesen, das in einem sehr alten Buch über Naturphilosophie vorkommt.«

»Kein sehr erfreulicher Hinweis, fürchte ich«, sagte Harriette mit einem kurzen Blick auf ihre Brille. »In alten Zeiten hatte es etwas mit irgendeinem ekligen Kult zu tun.«

»Ich sehe momentan ein paar alte Werke über Mathematik durch, vielleicht finde ich da etwas über das Dreieck«, sagte Jane. »Ich habe das Gefühl, daß wir ganz nah dran sind.«

»Das hab ich auch«, sagte Lady Fanny und stieg von ihrer Leiter. »Nur macht mir das, was wir haben werden, wenn wir die Antworten finden, etwas Sorgen.«

»Warum sagst du das?« fragte Sophy. Sie setzte sich an den Tisch und nahm einen der schweren Folianten.

Harriette hob den Kopf. »Gestern nacht, kurz vor dem Schlafengehen, hat sich Fanny plötzlich vage an etwas erinnert.«

»An was denn?«

»Irgend etwas mit einem Geheimbund recht wilder junger Draufgänger«, sagte Fanny langsam. »Ich hab vor ein paar Jahren davon gehört. Ich habe nie Genaueres erfahren, aber soviel ich weiß, hatten die Mitglieder einen Ring, mit dem sie sich untereinander ausweisen konnten. Angeblich hat die Geschichte in Cambridge angefangen, aber einige der Mitglieder haben nach dem Studium den Club weiter aufrechterhalten. Zumindest für einige Zeit.«

Sophy sah kurz zu Anne und Jane und schüttelte kaum merklich den Kopf. Sie hatten sich geeinigt, Fanny und Harriette nicht mit dem wahren Grund für die Suche nach dem Geheimnis des schwarzen Rings zu belasten. Die älteren Frauen dachten, Sophy wäre nur interessiert, was es mit einem Erbstück aus ihrer Familie auf sich hatte.

»Du sagst, deine Schwester hat dir diesen Ring vermacht?« fragte Harriette und blätterte langsam weiter.

»Das ist richtig.«

»Weißt du, woher sie ihn hatte?«

Sophy zögerte und versuchte, eine plausible Erklärung dafür zu finden, daß Amelia den Ring in ihrem Besitz hatte. Wie gewöhnlich herrschte gähnende Leere in ihrem Gehirn, wenn sie versuchte, eine Lüge zu erfinden.

Anne kam ihr zu Hilfe. »Du hast gesagt, sie hätte ihn von einer Großtante, die vor vielen Jahren gestorben ist, nicht wahr, Sophy?«

»Ja«, warf Jane ein, bevor Sophy antworten mußte. »Ich glaube, das hast du gesagt, Sophy.«

»Ja. Richtig. Eine recht seltsame Tante, ich glaube, ich hab sie nie richtig kennengelernt«, sagte Sophy hastig.

»Hm. Sehr seltsam ist genau richtig«, murmelte Fanny, als sie noch zwei schwere Bände auf den Tisch fallen ließ und zum Regal ging, um noch weitere zu holen. »Ich frage mich, wie sie in den Besitz dieses Rings gekommen ist.«

»Das werden wir wahrscheinlich nie erfahren«, sagte Anne streng, mit einem vorwurfsvollen Blick auf Sophy, der man ihr schlechtes Gewissen auf Meilen ansah.

Harriette blätterte eine Seite weiter. »Hast du den Ring Ravenwood gezeigt, Sophy? Als Mann weiß er vielleicht mehr über solche Dinge als wir.«

»Er hat den Ring gesehen«, sagte Sophy, froh endlich die Wahrheit sagen zu können. »Er hat ihn nicht erkannt.«

»Na, dann müssen wir wohl selbst dranbleiben.« Fanny holte

noch ein Buch aus dem Regal. »Rätsel sind doch herrlich, findest du nicht, Harry?«

Harriette strahlte. »Du meine Güte, ja. Es gibt nichts Schöneres.«

Vier Tage später entdeckte Sophy, die zusammen mit Jane eine uralte Abhandlung über Mathematik durchblätterte, den Ursprung des merkwürdigen Dreiecks, das auf dem Ring eingraviert war.

»Das ist es«, sagte sie aufgeregt, als die anderen sich um das alte Buch versammelten. »Schaut es euch an. Das Dreieck ist genau wie das auf dem Ring, sogar mit den seltsamen Schlingen an jeder Ecke.«

»Sie hat recht«, sagte Anne. »Was steht denn da über das Dreieck?«

Sophy überflog mit gerunzelter Stirn das Latein. »Es soll irgendwie nützlich sein für gewisse finstere Zeremonien, mittels derer man weibliche Dämonen beherrschen kann, die –« Sie verstummte abrupt, als sie merkte, was sie da übersetzte. »Ach, du meine Güte.«

»Was ist denn los?« Fanny beugte sich über ihre Schulter.

»Ah, ich verstehe. ›Eine Form, die sehr nützlich für die Kontrolle weiblicher Sukkubi ist, während man sich ihrer fleischlich erfreut.‹ Faszinierend. Das können auch nur Männer, sich Sorgen machen um weibliche Dämonen, die arme, hilflose Männer im Schlaf belästigen.«

Harriette lächelte. »In der Tat faszinierend. Dämonische Prostituierte, die man kontrollieren kann, während man sich gleichzeitig ihrer Gunst erfreut. Du hast ganz recht, Fanny. Definitiv eine Fantasie, die dem männlichen Gehirn entsprungen ist.«

»Hier kommen noch mehr Beispiele für männliche Fantasien«, verkündete Anne und zeigte auf ein weiteres Bild der mythologischen Kreatur, die sie untersucht hatte. »Das Tier in dem Dreieck soll angeblich ungewöhnliche Kräfte haben. Es kann anscheinend stundenlang dem Beischlaf frönen, ohne seine Kraft zu verlieren.«

Fanny stöhnte. »Ich glaube, jetzt können wir mit einiger Gewißheit sagen, daß Sophys Erbstück tatsächlich ein Männerring ist. Er scheint speziell dafür angefertigt, daß Männer glauben, sich eine Menge auf ihre Künste im Schlafzimmer einbilden zu können. Vielleicht sollte es eine Art Glücksbringer für diesen Teil ihres Lebens sein. Auf jeden Fall ist es kein Schmuckstück, das Ravenwood in der Öffentlichkeit an seiner Frau sehen will.«

Harriette kicherte. »Wenn ich du wäre, Sophy, würde ich deinem Mann nichts von der Bedeutung der Zeichen auf dem Ring sagen. Steck das Ding weg und bitte Ravenwood statt dessen um die Familiensmaragde.«

»Dein Rat ist sicherlich ausgezeichnet«, sagte Sophy, die nicht im Traum daran dachte, ihren Mann um die Ravenwood-Smaragde zu bitten. »Und ich bin Euch wirklich dankbar für Eure Hilfe auf der Suche nach Informationen über diesen Ring.«

»Gern geschehn«, sagte Harriette strahlend. »Es war wirklich ein faszinierendes Projekt, nicht wahr, Fanny?«

»Äußerst lehrreich.«

»So, wir sollten uns, glaube ich, besser auf den Weg machen«, sagte Anne, während die Frauen die Bücher in die Regale zurückstellten. »Ich habe Großmutter versprochen, ich würde ihr heute abend helfen, es kommen ein paar Freunde zum Kartenspielen.«

»Und ich muß mich bei Lady St. Johns blicken lassen«, sagte Sophy und klopfte sich den Staub von den Händen.

Jane sah ihre beiden Freundinnen wortlos an, aber sobald sie alle drei in Sophys Kutsche saßen, außer Hörweite von Lady Fanny und ihrer Gesellschafterin, ergriff sie das Wort. »Und? Laßt mich nicht so lange zappeln. Das ist doch nicht das Ende, das weiß ich. Was wirst du als nächstes tun, Sophy?«

Sophy starrte gedankenverloren aus dem Fenster der Kutsche. »Wir wissen jetzt mit Bestimmtheit zwei Sachen über den Ring. Erstens, gehörte er wahrscheinlich einem Mann, der Teil eines Geheimbundes war, dem er sich wahrscheinlich in Cambridge angeschlossen hat. Und zweitens, daß dieser Geheimbund in verachtenswerte sexuelle Praktiken verwickelt war.«

»Ich glaube, du hast recht«, stimmte Anne zu. »Deine arme Schwester war wahrscheinlich das Opfer eines Mannes, der Frauen mißbraucht hat.«

»Das haben wir ja bereits gewußt«, sagte Jane. »Was machen wir jetzt?«

Sophy wandte sich vom Fenster zu ihren Freundinnen. »Ich glaube, es gibt nur eine Person, die vielleicht Männer kennt, die solche Ringe tragen.«

Janes Augen wurden ganz groß. »Du meinst doch nicht etwa –«

»Natürlich«, sagte Anne hastig. »Warum ist mir das nicht eingefallen? Wir müssen uns sofort mit Charlotte Featherstone in Verbindung setzen und herausfinden, was sie uns über den Ring oder den Mann, der ihn möglicherweise getragen hat, sagen kann. Sophy, schreib den Brief heute nachmittag. Ich werde mich verkleiden und ihn sofort abgeben.«

»Vielleicht zieht sie es vor, nicht zu antworten«, sagte Jane mit hoffnungsvollem Blick.

»Vielleicht, aber es ist die einzige Möglichkeit, die mir noch bleibt, außer den Ring wieder in der Öffentlichkeit zu tragen und zu sehen, wer darauf reagiert.«

»Zu gefährlich«, sagte Anne sofort. »Jeder Mann, der den Ring erkennt und dich damit sieht, könnte meinen, du bist selbst in diesen Kult verwickelt.«

Sophy erschauderte bei dem Gedanken an den Mann in Schwarz. *Eine sehr ungewöhnliche Art des Vergnügens*. Nein, sie mußte sehr vorsichtig sein, um keine weitere Aufmerksamkeit mit dem Ring zu erregen.

Charlotte Featherstones Antwort kam schon nach wenigen Stunden. Anne brachte den Brief sofort zu Sophy. Sophy riß ungeduldig, aber voller Angst den Brief auf.

Von einer Frau der Ehre an eine andere:

Eure Bitte, um das, was ihr gütigerweise als professionelle Information bezeichnet, schmeichelt mir. Ihr schreibt in Eurem Brief, daß Ihr versucht, die Herkunft eines Familienerbstücks festzustellen, und Eure Nachforschungen haben Euch davon überzeugt, daß ich Euch vielleicht weiterhelfen könnte. Ich gebe Euch natürlich gerne die wenigen Informationen, die ich besitze, aber erlaubt mir die Bemerkung, daß ich nicht allzuviel von dem Familienmitglied halte, das Euch den Ring hinterlassen hat. Wer immer es war, hatte eine sehr bösartige Natur.

Im Lauf der Jahre sind mir fünf Männer begegnet, die in meiner Gegenwart einen Ring trugen, wie Ihr ihn beschrieben habt. Zwei sind inzwischen tot und, offen gesagt, die Welt ist ohne sie besser dran. Die übrigen drei sind die Lords Utteridge, Varley und Ormiston. Ich weiß nicht, was Ihr als nächstes plant, aber ich rate zur Vorsicht. Ich kann Euch versichern, daß keiner der drei ein angenehmer Begleiter für irgendeine Frau ist, gleichgültig welche Position sie in der Gesellschaft einnimmt. Ich sage das zwar nur widerwillig, aber vielleicht solltet Ihr die Angelegenheit, was immer sie sein mag, mit Eurem Mann besprechen, bevor Ihr weitere Schritte unternehmt.

Der Brief schloß mit den eleganten Initialen der Featherstone.

Sophys Puls beschleunigte sich. Zumindest hatte sie Namen, sagte sie sich. Einer der drei könnte der Mann sein, der für Amelias Tod verantwortlich war. »Irgendwie muß ich es bewerkstelligen, diesen drei Männern zu begegnen«, sagte sie zu Anne.

»Utteridge, Varley und Ormiston«, wiederholte Anne nachdenklich. »Ich habe schon von ihnen gehört. Sie bewegen sich ungehindert in der Gesellschaft, obwohl ihr Ruf nicht der beste ist. Mit deinen Verbindungen und denen meiner Großmutter dürfte es nicht allzu schwer sein, Einladungen zu den Parties zu bekommen, wo man diese drei Lords antreffen kann.«

Sophy nickte und faltete den Brief der Featherstone. »Ich vermute, mein Terminkalender wird jetzt voller sein denn je.«

Vierzehn

Waycott war wirklich eine Pest, und das nicht zum ersten Mal. Sophy war mit ihrer Geduld am Ende. Sie sah mit gerunzelter Stirn über Lord Utteridges Schulter, mit dem sie gerade zur Tanzfläche ging, und stellte erleichtert fest, daß Waycott offenbar auf dem Weg in den Garten war.

Es war auch höchste Zeit, daß er sie heute abend einmal in Ruhe ließ, sagte sich Sophy. Es war ihr endlich gelungen, vorgestellt zu werden und mit dem ersten Namen auf ihrer Liste zu tanzen – dem einst sehr attraktiven, aber inzwischen sehr verlebt aussehenden Utteridge. Doch es war ein hartes Stück Arbeit gewesen. Seit sie auf dem Fest eingetroffen war, lungerte Waycott um sie herum, genau wie auf mehreren anderen Festlichkeiten der letzten zwei Wochen.

Es war schon schwer genug gewesen, herauszufinden, wo Utteridge sich heute abend aufhielt, dachte Sophy verärgert – wesentlich schwieriger als sie und Anne und Jane vermutet hatten. Und ein Waycott, der ihr ständig im Weg war, hatte ihr gerade noch gefehlt. Glücklicherweise hatte Anne die entscheidende Information aus der Gästeliste der Soirée in letzter Minute bekommen können. Sophy wollte auf keinen Fall die Zeit und Mühe, die sie dafür aufgewendet hatte, auf die selbe Gästeliste zu kommen, verschwenden.

Die verfügbaren Informationen über Lord Utteridge waren minimal gewesen.

»Man sagt, er hätte fast sein ganzes Vermögen am Spieltisch durchgebracht und er sei jetzt auf der Suche nach einer reichen Frau«, hatte Anne heute nachmittag berichtet. »Im Augenblick versucht er, das Interesse Cordelia Biddles zu erregen, und sie wird heute abend bei den Dallimores sein.«

»Lady Fanny kann mir sicher eine Einladung verschaffen«, sagte

Sophy, und wie sich herausstellte, hatte sie recht. Lady Fanny war etwas überrascht gewesen, daß Sophy an einem Fest teilnehmen wollte, das versprach, äußerst langweilig zu werden, aber sie hatte sich trotzdem mit der Gastgeberin in Verbindung gesetzt.

»Es war ein Kinderspiel, meine Liebe«, hatte Fanny später gesagt. »Jede Gastgeberin ist momentan hinter dir her.«

»Die Macht von Julians Titel, nehme ich an«, hatte Sophy ironisch bemerkt. Wenn Anne recht behielt, würde sie diese Macht nützen können, um Amelias Verführer zu bestrafen.

»Der Ravenwood Titel hilft natürlich«, hatte Harriette gesagt, »aber du solltest ruhig wissen, daß du in dieser Saison die gefragteste Frau bist, und das nicht nur, weil du eine Gräfin bist.«

Sophy war momentan etwas überrascht von dieser Bemerkung, dann grinste sie. »Bitte keine Details, Harry. Ich bin mir sehr wohl bewußt, daß ich meine Popularität der schlichen Tatsache zu verdanken habe, daß auch die Mitglieder des *Ton* an Kopfschmerzen, Verdauungsproblemen und diversen anderen Wehwehchen leiden. Ich schwöre Euch, ich muß auf jedem Fest mehr Rezepte ausschreiben als ein Apotheker.«

Harriette hatte einen lächelnden Blick mit Fanny getauscht und sich dann wieder ihrem Buch zugewandt.

Der Plan hatte funktioniert, und Sophy war von einer begeisterten Gastgeberin begrüßt worden, die sich nicht hätte träumen lassen, daß sie das Glück haben würde, die neue Gräfin Ravenwood für ihre Soirée zu kriegen. Danach war es sehr einfach gewesen, Lord Utteridge aufzuspüren. Alles wäre sehr gut verlaufen, wenn Waycott sie nicht mit ständigen Aufforderungen zum Tanz geplagt hätte.

»Ich möchte so frei sein zu bemerken, daß Euch Ravenwood als ziemliche Abwechslung von seiner ersten Frau empfinden muß«, murmelte Utteridge mit zuckersüßer Stimme.

Sophy, die ängstlich auf genau solch ein Stichwort gewartet hatte, schenkte ihm ein ermunterndes Lächeln. »Habt Ihr sie gut gekannt, Mylord?«

Utteridges Lächeln war widerlich. »Sagen wir mal, ich hatte das Vergnügen, mehrere intime Gespräche mit ihr führen zu können. Sie war eine hinreißende Frau. Berauschend für die Sinne. Faszinierend, geheimnisvoll, anziehend. Mit einem Lächeln konnte sie einen Mann tagelang verhexen. Sie war auch, meiner Meinung nach, sehr gefährlich.«

Ein Sukkubus. Sophy mußte an das merkwürdige Zeichen auf dem schwarzen Ring denken. Mehr als ein Mann hatte es vielleicht für nötig gehalten, sich vor einer Frau wie Elizabeth zu schützen, selbst wenn er sich willig in ihren Bann hatte ziehen lassen.

»Habt Ihr meinen Mann und seine Frau häufig auf Ravenwood besucht?« fragte Sophy so beiläufig es ging.

Utteridge lachte. »Ravenwood hat selten mit seiner Frau Gesellschaften gegeben. Zumindest nicht mehr nach den ersten Monaten ihrer Ehe. Ah, diese ersten Monate waren für den Rest von uns sehr amüsant, das muß ich schon sagen.«

»Amüsant?« Sophy bekam eine leichte Gänsehaut.

»Ja, in der Tat«, sagte Utteridge genüßlich. »In diesem ersten Jahr gab es reichlich Szenen und öffentliche Auseinandersetzungen zwischen den beiden, die dem *Ton* endlose Unterhaltung lieferten. Aber danach gingen Ravenwood und seine Frau getrennte Wege. Einige behaupten, er wäre kurz davor gewesen, die Scheidung einzureichen, als Elizabeth starb.«

Julian hatte diese peinlichen Szenen in der Öffentlichkeit sicher gehaßt. Kein Wunder, daß er so erpicht darauf war, daß seine neue Frau nicht ins Gerede kam. Sophy versuchte, zu ihrer ursprünglichen Frage zurückzukehren. »Habt Ihr je Ravenwood Abbey besucht, Mylord?«

»Zweimal, soweit ich mich erinnern kann«, sagte Utteridge desinteressiert. »Bin beide Male nicht sehr lang geblieben, obwohl Elizabeth sehr charmant sein konnte. Ich hab's nicht mit dem Land. Ein Mann von meiner Konstitution hat keinen Sinn fürs Rustikale. Ich fühle mich in der Stadt wesentlich wohler.«

»Ich verstehe.« Sophy lauschte aufmerksam dem Timbre seiner Stimme und versuchte festzustellen, ob er der Mann in Schwarz war, der sie auf dem Maskenball vor dem Ring gewarnt hatte. Ihrer Meinung nach war er es nicht.

Und wenn Utteridge die Wahrheit sagte, konnte er wohl auch nicht Amelias Verführer sein. Wer immer der Mann war, er war öfter als zweimal auf Ravenwood gewesen. Amelia hatte im Lauf von drei Monaten ihren Geliebten mehrmals getroffen. Natürlich bestand immer noch die Möglichkeit, daß Utteridge log, was die Häufigkeit seiner Besuche betraf, aber Sophy sah keinen Grund, warum er sich die Mühe machen sollte.

Es würde wohl äußerst schwierig sein, Amelias Verführer aufzuspüren, das mußte sie zugeben.

»Sagt mir, Madame, habt Ihr vor, in die Fußstapfen Eurer Vorgängerin zu treten? Wenn ja, so hoffe ich, daß Ihr mich in Eure Pläne miteinbezieht. Ich könnte mich sogar zu einer weiteren Reise nach Hampshire überreden lassen, wenn Ihr die Gastgeberin sein wollt«, sagte Utteridge mit gefährlich ruhiger Stimme.

Diese kaum verhohlene Anzüglichkeit holte Sophy aus ihren Tagträumen. Sie blieben mitten auf der Tanzfläche stehen und warf wütend den Kopf zurück. »Was genau wollt Ihr damit andeuten, Mylord?«

»Aber gar nichts, meine Liebe, das kann ich Euch versichern. Ich habe nur aus Neugier gefragt. Ihr schient so interessiert an den Aktivitäten der vorigen Gräfin, daß ich mich gefragt habe, ob Ihr vielleicht Ambitionen habt, ein, äh... ebenso leichtsinniges Leben zu führen wie sie.«

»Ganz sicher nicht«, sagte Sophy grimmig. »Es ist mir ein Rätsel, wie Ihr zu diesem Eindruck kommt.«

»Beruhigt Euch, Madame. Ich wollte Euch nicht beleidigen. Ich hatte ein paar Gerüchte gehört, und ich muß zugeben, sie haben mich neugierig gemacht.«

»Was für Gerüchte?« fragte Sophy, mit einem Mal ängstlich. Wenn die Geschichte von dem Duell zwischen ihr und Charlotte Featherstone durchgesickert war, würde Julian toben.

»Nichts Wichtiges, das kann ich Euch versprechen.« Utteridge lächelte kühl und steckte eine baumelnde künstliche Blume in Sophys Haar zurück. »Nur ein bißchen Gerede über die Ravenwood-Smaragde.«

»Ach die.« Sophy versuchte nicht zu zeigen, wie erleichtert sie war. »Was ist mit ihnen, Mylord?«

»Einige Leute wundern sich, warum Ihr sie noch nie in der Öffentlichkeit getragen habt«, sagte Utteridge gelangweilt, ließ sie aber keine Sekunde aus den Augen.

»Seltsam«, sagte Sophy. »Man stelle sich vor, daß jemand auch nur einen Augenblick Zeit darauf verschwenden kann, sich den Kopf über eine so banale Sache zu zerbrechen. Ich glaube, unser Tanz ist zu Ende, Mylord.«

»Dann werdet Ihr mich bitte entschuldigen, Madame«, sagte Utteridge mit einer lakonischen Verbeugung. »Den nächsten Tanz bin ich leider schon vergeben.«

»Natürlich.« Sophy nickte hochmütig und sah dann zu, wie sich Utteridge durch die Menge zu einer jungen, blonden, blauäugigen Frau durchschlängelte, die ein hellblaues Seidenkleid trug.

»Cordelia Biddle«, sagte Waycott und stellte sich neben Sophy. »Keinen Funken Verstand im Kopf, aber wie man hört, ist ihr Vermögen ein mehr als angemessener Ausgleich dafür.«

»Es ist mir neu, daß Männer bei einer Frau großen Wert auf Verstand legen.«

»Es stimmt allerdings, daß die meisten Männer selbst nicht genug Verstand haben, um so etwas bei einer Frau zu schätzen.« Waycott ließ sie nicht aus den Augen. »Ich wage zu behaupten, daß Ravenwood einer dieser beschränkten Männer ist.«

»Ihr irrt Euch, Mylord«, sagte Sophy schroff.

»Dann bitte ich um Verzeihung«, sagte Waycott. »Aber Ihr müßt verstehen, daß ein Mann stutzig wird, wenn er keine Beweise dafür sieht, daß Ravenwood seine charmante neue Frau schätzt.«

»Was für Beweise wollt Ihr denn sehen?« konterte Sophy. »Soll er jeden Morgen Rosenblätter vor der Haustür streuen?«

»Rosenblätter?« Waycott zog die Augenbrauen hoch. »Ich glaube nicht. Ravenwood ist nicht der Typ für romantische Gesten. Aber ich hätte zumindest erwartet, daß er Euch die Ravenwood-Smaragde übergibt.«

»Ich wüßte nicht, warum«, sagte Sophy barsch. »Ich bin nicht der Typ für Smaragde. Diamanten stehen mir viel besser, findet Ihr nicht?« Sie hob den Arm und zeigte ihm das Armband, das Julian ihr geschenkt hatte. Die Steine funkelten an ihrem Handgelenk.

»Ihr irrt Euch, Sophy«, sagte Waycott. »Smaragde würden Euch wunderbar stehen. Aber ich frage mich, ob Ravenwood sie je wieder einer Frau anvertrauen wird? Diese Steine bergen sicher viele schmerzliche Erinnerungen für ihn.«

»Ihr müßt mich entschuldigen, Mylord. Ich glaube, ich sehe Lady Frampton drüben am Fenster. Ich muß nachfragen, ob mein Verdauungsmittel geholfen hat.«

Sophy rauschte davon. Jetzt hatte sie aber endgültig genug von diesem Viscount. Er war scheinbar auf jeder Veranstaltung, die sie dieser Tage besuchte.

Während sie sich durch die Menge drängte, kam ihr der Gedanke, daß sie Utteridge vielleicht nicht so schnell hätte gehen lassen sollen. Selbst wenn er nicht der Mann war, den sie suchte, so wußte er doch eine Menge über Elizabeths Aktivitäten und war bereit, darüber zu reden. Zu spät fiel ihr ein, daß er sicherlich wertvolle Informationen über die beiden anderen Männer auf Charlottes Liste hätte liefern können.

Auf der anderen Seite des Zimmers lehnte Cordelia Biddle gerade einen weiteren Tanz mit Utteridge ab, und Utteridge schien nun Richtung Garten zu gehen. Sophy machte sich auf den Weg zur offenen Tür.

»Vergeßt Utteridge«, ertönte Waycotts gelangweilte Stimme hinter ihr. »Ihr könnt etwas Besseres haben. Selbst Elizabeth hat sich nicht lange mit ihm aufgehalten.«

Sophy drehte rasch den Kopf und kniff wütend die Augen zusammen. Waycott war ihr offenbar gefolgt. »Ich weiß nicht, was Ihr damit andeuten wollt, Mylord, und ich möchte auch nicht, daß Ihr es mir erklärt. Aber ich denke, es wäre für Euch das klügste, wenn Ihr aufhören würdet, Spekulationen über meine Bekannten anzustellen.«

»Warum? Habt Ihr Angst, daß Ravenwood, sollte er hiervon erfahren, Euch ebenso in dem verdammten Teich ertränken wird, wie er es mit Elizabeth gemacht hat?«

Sophy starrte Waycott einen Augenblick schockiert an, dann wandte sie ihm den Rücken zu und rauschte durch die offene Tür in die kühle Nachtluft des Gartens.

* * *

»Wenn du mich das nächste Mal in eine so armselige Spielhölle schleppst, hoffe ich doch, du wirst wenigstens den Anstand haben, dafür zu sorgen, daß ich gewinne«, schimpfte Julian verärgert, als er und Daregate den Spieltisch verließen.

Hinter ihnen rückten andere Spieler mit studierter Lässigkeit nach, die aber die fiebrige Erregung in ihren Augen nicht verbergen konnten. Würfel klickten leise, und ein neues Spiel begann. Vermögen würden heute abend gewonnen und verloren werden. Anwesen, die seit Generationen in Familienbesitz waren, würden mit einem Würfelwurf den Besitzer wechseln. Julian hatte große Mühe, nicht zu zeigen, wie angewidert er war. Ländereien und die Privilegien und Verantwortung, die dazu gehörten, waren kein Spielzeug, das man bei einem idiotischen Würfelspiel riskierte. Er begriff einfach nicht, was im Verstand eines Mannes vorging, der so etwas tat.

»Hör auf, dich zu beklagen«, tadelte ihn Daregate. »Ich hab dir gesagt, es ist leichter, Informationen von einem strahlenden Gewinner zu bekommen als von einem unzufriedenen Verlierer. Du hast doch gekriegt, was du wolltest, oder nicht?«

»Ja, verdammt noch mal, aber es hat mich fünfzehnhundert Pfund gekostet.«

»Ein Trinkgeld im Vergleich zu dem, was Crandon und Musgrove heute abend verlieren werden. Das Schlimme an dir, Ravenwood, ist, daß dir jeder Penny leid tut, den du nicht direkt in deine Ländereien steckst.«

»Du weißt genau, daß deine Einstellung zum Spielen sich schlagartig ändern würde, wenn du den Titel deines Onkels und die dazugehörigen Ländereien erbst. Du bist genausowenig ein eingefleischter Spieler wie ich.« Julian winkte seiner Kutsche, als sie hinaus in die kühle Nachtluft traten. Es war fast Mitternacht.

»Sei dir da nicht so sicher. Im Augenblick sind mir die Spieltische sehr lieb. Ich bin von ihnen abhängig, was mein Einkommen betrifft.«

»Es ist ein Glück, daß du ein Talent für Würfel und Karten hast.«

»Eine der wenigen sinnvollen Sachen, die ich in Eton gelernt habe«, sagte Daregate schnippisch, dann sprang er in die Kutsche, die gerade vorgefahren war.

Julian folgte Daregate und setzte sich ihm gegenüber. »Na schön, es hat mich genug gekostet. Jetzt schauen wir mal nach, was genau ich für meine fünfzehnhundert Pfund bekommen habe.«

»Laut Eggers, und der, das muß ich sagen, kennt sich in solchen Sachen recht gut aus, sind mindestens noch drei oder vier Männer übrig, die immer noch schwarze Ringe tragen«, sagte Daregate nachdenklich.

»Aber wir haben ihm nur zwei Namen entlocken können. Utteridge und Varley.« Julian dachte über den Mann nach, an den er gerade sein Geld verloren hatte. Je mehr Eggers gewonnen hatte, desto williger war er gewesen, mit Daregate und Julian Klatsch zu tauschen. »Ich frage mich, ob es einer von ihnen war, der Sophys Freundin den Ring gegeben hat. Utteridge war, glaube ich, zu Besuch im Abbey. Und Varley auch, da bin ich mir fast sicher.«

Julians Hand ballte sich zur Faust, als er sich zwang, sich an die scheinbar endlose Liste von Elizabeths Eroberungen zu erinnern.

Daregate ignorierte die Schatten der Vergangenheit und hielt sich an das augenblickliche Thema. »Zumindest haben wir einen Ausgangspunkt. Entweder Utteridge oder Varley könnten der Mann sein, der der Freundin deiner Frau den Ring gegeben hat.«

»Verdammt noch mal, das gefällt mir nicht, Daregate. Eins steht aber fest, Sophy darf diesen Ring nie wieder in der Öffentlichkeit tragen. Ich werde dafür sorgen müssen, daß er sofort vernichtet wird.« Und das würde sicher wieder neuen Ärger zwischen ihm und Sophy geben. Sie hing offensichtlich sehr an dem Ring.

»In diesem Punkt muß ich dir voll und ganz zustimmen. Sie darf ihn nicht tragen, ehe wir nicht wissen, was er bedeutet. Aber sie weiß nicht, was er bedeutet, Ravenwood. Für sie ist er nur ein Andenken. Willst du ihr die Wahrheit sagen?«

Julian schüttelte grimmig den Kopf. »Daß der ursprüngliche Besitzer einem Geheimbund angehörte, dessen Mitglieder Wetten abgeschlossen haben, wer dem hochrangigsten Mitglied des *Ton* Hörner aufsetzen würde? Wohl kaum. Sie hat ohnehin schon eine viel zu schlechte Meinung von Männern.«

»Hat sie das wirklich?« fragte Daregate amüsiert. »Dann paßt du und deine Lady ja sehr gut zusammen, nicht wahr, Ravenwood? Du hast auch keine sehr hohe Meinung von Frauen. Geschieht dir recht, wenn du mit einer Frau verheiratet bist, die das Kompliment erwidert.«

»Das reicht, Daregate. Ich habe heute abend Wichtigeres zu tun, als mich mit einem Mann zu streiten, dessen Meinung über Frauen sich nicht wesentlich von meiner unterscheidet. Auf jeden Fall ist Sophy ganz anders als die meisten Frauen.«

Daregate sah ihn an, und die Schatten versteckten sein Lächeln. »Ja, ich weiß. Ich hab mich schon gefragt, ob du dir dessen überhaupt bewußt bist. Paß gut auf sie auf, Ravenwood. In dieser Welt gibt es Wölfe, die nur zu gerne einen Biß von ihr nehmen würden.«

»Keiner weiß das besser als ich.« Julian starrte aus dem Kutschenfenster. »Wo möchtest du denn abgesetzt werden?«

Daregate hob ratlos die Schultern. »Bei Brook's, denk ich. Nach dem Schuppen, den wir gerade verlassen haben, bin ich in der Stimmung für ein bißchen zivilisiertes Trinken. Wohin gehst du?«

»Sophy suchen. Sie wollte zu Lady Dallimores Soirée.«

Daregate grinste. »Wo sie wahrscheinlich die Königin des Abends ist. Deine Lady ist im Begriff, die ganze Stadt zu erobern. Wenn du heutzutage die Bond Street runtergehst oder irgendeinen Salon betrittst, wirst du feststellen, daß mindestens die Hälfte der anwesenden jungen Damen charmant verschlampt aussieht. Baumelnde Bänder, schiefe Hüte, Schals, die auf dem Boden nachgeschleift werden. Es ist alles wirklich ganz entzückend, aber keine macht es mit solcher Eleganz wie Sophy.«

Julian mußte grinsen. »Nur deshalb, weil sie nicht daran arbeiten muß. Bei ihr ist das ganz natürlich.«

Fünfzehn Minuten später schlängelte Julian sich durch das Gedränge in Lady Dallimores Ballsaal und suchte Sophy. Daregate hatte recht, stellte er amüsiert fest. Bei den meisten jungen Frauen im Raum war etwas nicht in Ordnung mit ihrer Kleidung. Haarschmuck stak schief in den Locken, Bänder baumelten zu Boden, und Schals flatterten täuschend willkürlich um ihre Eigentümerinnen. Fast hätte er einen Fächer zertreten, der an einer langen Schnur vom Handgelenk eines Mädchens baumelte.

»Hallo, Ravenwood, seid Ihr auf der Suche nach Eurer Gräfin?«

Julian warf einen Blick über die Schulter und erkannte einen ältlichen Baron, mit dem er sich gelegentlich über die Kriegsberichte unterhielt. »Guten Abend, Tharp. Zufällig bin ich tatsächlich auf der Suche nach Lady Ravenwood. Irgendein Zeichen von ihr?«

»Zeichen von ihr sind überall, mein Junge. Schaut Euch doch nur um.« Der stämmige Baron zeigte in den überfüllten Ballsaal. »Man kann keinen Schritt machen, ohne über ein Band oder einen Schal oder irgend so einen Firlefanz zu stolpern. Hab vorhin selbst ein Schwätzchen mit Eurer Lady gemacht. Sie hat mir ein Rezept gegen meine Verdauungsschwierigkeiten gegeben. Ich sag's nicht ungern, Ihr habt verdammtes Glück, daß Ihr die geheiratet habt. Sie wird dafür sorgen, daß Ihr steinalt werdet. Und Euch auch noch ein Dutzend Söhne schenken.«

Bei der letzten Bemerkung kniff Julian wütend den Mund zusammen. Er war sich nicht direkt sicher, daß Sophy ihm diese Söhne willig schenken würde. Er erinnerte sich sehr wohl daran, daß sie gesagt hatte, sie wollte nicht sofort Kinder haben. »Wo habt Ihr sie denn zuletzt gesehen, Tharp?«

»Sie hat mit Utteridge getanzt, glaube ich.« Tharps joviale Miene wurde plötzlich besorgt. »Wenn ich mir das recht überlege, Junge, ist das nicht der beste Umgang für sie. Ihr wißt doch, wie Utteridge ist. Ein gewissenloser Schürzenjäger. Da würde ich sofort den Riegel vorschieben.«

Julian wurde mit einem Mal flau in der Magengegend. Wie, zum Teufel, hatte es Utteridge geschafft, Sophy vorgestellt zu werden? Und, noch wichtiger, warum hatte er das getan? »Ich werde mich sofort um die Sache kümmern. Danke, Tharp.«

»War mir ein Vergnügen.« Die Miene des Barons klärte sich. »Dankt Eurer Gräfin noch mal für das Rezept, seid so gut. Werd's gleich ausprobieren. Gott weiß, wie satt ich es habe, mich von Kartoffeln und Brot zu ernähren. Möchte mal wieder in ein anständiges Stück Rindfleisch beißen.«

»Ich werd's ihr sagen.« Julian drehte sich um und machte sich auf die Suche nach Utteridge. Den Mann konnte er nicht entdecken, aber dafür Sophy. Sie schickte sich gerade an, in den Garten zu gehen, und Waycott folgte ihr dicht auf den Fersen.

Eines Tages, versprach sich Julian, würde er Waycott ein für alle Mal das Handwerk legen.

Der Garten war eine Pracht. Sophy hatte gehört, daß er Lord Dallimores ganzer Stolz war. Unter normalen Umständen hätte sie seinen Anblick im Mondlicht sicherlich sehr genossen. Es war nicht zu übersehen, wieviel Arbeit in den ordentlich geschnittenen Hecken, Terrassen und Blumenbeeten steckte.

Aber heute abend behinderten sie die üppigen Pflanzen auf ihrer Suche nach Lord Utteridge. Jedesmal, wenn sie um eine hohe Hecke bog, fand sie sich wieder in einer Sackgasse. Je weiter sie sich vom Haus entfernte, desto schwieriger wurde es, etwas in den Schatten zu erkennen. Zweimal stolperte sie über Pärchen, die offensichtlich den Ballsaal verlassen hatten, um allein zu sein.

Wie weit konnte sich Utteridge denn bloß entfernen, fragte sie sich irritiert. Der Garten war nicht so groß, daß man sich darin verirren konnte. Dann tauchte plötzlich die Frage auf, warum er überhaupt einen so langen Ausflug in den Garten machte.

Die Antwort ließ nicht lange auf sich warten. Ein Mann mit Utteridges Charakter würde natürlich diesen verschwiegenen Garten für ein Schäferstündchen nützen. Vielleicht flüsterte er gerade jetzt irgendeinem naiven jungen Mädchen Versprechungen ins Ohr, die glaubte, sie wäre verliebt. Wenn er der Mann sein sollte, der Amelia verführt hatte, dann, so schwor sich Sophy, würde sie dafür sorgen, daß er weder Cordelia Biddle noch irgendeine andere unschuldige Erbin heiraten konnte.

Sie raffte ihre Röcke und wollte gerade eine kleine Panstatue umrunden, die in der Mitte eines Blumenbeetes stand.

»Es ist sehr unklug, hier draußen alleine herumzuwandern«, kam Waycotts Stimme aus dem Schatten. »Eine Frau könnte sich in diesem Garten sehr leicht verirren.«

Sophy stockte der Atem. Sie wirbelte herum und sah den Viscount, der sie aus wenigen Metern Entfernung anstarrte. Ihre ursprüngliche Angst schlug in Wut um. »Also wirklich, Mylord, müßt Ihr Euch so anschleichen?«

»Ich komme allmählich zu der Überzeugung, daß das die einzige Möglichkeit ist, überhaupt irgendwann mit Euch unter vier Augen zu sprechen.« Waycott machte ein paar Schritte auf sie zu, im Mondlicht sah sein blasses Haar fast silbern aus. Der Kontrast zu der schwarzen Kleidung, die er wie immer trug, gab ihm etwas Unwirkliches.

»Ich glaube nicht, daß es etwas gibt, was wir unter vier Augen zu besprechen hätten«, sagte Sophy und packte ihren Fächer fester. Sie war nur ungern mit Waycott allein. Julians Warnungen vor ihm schrillten wie Alarmglocken durch ihren Kopf.

»Ihr irrt Euch, Sophy. Wir haben sehr viel zu besprechen. Ich möchte, daß Ihr die Wahrheit über Ravenwood und Elizabeth erfahrt. Es ist allerhöchste Zeit, daß Ihr das hört.«

»Ich weiß bereits, was ich wissen muß«, sagte Sophy ruhig.

Waycott schüttelte den Kopf, seine Augen funkelten im fahlen Licht. »Keiner kennt die Wahrheit, Ihr am allerwenigsten. Hättet Ihr sie gekannt, hättet Ihr ihn nie geheiratet. Ihr seid viel zu süß und sanft, Ihr hättet Euch nie freiwillig einem Monster wie Ravenwood hingegeben.«

»Ich muß Euch bitten, sofort damit aufzuhören, Lord Waycott.«

»Gott steh mir bei, ich kann nicht damit aufhören«, Waycotts Stimme klang mit einem Mal brüchig. »Glaubt Ihr denn, ich würde es nicht tun, wenn ich es könnte? Wenn es doch nur so einfach wäre. Ich muß ständig daran denken. An sie. An alles. Es verfolgt mich, Sophy. Es frißt mich bei lebendigem Leib auf. Ich hätte sie retten können, aber sie hat es nicht zugelassen.«

Zum ersten Mal dämmerte Sophy, daß Waycotts Gefühle für Elizabeth alles andere als oberflächlich und flüchtig gewesen waren. Das weckte sofort ihr Mitleid, sie machte einen Schritt auf ihn zu und legte ihre Hand auf seinen Arm.

»Still«, flüsterte sie. »Ihr dürft Euch keine Vorwürfe machen. Elizabeth war sehr temperamentvoll, leicht erregbar. Selbst die von uns, die in der Umgebung von Ravenwood gelebt haben, wußten soviel über sie. Was immer passiert ist, es ist vorbei. Ihr dürft Euch nicht länger damit quälen.«

»Er hat sie ruiniert«, flüsterte Waycott. »Er hat sie zu dem gemacht, was sie geworden ist. Elizabeth wollte ihn nicht heiraten, wißt Ihr. Sie wurde von ihrer Familie zu dieser Verbindung gezwungen. Ihre Eltern haben nur an das Ravenwood Vermögen und den Titel gedacht. Sie haben keine Rücksicht auf ihre Sensibilität genommen. Sie haben nicht einmal annähernd begriffen, wie zartbesaitet sie war.«

»Bitte, Mylord, Ihr dürft Euch nicht so aufregen.«

»Er hat sie umgebracht.« Waycotts Stimme wurde jetzt kräftiger. »Am Anfang hat er es ganz langsam gemacht, mit einer Reihe von

Grausamkeiten. Dann ist er grober geworden. Sie hat mir erzählt, er hätte sie mehrmals mit der Reitpeitsche geschlagen – geschlagen, als wäre sie sein Pferd.«

Sophy schüttelte rasch den Kopf. Wie oft hatte sie selbst Julian bis zur Weißglut getrieben. Er hatte nie Hand an sie gelegt. »Nein, das kann ich nicht glauben.«

»Es ist wahr. Ihr habt sie ja am Anfang nicht gekannt. Ihr habt nicht gesehen, wie sie sich nach der Heirat mit ihm verändert hat. Er hat immer versucht, ihren Esprit in Ketten zu legen und ihr inneres Feuer zu ersticken. Sie hat sich mit der einzigen Waffe gewehrt, die sie hatte – sie hat sich ihm widersetzt. Aber bei dem Versuch, sich von ihm zu befreien, ist sie immer wilder geworden.«

»Einige behaupten, sie wäre mehr als nur wild gewesen«, sagte Sophy leise. »Manche sagen, sie wäre verrückt gewesen. Und wenn das wahr ist, ist es sehr traurig.«

»Er hat sie dazu gemacht.«

»Nein. Ihr könnt die Schuld für ihren Zustand nicht Ravenwood geben. Solcher Wahnsinn liegt im Blut, Mylord.«

»Nein«, zischte Waycott wütend. »Ihr Tod ist Ravenwoods Schuld. Sie wäre heute noch am Leben, wenn er nicht gewesen wäre. Er muß für sein Verbrechen bezahlen.«

»Das ist absoluter Unsinn, Mylord«, sagte Sophy mit eisiger Stimme. »Elizabeths Tod war ein Unfall. Ihr dürft keine solchen Anschuldigungen machen. Vor mir nicht und auch nicht vor anderen Leuten. Ihr wißt genausogut wie ich, daß solche Äußerungen viel Ärger machen können.«

Waycott schüttelte den Kopf, als müsse er dicke Nebelschwaden vertreiben. Seine Augen glänzten nicht mehr ganz so fiebrig. Er strich sich durch sein blasses Haar. »Hört mich an. Ich bin ein Narr, daß ich Euch damit belaste.«

Sophy blutete das Herz, als sie merkte, was hinter diesen ungereimten Anschuldigungen steckte. »Ihr müßt sie sehr geliebt haben, Mylord.«

»Zu sehr. Mehr als das Leben selbst.« Waycott klang jetzt sehr erschöpft.

»Es tut mir leid, Mylord. Ich kann gar nicht sagen, wie leid.«

Der Viscount rang sich ein mühsames Lächeln ab. »Ihr seid so gut, Sophy. Zu gütig vielleicht. Ich glaube allmählich, daß Ihr es tatsächlich versteht. Ich habe Eure Güte nicht verdient.«

»Nein, Waycott, ganz sicherlich nicht.« Julians Stimme durchtrennte die Finsternis wie eine scharfe Klinge, als er aus der Dunkelheit trat. Er griff Sophys Hand und nahm sie vom Ärmel des anderen Mannes. Das Diamantarmband funkelte an ihrem Handgelenk, als er es besitzergreifend unter seinen Arm steckte.

»Julian, bitte«, sagte Sophy. Seine Stimmung machte ihr angst. Er ignorierte sie und wandte sich an den Viscount. »Meine Frau hat eine Schwäche für diejenigen, die ihrer Meinung nach leiden. Ich werde nicht dulden, daß irgend jemand diese Schwäche ausnützt. Und ganz besonders nicht Ihr, Waycott. Hab ich mich klar genug ausgedrückt?«

»Vollkommen klar. Gute Nacht, Madame. Und danke.«

Waycott verbeugte sich elegant vor Sophy und verschwand in die Dunkelheit des Gartens.

»Wirklich, Julian. Es war doch nicht nötig, eine Szene zu machen.«

Julian führte sie leise fluchend rasch zurück zum Haus. »Nein? Sophy, du scheinst nicht zu begreifen, daß ich mich heute abend wegen dir beinahe vergessen hätte. Ich habe doch wohl klar und deutlich gesagt, daß du unter keinen Umständen Umgang mit Waycott haben sollst.«

»Er ist mir in den Garten gefolgt. Was sollte ich denn machen?«

»Warum, zum Teufel, bist du überhaupt allein in den Garten gegangen?« konterte Julian.

Das ließ sie erstarren. Sie konnte ihm nicht erzählen, daß sie versuchen wollte, Informationen von Utteridge zu bekommen. »Es war sehr warm im Ballsaal«, sagte sie vorsichtig. Sie wollte so nah wie möglich an der Wahrheit bleiben.

»Du solltest wirklich wissen, daß man einen Ballsaal nicht alleine verläßt. Wo bleibt dein gesunder Menschenverstand, Sophy?«

»Ich bin mir nicht ganz sicher, Mylord, aber allmählich hab ich den Verdacht, daß die Ehe diese spezielle Fähigkeit sehr strapaziert.«

»Wir sind hier nicht in Hampshire, wo du ungefährdet alleine herumstreifen kannst.«

»Ja, Julian.«

Er stöhnte. »Immer, wenn du diesen Ton anschlägst, weiß ich, daß ich dich langweile. Sophy, mir ist klar, daß ich sehr viel Zeit damit verbringe, dir Vorträge zu halten, aber ich schwöre dir, du hast dir jedes Wort nur selbst zuzuschreiben. Warum mußt du dich immer wieder in solche Situationen bringen? Machst du das nur, um uns beiden zu beweisen, daß ich keine Kontrolle über meine eigene Frau habe?«

»Es ist nicht nötig, mich unter Kontrolle zu haben«, sagte Sophy. »Aber allmählich glaube ich, daß du das nie verstehen wirst. Du hältst es zweifellos für nötig, nach dem, was mit deiner ersten Frau passiert ist. Aber ich kann dir versichern, auch deine ganze Kontrolle hätte nicht gereicht, um sie davor zu bewahren, sich selbst zu zerstören. Sie war nicht zu kontrollieren, von dir nicht und auch nicht von einem anderen. Sie war, wie ich glaube, jenseits menschlicher Hilfe. Du darfst dir keinen Vorwurf machen, daß du sie nicht retten konntest.«

Julians Hand lege sich schwer über die ihre auf seinem Arm. »Verdammt, ich habe dir gesagt, daß ich nicht über Elizabeth rede. Soviel will ich sagen: Gott weiß, daß ich nicht fähig war, sie vor dem zu schützen, was immer sie in diese Wildheit getrieben hat, und vielleicht hast du recht. Vielleicht hätte kein Mann ihre Art Wahnsinn unter Kontrolle bringen können. Aber du kannst versichert sein, daß ich dich beschützen werde, Sophy.«

»Aber ich bin nicht Elizabeth«, zischte Sophy. »Und ich kann dir versprechen, daß ich keine Kandidatin fürs Irrenhaus bin.«

»Dessen bin ich mir sehr wohl bewußt«, beruhigte sie Julian. »Und ich danke Gott dafür. Aber du brauchst Schutz, Sophy. Du bist in vieler Hinsicht zu verletzlich.«

»Das ist nicht wahr. Ich kann gut auf mich allein aufpassen.«

»Wenn du so gut auf dich aufpassen kannst, wie kommt es dann, daß du auf Waycotts tragische kleine Szene reingefallen bist?« fragte Julian barsch.

»Er hat nicht gelogen, weißt du. Ich bin überzeugt, er hat Elizabeth sehr geliebt. Er hätte sich natürlich nie in die Frau eines anderen Mannes verlieben dürfen, aber das ändert nichts an der Tatsache, daß seine Gefühle für sie echt waren.«

»Ich werde nicht bestreiten, daß er von ihr fasziniert war. Glaube mir, er war nicht der einzige, dem es so ging. Aber es besteht kein Zweifel, daß sein kleines Spielchen heute abend nur dazu diente, dein Mitleid zu erregen.«

»Und was ist daran so falsch, bitte? Wir brauchen alle gelegentlich etwas Sympathie.«

»Bei Waycott wäre es der erste Schritt in ein sehr gefährliches Wasser gewesen. Und wenn er nur die geringste Chance hat, wird er dich in die Tiefe ziehen, Sophy. Sein Ziel ist es, dich zu verführen und es mir dann ins Gesicht zu schleudern. Muß ich noch deutlicher werden?«

Sophy war empört. »Nein, Mylord, Ihr habt Euch sehr deutlich ausgedrückt. Aber ich glaube, Ihr irrt Euch vielleicht, was die Gefühle des Viscounts angeht. Auf jeden Fall schwöre ich Euch feierlich, daß ich mich weder von ihm noch von sonst jemandem verführen lassen werde. Ich habe Euch bereits versprochen, treu zu sein. Warum vertraut Ihr mir nicht?«

Julian verkniff sich einen wütenden Aufschrei. »Sophy, ich wollte doch damit nicht sagen, daß du freiwillig auf so eine List hereinfällst.«

Sophy ignorierte seine Bemühungen, sie zu beruhigen. »Ich glaube, Mylord, das mindeste, was Ihr tun könnt, ist, mir in aller Form zu versichern, daß Ihr zu diesem Thema mein Wort akzeptiert.«

»Verdammt noch mal, Sophy, ich hab dir doch gesagt –«

»Genug.« Sophy blieb mitten auf dem Weg stehen, er hatte keine Wahl als ebenfalls stehenzubleiben. Sie schob energisch ihr Kinn vor. »Euer Ehrenwort, daß Ihr darauf vertraut, daß ich mich weder von Waycott noch von irgendeinem anderen verführen lasse. Ich will Euer Ehrenwort, Mylord. Sonst gehe ich keinen Schritt mehr mit Euch.«

»Ach, wirklich nicht?« Julian studierte einen Augenblick lang ihr mondbeschienenes Gesicht. Seine Miene war wie immer abweisend und undurchdringlich.

»Zumindest das bist du mir schuldig, Julian. Ist es denn wirklich so schwer, diese Worte auszusprechen? Als du mir den Culpeper und das Armband schenktest, hast du behauptet, du würdest mich achten. Ich möchte einen Beweis deiner Achtung, und ich meine damit nicht Diamanten oder Smaragde.«

Etwas flackerte in Julians Augen, als er ihr Gesicht in seine Hände nahm. »Du bist eine richtige kleine Wildkatze, wenn dein Ehrgefühl gegen den Strich gebürstet wird.«

»Auch nicht wilder als Ihr sein würdet, Mylord, wenn Eure Ehre in Frage gestellt würde.«

Seine Brauen hoben sich bedrohlich. »Wirst du sie in Frage stellen, wenn ich dir nicht die Antwort gebe, die du von mir hören willst?«

»Natürlich nicht. Ich bezweifle nicht, daß Eure Ehre über jeden Verdacht erhaben ist. Ich möchte nur Eure Versicherung, daß Ihr meiner genauso viel Respekt entgegenbringt. Wenn Achtung alles ist, was Ihr für mich empfindet, Mylord, dann könnt Ihr mir doch, bei Gott, irgendeinen Beweis dafür geben.«

Er schwieg lange und sah ihr in die Augen. »Du verlangst sehr viel, Sophy.«

»Nicht mehr, als Ihr von mir verlangt.«

Er nickte bedächtig, zögernd, gestand ihr diesen Punkt zu. »Ja, du hast recht«, sagte er leise. »Ich kenne keine andre Frau, die so über Ehre diskutieren würde. Um ehrlich zu sein, ich kenne überhaupt keine Frau, die auch nur einen Gedanken daran verschwendet.«

»Das liegt vielleicht daran, daß ein Mann den Gefühlen einer Frau in dieser Richtung keine Beachtung schenkt, außer bei den Gelegenheiten, wo ihr Ehrverlust seine eigene gefährdet.«

»Hör auf, bitte. Ich ergebe mich.« Julian hob beschwichtigend die Hand. »Also gut, Madame, Ihr habt meinen feierlichen Eid, daß ich volles Vertrauen in Eure Ehre als Frau habe.«

Sophy fiel ein Stein vom Herzen. Sie lächelte etwas zittrig, wohlwissend, wie schwer ihm dieses Zugeständnis gefallen war.

»Danke, Julian.« Sie stellte sich spontan auf die Zehenspitzen und strich zart mit ihrem Mund über seine Lippen. »Ich werde dich nie betrügen«, flüsterte sie.

»Dann gibt es doch wohl keinen Grund mehr, daß wir nicht gut miteinander auskommen.« Er nahm sie in die Arme, zog sie eng an seinen harten Körper. Sein Mund bemächtigte sich des ihren, schwer und fordernd und seltsam drängend.

Als Julian schließlich einige Zeit später den Kopf hob, war da dieses vertraute Funkeln in seinen Augen.

»Julian?«

»Ich glaube, o treueste aller Gemahlinnen, daß es Zeit ist, nach Hause zu gehen. Ich habe Pläne für den Rest dieses Abends.«

»Ach, wirklich, Mylord?«

»So wahr ich Julian heiße.« Er nahm ihren Arm und führte sie mit so langen Schritten zum Ballsaal zurück, daß Sophy rennen mußte, um mithalten zu können. »Ich glaube, wir werden uns sofort von unsrer Gastgeberin verabschieden.«

Aber als sie kurze Zeit später zu Hause ankamen, empfing sie Guppy mit ganz uncharakteristisch besorgter Miene.

»Da seid Ihr ja, Mylord. Ich wollte gerade einen Lakaien in Euren Club schicken. Eure Tante, Lady Sinclair, ist schwer erkrankt, und Miss Rattenbury hat schon zweimal einen Boten geschickt und um die Hilfe von Mylady gebeten.«

Fünfzehn

Julian lief ruhelos in seinem Schlafzimmer auf und ab. Es war ihm klar, daß er nicht schlafen konnte, weil Sophy nicht im Zimmer nebenan lag. *Wo sie sein sollte.* Er fuhr sich mit der Hand durch sein zerzaustes Haar und fragte sich, wann und wie es soweit kommen konnte, daß er nicht mehr schlafen konnte, wenn sie nicht in der Nähe war.

Er ließ sich in einen Stuhl fallen, eine Arbeit des jüngeren Chippendale, den er vor ein paar Jahren in Auftrag gegeben hatte, als er und der Möbelmacher vom neoklassizistischen Stil sehr angetan waren. Der Stuhl war ein Symbol für den Idealismus seiner Jugend, dachte Julian in einem seltenen Moment der Einsicht.

Während derselben Zeit, die jetzt so fern schien, hatte er nächtelang über griechische und lateinische Klassiker diskutiert, sich in die liberale Politik der Whig Reformer gestürzt und es sogar als notwendig empfunden, zwei Männern Kugeln in die Schultern zu jagen, die gewagt hatten, Elizabeths Ehre zu schmähen.

In den letzten Jahren hatte sich viel geändert, dachte Julian. Er hatte nur noch selten Zeit und Lust, über Klassiker zu diskutieren, er war zu dem Schluß gekommen, daß die Whigs, auch die Liberalen, nicht weniger korrupt waren als die Tories, und er hatte längst eingesehen, daß die Vorstellung, Elizabeth hätte überhaupt Ehre besessen, einfach lächerlich war.

Er strich gedankenverloren über die wunderbar gearbeitete Mahagonilehne des Stuhls. Ein Teil von ihm reagierte immer noch auf die puren, klassischen Linien des Entwurfs, wie er überrascht feststellte. Genau wie ein Teil von ihm darauf bestanden hatte, sich mit einem Gedicht zu versuchen, das er Sophy mit dem Diamantarmband und der Kräuterkunde geben wollte.

Er hatte seit Cambridge und den Anfängen mit Elizabeth keine Gedichte mehr geschrieben; um ehrlich zu sein, er hatte nie ein Talent dafür gehabt. Nach ein oder zwei Versuchen hatte er das Papier zerknüllt und es weggeworfen und statt dessen den kleinen Brief zu den Geschenken für Sophy geschrieben.

Aber das war anscheinend noch nicht das Ende. Heute abend hatte er weitere beunruhigende Anzeichen dafür entdeckt, daß doch etwas von seinem jugendlichen Idealismus überlebt hatte, obwohl er alles versucht hatte, um ihn unter einer zynischen, realistischen Weltanschauung zu begraben. Er konnte nicht abstreiten, daß etwas in ihm auf Sophys Forderung nach einem Beweis für die Anerkennung ihres Ehrgefühls reagiert hatte.

Julian fragte sich, ob er ihr hätte erlauben sollen, die Nacht bei Fanny und Harry zu verbringen. Aber er hätte wohl ohnehin keinen Einfluß auf ihre Entscheidung gehabt. Von dem Augenblick an, in dem Sophy Guppys Nachricht bekommen hatte, hatte es für Sophy nur noch eins gegeben, so schnell wie möglich an Fannys Bett zu eilen.

Julian hatte keinerlei Einwände gemacht. Er machte sich ernsthafte Sorgen um den Gesundheitszustand seiner Tante. Fanny war exzentrisch, unberechenbar und gelegentlich empörend, aber Julian mußte zugeben, daß er sie sehr gerne mochte. Seit dem Tod seiner recht alten Eltern war sie eigentlich das einzige Mitglied des Ravenwood Clans, an dem ihm wirklich etwas lag.

Nach Erhalt der Botschaft hatte Sophy nur rasch ihre Kleider gewechselt und ihre Zofe geweckt. Mary hatte ihr das Notwendigste eingepackt, während Sophy ihre Medizintruhe bereitstellte und ihre kostbare Ausgabe von Culpepers Kräuterkunde.

»Mir gehen verschiedene Kräuter aus«, hatte sie besorgt in der Kutsche gesagt, die sie zu Fanny brachte. »Vielleicht kann einer der hiesigen Apotheker mir etwas gute Kamille und türkischen Rhabarber liefern. Es ist eine Schande, daß Old Bess so weit weg wohnt. Ihre Kräuter sind die besten.«

In Fannys Haus wurden sie von einer verzweifelten Harriette begrüßt. Erst als er die normalerweise so ruhige, aber jetzt völlig aufgelöste Harriette sah, wurde Julian bewußt, wie krank seine Tante sein mußte.

»Gott sei Dank, daß du da bist, Sophy. Ich hab mir solche Sorgen gemacht. Ich wollte Doktor Higgs kommen lassen, aber Fanny weigert sich strikt, ihn zu sehen. Sie sagt, er wäre nur ein Scharlatan, und sie wird ihn nicht in ihr Zimmer lassen. Ich kann's ihr nicht verdenken. Der Mann verliert mehr Patienten, als er rettet. Und dann blieb nur noch, dich holen zu lassen, Sophy. Ich hoffe, es macht dir nichts aus?«

»Natürlich nicht. Ich werde sofort zu ihr gehen, Harry.« Sophy hatte sich hastig von Julian verabschiedet und war die Treppe hochgerannt, gefolgt von einem Lakaien mit ihrer Arzneitruhe.

Harriette drehte sich wieder zu Julian, der noch im Eingang stand. Sie sah ihn ängstlich an. »Danke, daß Ihr erlaubt habt, daß sie zu so später Stunde noch das Haus verläßt.«

»Ich hätte sie nicht aufhalten können, selbst wenn ich es gewollt hätte«, sagte Julian. »Und Ihr wißt, wie sehr ich Fanny mag. Ich möchte, daß sie die beste Pflege hat, und ich teile ihre Meinung, was den Arzt angeht. Die einzige Behandlung, die Higgs kennt, ist Aderlaß oder Einlauf.«

Harriette seufzte. »Ich fürchte, Ihr habt recht. Ich habe noch nie viel vom Aderlaß gehalten, und die arme Fanny braucht bestimmt keinen Einlauf mehr. Sie hat schon genug mitgemacht in dieser Richtung durch die widerliche Krankheit, die sie sich zugezogen hat. Da bleiben nur noch Sophy und ihre Kräuter.«

»Sophy ist sehr gut mit Kräutern«, sagte Julian beschwichtigend. »Das kann ich persönlich bezeugen. Ich habe das gesündeste, kräftigste Personal in der Stadt in dieser Saison.«

Harriette quälte sich ein Lächeln ab für diesen kleinen Versuch, humorvoll zu sein. »Unsrem Personal geht es auch sehr gut, dank verschiedener Empfehlungen von ihr. Und mein Rheumatismus ist auch viel erträglicher, seit ich Sophys Mittel dafür nehme. Was würden wir jetzt bloß ohne sie machen, Mylord?«

Ihre Frage ließ Julian stutzen. »Ich weiß es nicht«, sagte er.

Zwanzig Minuten später erschien Sophy am obersten Treppenabsatz und teilte ihnen mit, daß sich Fanny wahrscheinlich mit schlechtem Fisch beim Abendessen vergiftet hatte und es Stunden dauern würde, sie zu behandeln und ihre Fortschritte zu überwachen. »Ich werde auf jeden Fall die Nacht hier verbringen, Julian.«

Julian fügte sich in das Unvermeidliche und kehrte widerwillig in seiner Kutsche nach Hause zurück.

Die Ruhelosigkeit hatte ihn gepackt, sobald er Knapton weggeschickt hatte und in sein einsames Bett steigen wollte.

Er fragte sich, ob er in die Bibliothek gehen sollte, um sich ein langweiliges Buch zu holen, da fiel ihm plötzlich der schwarze Ring ein. In dem ganzen Trubel hatte er ihn völlig vergessen gehabt.

Daregate hatte recht. Er mußte sofort vernichtet werden. Julian entschloß sich, ihn sofort aus Sophys Schmuckkästchen zu entfernen. Allein der Gedanke, daß er sich in ihrem Besitz befand, machte ihn schon nervös. Es war nur allzu wahrscheinlich, daß sie dem Impuls, ihn wieder zu tragen, nachgeben würde.

Julian nahm eine Kerze und ging durch die Verbindungstür. Sophys Schlafzimmer wirkte leer und verlassen ohne sie. Die Erkenntnis machte ihm bewußt, wie sehr er sich daran gewöhnt hatte, sie in seinem Leben zu haben. Sein leeres Bett ließ ihn alle Verkäufer schlechten Fisches verfluchen. Wenn Fanny nicht krank geworden wäre, würde er jetzt gerade seine dickköpfige, sanfte, leidenschaftliche, *ehrenwerte* Frau in den Armen halten.

Julian ging zu ihrem Toilettentisch und öffnete den Deckel des Schmuckkastens. Er betrachtete einen Moment lang Sophys armselige Schmucksammlung. Das einzig wertvolle Stück war das Diamantarmband, das er ihr geschenkt hatte. Es lag auf einem Ehrenplatz in der roten Samtschatulle.

Sie brauchte ein paar passende Ohrringe dazu, fand er.

Dann fiel sein Blick auf den schwarzen Ring in einer Ecke des Kästchens. Er lag auf einem kleinen gefalteten Zettel. Der bloße Anblick machte Julian schon wütend. Sophy wußte, daß ihre Schwester diesen Ring von einem herzlosen Schürzenjäger bekommen hatte, der sich nicht gescheut hatte, Unschuldige zu verführen. Aber selbst sie konnte nicht ahnen, wie gefährlich dieses Stück Metall war.

Julian nahm den Ring aus der Schatulle. Seine Finger berührten das Stück Papier darunter. Ein ungutes Gefühl zwang ihn, den Zettel herauszunehmen und ihn zu entfalten.

Drei Namen standen darauf: Utteridge, Varley und Ormiston.

Die schwelende Glut von Julians Zorn entfachte sich zu lodernden Flammen.

»Wird sie wirklich wieder gesund?« Harriette stand neben Fannys Bett und beobachtete ängstlich das blasse Gesicht ihrer Freundin. Nach stundenlangen Brechkrämpfen und Bauchschmerzen war Fanny endlich erschöpft eingeschlafen.

»Ich glaube schon«, sagte Sophy und mischte noch ein paar Prisen Kräuter in einem Glas. »Sie hat das meiste von dem giftigen Zeug aus dem Körper, und wie Ihr seht, hat sie auch keine so heftigen Schmerzen mehr. Ich werde bis morgen früh bei ihr Wache halten. Ich bin mir fast sicher, daß die Krise vorbei ist, aber man kann nie ganz sicher sein.«

»Ich werde hier bei dir bleiben.«

»Das ist nicht nötig, Harry. Bitte, versucht ein bißchen zu schlafen. Ihr seid genauso erschöpft wie Fanny.«

Harriette tat das mit einer achtlosen Geste ab. »Unsinn. Ich könnte kein Auge zutun, solange Fanny noch in Gefahr ist.«

Sophy lächelte verständnisvoll. »Ihr seid ihr wirklich eine sehr gute Freundin, Harry. Fanny kann sich glücklich schätzen, daß sie Euch hat.«

Harriette setzte sich auf den Stuhl neben dem Bett und rückte gedankenverloren ihre Röcke zurecht. »Nein, nein, Sophy, es ist genau umgekehrt. Ich bin diejenige, die sich glücklich schätzen muß, daß Fanny meine beste Freundin ist. Sie ist das Glück meines Lebens – der einzige Mensch auf dieser Welt, dem ich alles sagen kann, gleichgültig wie dumm oder klug es ist. Der Mensch, mit dem ich alles teilen kann. Der Mensch, mit dem ich lachen oder weinen und gelegentlich auch ein Glas Sherry zuviel trinken kann.«

Sophy setzte sich auf den Stuhl auf der anderen Seite des Bettes und sah Harriette mit ganz neuem Verständnis an. »Sie ist der einzige Mensch auf der Welt, bei dem Ihr ganz frei sein könnt.«

Harriette strahlte für einen Moment. »Ja, ganz richtig. Der einzige Mensch, bei dem ich frei sein kann.« Sie strich über Fannys schlaffe Hand, die auf der bestickten Decke lag.

Sophy sah die kleine Geste und spürte die Liebe, die dahintersteckte. Vertraute Sehnsucht packte sie, und sie dachte an ihre Beziehung zu Julian. »Ihr könnt Euch sehr glücklich schätzen, Harry«, sagte sie leise. »Ich glaube nicht, daß es viele Verheiratete gibt, die so enge Bande verknüpfen wie Euch mit Fanny.«

»Ich weiß. Es ist traurig, aber vielleicht verständlich. Wie sollten ein Mann und eine Frau sich so gut verstehen wie Fanny und ich?« fragte Harry.

Sophy faltete die Hände im Schoß. »Vielleicht«, sagte sie langsam, »vielleicht ist vollkommenes Verständnis nicht nötig, wenn man sich wirklich liebt, gegenseitig respektiert und bereit ist, tolerant zu sein.«

Harriette warf ihr einen scharfen Blick zu und fragte dann behutsam: »Und das hoffst du wohl, bei Ravenwood zu finden, meine Liebe?«

»Ja.«

»Wie ich schon sagte, für einen Mann ist er sehr gut, aber ich weiß nicht, ob er dir das geben kann, was du willst. Fanny und ich mußten hilflos mitansehen, wie Elizabeth seine liebenswerten Charakterzüge ausgebrannt hat, die du bei ihm suchst. Ich persönlich bin mir nicht sicher, ob ein Mann überhaupt dazu fähig ist, einer Frau die Dinge zu geben, die sie wirklich braucht.«

Sophys Hände verkrampften sich noch mehr ineinander. »Er ist mein Gemahl, und ich liebe ihn. Ich kann nicht abstreiten, daß er arrogant und dickköpfig und manchmal ungeheuer schwierig ist, aber er ist, wie Ihr sagt, ein guter Mann, ein ehrenwerter Mann. Er nimmt seine Verantwortungen sehr ernst. Ich hätte ihn nie geheiratet, wenn ich nicht zumindest davon überzeugt gewesen wäre. Um ehrlich zu sein, es gab einen Zeitpunkt, wo ich dachte, ich würde überhaupt nie heiraten.«

Harriette nickte verständnisvoll. »Die Ehe ist ein sehr riskantes Unterfangen für eine Frau.«

»Nun ja, ich habe das Risiko auf mich genommen. Ich hoffe es gelingt mir, etwas daraus zu machen.« Sophy lächelte bei der Erinnerung an die Szene zwischen Julian und ihr im Garten heute abend. »Gerade wenn ich überzeugt bin, daß es hoffnungslos ist, zeigt sich wieder ein Lichtschimmer am Horizont, und ich finde meine Begeisterung für das Unternehmen wieder.«

Irgendwann kurz nach dem Morgengrauen regte sich Fanny und schlug die Augen auf. Sie warf zuerst einen Blick auf Harriette, die neben ihr im Stuhl leise schnarchte, und lächelte sie erschöpft, aber voller Liebe an. Dann drehte sie den Kopf und sah Sophy.

»Wie ich sehe, haben meine Schutzengel gut auf mich aufgepaßt«, bemerkte Fanny. Sie klang noch etwas schwach, aber ansonsten war sie schon fast wieder die alte. »Ich fürchte, es war eine lange Nacht für euch beide. Verzeihung.«

Sophy lachte, stand auf und streckte sich. »Ich nehme an, Ihr fühlt Euch jetzt besser?«

»Unendlich viel besser. Aber ich schwöre, ich werde nie wieder Steinbuttpaté essen.« Fanny richtete sich auf und nahm Sophys Hand. »Ich kann dir gar nicht genug danken, meine Liebe. Eine wirklich widerliche Krankheit für alle Beteiligten. Ich verstehe nicht, warum ich mir nicht etwas Vornehmeres ausgesucht habe, wie Nervenreizung oder Schwindelgefühle.«

Das leise Schnarchen aus dem Stuhl verstummte abrupt. »Du, meine liebe Fanny«, verkündete die soeben erwachte Harriette, »wirst nie Nervenreizung oder etwas Ähnliches haben.« Sie beugte sich vor und nahm die Hand ihrer Freundin. »Wie fühlst du dich, meine Liebe? Du hast mir einen ganz schönen Schrecken eingejagt. Bitte mach das nicht noch einmal.«

»Ich werde mir größte Mühe geben, diesen Vorfall nicht zu wiederholen«, versprach Fanny.

Sophy sah verwundert das unverhohlene Gefühl in den Gesichtern der beiden Frauen. Die Zuneigung zwischen Fanny und Harry war weit mehr als bloß Freundschaft, wurde ihr mit einem Mal klar. Es war höchste Zeit, sich zu verabschieden. Sie war sich nicht sicher, ob sie die enge Bindung zwischen Julians Tante und ihrer Gesellschafterin verstand, aber auf jeden Fall war es höchste Zeit, die beiden allein zu lassen.

Sie stand auf und begann, ihre Arzneitruhe zu packen.

»Hättet Ihr etwas dagegen, wenn ich den Butler bitte, Eure Kutsche vorfahren zu lassen?« fragte sie Fanny.

»Meine liebe Sophy, du mußt erst frühstücken«, sagte Harriette sofort. »Du hast überhaupt nicht geschlafen, und du kannst dieses Haus nicht verlassen, ehe du etwas zu dir genommen hast.«

Sophy warf einen Blick auf die Uhr in der Ecke und schüttelte den Kopf. »Wenn ich mich beeile, kann ich mit Julian frühstücken.«

Eine halbe Stunde später betrat Sophy ihr eigenes Schlafzimmer, gähnte wieder und stellte fest, daß ihr Bett wesentlich einladender als Frühstück war. So erschöpft war sie noch nie gewesen. Sie schickte Mary aus dem Zimmer mit der Versicherung, sie bräuchte keine Hilfe und setzte sich an ihren Toilettentisch. Eine Nacht im Stuhl hatte ihrem Hang zur Schlamperei noch Vorschub geleistet, dachte sie kritisch. Ihr Haar war eine Katastrophe.

Sie griff nach ihrer silbernen Bürste, und dabei sah sie aus dem Augenwinkel Diamanten blitzen. Sie runzelte die Stirn, als sie sah, daß ihre Schmuckschatulle offenstand. Gestern abend war sie in furchtbarer Eile gewesen. Wahrscheinlich hatte sie vergessen, sie zu schließen, nachdem sie ihr Diamantarmband darin verstaut hatte.

Sophy wollte gerade den Deckel schließen, als sie entsetzt feststellte, daß der schwarze Ring und das Papier mit den drei Namen verschwunden waren.

»Suchst du das hier, Sophy?«

Julians frostige Stimme ließ Sophy aufspringen und herumwirbeln. Ravenwood stand in der offenen Tür zwischen ihren Schlafzimmern. Er war mit Hemd und Hose und seinen Lieblingsstiefeln bekleidet, und in einer Hand hielt er den schwarzen Metallring. In der anderen hatte er ein vertrautes Stück Papier.

Sophys Blick wanderte von dem Ring zu Julians steinernen Augen. Angst packte sie. »Ich verstehe nicht, Mylord. Warum habt Ihr den Ring aus meiner Schatulle genommen?« Ihre Worte klangen tapfer und ruhig, aber in ihrem Inneren sah es anders aus. Die Knie wurden ihr weich, als ihr klar wurde, was es bedeutete, daß Julian die Namensliste gefunden hatte.

»Warum ich den Ring genommen habe, ist eine lange Geschichte. Bevor wir dazu kommen, hättest du vielleicht die Güte, mir zu sagen, wie es Fanny geht?«

Sophy schluckte. »Sehr viel besser, Mylord.«

Er nickte, kam ins Zimmer und setzte sich in einen Stuhl in der Nähe des Fensters. Den Ring und das Stück Papier legte er neben sich auf den Tisch. Das schwarze Metall schimmerte dumpf im Morgenlicht.

»Ausgezeichnet. Ihr seid eine hervorragende Krankenschwester, Madame. Nachdem das jetzt geregelt ist, wird Euch sicher nichts mehr darin hindern, mir genau zu schildern, was Ihr mit dieser Liste von Namen vorhabt.«

Sophy ließ sich wieder auf den Stuhl vor dem Toilettentisch fallen und faltete die Hände im Schoß, während sie überlegte, wie sie mit dieser unerwarteten Wende fertig werden sollte. Ihr Verstand war von der langen, schlaflosen Nacht benebelt. »Ich nehme an, Ihr seid wieder einmal wütend auf mich, Mylord?«

»Wieder einmal? Du willst wohl damit andeuten, daß ich einen Großteil meiner Zeit mit dir in dieser Stimmung bin?«

»Es scheint so, Mylord«, sagte Sophy traurig. »Immer wenn ich glaube, wir machen Fortschritte in unserer Beziehung, passiert etwas, was alles wieder ruiniert.«

»Und wessen Schuld ist das, Sophy?«

»Mir allein könnt Ihr die Schuld nicht geben«, sagte sie. Allmählich war sie mit ihrem Latein am Ende. Es war einfach zuviel. »Ich bezweifle zwar, daß Ihr darauf Rücksicht nehmen werdet, aber ich habe eine lange, ermüdende Nacht hinter mir. Ich habe praktisch überhaupt nicht geschlafen und habe keine Nerven für ein Verhör. Glaubt Ihr, es wäre möglich, es zu verschieben, bis ich ein kleines Nickerchen gemacht habe?«

»Nein, Sophy. Wir werden diese Diskussion um keine Minute verschieben. Aber wenn es dir ein Trost sein sollte, mir geht es auch nicht besser als dir. Ich habe gestern nacht auch nicht viel Schlaf gehabt. Ich hab die meiste Zeit damit zugebracht, mir vorzustellen, wie und wann du an diese Liste gekommen bist und was du mit diesem Ring zu tun hast. Was zum Teufel hast du dir eigentlich dabei gedacht? Wieviel weißt du über diese Männer und was, verdammt noch mal, hast du mit den Informationen vor, die du über sie hast?«

Sophy warf ihm einen mißtrauischen Blick zu. So wie er die Frage formuliert hatte, war klar, daß er genausoviel wie sie, wenn nicht mehr über diesen Ring und die Liste wußte. »Ich habe Euch erklärt, daß dieser Ring ein Geschenk an meine Schwester war.«

»Das weiß ich bereits. Und die Namensliste?«

Sophy nagte an ihrer Unterlippe. »Ich fürchte, wenn ich Euch von der List erzähle, werdet Ihr noch wesentlich wütender sein, als Ihr es ohnehin schon seid, Mylord.«

»Du hast keine Wahl. Woher hast du die Namensliste?«

»Von Charlotte Featherstone.« Es hatte keinen Sinn, noch irgend etwas zu leugnen. Sie war noch nie gut im Lügen gewesen, und heute morgen war sie zu erschöpft, um es überhaupt zu versuchen. Außerdem war klar, daß Julian bereits zuviel wußte.

»Die Featherstone. Verdammt, ich hätte es wissen müssen. Sag mir, meine Liebe, was glaubst du, passiert mit deinem Ruf, wenn herauskommt, daß du mit einer Frau der Halbwelt verkehrst, oder ist es dir einfach egal, daß die Klatschmäuler ein gefundenes Fressen haben werden, wenn das herauskommt?«

Sophy betrachtete ihre Hände. »Ich habe nicht direkt mit ihr geredet. Eine Freundin hat ihr eine Nachricht geschickt. Miss Featherstone hat sehr diskret geantwortet. Sie ist wirklich sehr nett, Julian. Ich glaube, sie wäre eine gute Freundin.«

»Und sie würde dich zweifellos sehr amüsant finden«, sagte Julian grob. »Eine endlose Quelle der Unterhaltung für jemanden, der so abgefeimt ist wie sie. Was stand in der Nachricht?«

»Ich wollte wissen, ob sie schon je so einen Ring wie diesen gesehen hätte und wenn ja, wer ihn getragen hat.« Sophy stellte sich trotzig seinem Blick. »Ihr müßt wissen, Mylord, das gehört alles zu dem Projekt, von dem ich Euch erzählt habe.«

»Was für ein Projekt denn?«

»Zu allem anderen Übel hört Ihr mir die Hälfte der Zeit nicht einmal zu, nicht wahr? Ich meine damit das Projekt, das mich beschäftigen sollte, damit ich Euch nicht im Weg stehe. Ich habe Euch mitgeteilt, daß ich vorhabe, meinen eigenen Interessen nachzugehen, erinnert Ihr Euch? Wißt Ihr noch, daß ich Euch gesagt habe, daß ich genau die Art Ehefrau sein würde, die Ihr Euch wünscht? Daß ich Euch nicht stören und keinen Ärger machen würde? Das habe ich Euch versprochen, nachdem Ihr klargemacht habt, daß Ihr an meiner Liebe und Zuneigung nicht interessiert seid.«

»Verdammt noch mal, Sophy, das hab ich nie gesagt. Du hast mich absichtlich mißverstanden..«

»Nein, Mylord, ich habe Euch nicht mißverstanden.«

Julian verkniff sich einen Fluch. »Du wirst mich jetzt nicht ablenken, das walte Gott. Wir werden auf dieses Thema später zurückkommen. Im Augenblick bin ich nur an dem interessiert, was du über den Ring herausgefunden hast.«

»Durch einige Nachforschungen in Lady Fannys Bibliothek ist es mir gelungen herauszufinden, daß der Ring höchstwahrscheinlich von den Mitgliedern einer gewissen Art von Geheimbund getragen wurde.«

»Was für eine Art Geheimbund, Sophy?«

»Ich habe den Eindruck, die Antwort darauf kennt Ihr schon. Es war ein Geheimbund, dessen Mitglieder sich wahrscheinlich Frauen als Opfer gesucht haben. Sobald ich das wußte, habe ich Charlotte Featherstone um Informationen über die Männer, die diesem Club vielleicht angehörten, gebeten. Ich ging davon aus, daß sie sich in einem Kreis der Gesellschaft bewegt, der sie mit solchen Männern in Kontakt bringt. Und ich hatte recht. Sie kannte drei Männer, die diesen Ring irgendwann in ihrem Beisein getragen hatten.«

Julians Augen wurden schmal. »Gott steh uns bei. Du versuchst, Amelias Liebhaber zu finden, nicht wahr? Ich hätte es wissen müssen. Und was, zur Hölle, wolltest du mit ihm machen, wenn du ihn gefunden hast?«

»Ihn gesellschaftlich ruinieren.«

»Wie bitte?« Julian schien seinen Ohren nicht zu trauen.

Sopyh rutschte betreten auf ihrem Stuhl hin und her. »Er ist sicher einer der Jäger, vor denen du mich gewarnt hast, Julian. Einer dieser Männer des *Ton*, deren Opfer junge Frauen sind. Diesen Männern geht ihr gesellschaftlicher Status über alles, oder nicht? Ohne den sind sie nichts, weil sie sonst keinen Zugang zu der Beute, die sie suchen, haben. Ich gedenke denjenigen, der diesen Ring trug, gesellschaftlich zu ruinieren, wenn das überhaupt möglich sein sollte.«

»So wahr mir Gott helfe, dein Wagemut raubt mir den Atem. Du ahnst nicht, wie gefährlich das ist, nicht wahr? Du hast nicht einmal den geringsten Schimmer, mit wem du es da zu tun hast. Wie kommt es, daß du in manchen Dingen, wie deinen Kräutern, so weise bist und in anderen so unglaublich dumm, besonders in Angelegenheiten, wo dein Ruf und vielleicht sogar dein Leben auf dem Spiel stehen?«

»Julian, da ist kein Risiko dabei, das versprech ich dir.« Sophy beugte sich eifrig vor in der Hoffnung, ihn überzeugen zu können. »Ich gehe das ganz vorsichtig an. Mein Plan ist, ein Treffen mit diesen drei Männern zu arrangieren und sie zu befragen.«

»Sie will sie befragen. Du lieber Himmel. Sie *befragen.*«

»Sehr subtil, natürlich.«

»Natürlich.« Julian schüttelte ungläubig den Kopf. »Sophy, erlaube mir, dich davon in Kenntnis zu setzen, daß dein Talent für subtile Fragen und absichtliche Täuschung etwa dem meinen für Stickerei entspricht. Außerdem sind diese drei Männer ruchlose Bastarde – Schürzenjäger der schlimmsten Sorte. Sie betrügen beim Kartenspielen, verführen jede Frau, die ihnen über den Weg kommt, und ihr Ehrgefühl entspricht dem eines streunenden Köters. Um ehrlich zu sein, die Vorstellung eines Hundes von Ehre ist sicherlich besser. *Und du wolltest diese drei befragen?*«

»Ich werde mit Hilfe deduktiver Logik feststellen, wer von den dreien schuldig ist.«

»Jeder von den dreien würde dich, ohne mit der Wimper zu zukken, in Stücke schneiden und dich ruinieren, lange bevor du ihn ruinierst.« Julian konnte vor Wut kaum reden.

Sophy schob ihr Kinn vor. »Das kann ich mir nicht vorstellen, solange ich auf der Hut bin.«

»Herr, gib mir Kraft«, zischte Julian. »Ich hab's mit einer Wahnsinnigen zu tun.«

Jetzt riß Sophys ohnehin strapazierter Geduldsfaden. Sie sprang auf und schnappte sich den nächstliegenden harten Gegenstand: den Kristallschwan von ihrem Toilettentisch.

»Verflucht, Julian, ich bin keine *Wahnsinnige*. Elizabeth war wahnsinnig, aber ich bin es nicht. Ich mag vielleicht in deinen Augen albern und dumm und naiv sein, aber wahnsinnig bin ich ganz bestimmt nicht. Gott steh mir bei, Mylord, ich werde Euch dazu zwingen, mich nicht mehr mit Eurer ersten Frau in einen Topf zu werfen und wenn es das letzte ist, was ich auf dieser Welt tue.«

Sie schleuderte ihm den Schwan mit aller Kraft an den Kopf. Julian, der am Anfang ihrer Tirade begonnen hatte aufzustehen, konnte dem kleinen Geschoß gerade noch ausweichen. Es flog an seiner Schulter vorbei und krachte gegen die Wand hinter ihm. Er sprang auf und durchquerte das Zimmer mit drei langen Schritten.

»Keine Angst, Madame«, fauchte er wütend und zog Sophy in seine Arme. »Ich laufe bestimmt nicht Gefahr, Euch mit Elizabeth zu verwechseln. Das wäre ein Ding der Unmöglichkeit. Du bist, das kannst du mir glauben, Sophy, vollkommen einmalig. Du bist in so vieler Hinsicht ein Rätsel, daß es jeder Beschreibung spottet. Und du hast ganz recht. Du bist nicht wahnsinnig. Ich bin derjenige, der auf dem besten Weg ins Irrenhaus ist.«

Er schritt zum Bett und warf sie rücksichtslos auf die Matratze. Ihr Haar löste sich durch den Aufprall, und er setzte sich auf die Bettkante und riß sich die Stiefel herunter.

Sophy war außer sich. »Was habt Ihr vor?«

»Was glaubst du denn, daß ich vorhabe, Sophy? Ich hole mir das einzige Mittel gegen meine Krankheit.« Er stand auf und öffnete seine Hose.

Sie starrte ihn schockiert an, als er seine Männlichkeit entblößte. Sein Penis war bereits prachtvoll eregiert. Zu spät raffte sie die Reste ihres verworrenen Verstandes zusammen und versuchte, sich vom Bett zu schlängeln.

Julian streckte gelassen seine große Hand nach ihr aus und bremste ihren Rückzug. »Nein, Madame, Ihr werdet nicht gehen.«

»Du willst doch nicht etwa jetzt... jetzt mit mir schlafen, Julian«, sagte Sophy wütend. »Wir sind doch mitten in einem Streit.«

»Es hat keinen Sinn, sich weiter mit dir zu streiten. Du bist nicht mehr fähig, vernünftig zu argumentieren und ich anscheinend auch nicht. Deshalb, finde ich, werden wir eine andere Methode versuchen, um diese unangenehme Diskussion zu beenden. Wenn es auch sonst nichts bringt, so verschafft es mir vielleicht wenigstens vorübergehend ein bißchen Frieden.«

Sechzehn

Sophy betrachtete, hin und her gerissen zwischen Liebe und ohnmächtiger Wut, wie Julians letzte Kleidungsstücke auf den Boden glitten. Ihr Handgelenk ließ er dabei nicht los, und als er fertig war, warf er sie auf den Rücken.

Nackt dräute er über ihr, und seine starken Hände nahmen sie gefangen. Seine Augen funkelten und sein kantiges Gesicht war grimmig in seiner Leidenschaft.

»Ich sage dir das nur noch dieses eine Mal«, zischte er und begann sie auszuziehen. »Ich habe dich nie mit Elizabeth verwechselt. Dich als Wahnsinnige zu bezeichnen, war nur eine Floskel, mehr nicht. Ich wollte dich nicht beleidigen. Aber es ist von äußerster Wichtigkeit, daß du begreifst, daß ich nicht zulassen kann, daß du selber Rache üben willst.«

»Ihr könnt mich nicht aufhalten, Mylord.«

»Doch, Sophy«, murmelte er, während er ihr Kleid abstreifte, »ich kann und ich werde es. Obwohl ich sehr wohl verstehe, daß du in diesem Punkt skeptisch bist. Ich habe dir bis jetzt nur wenig Grund gegeben zu glauben, daß ich fähig bin, all meine Pflichten als Ehemann zu erfüllen. Du hast eine brennende Schneise durch die Stadt geschlagen, nicht wahr? Und ich armer Tölpel bin anscheinend dazu verdammt, immer zehn Schritte hinterdrein zu tappen und verzweifelt zu versuchen, dich einzuholen. Aber dieses wahnsinnige Hin- und Hergerenne wird jetzt ein Ende haben, meine Liebe.«

»Willst du mir drohen, Julian?«

»Nichts liegt mir ferner. Ich erkläre dir lediglich, daß du endgültig zu weit gegangen bist. Aber du brauchst dir keine Sorgen zu machen. Du hast mein Wort, daß ich tun werde, was immer nötig ist, dich zu beschützen.« Er löste die Bänder ihres plissierten Batisthemdchens.

»Ich brauche Euren Schutz nicht, Mylord. Ich habe meine Lektion gut gelernt. Männer und Frauen des *Ton* sollen ihre eigenen Wege gehen. Ihr sollt Euch nicht in mein Leben einmischen und ich nicht in Eures. Ich habe Euch gesagt, ich bin bereit, nach den Regeln dieser sogenannten guten Gesellschaft zu leben.«

»Das ist Unsinn, und das weißt du auch. Gott weiß, ich könnte dich gar nicht ignorieren, selbst wenn ich es wollte.« Er warf ihr letztes Kleidungsstück beiseite und ließ genüßlich den Blick über ihren entblößten Körper schweifen. »Und, meine liebe Sophy, ich habe gar keine Lust, dich zu ignorieren.«

Sie spürte seine leidenschaftliche Begierde und ihre eigene Reaktion darauf und mußte ihm recht geben. Im Bett zumindest konnte keiner von ihnen den anderen ignorieren. Ein plötzlicher Verdacht kam ihr, als seine Hand die Rundung ihrer Hüfte liebkoste.

»Du würdest mich nicht schlagen«, sagte sie langsam.

»Nein?« Er grinste, ein boshaftes, sehr männliches Lächeln, so sinnlich wie seine Hände auf ihrem Körper. »Es könnte vielleicht ganz interessant sein, dich zu schlagen.« Er drückte sanft ihren Po.

Sophy spürte, wie seine Berührung ihre Leidenschaft entfachte, und schüttelte überzeugt den Kopf. »Nein. Du bist nicht der Typ, der die Kontrolle über seine Emotionen verliert und einer Frau Gewalt antut. Das habe ich Lord Waycott auch gesagt, als er behauptet hat, du hättest deine erste Frau geschlagen.«

Julians Lächeln verschwand. »Sophy, ich will im Augenblick weder über Waycott noch über meine erste Frau reden.« Er beugte den Kopf und biß sanft in eine gespannte Brustwarze. Seine Fingerspitzen strichen über das hellbraune Vlies unter der sanften Wölbung ihres Bauches.

»Ich bin zwar überzeugt, daß du mich nicht mit der Reitpeitsche züchtigen würdest«, fuhr Sophy atemlos fort, als seine Finger sie sehr behutsam öffneten, »und doch kommt mir der Gedanke, daß du mit anderen Mitteln da... dafür sorgen könntest, daß ich mich deinen Wünschen füge.«

»Da könntest du recht haben«, gab Julian zu. Ihre Logik schien ihn nicht weiter zu stören. Er küßte ihren Hals, die Rundung ihrer

Schulter und schließlich ihre Lippen. Er beschäftigte sich lange und eindringlich mit ihrem Mund, bis sie sich leise stöhnend an ihn klammerte. Dann hob er den Kopf und sah ihr in die Augen. »Hast du Angst vor meinen Taktiken, die ich dazu benutzen könnte, dich davon zu überzeugen, meinem Rat zu folgen, meine Schöne?«

Sie sah ihn wütend an und bemühte sich krampfhaft, klar zu denken, während sich ihr Körper nur noch auf die Lust, die seine Hände ihm bereiteten, konzentrierte. »Glaubt ja nicht, Ihr könnt mich auf diese Weise beherrschen, Mylord.«

»Auf welche Weise?« Er steckte zwei Finger tief in sie und spreizte sie dann sehr langsam, bis sie sich ihm völlig öffnete.

Sophy keuchte und spürte, wie sich ihr Körper vor Erregung zusammenzog. »Auf *diese* Weise.«

»Niemals. Ich würde mir nie einbilden, ein so guter Liebhaber zu sein, daß ich dich tatsächlich überzeugen könnte, all deine wunderbaren Prinzipien für mich über Bord zu werfen.« Er zog seine Finger langsam, genüßlich zurück. »Ah, Schätzchen. Du fließt wie warmer Honig für mich.«

»Julian?«

»Schau mich an«, flüsterte er. »Schau wie hart und bereit ich für dich bin. Hast du gewußt, daß dein bloßer Duft genügt, um mich so zu erregen? Faß mich an.«

Sie seufzte sehnsüchtig und konnte sich seiner sinnlichen Bitte nicht widersetzen. Ihre Finger schlossen sich sanft um seinen dicken Schaft, bis sie spürte, wie er zu pulsieren begann. Sie küßte seine Brust. »Ich finde immer noch nicht, daß das hier der richtige Weg ist, um unsere Meinungsverschiedenheiten zu begleichen, Mylord.«

Er setzte sich auf und legte seine Hände um ihre Taille.

»Schluß mit den Gesprächen, Sophy. Wir unterhalten uns später.« Er hob sie auf und hielt sie so, daß sie mit dem Gesicht zu ihm vor ihm kniete. »Spreiz deine Beine und steig auf mich, Schätzchen. Reite mich. Ich werde dein Hengst sein, und du wirst unser beider Leidenschaft kontrollieren.«

Sophy hielt sich an seinen Schultern fest, und ihre Augen wurden ganz groß, als sie sich langsam an die neue Stellung gewöhnte. Sie erstarrte, als seine Männlichkeit ihren weichen Spalt berührte. Die Stellung gefiel ihr, wie sie feststellte. Es war erregend.

»Nimm so viel oder so wenig in dich auf, wie du willst. So schnell oder so langsam, wie du willst. Ich unterstehe deinem Befehl.«

Sophys Körper bebte vor Erregung, als ihr klar wurde, daß sie das Tempo bestimmen konnte. Sie senkte sich langsam auf seinen steinharten Speer, genoß die langsamen Bewegungen. Sie hörte sein tiefes, erstickte Stöhnen der Lust, und ihre Hände krallten sich fest in seine Schultern.

»*Julian.*«

»Du bist so bildschön in deiner Leidenschaft«, flüsterte er. »Weich und warm und so willig, mir alles zu geben.« Er bedeckte ihren Hals mit feuchten warmen Küssen, während sie sich langsam senkte, bis er sie ganz ausfüllte.

Sophy wartete einen Augenblick, bis ihr Körper sich an ihn gewöhnt hatte, ihn fester umschloß. Dann begann sie, vorsichtig zuerst, sich zu bewegen.

»Ja, meine süße Lady. O Gott, ja.«

Sie spürte, wie Julian in ihr schwoll und ihr ganzer Körper sich unerträglich spannte. Sie klammerte sich an ihn, ihre Nägel bohrten sich in seine Schultern, und sie schloß genüßlich die Augen, konzentrierte sich nur noch auf einen Gedanken: den perfekten Rhythmus zu finden, der den Sturm der Erlösung entfesseln würde. In diesem Augenblick zählte nur noch die Freude, ihre Lust zu befriedigen, während sie Julian befriedigte. Sie fühlte sich unendlich mächtig, erfüllt von der einmaligen Kraft einer Frau.

»Erzähl mir von deiner Liebe, Schatz. Sag die Worte.« Julians Stimme war sanft und drängend. »Ich brauche die Worte. Es ist schon so lange her, seit du sie mir gesagt hast. Du gibst mir so viel, Kleines, kannst du mir nicht ein paar schlichte Worte geben? Ich werde sie hüten bis an mein Lebensende.«

Ein heißes, kribbelndes Gefühl durchströmte Sophy. Sie war jenseits jeder Vernunft, jedes Denkens, konnte nur noch fühlen. Die Worte, die er suchte, kamen ihr bereitwillig über die Lippen.

»Ich liebe dich«, flüsterte sie. »Ich liebe dich von ganzem Herzen, *Julian.*«

Sie erschauderte sanft, die kleinen Beben ihres Höhepunkts breiteten sich aus, rissen sie in einer goldenen Flut hinweg. In der Ferne hörte sie Julian laut aufstöhnen, spürte die plötzliche Starre der gespannten Muskeln in seinen Schultern und dann die schmetternde Kraft seiner eigenen Erlösung.

Einen Augenblick lang verharrten sie schwebend in einem zeitlosen Reich, in dem nichts die pure Intimität ihrer Vereinigung stören konnte. Dann ließ sich Julian mit leisem zufriedenem Stöhnen in die Kissen fallen und zog Sophy zu sich herunter, an seine Brust.

»Glaub ja nie wieder, daß ich dich irgendwie mit Elizabeth verwechseln könnte«, sagte er, ohne die Augen zu öffnen. »Bei ihr gab es keinen Frieden, keine Befriedigung und keine Freude, egal unter welchen Umständen. Nicht einmal... vergiß es. Es ist nicht mehr wichtig. Sie hat alles genommen und dann noch mehr verlangt. Aber du gibst dich so vollkommen hin, meine Süße. Es ist ein ganz besonderer Bann, in den du einen ziehst. Ich glaube nicht, daß du dir auch nur vorstellen kannst, was für ein wunderbares Gefühl es ist, auf der Empfängerseite deiner Großzügigkeit zu sein.«

Soviel hatte er bis jetzt noch nie über seine erste Frau geredet. Und Sophy stellte fest, daß sie eigentlich gar nicht mehr hören wollte. Und wenn das, was sie seit der letzten Woche vermutete, stimmte, trug sie jetzt schon einen kleinen Teil von ihm in sich.

Sophy regte sich, verschränkte die Arme über seiner Brust und schaute hinunter zu ihm. »Es tut mir leid, daß ich dir den Schwan nachgeworfen habe.«

Darauf öffnete er ein Auge und grinste sie an. »Ich bin mir sicher, daß du mich in den kommenden Jahren noch öfter daran erinnern wirst, daß du tatsächlich das Temperament einer Frau besitzt.«

Sophy machte große, unschuldsvolle Augen. »Ich möchte ja nicht, daß Ihr selbstzufrieden werdet, Mylord.«

»Ich bin überzeugt, vor diesem Schicksal wirst du mich bewahren.« Er begrub seine Hände in ihren Haaren und zog ihr Gesicht zu sich. Dann gab er ihr einen kurzen heftigen Kuß und ließ sie los. Sein Blick wurde ernst. »Als denn, Madame, nachdem wir jetzt beide etwas ruhiger sind, genau wie ich prophezeit habe, wird es Zeit, daß wir unsere Diskussion von vorhin weiterführen.«

Sophys Zufriedenheit legte sich rasch. »Julian, das Thema ist erledigt. Ich muß mit meinen Nachforschungen weitermachen.«

»Nein«, sagte er mit sanfter Stimme. »Das kann ich nicht erlauben. Es ist viel zu gefährlich.«

»Du kannst mich nicht daran hindern.«

»Ich kann und ich werde es. Ich habe meine Entscheidung getroffen. Du wirst morgen nach Ravenwood zurückkehren.«

»Ich werde nicht nach Ravenwood zurückkehren.« Schockiert und außer sich vor Wut drückte sich Sophy von ihm weg und krabbelte zur anderen Seite des Bettes, um ihre Kleider einzusammeln. Sie preßte ihr Kleid mit beiden Händen an sich und warf ihm einen mißtrauischen Blick zu. »Ihr habt schon einmal versucht, mich aufs Land zu verbannen, Mylord. Ihr hattet damals keinen Erfolg, und ich warne Euch, Ihr werdet auch diesmal keinen Erfolg damit haben.« Ihre Stimme wurde schriller. »Glaubt Ihr etwa, ich gebe klein bei, wegen dem, was zwischen uns im Bett passiert?«

»Nein, obwohl das sicher die Sache wesentlich erleichtern würde.«

Die Gelassenheit in seiner Stimme war wesentlich beunruhigender als seine Wut vorhin. Sophy kam der Gedanke, daß ihr Mann wohl am gefährlichsten war, wenn er in dieser Stimmung war. Sie verschanzte sich hinter ihrer Kleidung und beobachtete ihn nervös. »Meine Ehre verlangt, daß ich diese Aufgabe zu Ende bringe. Ich werde den Mann, der Amelias Tod auf dem Gewissen hat, finden und bestrafen. Ich dachte, Ihr versteht das und akzeptiert meine Gefühle in Sachen Ehre, Mylord. Wir hatten ein Abkommen.«

»Ich streite dir nicht deine Gefühle in dieser Hinsicht ab, aber wir haben ein Problem, wenn dein Ehrgefühl dich in Konflikt mit meinem bringt. Meine Ehre verlangt, daß ich dich beschütze.«

»Ich brauche Euren Schutz nicht.«

»Wenn du das glaubst, bist du noch rettungslos naiver, als ich dachte, Sophy. Was du tust, ist äußerst gefährlich, und ich kann nicht erlauben, daß du weitermachst. Damit ist die Sache erledigt. Du wirst deiner Zofe befehlen, sofort mit dem Packen anzufangen. Ich werde meine Geschäfte hier in der Stadt erledigen und so bald als möglich nach Ravenwood Abbey kommen. Es ist an der Zeit, daß wir nach Hause kommen. Ich bin der Stadt überdrüssig.«

»Aber ich habe doch kaum mit meiner Detektivarbeit begonnen. Und ich bin der Stadt überhaupt nicht überdrüssig. Um ehrlich zu sein, ich lerne allmählich das Stadtleben zu genießen.«

Julian lächelte. »Das kann ich mir gut vorstellen. Dein Einfluß macht sich in den besten Ballsälen und Salons bemerkbar. Du bist ein modisches Leitbild geworden. Eine reife Leistung für eine Frau, die bei ihrem Debut eine Katastrophe war.«

»Julian, versuch nicht, mich mit Schmeicheleien abzulenken. Für mich ist diese Sache von allergrößter Wichtigkeit.«

»Das ist mir klar. Warum sonst würde ich riskieren, eine so unpopuläre Entscheidung für dich zu treffen? Glaub mir, ich freue mich nicht sonderlich darauf, noch mehr Kristallschwäne an den Kopf geworfen zu kriegen.«

»Ich werde nicht nach Hampshire zurückgehen, Mylord, und das ist mein letztes Wort«, sagte Sophy mit trotziger Miene.

Er seufzte. »Dann werde ich ohne Zweifel bald mein eigenes Stelldichein am Leighton Field haben.«

Sophy verschlug es kurz die Sprache. »Was willst du damit sagen, Julian?«

»Ich will damit nur sagen, wenn du noch länger hier in der Stadt bleibst, ist es nur eine Frage der Zeit, bis ich mich gezwungen sehe, deine Ehre zu verteidigen, so wie du einmal versucht hast, meine zu verteidigen.«

Sie schüttelte heftig den Kopf. »Nein, nein, das ist nicht wahr. Wie kannst du so etwas sagen? Ich würde nie etwas tun, was dich zwingt, einen anderen Mann zu fordern, das habe ich dir gesagt. Und du hast gesagt, du glaubst mir.«

»Du verstehst das nicht. Dein Wort zweifle ich natürlich nicht an, Sophy. Es ist die Beleidigung, die ich rächen müßte. Und täusch dich ja nicht. Wenn ich dir gestatte, gefährliche Spiele mit Utteridge, Varley und Ormiston zu spielen, wird es bald Beleidigungen geben.«

»Aber ich würde nicht dulden, daß sie mich beleidigen. Ich würde mich niemals in eine solche Lage bringen, Julian, das schwör ich dir.«

Ein Lächeln huschte über sein Gesicht. »Sophy, ich weiß, daß du nie freiwillig etwas Unehrenhaftes oder Kompromittierendes tun würdest. Aber diese Männer sind absolut fähig, Ereignisse so zu manipulieren, daß eine unschuldige Frau keine Chance hat. Und wenn das einmal passiert ist, wäre ich gezwungen, Satisfaktion zu fordern.«

»Nein, niemals. Du darfst nicht einmal daran denken. Ich kann es nicht ertragen, wenn du dich auf ein Duell einläßt.«

»Die Möglichkeit besteht bereits, Sophy. Du hast doch mit Utteridge gesprochen, nicht wahr?«

»Ja, aber ich war sehr diskret. Er hat sicher keine Ahnung, was ich versuchte, von ihm zu erfahren.«

»Worüber habt ihr geredet?« sagte Julian ruhig. »Hast du zufällig Elizabeth erwähnt?«

»Nur ganz beiläufig, das schwöre ich.«

»Dann wirst du seine Neugier geweckt haben. Und das, mein naives, kleines Unschuldslamm, ist der erste Schritt in die Katastrophe bei einem Mann von Utteridges Charakter. Bis du mit der Befragung von Varley und Ormiston fertig bist, werde ich bis zum Hals in Verabredungen im Morgengrauen stecken.«

Sophy starrte ihn hilflos an. Sie hatte die Falle erkannt, und aus dieser Falle gab es keinen Ausweg. Sie konnte unmöglich zulassen, daß Julian sein Leben in einem Duell zur Wahrung ihrer Ehre riskierte. Allein der Gedanke genügte, um sie vor Angst erschaudern zu lassen. »Ich verspreche Euch, ich werde sehr sehr vorsichtig sein, Mylord.« Es war ein letzter, sehr schwacher Versuch, doch sie wußte, daß er sinnlos war.

»Es ist viel zu riskant. Die einzig intelligente Lösung ist, dich schnell aus der Stadt zu schaffen. Ich möchte, daß du in Sicherheit auf dem Land bist, bei deinen Freunden und deiner Familie.«

Sophy kapitulierte mit Tränen in den Augen. »Sehr wohl, Mylord. Ich werde abreisen, wenn es keine andere Möglichkeit gibt. Ich möchte nicht, daß Ihr meinetwegen eine Kugel riskiert.«

Julian sah sie voller Zärtlichkeit an. »Danke, Sophy.« Er streckte die Hand aus und fing eine Träne mit dem Finger auf. »Ich weiß, daß es sehr viel verlangt ist von einer Frau, deren Ehrgefühl genauso stark ist wie meines. Glaub mir, wenn ich sage, ich verstehe dein Verlangen nach Rache.«

Sophy wischte sich ungeduldig mit dem Handrücken die Tränen ab. »Es ist so verflixt unfair. Nichts läuft so, wie ich es mir vorgestellt hatte, als ich dich geheiratet habe. All meine Pläne, all meine Träume, all die Dinge, auf die ich gehofft habe, die Dinge, über die wir uns geeinigt haben. Alles im Sand verlaufen.«

Julian beobachtete sie nachdenklich. »Ist denn wirklich alles so schlimm, Sophy?«

»Ja, Mylord. Und zu allem Übel habe ich auch noch Grund zu der Annahme, daß ich guter Hoffnung bin.« Sie rannte, ohne ihn anzusehen zum Paravent am anderen Ende des Raumes.

»Sophy!« Julian sprang aus dem Bett und rannte ihr nach. »Was hast du gerade gesagt?«

Sophy stand erbärmlich schniefend hinter dem Paravent und streifte sich ihren Morgenmantel über. »Ich bin überzeugt, du hast mich ganz genau verstanden.«

Julian riß achtlos den Paravent beiseite, der klappernd zu Boden fiel. Er fixierte ihr trotzig abgewandtes Gesicht. »Du bist schwanger?«

»Gut möglich. Diese Woche ist mir klargeworden, daß ich schon viel zu lange keine monatliche Blutung hatte. Es wird noch einige Zeit dauern, bis ich es genau weiß, aber ich vermute, daß ich tatsächlich dein Kind unterm Herzen trage. Wenn ja, solltet Ihr ganz zufrieden sein, Mylord. Jetzt bin ich schwanger und auf dem Weg aufs Land, wo ich Euer Leben nicht weiter durcheinanderbringen kann. Ihr werdet alles kriegen, was Ihr von dieser Ehe erwartet habt. Einen Erben und keinen Ärger. Ich hoffe, Ihr seid zufrieden.«

»Sophy, ich weiß nicht, was ich sagen soll.« Julian fuhr sich durchs Haar. »Wenn das, was du vermutest, wahr ist, dann kann ich nicht bestreiten, daß ich sehr zufrieden bin. Aber ich hatte gehofft –« Er verstummte und suchte nach den richtigen Worten. »Ich hatte gehofft, du freust dich mehr darüber«, stammelte er schließlich.

Sophy starrte ihn wütend an, und ihre letzten Tränen versiegten angesichts dieser typisch männlichen Arroganz. »Du hast sicher angenommen, daß die Aussicht auf baldige Mutterfreuden mich zu einer sanften, zufriedenen Frau macht? Eine, die bereit ist, alle persönlichen Ambitionen aufzugeben, um sich voll und ganz der Pflege deiner Landhäuser und der Aufzucht deiner Kinder zu widmen?«

Julian hatte den Anstand, rot zu werden. »Ich hatte gehofft, es würde dich zufriedener machen, ja. Bitte glaub mir, ich möchte dich in dieser Ehe glücklich machen, Sophy.«

»Ach, laß mich in Ruhe, Julian. Ich möchte baden und mich dann ausruhen.« Neue Tränen brannten in ihren Augen. »Es gibt noch viel zu tun, wenn ich morgen nach Hampshire abgeschoben werden soll.«

»Sophy.« Julian machte keine Anstalten, das Schlafzimmer zu verlassen. Er stand da und sah sie seltsam hilflos an. »Sophy, bitte weine nicht.« Er breitete die Arme aus.

Sophy sah ihn noch einen Augenblick mit tränennassen Augen an. Sie haßte diesen neuen Mangel an Kontrolle über ihre Gefühle. Dann warf sie sich schluchzend in Julians Arme. Er drückte sie fest an sich, und sie setzte seine Brust mit ihren Tränen unter Wasser.

Julian hielt sie fest, bis der Sturm verebbte. Er versuchte nicht, sie aufzuheitern oder zu trösten oder zu beschimpfen. Er hüllte sie einfach in seine Kraft und behielt sie dort, bis der letzte herzzerreißende Schluchzer verklungen war.

Sophy fing sich langsam wieder, und die tröstliche Wärme von Julians Umarmung wurde ihr bewußt. Es war das erste Mal, daß er sie einfach festhielt, ohne Küsse, ohne Zärtlichkeiten, das erste Mal, daß er ihr etwas anderes bot als Leidenschaft. Sie bewegte sich lange nicht, genoß seine große, starke Hand, die ihr beruhigend den Rükken streichelte.

Schließlich löste sie sich sehr widerwillig aus seinen Armen. »Ich bitte um Verzeihung, Mylord. Ich begreif nicht, was in letzter Zeit mit mir los ist. Ich kann Euch versichern, ich weine sonst praktisch nie.« Sie vermied es, ihn anzusehen, als sie noch weiter vor ihm zurückwich und kramte in der Tasche ihres Morgenmantels nach einem Taschentuch, das da eigentlich sein sollte. Sie fluchte leise, als sie es nicht finden konnte.

»Suchst du das?« Julian hob das kleine, bestickte Tüchlein vom Teppich auf.

Wütend, weil sie es nicht einmal schaffte, ein Taschentuch im Morgenmantel zu behalten, riß Sophy es ihm aus der Hand.

»Erlaube mir, dir ein frisches zu holen.« Er ging zum Toilettentisch und holte es.

Sie putzte sich sehr energisch die Nase, knüllte das Tüchlein zusammen und stopfte es in die Tasche. »Ich danke Euch, Mylord. Bitte verzeiht diesen Gefühlsausbruch. Ich weiß nicht, was über mich gekommen ist. Jetzt muß ich aber wirklich ein Bad nehmen. Wenn Ihr verzeiht, ich habe noch einiges zu erledigen.«

»Ja, Sophy«, seufzte Julian. »Ich werde dir verzeihen, ich bete nur, daß du eines Tages auch mir verzeihst.« Er nahm seine Kleider und ging wortlos aus dem Zimmer.

Viel später in dieser Nacht saß Julian allein in der Bibliothek, die Beine ausgestreckt, mit einer Flasche Wein auf dem Tisch neben sich. Nach Stunden war das Haus jetzt endlich ruhig geworden. Bis vor kurzem herrschte noch rege Geschäftigkeit wegen Sophys Reisevorbereitungen. Die Hektik hatte ihn deprimiert. Es würde sehr einsam hier werden ohne sie.

Julian goß sich noch ein Glas Wein ein und überlegte, ob sich Sophy jetzt wohl in den Schlaf weinen würde. Er war sich heute morgen wie ein Unhold vorgekommen, als er ihr sagte, er würde sie nach Ravenwood Abbey zurückschicken. Aber er hatte keine andere Wahl. Sobald er erfahren hatte, was genau sie im Schilde führte, war klar, daß er sie aus der Stadt schaffen mußte. Sie watete durch gefährliche Gewässer und hatte keine Ahnung, wie sie sich vor dem Ertrinken schützen könnte.

Julian nahm einen Schluck Wein und überlegte, ob er Schuldgefühle haben sollte wegen der Art und Weise, in der er Sophy heute morgen manipuliert hatte. Ganz am Anfang ihrer Auseinandersetzung im Schlafzimmer war ihm klargeworden, daß sie unter keinen Umständen auf logische Argumente zu ihrer eigenen Sicherheit hören würde. Ihr persönliches Ehrgefühl schaltete solche Überlegungen aus, und er brachte es nicht über sich, sie mit Brachialgewalt dazu zu zwingen, das Vernünftige zu tun.

Deshalb hatte er auf das einzige Mittel zurückgegriffen, das ihm einfiel, obwohl er sich ganz und gar nicht sicher war, daß es funktionieren würde. Er hatte ihre Gefühle für ihn dazu benutzt, sie dahin zu bringen, wo er sie haben wollte.

Es war ein geradezu berauschender Schock gewesen mitanzusehen, wie ihr Widerstand zerbröckelte, als er sie warnte, daß ihr Handeln ihn dazu zwingen könnte, sein Leben bei einem Duell zu riskieren. Sie mußte ihn wirklich lieben. Kein anderes Gefühl hatte die Macht, ihr tiefempfundenes Ehrgefühl zu überwinden. Um seinetwillen hatte sie ihren Rachefeldzug eingestellt.

Julian fühlte sich gedemütigt von der Kraft ihrer Gefühle, und gleichzeitig schäumte er über vor Freude. Es gab keinen Zweifel, daß Sophy sich ihm hingegeben hatte – *ihm gehörte* auf eine Art und Weise, die er bis jetzt nicht für möglich gehalten hätte.

Aber trotz dieser wunderbaren Erkenntnis war er sich sehr wohl bewußt, daß sie sehr unglücklich war, und dies war seine Schuld. *Es ist alles so verflixt unfair. Nichts läuft so, wie ich es mir vorgestellt hatte, als ich dich geheiratet habe.*

Und jetzt war sie, zu allem anderen Übel, auch wahrscheinlich noch schwanger. Er wand sich innerlich, als er sich daran erinnerte, daß eine ihrer Bitten war, nicht sofort Mutter zu werden.

Julian ließ sich tiefer in den Stuhl sinken und fragte sich, ob er je wieder Sophys Achtung gewinnen könnte. In diesem Moment schien es, als hätte er von Anfang an alles falsch gemacht. *Wie konnte ein Mann seine Frau davon überzeugen, daß er ihrer Liebe würdig war*? Er hätte nie im Traum daran gedacht, daß sich ihm je ein solches Problem stellen würde. Und jetzt, nach allem was zwischen ihm und Sophy passiert war, war es gut möglich, daß sich das Knäuel nie entwirren würde.

Hinter ihm öffnete sich die Tür. Julian machte sich nicht die Mühe, um die Lehne des Stuhls zu schauen. »Geh ruhig zu Bett, Guppy und schick den Rest des Personals in ihre Zimmer. Ich möchte noch eine Weile hier bleiben, und es steht nicht dafür, daß einer von Euch wach bleibt. Ich kümmere mich um die Kerzen.«

»Ich hab Guppy und die anderen bereits zu Bett geschickt«, sagte Sophy und schloß leise die Tür.

Julian erstarrte beim Klang ihrer Stimme. Dann stellte er langsam sein Glas ab, erhob sich und wandte sich ihr zu. Sie sah sehr schlank und zerbrechlich aus in einem rosa Kleid mit hochangeschnittener Taille. Es war schwer zu glauben, daß sie möglicherweise schwanger war, dachte Julian. Sie hatte die Haare hochgesteckt und mit einem Band befestigt, das sich bereits löste. Sie lächelte sanft.

»Ich dachte, du wärst längst im Bett«, sagte Julian barsch und fragte sich, in welcher Stimmung sie wohl war. Sie weinte nicht, und sie schien auch nicht streitsüchtig. »Du mußt ausgeruht sein für deine Reise.«

»Ich bin gekommen, um mich von dir zu verabschieden, Julian.« Sie blieb vor ihm stehen, und ihre Augen glänzten.

Er war sichtlich erleichtert. Sie hatte sich anscheinend inzwischen beruhigt. »Ich komme bald nach«, versprach er.

»Gut. Du wirst mir fehlen.« Sie strich über die Falten seiner sorgfältig gebundenen Krawatte. »Und ich möchte nicht, daß wir uns im Bösen trennen.«

»Bestimmt nicht im Bösen. Zumindest nicht von meiner Seite. Ich will nur das Beste für dich. Das mußt du mir glauben, Sophy.«

»Das weiß ich. Aber manchmal bist du sehr dickköpfig und stur und arrogant, aber ich weiß, daß du mich wirklich zu beschützen versuchst. Aber das wichtigste ist, ich werde nicht dulden, daß du dein Leben für mich riskierst.«

»Sophy? Was machst du da?« Er beobachtete erstaunt, wie sie langsam seine schneeweiße Krawatte löste. »Sophy, ich schwöre dir, daß es wirklich das beste ist, wenn du ins Abbey zurückkehrst. So schlimm wird es dort gar nicht sein, meine Liebe. Du kannst deine Großeltern wiedersehen, und du hast doch sicher Freundinnen, die du zu einem Besuch einladen kannst.«

»Ja, Julian.« Jetzt hatte sie die Krawatte in der Hand und begann, seine Jacke aufzuknöpfen.

»Wenn du wirklich schwanger bist, ist die Landluft viel gesünder für dich als die in der Stadt«, fuhr er fort und zermarterte sich das Gehirn nach weiteren guten Gründen, die ihre Bereitschaft abzureisen unterstützen würden.

»Ihr habt zweifellos recht, Mylord. Die Londoner Luft scheint ständig braun zu sein, nicht wahr.« Jetzt machte sie sich an seinem weißen Hemd zu schaffen.

»Ich bin überzeugt, daß ich recht habe.« Das völlig neue Gefühl, von ihr ausgezogen zu werden, brachte seine Sinne ins Wanken. Er hatte Schwierigkeiten, klar zu denken. Seine Hose wurde plötzlich unangenehm eng durch seinen schwellenden Schaft.

»Ich habe festgestellt, daß Männer immer ganz überzeugt sind, sie hätten recht. Auch wenn sie im Unrecht sind.«

»Sophy?« Er schluckte, als ihre Fingerspitzen seine nackte Brust fanden. »Sophy, ich weiß, du findest mich gelegentlich arrogant, aber ich versichere dir –«

»Bitte, sag jetzt nichts mehr, Julian. Ich will nicht darüber reden, wie logisch richtig es ist, daß ich ins Abbey zurückkehre, und ich will auch nicht über deinen bedauernswerten Hang zur Arroganz reden.« Sie stellte sich auf die Zehenspitzen und bot ihm ihren leicht geöffneten Mund. »Küß mich.«

»O Gott, Sophy!« Er nahm die Einladung begierig an, obwohl er sein Glück kaum fassen konnte. Ihre Stimmung war offensichtlich völlig umgeschlagen. Er begriff zwar nicht warum, war aber nicht gewillt, länger darüber nachzudenken.

Als sie sich enger an ihn preßte, raffte er sich noch einmal kurz auf und sagte: »Sophy, mein Schatz, laß uns nach oben gehen. Schnell.«

»Warum?« Sie küßte seinen Hals.

Julian sah überrascht auf ihre zerzausten Locken hinunter. »Warum?« wiederholte er. »Du fragst mich in diesem Zustand? Sophy, ich brenne nach dir.«

»Der ganze Haushalt ist im Bett. Wir sind ganz allein. Keiner wird uns stören.«

Endlich dämmerte ihm, daß sie bereit war, hier in der Bibliothek mit ihm zu schlafen. »Ah, Sophy«, sagte er halb lachend, halb stöhnend, »du steckst wirklich voller Überraschungen.« Er zog ihr das Band aus dem Haar.

»Ich möchte, daß Ihr mich gut in Erinnerung behaltet, Mylord, wenn ich weg bin.«

»Es gibt nichts auf dieser Welt, wodurch ich dich vergessen könnte, mein süßes Weib.« Er hob sie auf und trug sie zum Sofa.

Sie legte sich in die Kissen zurück und lächelte ihn einladend, ewig weiblich an. Dann breitete sie die Arme aus, und Julian nahm die Aufforderung bereitwillig an.

Ein paar Minuten später wurde das Sofa zu eng, und Julian rollte auf den Teppich und riß Sophy mit sich. Sie folgte ihm freudig, die Rundungen ihrer Brüste und ihres Halses erblühten in bezauberndem Rosa. Julian lag auf dem Rücken, seine Frau räkelte sich nackt und geschmeidig auf ihm, und er nahm sich vor, dieses Spiel bei der ersten Gelegenheit auf dem Boden der Bibliothek von Ravenwood Abbey zu wiederholen.

Siebzehn

Julian hatte recht gehabt, dachte Sophy an ihrem dritten Tag auf Ravenwood. Sie hatte das natürlich nie zugegeben, aber so schlecht war es auf dem Land gar nicht. Das schlimmste in ihren Augen war, daß er nicht bei ihr war.

Trotzdem mangelte es ihr nicht an Beschäftigung in der Abwesenheit ihres Mannes. Die Innenräume des prachtvollen Landhauses waren schon seit langem sehr vernachlässigt worden. Julian hatte zwar exzellentes und williges Personal, das jedoch seit Elizabeths Tod ohne jede Führung gearbeitet hatte.

Sophy begrüßte die neue Haushälterin mit Begeisterung, hocherfreut, daß der Verwalter ihrem Rat gefolgt war und Mrs. Ashkettle zu diesem Posten befördert hatte. Mrs. Ashkettle war ebenso erfreut, ein vertrautes Gesicht als Herrin zu haben, und die beiden stürzten sich mit Elan in die Aufgabe, das Putzen, die Reparaturen und generelle Auffrischung des Hauses zu überwachen.

Sophy lud ihre Großeltern am dritten Tag zum Abendessen ein und entdeckte die Freuden einer Gastgeberin am eigenen Tisch.

Ihre Großmutter war voll des Lobes für die Wunder, die Sophy in diesen drei Tagen vollbracht hatte. »Es ist wirklich erstaunlich, was du geschafft hast, meine Liebe. Als wir das letzte Mal hier waren, schien alles so dunkel und düster. Kaum zu fassen, was ein bißchen Polieren und Putzen und frische Vorhänge ausmachen können.«

»Essen ist auch nicht schlecht«, verkündete Lord Dorring und nahm sich eine zweite Portion Würstchen. »Du gibst eine prächtige Gräfin ab, Sophy. Ich glaub, ich nehm noch ein Schlückchen Wein, Ravenwood hat wirklich ein paar ausgezeichnete Sachen im Keller. Wann wird dein Mann denn zurückkommen?«

»Bald, hoffe ich. Er hat noch einiges Geschäftliche in der Stadt zu erledigen. Momentan ist es ohnehin besser, daß er nicht hier ist. Der Aufruhr im Haus die letzten drei Tage hätte ihn sicher irritiert.« Sophy lächelte dem Lakaien zu, damit er Wein nachschenkte. »Es gibt noch ein paar Zimmer, die gemacht werden müssen.« Einschließlich des Schlafzimmers, das von Rechts wegen der Gräfin von Ravenwood gehörte, ermahnte sie sich.

Sie war überrascht, als sie entdeckte, daß dieses spezielle Zimmer abgeschlossen war. Mrs. Ashkettle hatte in den Schlüsseln gekramt, die sie von Mrs. Boyle geerbt hatte und ratlos den Kopf geschüttelt.

»Keiner von denen paßt, Mylady. Ich versteh es nicht. Vielleicht ist der Schlüssel verloren. Mrs. Boyle hat gesagt, sie hatte Anweisung, das Zimmer nicht zu betreten, und daran habe ich mich gehalten. Aber jetzt, wo Ihr hier seid, Madame, wollt Ihr ja sicher dort einziehen. Keine Sorge, Madame, ich werd dafür sorgen, daß einer vom Personal sich gleich drum kümmert.«

Aber das Problem löste sich von selbst, als Sophy einen Schlüssel in der hintersten Ecke einer Schreibtischschublade entdeckte. Sie versuchte ihn an der verschlossenen Tür, und er paßte perfekt. Sie hatte Elizabeths altes Schlafzimmer mit großer Neugierde untersucht.

Eines stand fest, sie würde nicht dort einziehen, ehe das Zimmer nicht gründlich geputzt und gelüftet war. Es widerstrebte ihr, es in seinem augenblicklichen Zustand zu bewohnen. Es war offenbar seit Elizabeths Tod nicht mehr betreten worden.

Nachdem sich Lord und Lady Dorring verabschiedet hatten, stellte Sophy fest, daß sie völlig erschöpft war. Sie schleppte sich in das Zimmer, das sie augenblicklich bewohnte und ließ sich von ihrer Zofe ausziehen.

»Danke, Mary.« Sophy mußte gähnen. »Irgendwie bin ich heute furchtbar müde.«

»Kein Wunder, Mylady, soviel wie Ihr die letzten Tage gearbeitet habt. Ihr solltet Euch nicht übernehmen, verzeiht, wenn ich das sage. Seine Lordschaft wird nicht erfreut sein, wenn er erfährt, daß Ihr soviel arbeitet, mit dem Baby und so.«

Sophy sah sie erstaunt an. »Woher weißt du denn das mit dem Baby?«

Mary grinste frech. »Das ist kein Geheimnis, Mylady. Ich arbeite schon lange genug für Euch, daß ich weiß, wenn gewisse Sachen nicht wie sonst eintreffen. Meine Glückwünsche, wenn ich das sagen darf. Habt Ihr seiner Lordschaft schon die freudige Nachricht mitgeteilt?«

Sophy seufzte. »Ja, Mary, er weiß es.«

»Ich wette, daß er uns deswegen aufs Land geschickt hat. Er will nicht, daß Ihr die dreckige Londoner Luft atmet, wenn Ihr guter Hoffnung seid. Seine Lordschaft ist einer von denen, die auf ihre Frauen aufpassen.«

»Ja, nicht wahr, das ist er? Geh zu Bett, Mary. Ich werd noch ein bißchen lesen.«

In einem großen Haushalt gab es nur wenig Geheimnisse, und Sophy wußte das auch. Trotzdem hatte sie gehofft, daß ihre Schwangerschaft noch ein wenig länger geheim geblieben wäre. Sie mußte sich erst noch an den Gedanken gewöhnen, daß sie Julians Kind unter dem Herzen trug.

»Sehr wohl, Madame. Soll ich der Köchin die Salbe bringen, die Ihr ihr für ihre Hände versprochen habt?«

»Die Salbe. Oje, die hätte ich fast vergessen.« Sophy ging rasch zu ihrer Arzneitruhe. »Ich muß dran denken, daß ich morgen Old Bess besuche und mir frische Vorräte hole. Ich hab der Frische der Kräuter in den Londoner Apotheken nicht getraut.«

»Ja, Madame. Also dann gute Nacht, Madame«, sagte Mary, als Sophy ihr den Behälter mit Salbe gab. »Die Köchin wird sehr dankbar sein.«

»Gute Nacht, Mary.«

Sophy beobachtete, wie sich die Tür hinter ihrer Zofe schloß und wanderte dann rastlos zu dem Regal mit ihren Büchern. Sie war wirklich sehr müde, aber jetzt, wo sie fürs Bett bereit war, hatte sie doch noch keine Lust zu schlafen.

Aber nach Lesen war ihr auch nicht zumute, entdeckte sie, als sie ein paar Seiten von Byrons neuestem Erguß *The Giaour* durchblätterte. Sie hatte den Band ein paar Tage bevor Julian sie aufs Land schickte gekauft und hatte sich darauf gefreut, es zu lesen.

Sie wandte sich von ihren Büchern ab, und ihr Blick fiel auf das kleine Schmuckkästchen auf ihrem Toilettentisch. Der schwarze Ring befand sich nicht mehr darin, aber jedes Mal, wenn Sophy die

Schatulle sah, mußte sie daran denken und grämte sich ein bißchen, weil ihre Pläne, Amelias Verführer zu finden, zunichte waren.

Dann berührte sie ihren immer noch flachen Bauch und erschauderte. Es gab jetzt keine Möglichkeit, ihre Nachforschungen weiterzuführen. Sie brachte es nicht über sich, Julians Leben wegen ihrem Verlangen nach Rache in Gefahr zu bringen. Er war der Vater ihres Kindes, und sie war unwiderruflich in ihn verliebt. Selbst wenn das nicht der Fall wäre, hätte sie kein Recht dazu, einen anderen für ihre persönliche Ehre in Gefahr zu bringen.

Ein Teil von ihr war verwundert über die Leichtigkeit, mit der sie ihre Suche aufgegeben hatte. Damals war sie sehr wütend und traurig gewesen, aber das hatte sich inzwischen gelegt. Um ehrlich zu sein, war sie sogar ein kleines bißchen erleichtert. Ohne Zweifel hatten jetzt andere Dinge in ihrem Leben Vorrang, und tief in ihrem Inneren sehnte sie sich danach, sich diesen voll und ganz zu widmen.

Ich trage Julians Kind unter dem Herzen.

Es war immer noch schwer zu glauben, aber mit jedem Tag wurde die Vorstellung realer. Julian wollte dieses Kind, sagte sie sich voller Hoffnung. Vielleicht würde es helfen, die Bande zu stärken, die, wie sie sich manchmal gestattete zu glauben, zwischen ihnen wuchsen.

Sophy ging durchs Zimmer, immer noch ungewöhnlich unruhig. Sie warf einen Blick auf das Bett und sagte sich, sie sollte eigentlich hineinsteigen und schlafen, aber dann fiel ihr wieder das Zimmer am Ende der Halle ein, in das sie so bald wie möglich einziehen wollte.

Sophy packte spontan eine Kerze, öffnete die Tür und ging über den dunklen Gang zu dem Schlafzimmer, das einmal Elizabeth gehört hatte. Sie war schon ein- bis zweimal drin gewesen und hatte es nicht sehr angenehm gefunden. Die Einrichtung war unverhohlen sinnlich und nach Sophys Geschmack sehr unziemlich.

Das Zimmer war mit Chinoiserien möbliert, nach dem Geschmack der Zeit, aber hier war der Stil bis zum Exzess ausgelebt, ein Reich dunkler, üppiger Erotik. Als Sophy es das erste Mal sah, kam ihr sofort der Gedanke, daß dieser Raum von der Nacht regiert wurde. Er hatte etwas Seltsames, Ungesundes. Sie und Mrs. Ashkettle hatten sich nach dem Öffnen der Tür nicht lange dort aufgehalten.

Mit der Kerze in einer Hand öffnete Sophy die Tür und stellte fest, daß der Raum sie jetzt genauso deprimierte wie beim ersten Besuch. Schwere Samtvorhänge schlossen alles Licht aus, selbst das des Mondes.

Die Bilder auf den grünschwarzen Lackmöbeln sollten wohl exotische, irisierende Drachen darstellen, aber in Sophys Augen sahen die Kreaturen wie sich windende Schlangen aus. Das Bett war eine Monstrosität mit dicken Vorhängen, Klauenfüßen und einer erdrückenden Anzahl von Kissen. Dunkle Tapeten bedeckten die Wände.

Es war ein Raum, den vielleicht ein Mann wie Lord Byron, mit seinem Hang zum sinnlichen Melodram, aufregend gefunden hätte, aber Julian hatte sich dort sicher unwohl und fehl am Platz gefühlt.

Ein Drache schien im Schein der Kerze zu knurren, als Sophy an einem hohen Lackschrank vorbeiging. Gräßliche, böse aussehende Blumen zierten die Platte eines Tisches daneben.

Sophy schüttelte sich vor Ekel und versuchte sich vorzustellen, wie das Zimmer aussehen würde, wenn sie es neu gestaltete. Als erstes würde sie die Möbel und die Vorhänge austauschen. Es waren mehrere Stücke eingelagert, die hier sehr schön zur Geltung kommen würden.

Ja, Julian hatte diesen Raum sicherlich verabscheut, dachte Sophy. Das war definitiv nicht sein Stil. Sie hatte gelernt, daß er klare, elegante, klassische Linien bevorzugte. Aber, das war ja auch nicht sein Zimmer gewesen, wie sie zugeben mußte. Das war Elizabeths Tempel der Leidenschaft gewesen, der Ort, an dem sie ihre seidenen Netze gesponnen und Männer hinein gelockt hatte.

Getrieben von morbider Neugier, wanderte Sophy durch die Gemächer, öffnete Schubladen und Schranktüren. Alle persönlichen Habseligkeiten waren verschwunden. Offensichtlich hatte Julian angeordnet, alle persönlichen Dinge Elizabeths aus dem Zimmer zu entfernen, ehe er es ein letztes Mal abgeschlossen hatte.

Doch dann öffnete Sophy die letzte einer Reihe von Schubladen in einer Lackschatulle und fand ein kleines, gebundenes Büchlein. Sie sah es eine Weile lang mit ungutem Gefühl an, bevor sie es aufschlug und sah, daß es Elizabeths Tagebuch war.

Sophy konnte sich nicht zurückhalten. Sie stellte die Kerze auf den Tisch, nahm das kleine Buch und begann zu lesen.

Zwei Stunden später wußte sie, warum Elizabeth in der Nacht ihres Todes in der Nähe des Weihers gewesen war.

»Sie war in jener Nacht bei dir, nicht wahr, Bess?« Sophy saß auf der kleinen Bank vor der reetgedeckten Hütte der alten Frau und hatte den Kopf über die frischen und getrockneten Kräuter gebeugt, die sie sortierte.

Bess seufzte, ihre Augen waren nur noch Schlitze in ihrem verhutzelten Gesicht. »Du weißt es also, was? Ja, Mädel. Sie war bei mir, die arme Frau. Sie war nicht bei Trost in dieser Nacht. Wie hast du entdeckt, daß sie hier war?«

»Ich habe gestern nacht ihr Tagebuch in ihrem Zimmer gefunden.«

»Bah. Die kleine Närrin.« Bess schüttelte angewidert den Kopf. »Diese Geschichte, daß die feinen Damen immer alles in ihre Tagebücher kritzeln müssen, ist fast gefährlich. Ich hoffe, du gehörst nicht dazu.«

»Nein.« Sophy lächelte. »Ich führe kein Tagebuch. Manchmal mache ich mir Notizen über meine Lektüre, mehr nicht. Ich hab schon Schwierigkeiten, mit meiner Korrespondenz auf dem laufenden zu bleiben.«

»Seit Jahren sag ich schon, daß es nichts Gutes bringt, wenn man so vielen Leuten das Lesen und Schreiben beibringt«, sagte Bess. »Das wirklich wichtige Wissen kommt nicht aus Büchern. Dafür muß man Augen und Ohren aufhalten und darauf achten, was hier drin ist.« Sie klopfte auf ihre ausladende Brust in der Gegend ihres Herzens.

»Das mag ja wahr sein, aber leider haben nicht alle von uns deinen Instinkt für diese Art Wissen, Bess. Und vielen von uns fehlt es an Gedächtnis. Für uns ist lesen und schreiben Können die einzige Lösung.«

»Für die erste Gräfin war's keine gute Lösung? Sie hat ihre Geheimnisse in ein Buch geschrieben, und jetzt kennst du sie.«

»Vielleicht hat Elizabeth ihre Geheimnisse nur aufgeschrieben, weil sie hoffte, daß sie eines Tages jemanden findet und liest«, sagte Sophy nachdenklich. »Vielleicht war sie irgendwie stolz auf ihre Lasterhaftigkeit.«

Bess schüttelte den Kopf. »Ich glaub eher, daß sie gar nicht anders gekonnt hat. Vielleicht war das Schreiben ihre Methode, um von Zeit zu Zeit ein bißchen Gift aus dem Blut zu kriegen.«

»Der Himmel weiß, daß sie irgendein Gift in den Adern gehabt haben muß.« Sophy mußte an die Eintragungen denken, manche triumphierend, manche obszön, bösartig und einige tragisch, die Aufzeichnungen ihrer Affären. »Wir werden es nie genau erfahren.« Sophy schwieg einen Moment, während sie Kräuter in eine Reihe kleiner Beutel verpackte. Das spätnachmittägliche Sonnenlicht tat wohl, und die Gerüche des Waldes um Bess' Hütte waren süß und beruhigend nach der Luft in London.

»Jetzt weißt du es also«, unterbrach Bess die Stille.

»Daß sie zu dir gekommen ist, weil sie das Baby, das sie erwartete, loswerden wollte? Ja, ich weiß. Aber das Tagebuch endet mit diesem Eintrag. Danach sind nur noch leere Seiten. Was ist in dieser Nacht passiert, Bess?«

Bess schloß die Augen und wandte ihr Gesicht der Sonne zu.

»Umgebracht habe ich sie, das ist passiert. Gott steh mir bei.«

Sophy hätte fast eine Handvoll getrockneter Blumen fallen lassen. Sie starrte Bess schockiert an. »Unsinn. Das glaube ich nicht. Was sagst du denn da?«

Bess hielt die Augen weiter geschlossen. »Ich habe ihr in dieser Nacht nicht das gegeben, was sie wollte. Ich habe sie angelogen und habe gesagt, ich hätte die Kräuter nicht, die helfen würden, das Kind loszuwerden. Aber in Wahrheit hatte ich Angst, ihr die Art Hilfe zu geben, die sie verlangt hat. Ich konnte ihr nicht trauen.«

Sophy nickte verständnisvoll. »Dein Instinkt war genau richtig, Bess. Sie hätte dich in der Hand gehabt, wenn du getan hättest, was sie verlangte. Sie war so ein Mensch, der später diese Information benutzt hätte, um dir zu drohen. Du wärst ihr ausgeliefert gewesen. Sie wär immer wieder zu dir gekommen, nicht nur um ungewollte Babies loszuwerden, sondern damit du sie mit den speziellen Kräutern versorgst, mit denen sie ihre Sinne stimuliert hat.«

»Du weißt, daß sie dafür Kräuter eingenommen hat?«

»Sie hat häufig in ihr Tagebuch geschrieben, wenn sie Opium zu sich genommen hatte. Die Eintragungen sind ein wildes Durcheinander von bedeutungslosen Worten und Hirngespinsten. Vielleicht war der Mißbrauch des Mohns der Grund für ihr seltsames Verhalten.«

»Nein«, sagte Bess ruhig. »Das war nicht die Wirkung des Mohns. Die arme Seele hatte eine Krankheit des Verstandes und des Geistes, die nicht geheilt werden konnte. Ich glaube, sie hat Mohnsirup und andere Kräuter eingenommen, um ihre endlosen Qualen ein bißchen zu lindern. Ich habe einmal versucht, ihr zu sagen, daß Mohn sehr nützlich ist bei körperlichem Schmerz, aber nicht bei der Art Schmerz, unter dem sie gelitten hat, der vom Geist kommt. Sie wollte jedoch nicht auf mich hören.«

»Warum sagst du, du hättest sie getötet, Bess?«

»Ich hab's dir doch gesagt. Ich habe sie in der Nacht weggeschickt, ohne ihr das zu geben, was sie wollte. Sie ist direkt zum Teich gegangen und hat sich ertränkt, die arme Kreatur.«

Sophy ließ sich das durch den Kopf gehen. »Das bezweifle ich«, sagte sie schließlich. »Sie hatte eine Krankheit des Geistes, da gebe ich dir recht, aber sie war schon mindestens einmal zuvor in derselben Lage gewesen, und sie wußte, wie man das Mittel, das sie brauchte, bekommen konnte. Nachdem du es verweigert hast, wäre sie einfach zu einem anderen gegangen, der ihr geholfen hätte, selbst wenn sie gezwungen gewesen wäre, nach London zurückzufahren.«

Bess blinzelte sie an. »Sie hat noch ein Kind abgetrieben?«

»Ja.« Sophy legte unbewußt eine Hand schützend über ihren Bauch. »Sie war guter Hoffnung, als sie von ihren Flitterwochen mit dem Grafen heimkehrte. Sie hat jemanden in London gefunden, der sie so lange hat bluten lassen, bis sie das Kind verloren hat.«

»Ich wette, es war nicht Ravenwoods Baby, das sie in der Nacht, in der sie ertrunken ist, loswerden wollte«, sagte Bess mit gerunzelter Stirn.

»Nein, es war von einem ihrer Liebhaber.« Aber Elizabeth hatte seinen Namen nicht genannt, wie Sophy sich erinnerte. Sie fröstelte etwas, als sie den letzten Kräuterbeutel zuband. »Es ist schon spät, Bess, und wenn ich mich nicht täusche, auch ein bißchen kühl. Ich sollte mich besser auf den Weg zum Abbey machen.«

»Du hast genug Kräuter und Blumen, damit du eine Zeitlang auskommst?«

Sophy steckte die kleinen Beutel in die Taschen ihres Reitkostüms. »Ja, ich denke schon. Nächsten Frühling, glaube ich, werde ich mir selbst einen Kräutergarten im Abbey anlegen. Du mußt mich beraten, wenn es soweit ist, Bess.«

Bess blieb sitzen, aber ihre alten Augen waren wach und klar. »Ja, ich werd dir helfen, wenn ich noch da bin. Wenn nicht, weißt du schon mehr als genug, um deinen eigenen Garten anzupflanzen. Aber irgendwie hab ich das Gefühl, daß du nächstes Frühjahr mehr zu tun hast, als nur einen Garten anpflanzen.«

»Ich hätte wissen müssen, daß du es errätst.«

»Daß du schwanger bist? Für die, die Augen im Kopf haben, ist es leicht zu sehen. Ravenwood hat dich wegen dem Baby aufs Land zurückgeschickt, stimmt's?«

»Zum Teil.« Sophys Lächeln war etwas gequält. »Aber hauptsächlich, fürchte ich, weil ich ihm in der Stadt nichts als Scherereien gemacht habe.«

Bess runzelte besorgt die Stirn. »Was hör ich da? Du warst ihm doch eine gute Frau, oder etwa nicht, Mädel?«

»Aber sicher. Ich bin die beste aller Ehefrauen. Ravenwood hat ein enormes Glück, daß er mich hat, aber ich bin mir nicht immer sicher, daß ihm das auch bewußt ist.« Sophy nahm die Zügel ihres Pferdes.

»Bah. Du machst dich wieder lustig über mich. Jetzt aber fort mit dir, bevor du dich verkühlst. Du mußt auf jeden Fall herzhaft essen, du wirst deine Kraft brauchen.«

»Mach dir keine Sorgen, Bess«, sagte Sophy und schwang sich in den Sattel. »Mein Appetit ist so groß und undamenhaft wie eh und je.«

Sie rückte die Falten ihres Rockes zurecht, prüfte, ob die Kräuterpäckchen auch sicher verstaut waren und gab dann ihrer Stute die Sporen.

Hinter ihr blieb Bess zurück, die beobachtete, wie Roß und Reiter in den Wald verschwanden.

Die Stute kannte die Abkürzung zurück zum Abby. Sophy überließ es dem Tier, den Weg durch den Wald zu finden, während ihre Gedanken zurück zu dem wanderten, was sie heute nacht gelesen hatte.

Die Geschichte des langsamen Verfalls ihrer Vorgängerin in den

Wahnsinn, wenn man es so nennen konnte, war nicht besonders aufschlußreich gewesen, aber auf jeden Fall ein sehr spannender Lesestoff.

Sophy hob den Kopf und sah den schicksalhaften Teich, der gerade zwischen den Bäumen auftauchte. Sie zügelte das Pferd. Das Tier senkte den Kopf und suchte nach etwas zu knabbern, während Sophy still dasaß und den Tatort studierte.

Wie sie Bess gesagt hatte, glaubte sie nicht, daß Elizabeth Selbstmord begangen hatte, und das Journal hatte die ziemlich interessante Tatsache enthüllt, daß die erste Gräfin von Ravenwood schwimmen konnte. Natürlich, wenn eine Frau in ein tiefes Wasser stürzte, mit einem schweren Reitkostüm oder etwas Ähnlichem bekleidet, konnte sie sehr wohl ertrinken, gleichgültig wie gut sie schwimmen konnte. Das enorme Gewicht von so viel wassergetränktem Stoff könnte das Opfer leicht in die Tiefe ziehen.

»Wie komme ich dazu, mir den Kopf über Elizabeths Tod zu zerbrechen?« fragte sie die Stute. »Ich kann nicht behaupten, daß ich mich langweile oder im Abbey nicht genug zu tun habe. Das ist doch pure Dummheit, wie Julian mir sicher als erster sagen würde, wenn er hier wäre.«

Das Pferd ignorierte sie und beschäftigte sich lieber mit dem saftigen Gras, das hier wuchs. Sophy zögerte noch einen Moment, dann glitt sie aus dem Sattel. Sie nahm das Pferd am Zügel und ging zum Ufer des Teichs. Hier gab es ein Geheimnis, und sie spürte instinktiv, daß es dabei eine Verbindung zum Tod ihrer Schwester gab.

Ihre Stute wieherte leise, um ein anderes Pferd zu begrüßen. Überrascht, daß noch jemand auf diesem Teil der Ravenwood Ländereien unterwegs war, wollte Sophy sich umdrehen.

Sie war nicht schnell genug. Der Reiter war bereits abgestiegen und ihr schon zu nahe. Sie erhaschte einen kurzen Blick auf einen Mann in einer schwarzen Maske, der einen riesigen schwarzen Mantel trug, der sich im Wind bauschte. Sie wollte schreien, aber die Falten des Umhangs hüllten sie ein, und sie war in stickiger Dunkelheit gefangen.

Sie verlor die Zügel und hörte, wie die Stute erschrocken schnaubte und dann losgaloppierte. Sophys Häscher fluchte wütend, als die Hufschläge des Pferdes in der Ferne verhallten.

Sophy strampelte wild um sich in ihrem Stoffgefängnis, aber einen Augenblick später wurde eine starke Schnur um ihre Mitte und ihre Beine gewickelt, so daß sie sich nicht mehr bewegen konnte.

Und dann wurde sie über ein Sattelhorn geworfen, daß ihr die Luft wegblieb.

»Wollt Ihr mich etwa jetzt töten für etwas, was vor fast fünf Jahren passiert ist, Ravenwood?« fragte Lord Utteridge mit einem gelangweilten Seufzer. »Ich hätte nicht gedacht, daß Ihr in solchen Dingen so langsam seid.«

Julian und er standen in einer kleinen Nische am Rande von Lady Salisburys glitzerndem Ballsaal. »Spielt bitte nicht den Idioten, Utteridge. Ich habe kein Interesse daran, was vor fünf Jahren passiert ist, und das wißt Ihr auch. Mich interessiert nur die Gegenwart. Und täuscht Euch ja nicht, was in der Gegenwart passiert, liegt mir sehr am Herzen.«

»Mein Gott, ich hab doch nur mit Eurer neuen Gräfin getanzt. Und das auch nur einmal. Wir wissen beide, daß Ihr mich unter einem so fadenscheinigen Vorwand nicht fordern könnt. Das würde einen Skandal schaffen, wo gar keiner ist.«

»Ich kann ja Eure Angst vor einem Gespräch mit einem Ehemann verstehen, selbst wenn es völlig harmlos ist. Ein Mann mit Eurem Ruf wird sich wohl kaum in Gesellschaft verheirateter Männer wohl fühlen.« Julians Lächeln war eiskalt. »Es wird sicherlich interessant zu beobachten, wie sich Eure Einstellung zum Sport des Ehebruchs ändert, sobald Ihr selbst verheiratet seid. Aber, wie es der Zufall will, Utteridge, will ich Antworten von Euch und kein Treffen im Morgengrauen.«

Utteridge musterte ihn mißtrauisch. »Antworten über das, was vor fünf Jahren passiert ist? Was soll das? Ich versichere Euch, mein Interesse an Elizabeth habe ich schlagartig verloren, nachdem Ihr Varley und Ormiston eine Kugel verpaßt hattet.«

Julian wehrte ungeduldig ab. »Es ist mir, verdammt noch mal, egal, was vor fünf Jahren passiert ist. Das habe ich Euch bereits gesagt. Ich will ausschließlich Informationen über die Ringe.«

Utteridge wurde ganz unnatürlich still und wachsam. »Was für Ringe?«

Julian öffnete seine Faust und zeigte ihm den gravierten schwarzen Ring in seiner Handfläche. »Ringe wie dieser hier.«

Utteridge starrte den schwarzen Metallkreis an. »Wo, zum Teufel, habt Ihr denn den her?«

»Das laßt meine Sorge sein.«

Utteridges Blick wanderte zögernd vom Ring zu Julians ausdruckslosem Gesicht. »Das ist nicht meiner. Ich schwöre es.«

»Das habe ich auch nicht geglaubt. Aber Ihr habt einen ähnlichen, nicht wahr?«

»Natürlich nicht. Wieso sollte ich so ein unansehnliches Objekt besitzen?«

Julian sah hinunter zu dem Ring. »Er ist bemerkenswert häßlich, nicht wahr? Aber er war ja schließlich ein Symbol für ein häßliches Spiel. Sagt mir, Utteridge, spielt Ihr und Varley und Ormiston immer noch diese Spiele?«

»Herrgott, Mann, ich sag Euch doch, daß ich mit Eurer Frau nur ein paar Worte auf der Tanzfläche gewechselt habe. Wollt Ihr mir etwas vorwerfen? Wenn ja, drückt Euch klar aus, spielt nicht mit mir, Ravenwood.«

»Keine Vorwürfe. Zumindest nicht gegen Euch. Gebt mir nur Antworten, Utteridge, dann laß ich Euch in Frieden.«

»Und wenn ich sie Euch nicht gebe?«

»Nun ja, dann müssen wir über das Treffen im Morgengrauen sprechen, das Ihr vorhin erwähnt habt.«

»Ihr würdet mich fordern, nur weil Ihr nicht die Antworten bekommt, die Ihr sucht?« Utteridge war sichtlich entsetzt. »Ravenwood, ich sage Euch, ich habe Eure neue Braut nicht angefaßt.«

»Ich glaube Euch. Wenn Ihr das hättet, würde ich mich nicht mit einer Kugel im Arm zufriedengeben wie bei Varley und Ormiston. Ihr wärt tot.«

Utteridge starrte ihn an. »Ja, wie ich sehe, ist das Euer voller Ernst. Für Elizabeths Ehre habt Ihr keinen getötet, aber Ihr seid offensichtlich bereit, es für Eure neue Lady zu tun. Sagt mir, warum braucht Ihr Antworten über den Ring, Ravenwood?«

»Sagen wir einfach, ich habe die Verantwortung dafür übernommen, der Gerechtigkeit Genüge zu tun, für jemanden, dessen Name Euch nichts angeht.«

Utteridge verzog verächtlich den Mund. »Ein gehörnter Freund von Euch vielleicht?«

Julian schüttelte den Kopf. »Ein Freund einer jungen Frau, die jetzt zusammen mit ihrem ungeborenen Kind tot ist.«

Utteridges verächtliche Miene war wie weggewischt. »Sprechen wir von Mord?«

»Es kommt darauf an, wie man die Sache betrachtet. Derjenige, dessen Interessen ich vertrete, ist definitiv der Meinung, daß der Eigentümer des Rings ein Mörder ist.«

»Aber, hat er diese junge Frau getötet, die Ihr erwähnt habt?«

»Er hat sie dazu gebracht, sich das Leben zu nehmen.«

»Irgendeine dumme kleine Gans läßt sich verführen und schwängern, und jetzt wollt Ihr sie rächen? Also wirklich, Ravenwood. Ihr seid doch ein Mann von Welt. Ihr wißt doch, daß so etwas dauernd passiert.«

»Offenbar betrachtet der, den ich vertrete, das nicht als ausreichend mildernde Umstände«, murmelte Julian. »Und ich bin gezwungen, die Sache so ernst zu nehmen, wie mein Freund das tut.«

Utteridge runzelte die Stirn. »Wen vertretet Ihr? Die Mutter eines Mädchens? Ihre Großeltern vielleicht?«

»Wie ich schon sagte, das geht Euch nichts an. Ich habe Euch so viel erzählt, daß Ihr sicher sein könnt, daß ich Euch keine Kugel in den Kopf jagen werde, Utteridge, außer Ihr zwingt mich dazu. Mehr Information braucht Ihr nicht.«

Utteridge schnitt eine Grimasse. »Vielleicht schulde ich Euch doch etwas, nach der langen Zeit. Elizabeth war eine sehr seltsame Frau, nicht wahr?«

»Ich bin nicht hier, um über Elizabeth zu reden.«

Utteridge nickte. »Nachdem Ihr zu mir gekommen seid, nehme ich an, Ihr wißt schon einiges über die Ringe.«

»Ich weiß, daß Ihr und Varley und Ormiston sie getragen habt.«

»Es gab noch andere.«

»Die inzwischen tot sind«, bemerkte Ravenwood. »Zwei habe ich bereits ausfindig gemacht.«

Utteridge warf ihm einen nachdenklichen Blick zu. »Aber es gibt einen, den Ihr nicht genannt habt, und der nicht tot ist.«

»Ihr werdet mir seinen Namen geben.«

»Warum nicht. Ich bin ihm nichts schuldig, und wenn ich ihn Euch nicht gebe, Varley und Ormiston tun es bestimmt. Ich werde Euch sagen, daß die Sache damit erledigt ist. Ich habe keine Lust, aus gleichgültig welchem Grund im Morgengrauen aufzustehen. Früh aufstehen bekommt mir nicht.«

»Den Namen, Utteridge.«

Eine halbe Stunde später sprang Julian aus seiner Kutsche und schritt die Treppe seines Hauses hinauf. Sein Kopf war voller Informationen, die er Utteridge abgerungen hatte. Als Guppy die Tür öffnete, betrat er mit einem kurzen Gruß das Haus.

»Ich werde noch eine Stunde oder so in der Bibliothek verbringen, Guppy. Schick das Personal ins Bett.«

Guppy räusperte sich. »Mylord, Ihr habt einen Besucher. Lord Daregate ist vor ein paar Minuten gekommen und erwartet Euch in der Bibliothek.«

Julian nickte und ging in die Bibliothek. Daragate saß in einem Sessel und las ein Buch, das er sich aus einem Regal neben sich geholt hatte. Er hatte sich ein Glas Portwein genommen, wie Julian bemerkte.

»Es ist noch nicht einmal Mitternacht, Daregate. Was, zum Teufel, hat dich denn jetzt schon aus deiner liebsten Spielhölle gelockt?« Julian ging durchs Zimmer und goß sich ein Glas Portwein ein.

Daregate legte sein Buch beiseite. »Ich hab gewußt, daß du weitere Nachforschungen über den Ring machen wolltest, und ich bin gekommen, um zu hören, was du erfahren hast. Du hast doch heute abend Utteridge aufgespürt, nicht wahr?«

»Hätten deine Fragen nicht bis zu einer zivilisierteren Stunde warten können?«

»Ich kenne keine zivilisierten Stunden, Ravenwood. Das weißt du.«

»Das stimmt allerdings.« Julian nahm sich einen Stuhl und einen kräftigen Schluck Portwein. »Also gut, ich werde versuchen, dich aufzuklären. Es gibt vier Mitglieder dieser teuflischen Bruderschaft von Verführern, die noch am Leben sind, nicht nur die beiden, von denen wir gehört haben oder die drei, die Sophy entdeckt hat.«

»Ich verstehe.« Daregate betrachtete den Wein in seinem Glas. »Dann hätten wir also Utteridge, Ormiston, Varley und...?«

»Waycott.«

Daregates Reaktion war erstaunlich. Seine übliche gelangweilte Miene verschwand, und er sagte erschrocken: »Du lieber Himmel, Mann, bist du dir dessen sicher?«

»So sicher ich nur sein kann.« Julian setzte ganz bedächtig sein Glas ab, obwohl er innerlich vor Wut kochte. »Die Information habe ich von Utteridge.«

»Utteridge ist nicht gerade eine zuverlässige Quelle.«

»Ich habe ihm gesagt, ich fordere ihn, wenn er gelogen hat.«

Daregate lächelte. »Das hat ihn zweifellos überzeugt, daß er die Wahrheit sagen muß. Auf so etwas läßt Utteridge sich nicht ein. Aber wenn es wahr ist, Ravenwood, dann haben wir ein ernstes Problem.«

»Vielleicht nicht. Es stimmt, daß Waycott seit Wochen Sophy verfolgt, und es ist ihm gelungen, ihr Mitleid zu erregen, aber ich hab ihr einen Vortrag über seine Falschheit gehalten.«

»Sophy ist in meinen Augen nicht gerade der Typ, der sich von einem deiner Vorträge sonderlich beeindrucken läßt, Ravenwood.«

Julian mußte lächeln, obwohl ihm gar nicht danach zumute war. »Da hast du wohl recht. Frauen haben im allgemeinen die unangenehme Angewohnheit zu glauben, nur sie und sie allein können die wahre Natur der Unterdrückten und Mißverstandenen begreifen. Aber wenn ich Sophy sage, daß Waycott der Mann war, der ihre Freundin verführt hat, wird sie sich gegen ihn stellen.«

»Das habe ich nicht gemeint mit dem Problem«, sagte Daregate barsch.

Julian warf seinem Freund einen grimmigen Blick zu. Sein ernster Ton war ihm nicht entgangen. »Wovon redest du denn dann?«

»Heute abend hab ich gehört, daß Waycott gestern die Stadt verlassen hat. Keiner scheint zu wissen, wohin er wollte, aber ich glaube, unter den Umständen mußt du die Möglichkeit in Betracht ziehen, daß er nach Hampshire gefahren ist.«

Achtzehn

»Du bist zu der alten Hexe gegangen, genau wie Elizabeth, nicht wahr? Es gibt nur einen Grund, warum eine Frau zu ihr geht.« Waycotts Stimme klang unheimlich, als er Sophy hochzog und den Mantel von ihrem Gesicht entfernte. Er beobachtete sie mit fiebrig glänzenden Augen und nahm langsam seine Maske ab. »Ich bin recht zufrieden, meine Liebe. Ich kann jetzt Ravenwood den Coup de Grace geben, wenn ich ihm erzähle, daß seine neue Gräfin entschlossen war, seinen Erben loszuwerden, genau wie die erste Gräfin.«

»Guten Abend, Mylord.« Sophy nickte huldvoll, als würde sie ihm in einem Salon gegenüberstehen. Sie war immer noch in den Mantel gefesselt, versuchte es aber einfach zu ignorieren. Die Wochen, in denen sie gelernt hatte, sich wie eine Gräfin zu benehmen, waren nicht umsonst gewesen. »Wer hätte gedacht, daß man Euch hier trifft? Eine etwas ungewöhnliche Umgebung, nicht wahr? Ich hab diesen Platz immer sehr malerisch gefunden.«

Sophy sah sich in dem kleinen Steingewölbe um und versuchte, einen Angstschauder zu unterdrücken. Sie haßte diesen Ort. Er hatte sie in die alte normannische Ruine gebracht, die sie immer so gerne gezeichnet hatte, bis ihr klar wurde, daß es der Schauplatz der Verführung ihrer Schwester war.

Das verfallene alte Schloß, das immer so bezaubernd pittoresk ausgesehen hatte, war jetzt ein Alptraum für sie.

Spätnachmittägliche Schatten legten sich draußen übers Land, und die schmalen Fensterschlitze ließen nur wenig Licht herein. Die kahlen Steine der Decke und der Wände waren von Spuren alten Rauchs aus dem großen Kamin geschwärzt. Der Raum war beunruhigend feucht und düster.

Im Kamin war Feuer gelegt, und daneben stand ein Korb mit einem Wasserkessel und einigen Vorräten. Aber das Beängstigendste an dem Raum war die Schlafstelle, die an einer Wand aufgebaut war.

»Du kennst mein kleines Liebesnest? Ausgezeichnet. Es wird dir in Zukunft sicher sehr nützlich sein, wenn du deinen Mann regelmäßig betrügst. Ich bin entzückt, daß ich derjenige sein werde, der dich in den Freuden dieses Sports unterweist.« Waycott ging in eine Ecke des Raums und ließ die Maske auf den Boden fallen. Er drehte sich um und lächelte Sophy aus den Schatten zu. »Elizabeth ist gelegentlich gern hierhergekommen. Es wäre eine nette Abwechslung, hat sie gesagt.«

Eine dunkle Vorahnung überkam Sophy. »Und war sie die einzige, die Ihr hierhergebracht habt, Lord Waycott?«

Waycott sah kurz zu der Maske auf den Boden, und sein Gesicht verhärtete sich. »Oh, nein, ich hab es gelegentlich benutzt, um mich mit einem hübschen kleinen Ding aus dem Dorf zu amüsieren, wenn Elizabeth ihre seltsamen Anwandlungen hatte.«

Nackte Wut packte Sophy. Das gab Kraft, wie sie feststellte. »Wer war denn das hübsche kleine Ding, das Ihr hierhergebracht habt, Mylord? Wie war denn ihr Name?«

»Ich hab's dir doch gesagt, das war bloß die Dorfhure. Niemand von Bedeutung. Wie ich schon sagte, ich habe sie nur benutzt, wenn Elizabeth eine ihrer komischen Launen hatte.« Waycott sah Sophy an, offensichtlich lag ihm viel daran, es ihr verständlich zu machen. »Elizabeths Launen haben nie sehr lange gedauert, weißt du. Aber wenn sie sie hatte, war sie nicht sie selbst. Manchmal waren da... andere Männer. Ich konnte es nicht ertragen, mitansehen zu müssen, wie sie mit ihnen geflirtet hat und sie dann in ihr Schlafzimmer einlud. Manchmal wollte sie, daß ich auch mitkomme, aber das konnte ich nicht ausstehen.«

»Also seid Ihr hierhergekommen. Mit einer unschuldigen jungen Frau aus dem Dorf.« Die Wut war Sophy zu Kopf gestiegen, aber sie versuchte verzweifelt, das zu verbergen. Ihr Schicksal, das spürte sie, war abhängig davon, daß sie ihre Gefühle streng im Zaume hielt.

Waycott lachte. »Sie ist nicht lange unschuldig gewesen, das kann ich dir versichern. Ich bin ein ausgezeichneter Liebhaber, Sophy, wie du schon bald feststellen wirst.« Er kniff plötzlich die Augen zusammen. »Aber da fällt mir ein, meine Liebe, ich muß dich ja fragen, wie du zu dem Ring gekommen bist.«

»Ja, der Ring. Wo und wann habt Ihr ihn denn verloren, Mylord?«

»Ich bin mir nicht sicher.« Waycott runzelte die Stirn. »Aber es ist möglich, daß ihn das Mädchen aus dem Dorf gestohlen hat. Sie hat immer behauptet, sie wäre aus einer adligen Familie, aber ich wußte es besser. Sie war das Kind von irgendeinem Dorfhändler. Ja, ich hab mich immer gefragt, ob sie mir den Ring gestohlen hat, als ich schlief. Sie war dauernd hinter mir her, hat ein Symbol unserer *Liebe* verlangt. Dumme Gans. Aber, wie ist der Ring in deinen Besitz gekommen?«

»Ich habe es Euch am Abend des Maskenballs erzählt. Darf ich fragen, woher Ihr wußtet, daß ich als Zigeunerin verkleidet sein würde?«

»Was? O das. Ich habe einfach einen meiner Lakaien eine Eurer Zofen fragen lassen, was Lady Ravenwood an diesem Abend tragen würde. Und es war kein Problem, dich in der Menge zu finden. Aber der Ring war eine Überraschung. Jetzt erinnere ich mich, daß du gesagt hast, du hättest ihn von einer Freundin.« Waycott schürzte die Lippen. »Aber wie kommt es, daß eine Lady deines Standes sich mit der Tochter eines Händlers befreundet? Hat sie für deine Familie gearbeitet?«

»Zufällig«, Sophy zwang sich, langsam und ruhig durchzuatmen, »kannten wir uns ziemlich gut.«

»Aber sie hat dir nicht von mir erzählt, oder? In London sah es nicht so aus, als würdest du mich erkennen.«

»Nein, sie hat mir nie den Namen ihres Geliebten anvertraut.« Sophy sah ihm direkt in die Augen. »Sie ist jetzt tot, Mylord. Zusammen mit Eurem Kind. Sie hat eine Überdosis Laudanum geschluckt.«

»Dummes Weibsstück.« Er tat die ganze Sache mit einer eleganten Schulterbewegung ab. »Ich fürchte, ich muß dich bitten, mir den Ring zurückzugeben. Er kann für dich nicht so wichtig sein.«

»Aber, ist er es für Euch?«

»Ich hänge dran.« Waycott lächelte herausfordernd. »Er symbolisiert gewisse Siege, vergangene und heutige.«

»Ich habe den Ring nicht mehr«, sagte Sophy gelassen. »Ich habe ihn vor ein paar Tagen Ravenwood gegeben.«

Waycotts Augen blitzten gefährlich. »Warum, zum Teufel, hast du das gemacht?«

»Er war neugierig darauf.« Sie fragte sich, ob das Waycott beunruhigen würde.

»Er wird nichts darüber herausfinden. Alle, die den Ring tragen, sind zum Schweigen verpflichtet. Trotzdem habe ich vor, ihn zurückzubringen. Bald, meine Liebe, wirst du ihn von Ravenwood zurückholen.«

»Es ist nicht so einfach, meinem Mann etwas wegzunehmen, was er nicht hergeben will.«

»Du irrst dich«, sagte Waycott triumphierend. »Ich habe mich schon einmal an Ravenwoods Besitz bedient, und ich werde es wieder tun.«

»Ihr meint damit wohl Elizabeth?«

»Elizabeth hat ihm nie gehört. Ich sprech von diesen hier.«

Er durchquerte den Raum und beugte sich über den Korb am Kamin. Als er sich wieder aufrichtete, glühte grünes Feuer in seiner Hand. »Ich habe sie mitgebracht, weil ich dachte, sie würden dich interessieren. Ravenwood kann sie dir nicht geben, meine Liebe. Aber ich kann es.«

»Die Smaragde«, hauchte Sophy, ehrlich erstaunt. Sie starrte den Wasserfall grüner Steine an und hob dann den Blick zu Waycotts fiebrig glänzenden Augen. »Ihr habt sie die ganze Zeit gehabt?«

»Seit der Nacht, in der Elizabeth gestorben ist. Ravenwood ist nie dahintergekommen. Er hat das ganze Haus durchsucht und hat alle Juweliere in London informiert, daß er bereit wäre, den doppelten Preis zu zahlen, wenn jemand sie anbieten würde. Wie man hört, haben ein paar skrupellose Händler versucht, Kopien anzufertigen, um den doppelten Preis zu kriegen, aber Ravenwood hat sich leider nicht täuschen lassen. Zu schade. Das wäre wirklich der Gipfel der Ironie gewesen. Stell dir vor, Ravenwood hätte auch noch falsche Steine zu seinen zwei falschen Ehefrauen gekriegt.«

Sophy richtete sich auf. Das konnte sie nicht dulden, obgleich sie wußte, daß Schweigen besser gewesen wäre. »Ich bin Ravenwoods wahre Ehefrau, und ich werde kein falsches Spiel mit ihm treiben.«

»Oh, doch, meine Liebe, das wirst du. Und dazu wirst du diese Smaragde tragen.« Er ließ das Kollier durch seine Finger gleiten. Der schimmernde grüne Wasserfall schien ihn zu hypnotisieren. »Elizabeth hat das immer besonders gern gehabt. Sie hat es genossen, die Smaragde anzulegen, bevor sie mit mir ins Bett stieg. Sie war immer besonders zärtlich, wenn sie diese Steine trug.« Waycott hob plötzlich den Kopf. »Dir wird das auch gefallen.«

»Wirklich?« Sophys Hände waren schweißnaß. Sie durfte nichts mehr sagen, was ihn noch weiter erregen könnte, dachte sie sich. Sie mußte ihm vorgaukeln, daß sie sein williges Opfer war, ein hilfloses Kaninchen, das keinen Widerstand bot.

»Später, Sophy«, versprach Waycott. »Später werde ich dir zeigen, wie schön die Ravenwood-Smaragde auf einer falschen Ravenwood Braut aussehen. Du wirst sehen, wie sie im Feuerschein auf deiner Haut schimmern. Elizabeth war wie flüssiges Gold, wenn sie sie trug.«

Sophy wandte sich ab, um seinem seltsamen Blick zu entgehen, und konzentrierte sich auf den Korb mit Vorräten. »Ich nehme an, wir haben eine lange Nacht vor uns, Mylord. Hättet Ihr etwas dagegen, wenn ich etwas esse und eine Tasse Tee trinke? Ich fühle mich ein bißchen schwach.«

»Aber natürlich, meine Liebe.« Er deutete auf den Kamin. »Wie du siehst, habe ich mich bemüht, dir alle Annehmlichkeiten zu bieten. Ich habe in einem nahen Gasthaus ein Mahl für uns zubereiten lassen. Elizabeth und ich haben hier oft ein Picknick gemacht, bevor wir uns liebten. Ich möchte, daß alles so ist wie mit ihr. Alles.«

»Ich verstehe.«

War er genauso wahnsinnig, wie Elizabeth es gewesen war, fragte sie sich. Oder einfach nur verrückt vor Eifersucht und der Trauer um eine verlorene Liebe? Wie dem auch sei, sagte sich Sophy, ihre einzige Hoffnung lag darin, Waycott ruhig zu halten.

»Du bist nicht so schön, wie sie es war«, bemerkte Waycott.

»Nein, das ist mir klar. Sie war wunderschön.«

»Aber mit den Smaragden wirst du aussehen wie sie, wenn es soweit ist.« Er ließ die Juwelen in den Korb fallen.

»Wegen dem Essen, Mylord«, sagte Sophy vorsichtig. »Hättet Ihr etwas dagegen, wenn ich uns jetzt ein kleines Picknick vorbereite?«

Waycott warf einen Blick durch die offene Tür. »Es wird schon dunkel, nicht wahr?«

»Ziemlich dunkel, ja.«

»Ich werde uns ein Feuer machen.« Er lächelte, scheinbar war er stolz, daß er auf diese Idee gekommen war.

»Eine ausgezeichnete Idee. Es wird bald sehr kühl hier drin werden. Wenn Ihr mir diesen Umhang und die Schnüre abnehmen würdet, könnte ich das Essen vorbereiten.«

»Dich losbinden? Ich glaube, das ist keine so gute Idee. Noch nicht. Ich glaube, du würdest bei der ersten Gelegenheit in den Wald davonlaufen, und das kann ich einfach nicht zulassen.

»Bitte, Mylord.« Sophy schlug die Augen nieder und versuchte, möglichst erschöpft und kraftlos auszusehen. »Ich will doch bloß eine Tasse Tee für uns machen und ein paar Käsebrote.«

»Ich denke, wir finden da eine Lösung.«

Sophy erstarrte, als Waycott sich ihr näherte. Aber sie verhielt sich ruhig, während er die Schnüre löste. Als die letzte zu Boden fiel, stieß sie einen Seufzer der Erleichterung aus, machte aber keine plötzliche Bewegung.

»Danke, Mylord«, sagte sie demütig. Sie machte einen Schritt zum Kamin, ließ aber die offene Tür nicht aus den Augen.

»Nicht so schnell, meine Liebe.« Waycott ging auf die Knie, griff unter den Saum ihres schweren Reitrocks und packte ihren Knöchel, dann band er rasch ein Schnurende direkt über ihrer Stiefelette fest. Er erhob sich mit dem anderen Schnurende in der Hand. »So, jetzt habe ich dich sicher wie eine Hündin an der Leine. Geh an die Arbeit, Sophy. Es wird mir ein Genuß sein, mir von Ravenwoods Weib den Tee servieren zu lassen.«

Sophy machte zögernd ein paar Schritte auf den Herd zu und fragte sich, ob Waycott seinen Spaß daran haben würde, sie mit der Leine zum Stolpern zu bringen. Aber er ging nur zum Kamin und zündete das Feuer an. Nachdem er es zum Brennen gebracht hatte, setzte er sich auf den Strohsack, mit dem Schnurende in einer Hand und stützte sein Kinn auf die andere.

Sie spürte, wie er sie beobachtete, während sie die Vorräte im Korb untersuchte. Sie hielt die Luft an, als sie den Kessel hochhob und atmete erleichtert aus, da er voll Wasser war.

Die Schatten vor der Tür wurden immer schwerer. Kühle Abendluft strömte in den Raum. Sophy strich mit den Händen über die Falten ihres Rockes und versuchte sich zu erinnern, in welcher Tasche die Kräuter waren, die sie brauchte. Sie machte vor Schreck einen Satz, als plötzlich die Schnur an ihrem Knöchel zuckte.

»Ich glaube, es ist Zeit, die Tür zuzumachen«, sagte Waycott, erhob sich vom Bett und ging durch den Raum. »Wir wollen doch nicht, daß du frierst.«

»Nein.« Die Tür zur Freiheit fiel zu, und Sophy kämpfte verzweifelt gegen die Panik an, die sie erfaßte. Sie schloß die Augen und wandte sich den Flammen zu, damit ihr Gesicht sie nicht verraten konnte. Das war der Mann, der für den Tod ihrer Schwester verantwortlich war. Sie durfte nicht zulassen, daß ihre Angst sie lähmte. Ihr erstes Ziel war zu entfliehen. Dann würde sie eine Möglichkeit finden, Rache zu üben.

»Ist dir schlecht, meine Liebe?« Waycott klang amüsiert.

Sophy schlug die Augen wieder auf und starrte in die Flammen. »Ein bißchen, Mylord.«

»Elizabeth hätte nicht gezittert wie ein Hase. Für sie wäre das alles ein wunderbares Spiel gewesen. Elizabeth liebte ihre kleinen Spielchen.«

Sophy ignorierte das, drehte ihrem Entführer den Rücken zu und machte sich mit den kleinen Teepäckchen aus dem Korb zu schaffen. Sie dankte Gott für die voluminösen Falten ihres Reitkostüms. Sie konnte ihre Hände darin verstecken, während sie einen kleinen Beutel Kräuter aus ihrer Tasche zog.

Sie geriet kurzfristig in Panik, als sie hinuntersah und entdeckte, daß sie Veilchenblätter herausgezogen hatte anstatt der Kräuter, die sie brauchte. Sie stopfte die Blätter hastig in ihre Tasche zurück.

»Warum habt Ihr die Smaragde nicht verkauft?« fragte sie, um Waycott abzulenken. Sie setzte sich auf einen Hocker vor dem Kamin und zupfte mit viel Getue ihre Röcke zurecht. Ihre Finger schlossen sich um ein weiteres kleines Päckchen.

»Das wäre sehr schwierig gewesen. Ich habe dir doch gesagt, daß jeder Juwelier in London Ausschau nach diesen Smaragden gehalten hat. Selbst wenn ich sie Stein für Stein verkauft hätte, wäre es riskant gewesen. Sie haben einen ganz speziellen Schliff und wären leicht zu erkennen gewesen. Aber, um ehrlich zu sein, Sophy, ich hatte gar keine Lust, sie zu verkaufen.«

»Ich verstehe. Für Euch war es eine Genugtuung zu wissen, daß Ihr sie Ravenwood gestohlen habt.« Sie nestelte an dem zweiten Päckchen Kräuter herum, öffnete es vorsichtig und mischte den Inhalt mit den Teeblättern. Dann machte sie sich mit dem Wasserkessel und der Teekanne zu schaffen.

»Du begreifst sehr schnell, Sophy. Es ist seltsam, aber ich habe oft das Gefühl gehabt, daß du und nur du allein mich wirklich verstehst. Du bist an Ravenwood verschwendet, genau wie Elizabeth es war.«

Sophy goß das kochende Wasser in die Kanne und hoffte, daß die Menge des Schlafkrautes ausreichend war. Dann wartete sie angespannt, bis das Gebräu gezogen hatte. Das Endprodukt würde sicher bitter sein, sie mußte irgendeine Möglichkeit finden, den Geschmack zu überdecken.

»Vergiß das Brot und den Käse nicht, Sophy«, ermahnte sie Waycott.

»Ja, natürlich.« Sophy griff in den Korb und holte einen kleinen Laib dunkles Brot heraus. Dann entdeckte sie den kleinen Behälter mit Zucker. Ihre zittrigen Finger streiften die funkelnden Smaragde, als sie den Zucker herausnahm. »Es gibt kein Messer für das Brot, Mylord.«

»Ich werde doch nicht so dumm sein und dir eine Klinge in die Hand geben, Sophy. Brich das Brot auseinander.«

Sie beugte den Kopf und tat wie ihr befohlen. Dann arrangierte sie die Brot- und Käsestücke auf einem Teller. Als sie damit fertig war, goß sie den Tee in zwei Tassen. »Es ist alles bereit, Lord Waycott. Wünscht Ihr, am Feuer zu essen?«

»Bring das Essen hierher. Ich möchte, daß du mich so bedienst wie sonst deinen Mann. Stell dir vor, wir sind im Salon von Ravenwood Abbey. Zeig mir, was für eine gute Gastgeberin du sein kannst.«

Sophy raffte jedes Quentchen Beherrschung, das sie besaß, zusammen und trug das Essen durch das Zimmer und stellte die Tasse neben seine Hand. »Ich fürchte, ich habe vielleicht ein bißchen zu viel Zucker in den Tee getan. Ich hoffe, er ist nicht zu süß für Euch.«

»Ich mag meinen Tee sehr süß.« Er beobachtete befriedigt, wie sie ihm das Essen servierte. »Setz dich zu mir, meine Liebe. Du wirst deine Kräfte später brauchen. Ich habe Pläne für uns.«

Sophy setzte sich langsam auf den Strohsack, so weit wie möglich von Waycott weg. »Sagt mir, Lord Waycott, habt Ihr denn keine Angst davor, was Ravenwood tun wird, wenn er erfährt, daß Ihr mich mißbraucht habt?«

»Er wird nichts tun. Nur ein Mann, der seinen Verstand verloren hat, würde es riskieren, Ravenwood im Spiel oder bei Geschäften zu betrügen, aber jeder weiß, daß Ravenwood nie wieder seinen Hals für irgendeine Frau riskieren wird. Er hat unmißverständlich klargemacht, daß in seinen Augen keine Frau es wert ist, sich für sie erschießen zu lassen.« Waycott biß ein Stück Käse ab und nahm einen Schluck Tee. Er schnitt eine Grimasse. »Der Tee ist ein bißchen stark.«

Sophy schloß für einen Moment die Augen. »Ich mache ihn immer so für Ravenwood.«

»Wirklich? Nun, wenn das so ist, werde ich ihn auch so trinken.«

»Warum bezweifelt Ihr, daß mein Mann Euch fordern würde? Er hat sich doch auch wegen Elizabeth duelliert, nicht wahr?«

»Zweimal. Zumindest der Legende nach. Aber diese Duelle hat er in den ersten Monaten seiner Ehe ausgetragen, als er noch glaubte, Elizabeth würde ihn lieben. Nach dem zweiten Treffen im Morgengrauen muß er eingesehen haben, daß er weder das Temperament meiner süßen Elizabeth kontrollieren noch jeden Mann im Land terrorisieren konnte, also hat er beschlossen, nie wieder seine Ehre zu verteidigen, wenn eine Frau im Spiel ist.«

»Und deshalb habt Ihr keine Angst vor ihm. Ihr wißt, daß er Euch meinetwegen nicht fordern wird?«

Waycott nahm noch einen Schluck und starrte in die Flammen. »Warum sollte er mich wegen Eurer Ehre fordern, wenn er es für Elizabeths nicht gemacht hat?«

Sophy spürte die kleine Unsicherheit in Waycotts Stimme. Er versuchte, sich und sie davon zu überzeugen, daß er von Julian nichts zu fürchten hatte. »Eine interessante Frage, Mylord«, sagte sie leise. »Warum sollte er sich auch die Mühe machen?«

»Du bist nicht halb so schön wie Elizabeth.«

»Darüber waren wir uns schon einig.« Sophy beobachtete gespannt, wie Waycott einen weiteren Schluck Tee nahm. Er trank mechanisch, war mit seinen Gedanken in der Vergangenheit.

»Und du hast auch nicht ihr Flair und ihren Charme.«

»Ganz richtig.«

»Er kann dich unmöglich genauso begehren, wie er Elizabeth begehrt hat. Nein, er wird sich nicht die Mühe machen, mich wegen dir zu fordern.« Waycott lächelte über den Rand seiner Teetasse. »Aber er könnte dich sehr wohl ermorden, genau wie er sie ermordet hat. Ja, ich glaube, genau das wird er tun, wenn er herausfindet, was heute hier passiert ist.«

Sophy sagte nichts, als Waycott den letzten Schluck aus seiner Tasse trank. Ihre eigene Tasse war noch voll. Sie hielt sie fest und wartete ab.

»Der Tee war ausgezeichnet, meine Liebe. Jetzt hätte ich gerne etwas Käse und Brot. Du wirst es mir servieren.«

»Ja, Mylord.« Sophy erhob sich.

»Aber zuerst wirst du dich ausziehen und die Ravenwood Smaragde anlegen. So hat es Elizabeth auch immer gemacht.«

Sophy blieb reglos stehen und suchte in seinen Augen nach Anzeichen, daß die Kräuter anfingen zu wirken. »Ich habe nicht vor, mich für Euch auszuziehen, Lord Waycott.«

»Aber du wirst es tun.« Plötzlich hatte Waycott eine handgroße Taschenpistole in der Hand. »Du wirst genau das tun, was ich dir sage.« Er strahlte sie an. »Und du wirst genau das tun, was Elizabeth getan hat. Ich werde dich Schritt für Schritt führen. Ich werde dir genau zeigen, wie du deine Schenkel für mich spreizen mußt, Madame.«

»Ihr seid genauso verrückt, wie sie es war«, flüsterte Sophy. Sie wich einen Schritt zum Feuer zurück. Waycott ließ sie gewähren, und sie machte noch einen und noch einen.

Er ließ sie fast durch das ganze Zimmer zurückweichen, dann riß er brutal an der Schnur, die ihren Knöchel fesselte.

Sophy schrie und fiel auf den harten Steinboden. Sie blieb einen Augenblick liegen und versuchte sich zu fangen, dann sah sie Waycott voller Angst an. Er lächelte immer noch, aber seine Augen sahen etwas benommen aus.

»Du mußt tun, was ich sage, Sophy, sonst muß ich dir weh tun.«

Sie setzte sich auf. »So wie Ihr Elizabeth in jener Nacht am Teich weh getan habt? Ravenwood hat sie gar nicht getötet, nicht wahr? Ihr habt Sie getötet. Werdet Ihr mich auch ermorden, wie Ihr Eure schöne, treulose Elizabeth ermordet habt?«

»Wovon redest du überhaupt? Ich habe ihr nichts getan. Ravenwood hat sie getötet. Das habe ich dir gesagt.«

»Nein, Mylord. Ihr habt all die Jahre versucht, Euch einzureden, Ravenwood wäre für ihren Tod verantwortlich, weil Ihr nicht zugeben wolltet, daß Ihr die Frau, die Ihr liebtet, getötet habt. Aber Ihr habt sie getötet. Ihr seid ihr in der Nacht gefolgt, als sie zu Old Bess ging. Ihr habt am Teich auf sie gewartet. Als Euch klar wurde, wohin sie gegangen war und was sie getan hatte, wart Ihr sehr wütend auf sie. Wütender als je zuvor in Eurem Leben.«

Waycott erhob sich schwankend, mit wutverzerrtem Gesicht. *»Sie ist zu der alten Hexe gegangen, um sich ein Mittel zum Abtreiben zu holen, genau wie du heute.«*

»Und das Kind war von Euch, nicht wahr?«

»Ja, es war meins. Und sie hat mich gereizt, hat gesagt, sie wolle mein Kind genausowenig wie das von Ravenwood.« Waycott taumelte zwei Schritte auf Sophy zu. »Aber sie hat immer behauptet, sie würde mich lieben. Warum wollte sie denn mein Baby loswerden, wenn sie mich geliebt hat?«

»Elizabeth war überhaupt nicht fähig, jemanden zu lieben. Sie hat Ravenwood geheiratet, um sich eine gute gesellschaftliche Stellung zu sichern und alles Geld, das sie brauchte.« Sophy rutschte auf Händen und Knien von ihm weg. Sie wagte nicht aufzustehen, aus Angst, Waycott würde wieder an der Schnur ziehen. »Sie hat Euch wie eine Marionette an ihren Schnüren tanzen lassen, weil sie Euch amüsant fand. Mehr nicht.«

»Das ist nicht wahr, verdammt noch mal. Ich war der beste Liebhaber, der je mit ihr ins Bett gestiegen ist. Das hat sie mir gesagt.« Waycott stolperte zur Seite. Er ließ die Schnur fallen und rieb sich mit dem Handrücken über die Augen. »Was ist bloß los mit mir?«

»Gar nichts ist los, Mylord.«

»Doch, irgend etwas stimmt nicht mit mir. Ich fühle mich nicht gut.« Seine Hand fiel von seinen Augen, und er versuchte, den Blick auf sie zu richten. »Was hast du mit mir gemacht, du Luder?«

»Nichts, Mylord.«

»Du hast mich vergiftet. Du hast mir etwas in den Tee getan, stimmt's? Dafür bring ich dich um.«

Er warf sich auf Sophy, sie sprang auf und wich ihm blindlings aus. Waycott landete an der Steinmauer neben dem Kamin. Die Pistole glitt unbemerkt aus seiner Hand und landete mit leisem Klakken in dem Proviantkorb.

Waycott drehte den Kopf und suchte nach Sophy mit wirren, wütenden Augen.

»Ich bring dich um. Genau wie ich Elizabeth umgebracht habe. Du hast es verdient zu sterben, genau wie sie. O Gott, *Elizabeth*.« Er lehnte sich an die Steinmauer und schüttelte vergeblich den Kopf, um seinen getrübten Blick zu klären. »Elizabeth, wie konntest du mir das antun? Du hast mich geliebt.« Waycott begann, langsam schluchzend die Wand hinunter zu rutschen. »Du hast immer gesagt, du liebst mich.«

Sophy beobachtete in fasziniertem Entsetzen, wie sich Waycott in den Schlaf weinte.

»Mörder«, hauchte sie, und ihr Puls beschleunigte sich vor Wut. »Du hast meine Schwester getötet. Du hättest ihr genausogut eine Pistole an die Schläfe halten können. Du hast sie umgebracht.«

Ihr Blick flog zu dem Korb am Kamin. Sie konnte mit einer Pistole umgehen, und Waycott hatte den Tod verdient. Sie lief weinend zum Korb. Die Pistole lag auf den funkelnden Smaragden. Sophy bückte sich und nahm die kleine Waffe.

Sie packte sie mit beiden Händen, drehte sich um und richtete die Pistole auf den bewußtlosen Waycott.

»Du hast den Tod verdient«, wiederholte sie laut und spannte den Hahn. Sophys Finger schlossen sich gierig um den Abzug.

Sie näherte sich Waycott und beschwor das Bild von Amelia auf ihrem Bett herauf, mit der leeren Laudanumflasche neben sich auf dem Tisch.

»Ich werde dich töten, Waycott. Um der Gerechtigkeit willen.«

Einen endlosen Moment lang zögerte Sophy, versuchte sich zu zwingen, den Abzug zu drücken. Aber es hatte keinen Sinn. Stöhnend ließ sie die Pistole sinken und sicherte sie. »O mein Gott, warum bin ich nur so schwach?«

Sie legte die Pistole zurück in den Korb und kniete sich hin, um die Schnur um ihren Knöchel zu lösen. Ihre Hände zitterten wie Espenlaub, aber irgendwie gelang es ihr, den Knoten zu öffnen. Sie konnte die Pistole und die Smaragde nicht mit nach Ravenwood nehmen. Sie wußte nicht, wie sie sie erklären sollte.

Ohne sich noch einmal umzusehen, öffnete sie die Tür und lief hinaus in die Nacht. Waycotts Pferd wieherte leise, als sie sich näherte.

»Sachte, mein Freund. Ich habe keine Zeit, den Sattel aufzulegen«, flüsterte Sophy, während sie den Wallach aufzäumte. »Wir müssen uns beeilen. Das Abbey wird in hellem Aufruhr sein.«

Sie führte den Wallach zu einem Geröllhaufen, der einmal ein Teil der Burgmauer gewesen war. Sie stellte sich auf den Steinhügel, raffte die Röcke übers Knie hoch und hantelte sich auf den Rücken des Pferdes. Das Tier schnaubte und tänzelte ein bißchen, dann akzeptierte es ihre ungewohnte Präsenz.

»Keine Sorge, mein Freund. Ich weiß den Weg zum Abbey.« Sophy ließ das Pferd langsam lostraben und spornte es dann in leichten Galopp.

Unterwegs versuchte sie, sich eine Geschichte für die besorgten Dienstboten zurechtzulegen, die sicher auf sie warteten. Ihr Pferd war bestimmt direkt nach Hause galoppiert, nachdem es sich von ihr losgerissen hatte.

Ein reiterloses Pferd, das nach Ravenwood Abbey zurückkehrte, konnte für die Stallknechte nur eins bedeuten. Sie würden sicher annehmen, daß Sophy vom Pferd gestürzt war und sich womöglich verletzt hatte. Sicher durchkämmten schon seit Stunden Suchtrupps die Wälder um das Abbey.

Die Geschichte war auch nicht schlechter als andere, beschloß Sophy, als sie Waycotts Pferd um den Teich dirigierte. Auf keinen Fall konnte sie erzählen, daß Viscount Waycott sie entführt und gefangengehalten hatte.

Sie konnte es nicht einmal wagen, Julian die Geschichte zu erzählen, denn Waycott hatte sich geirrt, als er behauptete, der Graf würde sich nie wieder wegen einer Frau duellieren. Julian würde Waycott fordern, wenn er herausfand, was der Viscount getan hatte.

Verdammt, ich hätte Waycott selbst töten sollen, als ich die

Chance hatte. Jetzt weiß keiner, was noch passieren wird. Und ich bin gezwungen, Julian anzulügen.

Wenn ich doch nur nicht so ungeschickt im Lügen wäre, dachte Sophy voller Angst. Aber wenigstens würde sie Zeit haben, ihre Geschichte vorzubereiten und sie auswendig zu lernen. Julian war Gott sei Dank noch in London.

Erst als sie die Lichter des Abbey durch die Bäume blitzen sah, fiel Sophy ein, daß sie Waycotts Wallach aussetzen mußte. Wenn sie behaupten wollte, sie hätte sich nach einem Reitunfall zu Fuß nach Hause durchgekämpft, konnte sie schlecht auf einem fremden Pferd auftauchen.

Du lieber Himmel, es gab wirklich eine Menge zu bedenken, wenn man erst einmal anfing, Geschichten zu erfinden. Eins führte zum anderen.

Nur sehr widerwillig, eingedenk des langen Marsches, der ihr noch bevorstand, glitt Sophy vom Pferd und ließ den Wallach laufen. Ein Klaps auf den Hintern, und er galoppierte in die entgegengesetzte Richtung los.

Sophy raffte ihre Röcke und marschierte in Richtung Ravenwood Abbey. Unterwegs zermarterte sie sich das Gehirn, um sich eine glaubwürdige Geschichte für die wartenden Dienstboten zurechtzulegen. Jedes Detail der Geschichte mußte sitzen, ansonsten würde sie sich sicher verplappern.

Aber als sie aus dem Wald trat, der das große Haus umgab, mußte Sophy feststellen, daß ihr eine wesentlich schwierigere Aufgabe als erwartet bevorstand.

Licht fiel aus der offenen Tür der Eingangshalle. Lakaien und Stallburschen liefen geschäftig hin und her und zündeten Fackeln an, und Sophy sah, daß einige gesattelte Pferde aus dem Stall geführt wurden.

Eine vertraute, dunkelhaarige Gestalt in Reitstiefeln und verdreckten Hosen stand auf der linken Treppe. Julian erteilte mit kalter, klarer Stimme Befehle an die Umstehenden. Offensichtlich war er gerade erst angekommen, was hieß, daß er London schon vor dem Morgengrauen verlassen hatte.

In diesem Moment lernte Sophy, was wahre Panik heißt. Sie hatte schon genug Schwierigkeiten gehabt, sich eine Geschichte für die

Dienerschaft auszudenken, die ohnehin alles glauben würde, was sie sagte. Aber sie war auf keinen Fall in der Lage, ihren Ehemann überzeugend anzulügen.

Und Julian hatte immer behauptet, er würde es sofort merken, wenn sie versuchte, ihn zu täuschen.

Sie hatte keine Wahl, sie mußte es versuchen, sagte sich Sophy tapfer und ging wieder los. Sie konnte nicht zulassen, daß Julian sein Leben in ein Duell um ihre Ehre riskierte.

»Da ist sie ja, Mylord.«

»Dank sei dem Herrn, sie ist in Sicherheit.«

»Mylord, Mylord, schaut, da drüben am Waldrand. Es ist Mylady, und ihr ist nichts passiert.«

Die erleichterten Zurufe ließen alle vor dem Haus zusammenströmen, als Sophy langsam weiter darauf zuging. Sie fragte sich, ob die große Erleichterung der Diener zum Großteil der Tatsache zuzuschreiben war, daß sie davor gezwungen gewesen waren, Julian ihr Verschwinden zu erklären.

Der Blick des Grafen von Ravenwood richtete sich auf die Bäume, und da sah er Sophy im Mondlicht. Wortlos sprang er die Treppe hinunter, lief den gepflasterten Weg entlang und riß sie an sich.

»*Sophy*. Bei Gott, ich wäre fast vor Sorge gestorben. Wo, zum Teufel, bist du gewesen? Bist du in Ordnung? Bist du verletzt? Ich würde dich am liebsten übers Knie legen, weil du mir solche Angst eingejagt hast. Was ist denn passiert?«

Trotz ihrer Angst vor der Tortur, die ihr bevorstand, durchströmte Sophy eine Woge von Erleichterung. Julian war hier, und sie war in Sicherheit. Alles andere spielte im Augenblick keine Rolle mehr. Instinktiv kuschelte sie sich in seine starken Arme und lehnte den Kopf an seine Schulter. Ihre Arme klammerten sich um seine Taille. Er roch nach Schweiß, und sie wußte, daß er sich und Angel das letzte abverlangt hatte.

»Ich hatte solche Angst, Julian.«

»Kein Vergleich zu der Angst, die ich hatte, als ich vor ein paar Minuten hier ankam und mir anhören mußte, daß dein Pferd heute am späten Nachmittag ohne dich zurückgekommen ist. Die Dienerschaft sucht schon den ganzen Abend nach dir. Ich wollte sie gerade wieder losschicken. *Wo warst du?*«

»Ich... es war alles meine Schuld, Julian. Ich war auf dem Heimweg von Old Bess. Meine arme Stute ist über irgendwas in den Bäumen erschreckt, und ich habe nicht aufgepaßt. Sie muß mich abgeworfen haben. Ich hab mir den Kopf angeschlagen und war einige Zeit ohnmächtig. Ich kann mich kaum an etwas erinnern bis vorhin.« Gütiger Gott, sie plapperte zuviel, zu schnell. Sie mußte sich am Riemen reißen.

»Tut dir der Kopf noch weh?« Julian tastete sanft unter ihren zerzausten Locken nach einer Wunde oder einer Beule. »Hast du sonst noch Verletzungen?«

Sophy merkte, daß sie irgendwo ihren Hut verloren hatte. »Äh, oh, nein, Julian, mir geht's wunderbar. Das heißt, ich hab Kopfweh, aber nichts Schlimmes. Und... dem Baby geht's gut«, fügte sie rasch noch hinzu in der Hoffnung, das würde ihn von ihren nicht vorhandenen Verletzungen ablenken.

»Ah, ja, das Baby. Ich bin froh, daß in der Hinsicht alles in Ordnung ist. Du wirst während deiner Schwangerschaft nicht mehr reiten, Sophy.« Julian trat zurück und musterte ihr Gesicht im Mondlicht. »Du bist ganz sicher, daß es dir gutgeht?«

Sophy war so erleichtert darüber, daß er ihr anscheinend glaubte, daß sie nicht gleich auf ihr Recht zu reiten pochen wollte. Sie versuchte es mit einem beschwichtigenden Lächeln und mußte mit Entsetzen feststellen, daß ihre Lippen zitterten. Sie blinzelte verlegen. »Mir geht es wirklich gut, Mylord. Aber was führt Euch hierher? Ich dachte, Ihr bleibt noch ein paar Tage in London. Wir haben keine Nachricht bekommen, daß Ihr schon so bald zurückkehrt.«

Julian sah sie lange und eindringlich an, dann nahm er ihre Hand und führte sie zu der ängstlich wartenden Dienerschaft. »Ich habe meine Pläne geändert. Komm mit Sophy, ich werde dich deiner Zofe übergeben, die dir ein Bad bereiten wird und dafür sorgt, daß du etwas zu essen kriegst. Wenn du dann wieder ganz die alte bist, werden wir reden, Sophy.«

»Worüber, Mylord?«

»Na ja, darüber, was dir heute wirklich passiert ist, Sophy.«

Neunzehn

»Wir ham uns ja alle solche Sorgen gemacht, Mylady. Todesängste ham wir ausgestanden. Ihr könnt es Euch nicht vorstellen. Die Stallburschen waren ganz außer sich. Wie Eure Stute in den Hof galoppiert ist, sind sie gleich los, um Euch zu suchen, ham aber keine Spur gefunden. Einer ist dann zu Old Bess, und sie hat sich genausoviel Sorgen gemacht wie wir, als sie gehört hat, daß Ihr nicht heimgekommen seid.«

»Es tut mir leid, daß ich Euch so viel Kummer gemacht habe, Mary.« Sophy hörte nur mit halbem Ohr die Schilderung ihrer Zofe dessen, was passiert war, nachdem sie an diesem Nachmittag nicht zurückkehrte. Sie war in Gedanken schon bei dem bevorstehenden Gespräch mit Julian. *Er hatte ihr nicht geglaubt*. Sie hätte wissen müssen, daß er ihre Lüge sofort durchschaut hatte. Was sollte sie ihm jetzt erzählen, fragte sich Sophy in panischer Angst.

»Und dann hat der Stallmeister, der, der immer so schwarz sieht, den Kopf geschüttelt und gesagt, wir sollten im Teich nach Eurer Leiche suchen. Gott steh mir bei, wie ich das gehört habe, bin ich fast zusammengebrochen. Aber die ganze Aufregung war nichts im Vergleich zu dem, was passiert ist, als Seine Lordschaft so unerwartet aufgetaucht ist. Selbst das Personal, das schon zu den Zeiten der ersten Gräfin hier im Abbey war, hat gesagt, daß sie Seine Lordschaft noch nie so wütend gesehen ham. Hat gedroht, uns alle rauszuwerfen, das hat er.«

Ein Klopfen an der Tür unterbrach Mary. Sie ging öffnen und nahm der Zofe, die davorstand, das Teetablett ab. »Das nehme ich. Lauf zu. Mylady muß sich ausruhen.« Mary schloß die Tür und stellte das Tablett auf den Tisch. »Oh, schaut nur. Die Köchin hat Euch ein paar Kekse dazugetan. Nehmt einen zum Tee, Madame.«

Sophy warf einen Blick auf die Teekanne, und ihr wurde schlagartig übel. »Danke, Mary. Ich trink den Tee ein bißchen später. Ich hab momentan nicht viel Hunger.«

»Das kommt von dem Schlag auf dem Kopf«, sagte Mary mit weisem Kopfnicken. »Das geht auf den Magen, o ja. Aber Ihr solltet wenigstens eine Tasse Tee trinken, Madame.«

Wieder öffnete sich die Tür, und Julian kam ohne zu klopfen ins Zimmer. Er trug noch immer seine Reitkleidung und hatte offensichtlich die letzte Bemerkung der Zofe gehört. »Geh nur, Mary. Ich werde dafür sorgen, daß sie ihren Tee trinkt.«

Mary machte einen hastigen Knicks und wich ängstlich zur Tür zurück. »Ja, Mylord«, sagte sie und legte die Hand auf den Türknopf. Sie schickte sich an, das Zimmer zu verlassen, blieb dann noch einmal kurz stehen und sagte mit einem Anflug von Trotz: »Wir ham uns alle großen Sorgen um Madame gemacht.«

»Das weiß ich, Mary. Aber jetzt ist sie sicher und gesund wieder zu Hause, und in Zukunft werdet Ihr alle viel besser auf sie aufpassen, nicht wahr?«

»O ja, Mylord. Wir lassen sie nicht mehr aus den Augen.«

»Ausgezeichnet. Du kannst jetzt gehen, Mary.«

Mary floh.

Sophy ballte ihre Hände im Schoß zusammen, als die Tür sich hinter ihrer Zofe schloß. »Es besteht kein Grund, das Personal zu terrorisieren, Julian. Sie meinen es alle gut, und was heute nachmittag passiert ist, war ganz bestimmt nicht ihre Schuld. Ich –« Sie räusperte sich. »Ich bin diesen Weg schon so oft in den letzten Jahren geritten. Es war nicht nötig, daß mich ein Lakai begleitet. Wir sind hier auf dem Land, nicht in der Stadt.«

»Aber sie haben deinen armen, bewußtlosen Körper nicht auf dem Weg gefunden, der zur Hütte von Old Bess führt, nicht wahr?« Julian ließ sich in einen Stuhl neben dem Fenster fallen und sah sich im Zimmer um. »Wie ich sehe, hast du hier und auch anderswo einiges verändert, meine Liebe.«

Der plötzliche Themawechsel brachte sie noch mehr aus der Fassung. »Ich hoffe, Ihr habt nichts dagegen, Mylord«, sagte Sophy mit erstickter Stimme. Sie hatte das ungute Gefühl, daß er mit ihr spielen wollte, bis sie die Nerven verlor und alles beichtete.

»Nein Sophy, ich habe nichts dagegen. Ganz im Gegenteil. Ich mag dieses Haus schon seit einiger Zeit nicht mehr.« Julians Blick glitt zurück zu ihrem ängstlichen Gesicht. »Jede Veränderung auf Ravenwood Abbey ist mir sehr willkommen, das kann ich dir versichern. Wie fühlst du dich jetzt?«

»Sehr gut, danke.« Die Worte klebten in ihrer Kehle.

»Das beruhigt mich.« Er streckte seine Beine aus und lehnte sich im Stuhl zurück, die Hände locker vor sich gefaltet. »Du hast uns allen große Sorgen gemacht, weißt du.«

»Das tut mir leid.« Sophy holte tief Luft und versuchte, sich an die kleinen, sorgfältig ausgearbeiteten Details ihrer Geschichte zu erinnern. Sie war der Meinung, wenn sie ihre wacklige Geschichte mit einer großen Anzahl Einzelheiten abstützte, wäre vielleicht noch etwas daran zu retten. »Ich glaube, irgendein kleines Tier hat die Stute erschreckt. Ein Eichhörnchen vielleicht. Normalerweise wäre das kein Problem gewesen. Wie du weißt, bin ich eine ganz passable Reiterin.«

»Ich habe deine Reitkünste schon oft bewundert«, stimmte Julian ihr höflich zu.

Sophy merkte, wie sie errötete. »Ja, also, wie es der Zufall will, ich war gerade auf dem Rückweg von Old Bess und hatte eine größere Menge Kräuter gekauft. Die Päckchen hatte ich in meinen Röcken verteilt. Ich war gerade damit beschäftigt, sie zurechtzurücken, die Päckchen, weißt du, weil ich Angst hatte, die Kräuter könnten unterwegs herausrutschen, verstehst du.«

»Ich verstehe.«

Sophy starrte ihn einige Sekunden an, sein unverwandter, abwartender Blick war mesmerisierend. Er schien so heiter und geduldig, aber es war die Geduld eines Jägers. Die Erkenntnis traf sie wie der Blitz. »Und… und, ich fürchte, ich habe nicht auf das Pferd geachtet. Ich habe mit einem Päckchen von… getrocknetem Rhabarber, glaub ich war es, zu tun gehabt, als die Stute scheute. Danach hab ich mein Gleichgewicht nicht mehr gefunden.«

»Das war der Punkt, an dem du zu Boden gefallen bist und dir den Kopf angeschlagen hast?«

Sie hatten sie nicht bewußtlos daliegend auf dem Weg gefunden, ermahnte sich Sophy. »Nicht ganz, Mylord. An diesem Punkt fing ich an, aus dem Sattel zu rutschen, aber, äh, ich glaube, die Stute hat mich noch ein Stück weit getragen, bevor ich endgültig heruntergefallen bin.«

»Würde es die Sache für dich leichter machen, wenn ich dir sage, daß ich gerade von einem Ritt entlang des Wegs zur Hütte von Old Bess zurückgekommen bin?«

Sophy beäugte ihn nervös. »Tatsache, Mylord?«

»Ja, Sophy«, sagte er sanft. »Tatsache. Ich habe eine Fackel dabeigehabt, und in der Nähe des Weihers hab ich ein paar sehr interessante Spuren entdeckt. Wie es scheint, war heute noch ein Pferd mit Reiter auf demselben Weg.«

Sophy sprang auf. »Julian, ich bitte dich, stell mir heute abend keine Fragen mehr. Ich kann im Augenblick nicht reden. Ich bin viel zu durcheinander. Ich habe mich geirrt, als ich sagte, es geht mir gut. Die Wahrheit ist, ich fühle mich hundeelend.«

»Aber nicht von dem Schlag auf den Kopf, wie ich meine.« Julians Stimme war noch leiser und beschwichtigender geworden. »Vielleicht machst du dich vor Sorge krank. Du hast mein Wort, daß dafür keine Notwendigkeit besteht.«

Sophy konnte die Zärtlichkeit, die in seiner Stimme schwang, weder begreifen noch ihr trauen. »Ich versteh nicht, was Ihr meint, Mylord.«

»Warum kommst du nicht hierher und setzt dich ein bißchen zu mir, bis du dich wieder beruhigt hast.« Er streckte ihr seine Hand entgegen.

Sophy warf einen sehnsüchtigen Blick auf die dargebotene Hand und dann in sein Gesicht. Sie widersetzte sich dem Köder, den er ihr bot. Sie mußte stark sein. »Da… da ist kein Platz für mich auf dem Stuhl, Julian.«

»Ich werde Platz machen. Komm her, Sophy. Die Lage ist längst nicht so hoffnungslos oder kompliziert, wie du anscheinend denkst.«

Sie sagte sich, es wäre ein entscheidender Fehler, zu ihm zu gehen. Sie würde das bißchen Willenskraft, das sie besaß, verlieren, wenn sie zuließ, daß er sie jetzt in die Arme nahm. Aber sie sehnte sich so sehr nach seiner Umarmung, und am Ende war seine Hand unwiderstehlich, so müde und geschwächt wie sie war.

»Ich sollte mich vielleicht ein bißchen hinlegen«, sagte sie, als sie einen Schritt auf Julian zumachte.

»Du kannst dich bald ausruhen, Kleines, das versprech ich dir.«

Er wartete mit grenzenloser Geduld, während sie einen zweiten und einen dritten Schritt auf ihn zumachte.

»Julian, ich sollte das nicht tun«, hauchte sie leise, als seine Hand die ihre umfing.

»Ich bin dein Ehemann, Schätzchen.« Er zog sie auf seinen Schoß hinunter und drückte sie an seine Schulter. »Mit wem solltest du denn sonst über das reden, was heute wirklich passiert ist, wenn nicht mit mir?«

Das schlug eine schwere Bresche in die letzte Bastion ihrer Tapferkeit. Sie hatte heute einfach zuviel durchgemacht. Die Entführung, die drohende Vergewaltigung, ihre Flucht in letzter Minute, der Augenblick, in dem sie die Pistole in der Hand gehalten hatte und feststellen mußte, daß sie unfähig war, Waycott zu erschießen – das alles zusammen hatte ihre Kraftreserven erschöpft.

Wenn Julian sie angeschrien hätte oder abweisend und wütend gewesen wäre, dann hätte sie sich vielleicht wehren können, aber sein beruhigender, zärtlicher Tonfall war unwiderstehlich. Sie drehte ihr Gesicht in seine Schulterkuhle und schloß die Augen. Seine Arme drückten sie tröstlich an sich, und die breiten Schultern versprachen Schutz.

»Julian, ich liebe dich«, murmelte sie in sein Hemd.

»Ich weiß, Schätzchen. Ich weiß. Und jetzt wirst du mir die Wahrheit erzählen, hm?«

»Das kann ich nicht«, sagte sie mit tonloser Stimme.

Er widersprach ihr nicht, sondern saß einfach nur da und streichelte die Rundung ihres Rückens mit seinen großen, starken Händen. Es wurde still im Raum, und Sophy erlag noch einmal der Verlockung und entspannte sich, an ihn geschmiegt.

»Vertraust du mir, Sophy?«

»Ja, Julian.«

»Warum willst du mir dann nicht sagen, was heute wirklich passiert ist?«

Sie seufzte. »Ich habe Angst, Mylord.«

»Vor mir?«

»Nein.«

»Freut mich, wenigstens das zu hören.« Er schwieg einen Moment und sagte dann nachdenklich: »Manche Frauen in deiner Situation hätten möglicherweise Grund, sich vor ihren Männern zu fürchten.«

»Das müssen Frauen sein, deren Ehemänner keine große Achtung vor ihnen haben«, sagte Sophy sofort. »Traurige, unglückliche Frauen, die weder das Vertrauen noch den Respekt ihres Mannes genießen. Sie tun mir leid.«

Julian machte ein seltsames Geräusch, wie eine Mischung aus Lachen und Stöhnen. Er befestigte ein Band, das sich auf Sophys Morgenmantel gelöst hatte. »Du gehörst natürlich nicht zu dieser Gruppe Frauen, meine Liebe. Du genießt meine Achtung, meinen Respekt und mein Vertrauen, oder etwa nicht?«

»Wie Ihr gesagt habt, Mylord.« Sophy fragte sich voller Sehnsucht, was für ein Gefühl es wäre, wenn Julians Liebe dieser Liste hinzugefügt würde.

»Dann hast du mit Recht keine Angst vor mir. Ich kenne dich, und ich weiß, daß du heute nichts Falsches getan hast. Du würdest mich nie betrügen, nicht wahr, Sophy?«

Ihre Finger krallten sich in sein Hemd. »Niemals, Julian. In diesem Leben nicht und auch in keinem anderen. Ich bin sehr froh, daß du das erkannt hast.«

»Das habe ich, Süßes.« Er verstummte wieder für längere Zeit, und wieder entspannte sich Sophy unter dem beruhigenden Streicheln seiner Hand. »Unglücklicherweise muß ich zugeben, daß meine Neugier trotz meines absoluten Vertrauens in dich immer noch nicht gestillt ist. Ich muß wirklich wissen, was dir heute passiert ist. Ich bin eben dein Gemahl, Sophy, und als solcher fühle ich mich einfach als Beschützer.«

»Bitte, Julian, zwing mich nicht, es dir zu sagen. Mir ist nichts passiert, das versprech ich dir.«

»Nichts liegt mir ferner, als dich zu irgend etwas zu zwingen. Statt dessen werden wir ein kleines Ratespiel spielen.«

Sophy wurde steif in seinen Armen. »Ich möchte keine Spiele spielen.«

Er ignorierte diesen kleinen Protest. »Du sagst, du möchtest mir die Geschichte nicht erzählen, weil du Angst hast. Und du behauptest auch, du hättest keine Angst vor mir. Deshalb können wir mit Sicherheit davon ausgehen, daß du vor jemand anderem Angst hast. Traust du mir nicht zu, daß ich dich beschützen kann, mein Schatz?«

»Das ist es nicht, Julian.« Sophy hob rasch den Kopf. Er durfte unter keinen Umständen denken, daß sie an seiner Fähigkeit, sie zu beschützen, zweifelte. »Ich weiß, daß du alles tun würdest, um mich zu beschützen.«

»Da hast du recht«, sagte Julian. »Du bist sehr wichtig für mich.«

»Ich verstehe, Julian.« Sie berührte kurz ihren Bauch. »Du bist sicher um deinen zukünftigen Erben besorgt. Aber du brauchst dir keine Sorgen um das Kind zu machen, ehrlich –«

Julians smaragdgrüne Augen funkelten vor Wut, die sich aber sofort wieder legte. Er nahm ihr Gesicht zwischen seine Hände. »Laß uns eins klarstellen, Sophy. Du bist für mich wichtig, weil du *Sophy* bist, meine liebe, unkonventionelle, ehrenwerte, zärtliche Frau – nicht weil du ein Kind unter deinem Herzen trägst.«

Sie konnte sich nicht von seinen leuchtenden Augen losreißen. Für seine Verhältnisse war das fast ein Liebesgeständnis. Mehr würde sie möglicherweise nie von ihm bekommen. »Danke, Julian.«

»Danke mir nicht. Ich habe dir zu danken.« Sein Mund bemächtigte sich des ihren, und er küßte sie langsam, eindringlich. Als er schließlich den Kopf hob, war das wieder dieses vertraute Glitzern in seinen Augen. Er lächelte. »Du bist eine verlockende Ablenkung, meine Liebe, aber ich glaube, diesmal werde ich versuchen zu widerstehen. Zumindest noch für eine Weile.«

»Aber Julian –«

»Jetzt werden wir unser Ratespiel zu Ende spielen. Du hast Angst vor demjenigen, der heute Nachmittag am Weiher war. Du scheinst keine Angst um deine eigene Sicherheit zu haben, also müssen wir daraus schließen, daß du um meine besorgt bist.«

»Julian, bitte, ich flehe dich an –«

»Wenn du um meine Sicherheit fürchtest, aber mir keine faire Warnung vor der Gefahr geben willst, folgt daraus, daß du keinen direkten Angriff auf meine Person fürchtest. Du würdest mir doch eine so wichtige Information nicht vorenthalten, nicht wahr?«

»Nein, Mylord.« Es war hoffnungslos. Sie konnte die Wahrheit nicht für sich behalten. Der Jäger hatte seine Beute eingekreist.

»Dann bleibt uns nur noch eine andere Möglichkeit«, sagte Julian mit unvermeidlicher Logik. »Wenn du Angst um mich hast, aber nicht fürchtest, daß ich angegriffen werde, dann kannst du nur Angst davor haben, daß ich diesen geheimnisvollen unbekannten Dritten zum Duell fordere.«

Sophy richtete sich in seinem Schoß auf, packte mit beiden Händen je ein Stück Hemd und kniff die Augen zusammen. »Julian, du mußt mir dein Ehrenwort geben, daß du das nicht tun wirst. Du mußt es mir um unseres ungeborenen Kindes willen versprechen. Hast du mich gehört?«

»Es ist Waycott, habe ich recht?«

Sophy sah ihn entsetzt an. »Woher weißt du das?«

»Es war nicht so furchtbar schwer zu erraten. Was ist heute nachmittag auf dem Weg passiert, Sophy?«

Sie starrte ihn hilflos an. Der sanfte Ausdruck in Julians Augen verschwand, als wäre er nie dagewesen. Statt dessen war da jetzt der eiskalte, lauernde Blick des Raubtiers. Er hatte die jetzige Schlacht gewonnen und sammelte sich nun für die bevorstehende.

»*Ich werde nicht zulassen, daß du ihn zum Duell forderst, Julian.* Du wirst keine Kugel von Waycott riskieren, hast du verstanden?«

»Was ist heute auf dem Weg passiert?«

Sophy hätte am liebsten losgeheult. »Julian –«

»Was ist heute passiert, Sophy?«

Er hatte die Stimme nicht erhoben, aber sie wußte sofort, daß seine Geduld am Ende war. Er wollte seine Antwort. Sophy stemmte sich von seinem Schoß. Er ließ sie aufstehen, aber sein Blick war unverwandt auf ihr abgewandtes Gesicht gerichtet.

Sie ging langsam durch das Zimmer zum Fenster und sah hinaus in die Nacht. Dann erzählte sie ihm in kurzen, knappen Sätzen die ganze Geschichte.

»Er hat sie getötet, Julian«, schloß sie. »Er hat sie beide getötet. Er hat Elizabeth getötet, weil sie ihn mit ihren Plänen, sein Kind abzutreiben, bis aufs Blut gereizt hat. Er hat meine Schwester umgebracht, weil er sie behandelt hat, als wäre sie ein wertloses Spielzeug.«

»Das mit deiner Schwester habe ich gewußt. Ich habe die Stücke des Puzzles selbst zusammengesetzt, bevor ich London verließ. Und ich hatte schon immer meinen Verdacht in bezug auf das, was mit Elizabeth in jener Nacht passiert ist. Ich habe mich gefragt, ob sie einen ihrer Liebhaber zu weit getrieben hat.«

Sophy lehnte die Stirn an die kühle Glasscheibe. »Gott steh mir bei, ich hab es nicht fertiggebracht abzudrücken, als ich die Chance dazu hatte. Ich bin so ein Feigling.«

»Nein, Sophy, du bist kein Feigling.« Julian stellte sich direkt hinter sie. »Du bist die tapferste Frau, die mir je begegnet ist, und ich würde dir nicht nur mein Leben anvertrauen, sondern auch meine Ehre. Du mußt wissen, daß du heute abend ehrenvoll gehandelt hast. Man erschießt einen bewußtlosen Mann nicht kaltblütig, gleichgültig, was er getan hat.«

Sophy drehte sich langsam zu ihm und sah ihn zweifelnd an. »Aber, wenn ich ihn erschossen hätte, wäre jetzt alles vorbei. Ich müßte mir keine Sorgen mehr um dich machen.«

»Du hättest damit leben müssen, daß du einen Mann erschossen hast, und das Schicksal wünsche ich dir nicht, Schätzchen, gleichgültig, wie sehr Waycott es verdient hat zu sterben.«

Sophy verlor allmählich die Geduld. »Julian, ich muß dir sagen, daß es mir ziemlich egal ist, ob ich ehrenvoll gehandelt habe oder nicht. Vielmehr mache ich mir Vorwürfe, daß ich die Sache nicht ein für alle Mal aus der Welt geschafft habe. Ich fürchte, in solchen Dingen habe ich einen Hang zum Praktischen. Der Mann ist ein Mörder, und er ist immer noch frei.«

»Nicht mehr lange.«

Panik erfaßte sie. »Julian, bitte, du mußt mir versprechen, daß du ihn nicht fordern wirst. Du könntest getötet werden, selbst wenn Waycott fair kämpft, was ich stark bezweifle.«

Julian lächelte. »Soweit ich es verstanden habe, ist er momentan kampfunfähig. Du hast gesagt, er wäre bewußtlos, nicht wahr? Das wird er sicher noch einige Zeit sein, wie ich meine. Wie du weißt, habe ich ja selbst ausreichend Erfahrung mit deinen Spezialtees, weißt du noch?«

»Mach dich nicht lustig über mich, Julian.«

Er packte sie an den Handgelenken und zog sie an seine Brust.

»Ich mache mich nicht lustig über dich, Schätzchen. Ich bin nur unendlich dankbar, daß du noch am Leben bist und unverletzt. Du wirst nie wissen, was ich durchgemacht habe, als ich heute abend hier ankam und erfahren mußte, daß du vermißt wirst.«

Sie wollte sich nicht trösten lassen, weil sie nur zu gut wußte, was ihnen heute noch bevorstand. »Was wirst du tun, Julian?«

»Das kommt darauf an. Wie lange, glaubst du, wird Waycott noch schlafen?«

Sophy runzelte die Stirn. »Noch drei oder vier Stunden vielleicht.«

»Ausgezeichnet. Dann werde ich mich später um ihn kümmern.« Er begann, die Bänder ihres Morgenmantels zu lösen. »Inzwischen kann ich mich davon überzeugen, daß du wirklich unverletzt bist.«

Sophy sah ihn mit sehr ernster Miene an, als ihre Robe zu Boden fiel. »Julian, du mußt mir dein Ehrenwort geben, daß du Waycott nicht forderst.«

»Mach dir deshalb keine Sorgen, meine Liebe.« Er küßte ihren Hals.

»Dein Wort Julian. Du wirst es mir geben.« Sie sehnte sich danach, in Julians Armen zu liegen, aber das war weit wichtiger. Sie blieb steif und unnachgiebig stehen und ignorierte die sanfte, einladende Berührung seines Mundes auf ihrer Haut.

»Zerbrich dir nicht den Kopf darüber, was mit Waycott passiert. Ich werde alles regeln. Er wird nie wieder in deine Nähe kommen.«

»Verdammt noch mal, Julian. *Du wirst mir dein Wort geben, daß du ihn nicht forderst.* Deine Sicherheit ist für mich wesentlich wichtiger als dein dummes männliches Ehrgefühl. Ich habe dir gesagt, was ich vom Duellieren halte. Es regelt gar nichts, und noch dazu kannst du getötet werden. Du wirst Waycott nicht fordern, hast du mich gehört? Gib mir dein Wort, Julian.«

Er beugte sich vor und küßte die Kuhle an ihrem Halsansatz, dann hob er langsam den Kopf und sah zu ihr hinunter. Seine Miene war grimmig. »Ich bin kein schlechter Schütze, Sophy.«

»Es ist mir egal, wie gut du schießen kannst. Ich erlaube nicht, daß du so ein Risiko eingehst, und das ist endgültig.«

Er zog die Augenbrauen hoch. »Ist es das?«

»Ja, verdammt noch mal. Ich werde nicht riskieren, daß du dein

Leben in einem albernen Duell verlierst, mit einem Mann, der wahrscheinlich nicht fair kämpft. Ich empfinde in diesem Punkt genau wie du an dem Morgen, als du mein Treffen mit Charlotte Featherstone unterbrochen hast. Ich werde es nicht dulden.«

»Ich glaube, so unnachgiebig kenne ich dich gar nicht, meine Liebe«, sagte Julian trocken.

»Dein Wort, Julian. Gib es mir.«

Er seufzte resigniert. »Na schön. Wenn es dir so viel bedeutet, hast du meinen feierlichen Eid, daß ich Waycott nicht zu einem Duell mit Pistolen fordern werde.«

Sophy schloß die Augen, überwältigt vor Erleichterung. »Ich danke dir, Julian.«

»Ist es jetzt vielleicht erlaubt, daß ich mit meiner Frau schlafe?«
Sie lächelte ihn glücklich an. »Ja, Mylord.«

Eine Stunde später stützte Julian sich auf seinen Ellbogen und sah hinunter in Sophys besorgte Augen. Das zufriedene Strahlen, das sie immer nach dem Liebesspiel zeigte, wich bereits einer sorgenvollen Miene. Es war sehr beruhigend zu wissen, daß seine Sicherheit ihr soviel bedeutete.

»Du wirst also vorsichtig sein, Julian?«

»Sehr vorsichtig.«

»Vielleicht solltest du dir ein paar Stallburschen mitnehmen.«

»Nein, das ist eine Sache zwischen Waycott und mir. Ich werde das alleine regeln.«

»Aber was wirst du tun?« fragte sie ängstlich.

»Ihn zwingen, das Land zu verlassen. Ich glaube, ich werde ihm vorschlagen, nach Amerika zu emigrieren.«

»Aber wie willst du ihn dazu zwingen?«

Julian beugte sich über sie. »Hör auf, so viele Fragen zu stellen, mein Herz. Ich habe jetzt nicht die Zeit, sie zu beantworten. Ich werde dir alles genau berichten, wenn ich wieder da bin. Ich schwöre es.« Sein Mund strich über den ihren. »Ruh dich ein bißchen aus.«

»Das ist eine lächerliche Anweisung. Ich werde kein Auge zutun, bis du wieder da bist.«

»Dann lies ein gutes Buch.«

»Wollstonecraft«, drohte sie. »Ich werde *Verteidigung der Rechte der Frauen* studieren, bis du zurückkehrst.«

»Diese Vorstellung zwingt mich in der Tat, so schnell wie möglich zu dir zurückzueilen«, sagte Julian und erhob sich. »Ich kann nicht zulassen, daß du durch diesen Unsinn über die Rechte der Frauen noch mehr verdorben wirst, als du es ohnehin schon bist.«

Sie setzte sich auf und griff nach seiner Hand. »Julian, ich habe solche Angst.«

»Das Gefühl kenne ich. Genauso ging es mir, als ich heute abend hier ankam und du verschwunden warst.« Er entzog ihr behutsam seine Hand und begann sich anzuziehen. »Aber in diesem Fall brauchst du keine Angst zu haben. Du hast mein Versprechen, daß ich mich nicht mit Waycott duellieren werde, weißt du noch?«

»Ja, aber –« Sie verstummte und nagte nervös an ihrer Unterlippe. »Aber mir gefällt das nicht, Julian.«

»Es wird bald vorbei sein.« Er machte seine Hose zu und setzte sich in den Stuhl, um die Stiefel anzuziehen. »Ich werde vor Tagesanbruch wieder zu Hause sein, außer du hast Waycott mit deinem Spezialtee so zugerichtet, daß er kein Englisch mehr versteht.«

»Ich habe ihm nicht soviel gegeben wir dir«, sagte sie mit sorgenvoller Miene. »Ich hatte Angst, er würde den komischen Geschmack bemerken.«

»Wie schade. Ich hätte es Waycott vergönnt, daß er genauso entsetzliches Kopfweh kriegt, wie ich es erdulden mußte.«

»Du hast in dieser Nacht getrunken, Julian«, erklärte sie ihm mit ernster Miene. »Das hat die Wirkung der Kräuter verändert. Waycott hat nur Tee getrunken. Er wird mit relativ klarem Kopf aufwachen.«

»Ich werde dran denken.« Julian hatte jetzt seine Stiefel an. Er schritt zur Tür, blieb stehen und sah sich noch einmal nach ihr um. Besitzerstolz packte ihn, gefolgt von schockierender Zärtlichkeit. Sie bedeutete ihm alles, wurde ihm mit einem Mal klar. Nichts auf der Welt war wichtiger als seine süße Sophy.

»Hast du etwas vergessen, Julian?« fragte sie aus den Schatten des Bettes.

»Nur eine unbedeutende Kleinigkeit«, sagte er leise. Seine Hand fiel vom Türknopf, und er ging zurück zum Bett. Er beugte sich über sie und küßte noch einmal ihren weichen Mund. »Ich liebe dich.«

Er sah, wie sie erstaunt die Augen aufriß, wußte aber, daß ihm nicht die Zeit blieb, um ihre Fragen nach Details und Erklärungen anzuhören. Er ging zur Tür und öffnete sie.

»Julian, warte –«

»Ich bin so schnell wie möglich zurück, Schätzchen. Dann werden wir reden.«

»Nein, warte, ich muß dir noch etwas sagen. Die Smaragde.«

»Was ist mit ihnen?«

»Waycott hat sie. Er hat sie in der Nacht, als er Elizabeth tötete, gestohlen. Sie sind in dem Korb neben dem Kamin, gleich unter der Pistole.«

»Das ist ja sehr interessant. Ich darf nicht vergessen, sie mitzunehmen«, sagte Julian und ging hinaus in den Gang.

Die alte normannische Ruine war ein unheimliches, abweisendes Gewirr von Steinen und tiefen Schatten im Mondlicht. Zum ersten Mal seit Jahren hatte Julian wieder dasselbe Gefühl, das er hier als Junge oft gehabt hatte – es war ein Ort, an dem man leicht wieder an Geister glauben konnte. Der Gedanke, daß Sophy in den finsteren Verliesen dieses Ortes gefangen gewesen war, schürte das sengende Feuer seines Zorns.

Es war ihm gelungen, seine maßlose Wut vor Sophy zu verbergen, weil er wußte, daß sie das verängstigen würde. Aber das hatte jedes Quentchen Selbstbeherrschung, das er besaß, gekostet.

Eins war jedenfalls sicher: Waycott würde für das bezahlen, was er versucht hatte, Sophy anzutun.

Soweit Julian sehen konnte, war alles ruhig in der Umgebung der Ruine. Er brachte seinen Rappen zur nächstgelegenen Baumgruppe, stieg ab und band die Zügel um einen günstig plazierten Ast. Dann tastete er sich durch die Reste der uralten Steinmauern zu dem einen Raum, der noch erhalten war. Kein Lichtschein war aus der schmalen Öffnung hoch oben an der Wand zu sehen. Das Feuer, von dem Sophy erzählt hatte, war wahrscheinlich inzwischen zur Glut hinuntergebrannt.

Julian hatte großes Vertrauen in Sophys Gebrauch von Kräutern, aber er beschloß, kein Risiko einzugehen. Er schlich sich mit äußerster Vorsicht in den Raum, in dem sie gefangen gewesen war. Nichts und niemand regte sich darin. Er blieb in der offenen Tür stehen, bis sich seine Augen an die Dunkelheit gewöhnt hatten. Und dann entdeckte er Waycott, der neben der Wand am Kamin lag.

Sophy hatte recht. Es wäre alles viel einfacher, wenn jemand dem Viscount eine Pistole an die Stirn anlegen und abdrücken würde. Aber es gab eben Dinge, die ein Gentleman nicht tat. Julian schüttelte resigniert den Kopf und ging zum Kamin, um das Feuer zu schüren.

Als er fertig war, zog er sich einen Hocker heran und setzte sich. Er warf einen kurzen Blick in den Korb und sah die Smaragde unter der Pistole schimmern. Befriedigt zog er das Kollier heraus und sah sich an, wie die Steine im Feuerschein funkelten. Die Ravenwood-Smaragde würden der neuen Gräfin von Ravenwood gut stehen.

Zwanzig Minuten später regte sich der Viscount und stöhnte. Julian beobachtete reglos, wie Waycott langsam wieder zur Besinnung kam. Er wartete, während Waycott blinzelte und einen erstaunten Blick auf das Feuer warf, wartete, als der Mann sich aufsetzte und eine Hand an die Schläfe legte, wartete, bis der Viscount schließlich merkte, daß noch jemand im Raum war.

»Ihr seht ganz richtig, Waycott. Sophy ist in Sicherheit, und jetzt müßt Ihr mit mir Vorlieb nehmen.« Julian ließ die Smaragde von einer Hand in die andere gleiten. »Es war wohl unvermeidlich, daß Ihr irgendwann zu weit geht. Ihr seid ein Besessener, nicht wahr?«

Waycott rutschte zurück, bis er sich gegen die Wand lehnen konnte. Er legte seinen blonden Kopf gegen die feuchten Steine und sah Julian mit haßerfüllten Augen an. »Die liebe, kleine Sophy ist also direkt zu Euch gerannt, was? Und Ihr habt ihr jedes Wort geglaubt, nehm ich an. Ich mag ja besessen sein, Ravenwood, aber Ihr seid ein Narr.«

Julian warf einen Blick auf die glitzernden Smaragde. »Zum Teil habt Ihr recht, Waycott. Ich war einst ein Narr, vor langer Zeit. Ich habe die Hexe im seidenen Ballkleid nicht erkannt. Aber diese Tage sind vorbei. Irgendwie tut Ihr mir fast leid. Dem Rest von uns ist es gelungen, sich vor Jahren aus Elizabeths Bann zu lösen. Ihr alleine habt Euch nicht aus dem Netz befreit.«

»*Weil nur ich sie geliebt habe.* Ihr wolltet sie doch alle nur benutzen. Ihr wolltet ihre Unschuld und Schönheit rauben und sie für immer besudeln. Ich wollte sie beschützen.«

»Wie ich schon sagte, Ihr seid immer noch besessen. Wenn Ihr Euch damit zufriedengegeben hättet, allein zu leiden, hätte ich Euch weiterhin ignoriert. Unglücklicherweise habt Ihr versucht, Sophy zu benutzten, um Euch an mir zu rächen. Das kann ich weder übersehen noch ignorieren. Ich habe Euch gewarnt, Waycott. Jetzt werdet Ihr dafür bezahlen, daß Ihr Sophy mit hineingezogen habt, und wir werden einen Schlußstrich unter die Sache ziehen.«

Waycott lachte spöttisch. »Was hat denn Eure süße, kleine Sophy erzählt über das, was heute hier passiert ist? Hat sie Euch erzählt, daß ich sie auf dem Weg beim Weiher gefunden habe? Hat sie Euch erzählt, daß sie bei derselben Engelmacherin war, die auch Elizabeth besucht hat? Eure liebe, süße Sophy plant bereits, Euren Erben loszuwerden. Sie hat genausowenig Lust, Euer Balg auszutragen wie Elizabeth.«

Einen Augenblick lang hörte Julian Sophys Worte, und Schuldgefühle packten ihn. *Ich möchte nicht gleich Mutter werden.*

Julian schüttelte den Kopf und lächelte Waycott grimmig an. »Ihr seid geschickt wie ein Straßenräuber, wenn's darum geht, einem Mann ein Messer in den Rücken zu jagen. Aber in diesem Fall habt Ihr daneben gezielt. Ihr müßt wissen, Waycott, Sophy und ich kennen uns inzwischen sehr gut. Sie ist eine ehrenwerte Frau. Wir haben einen Handel gemacht, sie und ich. Und, obwohl ich zu meinem Bedauern sagen muß, daß ich meinen Teil der Vereinbarung nicht immer eingehalten habe, sie den ihren aber schon. Ich weiß, daß sie zu Old Bess geritten ist, um sich einen frischen Vorrat an Kräutern zu holen, nicht um abtreiben zu lassen.«

»Ihr seid in der Tat ein Narr, Ravenwood, wenn Ihr das glaubt. Hat Sophy auch darüber gelogen, was dort auf dem Strohsack passiert ist, Ravenwood? Hat sie Euch erzählt, wie bereitwillig sie die Röcke hochgezogen und die Beine für mich breitgemacht hat? Sie ist noch nicht sehr erfahren, aber ich denke, mit etwas Übung wird sie schon besser werden.«

Julians Zorn ging mit ihm durch. Er ließ die Smaragde fallen und sprang auf. Mit zwei Schritten hatte er den Raum durchquert und

Waycott am Hemd gepackt. Dann riß er den Viscount hoch und verpaßte ihm einen Fausthieb in sein schönes Gesicht. Etwas brach in der Gegend von Waycotts Nase, und Blut spritzte. Julian schlug noch einmal zu.

»Du Hurensohn, du willst nicht zugeben, daß du eine Hure geheiratet hast.« Waycott wich seitlich aus und wischte sich mit dem Handrücken über seine blutende Nase. »Aber das hast du, du Dreckskerl. Ich frage mich, wie lange du brauchen wirst, um es zu merken.«

»Sophy würde sich oder mich nie entehren. Ich weiß, daß sie nicht zugelassen hat, daß Ihr sie berührt.«

»Habt Ihr deshalb so schnell reagiert, als ich Euch erzählt habe, was zwischen Sophy und mir passiert ist?« höhnte Waycott.

Julian zwang sich, ruhig zu bleiben. »Es hat keinen Sinn, mit Euch zu reden, Waycott. In dieser Hinsicht seid Ihr wirklich unbelehrbar. Eigentlich sollte ich Mitleid mit Euch haben, aber ich fürchte, ich kann nicht einmal einem Wahnsinnigen gestatten, meine Frau zu beleidigen.«

Waycott warf ihm einen mißtrauischen Blick zu. »Ihr werdet mich nie fordern. Das wissen wir beide.«

»Damit habt Ihr bedauerlicherweise recht«, stimmte Julian zu, eingedenk des Eides, den er Sophy geschworen hatte. Er hatte schon zu viele Versprechen an sie gebrochen oder zu seinen Gunsten verdreht. Er würde keines mehr brechen, auch wenn er sich noch so danach sehnte, Waycott eine Kugel in den Leib zu jagen. Er ging zum Kamin und starrte in die Flammen.

»Ich habe es gewußt«, sagte Waycott befriedigt. »Ich habe ihr gesagt, daß Ihr nie wieder Euren Hals für irgendein Weib riskiert. Ihr habt den Geschmack an Rache verloren. Ihr werdet mich nicht fordern.«

»Nein, Waycott, ich werde Euch nicht fordern.« Julian verschränkte die Hände hinter dem Rücken und drehte sich kühl lächelnd zu dem anderen Mann. »Nicht aus den Gründen, die Ihr annehmt, sondern aus anderen, privaten. Aber Ihr könnt gewiß sein, daß mich diese Entscheidung nicht daran hindert, eine Herausforderung von Euch anzunehmen.«

Waycott sah verwirrt aus. »Was, zum Teufel, soll das heißen?«

»Ich werde Euch nicht zum Duell fordern, Waycott. Ich bin in dieser Hinsicht durch einen Eid gebunden. Aber ich glaube, wir können die Sache so arrangieren, daß Ihr Euch schließlich verpflichtet fühlt, mich zu fordern. Und wenn Ihr das tut, das kann ich Euch versprechen, werde ich Euch mit Freuden gegenübertreten. Ich habe bereits meine Sekundanten gewählt. Ihr erinnert Euch doch an Daregate, nicht wahr? Und Thurgood? Sie werden mir mit Freuden zur Seite stehen und dafür sorgen, daß alles fair vonstatten geht. Daragate, müßt Ihr wissen, hat ein hervorragendes Auge für Betrüger. Ich kann sogar die Pistolen zur Verfügung stellen. Ich bin bereit, wann immer Ihr wollt.«

Waycott klappte der Unterkiefer herunter. Er fing sich sofort wieder und verzog verächtlich das Gesicht. »Warum sollte ich Euch fordern? Es war ja nicht meine Frau, die mich betrogen hat.«

»Hier geht es nicht um Ehebruch. Der fand nicht statt. Ihr könnt Euch die Mühe sparen, mir einreden zu wollen, daß Ihr mich zum Hahnrei gemacht habt, ich kenne die Wahrheit. Die Schlaftrunk in Eurem Tee und die Schnur auf dem Boden, mit der Ihr Sophy gefesselt habt, sind Beweis genug. Aber ich habe ihr auch schon geglaubt, bevor ich die Beweise gesehen habe. Ich weiß, daß meine Gattin eine Frau von Ehre ist.«

»Eine Frau von Ehre? Ehre ist ein Begriff, der für Frauen bedeutungslos ist.«

»Für eine Frau wie Elizabeth, ja. Aber nicht für eine Frau wie Sophy. Wir lassen aber jetzt das Thema Ehre. Es ist sinnlos, mit Euch darüber zu reden, weil Ihr selbst keinen Begriff davon habt. Wenden wir uns wieder dem augenblicklichen Problem zu.«

»Wollt Ihr meine Ehre in Frage stellen?« zischte Waycott.

»Selbstverständlich. Und ich werde nicht aufhören, Eure sogenannte Ehre weiter in Frage zu stellen und das in aller Öffentlichkeit, bis Ihr mich zum Duell fordert oder nach Amerika auswandert. Das sind die zwei Möglichkeiten zwischen denen Ihr Euch entscheiden müßt, Waycott.«

»Ihr könnt mich weder zum einen noch zum anderen zwingen.«

»Wenn Ihr das glaubt, habe ich eine kleine Überraschung für Euch parat. Ich werde Euch in der Tat zwingen, Eure Wahl zu treffen. Ich werde Euch verfolgen, bis Ihr es tut. Ich habe nämlich vor,

Euch das Leben hier in England unerträglich zu machen, Waycott. Ich werde wie ein Wolf nach Euren Fersen schnappen, bis ich Blut sehe.«

Waycott war totenbleich. »Ihr blufft.«

»Soll ich Euch schildern, wie es sein wird? Hört gut zu, Waycott, lauscht Eurem Schicksal. Gleichgültig was ihr tut oder wohin Ihr geht in England, ich oder einer meiner Agenten wird hinter Euch sein. Wenn Ihr bei Tattersalls ein Pferd seht, das Ihr kaufen wollt, werde ich Euch überbieten und dafür sorgen, daß ein anderer das Tier bekommt. Wenn Ihr versucht, ein Paar Stiefel bei Hobys oder eine Jacke bei Weston zu bestellen, werde ich die Besitzer informieren, daß ich in Zukunft keine Geschäfte mehr mit ihnen tätige, solange sie Euch weiter bedienen.«

»Das könnt Ihr nicht tun«, zischte Waycott.

»Und das ist nur der Anfang«, fuhr Julian gnadenlos fort. »Ich werde die Eigentümer der Ländereien, die an Euer Anwesen in Suffolk grenzen, wissen lassen, daß ich bereit bin, sie aufzukaufen. Nach einiger Zeit werden Eure Ländereien von meinen Besitzungen eingekreist sein. Außerdem werde ich dafür sorgen, daß Euer Ruf so geschädigt wird, daß Euch kein namhafter Club mehr Zutritt gewähren und keine anständige Gastgeberin Euch unter ihrem Dach dulden wird.«

»Das wird nie funktionieren.«

»Oh, doch, das wird es, Waycott. Ich habe das Geld, die Ländereien und einen Titel, der mächtig genug ist, um das zu verwirklichen. Ich werde Sophy an meiner Seite haben. Ihr Name ist in diesen Tagen Gold in London, Waycott. Wenn sie sich gegen Euch stellt, wird sich die ganze Gesellschaft gegen Euch stellen.«

»Nein«, Waycott schüttelte heftig den Kopf mit flackernden Augen. »Das wird sie nie tun. Ich habe Ihr nicht weh getan. Sie wird verstehen, warum ich das getan habe. Sie hat Mitleid mit mir.«

»Das ist vorbei.«

»Weil ich sie hierhergebracht habe? Aber das kann ich ihr erklären.«

»Dazu werdet Ihr nie Gelegenheit haben. Selbst wenn ich dulden würde, daß Ihr überhaupt in ihre Nähe kommt, was ich nicht vorhabe. Ihr werdet bei ihr weder Verständnis noch Gnade finden. Ihr müßt wissen, Waycott, daß Ihr Euren Untergang schon besiegelt habt, bevor Ihr Sophy überhaupt kennengelernt habt.«

»Wovon, in Gottes Namen, redet Ihr denn jetzt?«

»Erinnert Ihr Euch an die junge Frau, die Ihr hier vor drei Jahren verführt habt und die Ihr später fallengelassen habt, weil sie schwanger war? Diejenige, die Euren teuflischen Ring genommen hat? Die Ihr als Dorfhure bezeichnet habt?«

»Was ist mit ihr?« schrie Waycott.

»Sie war Sophys Schwester.«

Waycott erstarrte vor Entsetzen. »O mein Gott.«

»Genau«, sagte Julian leise. »Allmählich begreift Ihr, wie groß Euer Problem ist. Ich sehe keinen Grund, mich noch länger hier aufzuhalten. Wägt Eure beiden Möglichkeiten sorgfältig ab, Waycott. An Eurer Stelle würde ich Amerika wählen. Ich habe von Mantons Kundschaft gehört, daß Ihr kein besonders guter Schütze seid.«

Julian drehte Waycott den Rücken zu, hob die Smaragde auf und ging zur Tür hinaus. Er hatte gerade die Zügel des Rappen losgebunden, als er den gedämpften Schuß aus dem Inneren des alten Schloßes hörte.

Er hatte sich geirrt. Waycott hatte drei Möglichkeiten gehabt, nicht zwei. Der Viscount hatte offensichtlich die Pistole im Korb gefunden und den dritten Weg gewählt.

Julian stellte einen Fuß in den Steigbügel, und dann entschloß er sich, doch noch einmal in die bedrohlich stille Ruine zurückzukehren. Was ihn dort erwartete, würde, milde ausgedrückt, unangenehm sein. Aber angesichts Waycotts allgemeiner Unfähigkeit war es wohl das beste, sich zu vergewissern, daß der Viscount die Sache nicht auch noch vermasselt hatte.

Zwanzig

Sophy kam es vor, als würde sie schon eine Ewigkeit in ihrem Stuhl kauern, als sie Julians festen Schritt im Gang hörte. Mit einem leisen Schrei der Erleichterung sprang sie aus dem Stuhl und flog zur Tür.

Ein ängstlicher Blick auf das grimmige, erschöpfte Gesicht zeigte ihr, daß etwas Schreckliches passiert war. Die halbleere Flasche Wein und das Glas, das er sich wohl aus der Bibliothek geholt hatte, bestätigten diesen Eindruck.

»Bist du in Ordnung, Julian?«

»Ja.«

Er betrat das Zimmer, schloß die Tür hinter sich und stellte den Wein auf den Toilettentisch. Dann griff er wortlos nach Sophy und zog sie in seine Arme. So blieben sie lange schweigend stehen.

»Was ist passiert?« fragte Sophy schließlich.

»Waycott ist tot.«

Ein Gefühl der Erleichterung durchströmte sie. Sie legte den Kopf zurück und sah ihm in die Augen. »Du hast ihn getötet?«

»Das ist Ansichtssache. Einige würden sicher behaupten, ich war dafür verantwortlich. Trotzdem habe ich nicht den Abzug gedrückt. Das hat er selbst getan.«

Sophy schloß die Augen. »Er hat Selbstmord begangen. Genau wie Amelia.«

»Vielleicht ist das ein gerechtes Ende.«

»Setz dich, Julian. Ich werde dir etwas Wein eingießen.«

Er wehrte sich nicht, ließ sich in den Stuhl neben dem Fenster fallen und beobachtete mit schwermütigem Blick, wie Sophy den Wein eingoß und zu ihm brachte.

»Danke«, sagte er und nahm das Glas. Ihre Blicke begegneten sich. »Du hast so eine Art, mir das zu geben, was ich will, wenn ich es brauche.« Er nahm einen kräftigen Schluck Wein. »Geht es dir gut? Hat dich die Nachricht über Waycott schockiert?«

»Nein.« Sophy schüttelte den Kopf und setzte sich in Julians Nähe. »Gott verzeih mir, aber ich bin nur froh, daß alles vorbei ist, selbst wenn es noch einen Tod bedeutet. Er wollte nicht nach Amerika?«

»Ich glaube, er war nicht mehr bei klarem Verstand. Ich habe ihm gesagt, ich würde ihn verfolgen, sein Leben zur Hölle machen, bis er England verließ, und dann hab ich ihm gesagt, das das Bauernmädchen, das er verführt hatte, deine Schwester gewesen wäre. Dann bin ich gegangen. Er hat die Pistole gefunden, und gerade als ich mein Pferd besteigen wollte, hat er abgedrückt. Ich bin noch einmal zurückgegangen, um zu sehen, ob er es richtig gemacht hat.« Julian nahm noch einen Schluck Wein. »Er hatte.«

»Wie furchtbar für dich.«

Er sah sie an. »Nein, Sophy. Schrecklich war nur, diese kleine Kammer zu betreten und die Schnur zu sehen, mit der du gefesselt warst und den Strohsack, auf dem er dich vergewaltigen wollte.«

Sie fröstelte und verschränkte ihre Arme. »Bitte, erinnere mich nicht daran.«

»Genau wie du bin ich froh, daß es vorbei ist. Selbst wenn die heutigen Ereignisse nicht stattgefunden hätten, wäre ich irgendwann gezwungen gewesen, Waycott das Handwerk zu legen. Der Bastard wurde immer schlimmer durch seine Besessenheit mit der Vergangenheit.«

Sophy runzelte nachdenklich die Stirn. »Vielleicht hat sich sein Zustand verschlechtert, weil du beschlossen hast, wieder zu heiraten. Ein Teil von ihm konnte den Gedanken nicht ertragen, daß du eine Frau finden könntest, die es wert war, Elizabeths Platz einzunehmen. Er wollte, daß du ihrem Andenken genauso treu bleibst wie er.«

»Verflucht. Der Mann war wahnsinnig.«

»Ja.« Sophy schwieg einen Augenblick. »Was wird jetzt passieren?«

»Seine Leiche wird in ein oder zwei Tagen gefunden werden, und man wird feststellen, daß Lord Waycott Selbstmord begangen hat. Damit wird die Sache beendet sein.«

»Und das mit Recht.« Sophy legte ihre Hand auf seinen Arm und lächelte zögernd. »Ich danke dir, Julian.«

»Wofür? Daß ich dich nicht ausreichend beschützt habe vor dem, was passiert ist? Du selbst hast deine Flucht bewerkstelligt, wenn du dich erinnerst. Das letzte, was ich von Euch verdient habe, ist Euer Dank, Madame.«

»Ich werde nicht dulden, daß Ihr Euch Vorwürfe macht, Mylord«, sagte sie streng. »Was heute passiert ist, hat keiner von uns voraussehen können. Das einzig Wichtige ist, daß es vorbei ist. Ich danke Euch, weil ich weiß, wie schwer es für Euch war, Lord Waycott nicht zu fordern. Ich kenne dich, Julian. Dein Ehrgefühl hätte ein Duell verlangt. Es muß sehr schwer für dich gewesen sein, deinen Schwur an mich zu halten.«

Julian rutschte verlegen auf seinem Stuhl herum. »Sophy, ich glaube, es wäre das beste, wenn wir das Thema wechseln.«

»Aber ich möchte, daß du weißt, wie dankbar ich bin, daß du dein Versprechen gehalten hast. Ich hoffe, du verstehst, daß ich nicht dulden konnte, daß du so ein Risiko eingehst, Julian. Ich liebe dich viel zu sehr, um so etwas zuzulassen.«

»Sophy –«

»Und ich könnte es nicht ertragen, wenn unser Kind seinen Vater nie kennenlernt.«

Julian stellte sein Weinglas ab und griff sich Sophys Hand. »Ich bin auch sehr neugierig darauf, meinen Sohn oder meine Tochter kennenzulernen. Das, was ich heute abend gesagt habe, als ich zur Tür hinausging, war mein voller Ernst, Sophy. Und, egal was passiert, egal wie oft ich deinem Idealbild von einem Gatten nicht gerecht werden kann, denk immer dran Sophy, ich liebe dich.«

Sie lächelte und drückte seine große Hand. »Ich weiß.«

Julian zog in altvertrauter Arroganz die Brauen hoch, aber seine Augen funkelten liebevoll amüsiert. »Ach ja? Wie kommt das?«

»Nun, sagen wir mal, ich hatte einige Zeit zum Nachdenken, während ich heute abend auf deine Rückkehr gewartet habe. Da ist mir mit einiger Verspätung der Gedanke gekommen, daß jeder Mann, der meine haarsträubende Geschichte über die wahren Ereignisse des heutigen Nachmittags glaubt, ein Mann sein muß, der wenigstens ein bißchen verliebt ist.«

»Nicht ein bißchen verliebt.« Julian küßte ihre Handfläche. Seine Augen strahlten in tiefstem Smaragdgrün. »Sehr, sehr verliebt. Wahnsinnig, überwältigend, total verliebt. Ich bedauere nur, daß es so lange gedauert hat, bis mir das klarwurde.«

»Du hattest schon immer einen Hang zur Sturheit und Dickköpfigkeit.«

Julian grinste und zog sie auf seinen Schoß. »Und du, mein süßes Weib, hast dieselben Neigungen. Glücklicherweise verstehen wir einander. Für einiges muß ich mich entschuldigen, Sophy. Ich habe dich nicht immer so gut behandelt, wie du es verdient hast. Ich habe die meisten unserer Eheabmachungen einfach niedergetrampelt, weil ich überzeugt war, es wäre das beste für dich und unsere Ehe. Und es wird zweifellos in Zukunft auch passieren, daß ich etwas mache, was ich für das Beste halte, auch wenn das nicht mit dem übereinstimmt, was du für das Beste hältst.«

Ihre Finger schlängelten sich in die dunklen Tiefen seiner Haare. »Wie ich schon sagte: stur und dickköpfig.«

»Was das Baby angeht, Schätzchen.«

»Dem Baby geht es wunderbar.« Die Erinnerung an Waycotts Anschuldigung kehrte zurück. »Du sollst wissen, daß ich nicht zu Old Bess gegangen bin, um unser Kind abzutreiben.«

»Das ist mir klar, so etwas würdest du nicht tun. Aber Tatsache bleibt, daß ich kein Recht hatte, dich so früh zu schwängern. Ich hätte es verhindern können.«

»Eines Tages, Mylord«, sagte Sophy mit einem herausfordernden Lächeln, »müßt Ihr mir genau erzählen, wie man das verhindert. Anne Silverthorne hat mir von einer Art Beutel aus Schafsdarm erzählt, den man mit kleinen roten Bändern um das männliche Glied bindet. Kennt Ihr das?«

Julian stöhnte verzweifelt. »Wie, zur Hölle, kann Anne Silverthorne von solchen Dingen wissen? Bei Gott, Sophy, du warst in London wirklich in sehr schlechter Gesellschaft. Ein Glück, daß ich dich aus der Stadt geschafft habe, ehe die Bekannten meiner Tante dich noch mehr verderben konnten.«

»Sehr richtig, Mylord. Und wie es der Zufall will, genügt es mir völlig, alles über Verderbtheit unter Euren Händen zu lernen.« Sophy strich liebevoll über Julians kräftige Hände und bückte sich dann, um sein Handgelenk zu küssen. Als sie den Kopf hob, sah sie seine Liebe zu ihr in seinen Augen.

»Wie ich von Anfang an gesagt habe«, bemerkte Julian leise, »du und ich, wir passen sehr gut zusammen.«

»Ihr hattet offensichtlich wieder einmal recht, Mylord.«

Er stand auf und zog sie an sich. »Ich habe fast immer recht«, sagte er und strich mit seinem Mund über ihre Lippen. »Und wenn das einmal nicht der Fall ist, wirst du mich korrigieren. Jetzt muß ich aber feststellen, daß fast schon der Morgen graut, mein Herz und daß ich deinen weichen Körper und deine Leidenschaft brauche. Ich habe entdeckt, daß ich in deinen Armen alles andere außer dir vergessen kann. Laß uns zu Bett gehen.«

»Sehr gerne, Julian.«

Er zog sie langsam aus, unendlich behutsam. Seine muskulösen Hände glitten über jeden Zentimeter ihrer weichen, hellen Haut. Er beugte den Kopf, um die Knospen ihrer Brüste zu küssen, und seine Hände ertasteten die fließende Wärme zwischen ihren Beinen.

Und als er ganz sicher war, daß sie für ihn entflammt war, trug Julian sie zum Bett, legte sie in die Kissen und liebte sie, bis beide die Erinnerung an die Ereignisse des Tages weit hinter sich ließen.

Lange Zeit später rollte sich Julian zögernd zur Seite und nahm Sophy in den Arm. Er gähnte ausgiebig und sagte: »Die Smaragde.«

»Was ist mit ihnen?« Sophy kuschelte sich enger an ihn. »Du hast sie im Korb gefunden, wie ich annehme?«

»Ich hab sie gefunden. Und du wirst sie bei der nächsten Gelegenheit, die solch prächtigen Schmuck erfordert, tragen. Ich kann es kaum erwarten, dich damit zu sehen.«

Sophy erstarrte. »Ich glaube nicht, daß ich sie tragen will, Julian. Ich mag sie nicht. Sie werden mir nicht stehen.«

»Sei nicht albern, Sophy. Du wirst wunderbar damit aussehen.«

»Sie sollten von einer größeren Frau getragen werden. Von einer Blondine vielleicht. Auf jeden Fall, so wie ich mich kenne, wird der Verschluß aufgehen, und ich werde sie verlieren. Ihr wißt doch, daß bei mir dauernd Sachen aufgehen, Mylord.«

Julian grinste in der Dunkelheit. »Einer Eurer Reize. Aber habe keine Angst. Ich werde immer in der Nähe sein, um verlorene Gegenstände wieder einzusammeln, auch die Smaragde.«

»Julian, ich möchte die Smaragde wirklich nicht tragen«, sagte Sophy hartnäckig.

»Warum?«

Sie schwieg lange. »Das kann ich nicht erklären.«

»Du willst sie nicht tragen, weil sie dich an Elizabeth erinnern, nicht wahr?« fragte er sanft.

Sie seufzte. »Ja.«

»Sophy, die Ravenwood-Smaragde haben nichts mit Elizabeth zu tun. Diese Steine sind seit drei Generationen in meiner Familie, und sie werden in meiner Familie bleiben, solange es Ravenwood Ehefrauen gibt, die sie tragen. Elizabeth mag für eine Weile mit ihnen gespielt haben, aber sie haben ihr nie wirklich gehört. Begreifst du das?«

»Nein.«

»Du bist stur, Sophy.«

»Das ist einer meiner Reize.«

»Du wirst die Smaragde tragen«, schwor Julian leise und zog sie an seine Brust.

»Niemals.«

»Wie ich sehe«, sagte Julian mit funkelnden grünen Augen, »muß ich mir etwas ausdenken, um dich dazu zu bringen, deine Meinung zu ändern.«

»Das wird Euch nicht gelingen«, sagte Sophy entschlossen.

»Ah, Schätzchen. Mußt du mich immer wieder unterschätzen?« Er nahm ihr Gesicht zwischen seine Hände und küßte sie, und einen Augenblick später kapitulierte Sophy bereitwillig.

* * *

Im Frühling des folgenden Jahres luden der Graf und die Gräfin zu einem großen Fest in ihrem Landhaus, um die kürzliche Geburt eines gesunden Sohnes zu feiern. Alle, die geladen waren kamen, sogar einige, auch Lord Daregate, die normalerweise nicht dazu bewegt werden konnten, London während der Ballsaison zu verlassen.

In einem stillen Moment, in den Gärten von Ravenwood, zwinkerte Daregate grinsend Julian an. »Ich habe schon immer gesagt, daß Sophy die Smaragde gut stehen würden. Sie sah wunderschön damit aus heute abend.«

»Ich werde dein Kompliment an sie weiterleiten«, sagte Julian mit befriedigtem Lächeln. »Sie wollte sie nicht tragen. Es war ein hartes Stück Arbeit, sie dazu zu bewegen.«

»Wie kommt das?« Daregate war erstaunt. »Die meisten Frauen würden doch einen Mord begehen, um solche Steine zu tragen.«

»Sie haben sie an Elizabeth erinnert.«

»Ja, ich kann mir vorstellen, daß ein sensibles Wesen wie Sophy damit Schwierigkeiten hat. Wie hast du sie denn dazu gebracht, ihre Meinung zu ändern?«

»Ein intelligenter Ehemann lernt im Laufe der Zeit, welchen Argumenten seine Frau zugänglich ist. Ich habe einige Zeit dazu gebraucht, aber allmählich habe ich den Dreh raus«, sagte Julian mit selbstzufriedener Miene. »In diesem Fall hatte ich die brillante Idee, sie darauf hinzuweisen, daß die Ravenwood-Smaragde wunderbar zu meinen Augen passen.«

Daregate verschlug es für einen Moment die Sprache, dann lachte er. »Brillant, in der Tat. Gegen diese Logik ist Sophy machtlos. Und zufällig passen sie auch sehr gut zu den Augen deines Sohnes. Die Ravenwood-Smaragde schlagen immer durch, wie es scheint.« Daregate blieb stehen, um sich einen kleinen Garten anzusehen, der sich von der übrigen üppigen Pflanzenwelt unterschied. »Was haben wir denn hier?«

Julian senkte den Blick auf seine Schuhe. »Sophys Kräutergarten. Sie hat ihn im Frühling anpflanzen lassen, und die hiesigen Dorfbewohner stehen schon Schlange, um Ableger, Rezepte und Tränklein zu kriegen. Ich habe schon ein Vermögen für Kräuterbücher ausgegeben. Ich glaube, Sophy wird bald ein eigenes schreiben. Wie ich feststellen muß, bin ich mit einer sehr beschäftigten Frau verheiratet.«

»Ich bin sehr dafür, daß Frauen beschäftigt sind«, sagte Daregate. »Ich glaube, die Arbeit hindert sie daran, auf dumme Gedanken zu kommen.«

»Wirklich amüsant, wenn man bedenkt, daß deine Arbeit hauptsächlich aus Würfeln besteht.«

»Nicht mehr lange, glaube ich«, sagte Daregate gelassen. »Wie man hört, naht bei meinem Cousin das Ende. Er ist jetzt bettlägrig und hat die Religion entdeckt.«

»Ein sicheres Zeichen für baldiges Ableben. Dürfen wir dann in Kürze mit deiner Hochzeit rechnen?«

»Zuerst«, sagte Daregate und warf einen Blick auf das Haus, »muß ich eine passende Erbin finden. Es ist kaum noch Geld vorhanden.«

Julian folgte dem Blick seines Freundes und sah einen roten Schopf durch die offenen Fenster blitzen. »Sophy hat mir berichtet, daß Anne Silverthornes Stiefvater vor kurzem diese Welt verlassen hat. Miss Silverthorne hat alles geerbt.«

»Das habe ich auch gehört.«

Julian lachte. »Viel Glück, mein Freund. Ich fürchte, mit der Dame wirst du alle Hände voll zu tun haben. Sie ist schließlich eine Freundin meiner Frau, und du weißt, was ich mit Sophy durchgemacht habe.«

»Du hast es offenbar überlebt«, bemerkte Daregate fröhlich.

»Mit knapper Not.« Julian grinste und schlug Daregate auf die Schulter. »Komm mit ins Haus, dann kredenze ich dir einen der besten Brandys, die du je gekostet hast.«

»Französisch?«

»Natürlich. Ich hab vor zwei Monaten eine Ladung von unserem hiesigen Schmugglerfreund gekauft. Sophy hat mir tagelang strenge Vorträge gehalten, wie riskant das ist.«

»Ihrem Benehmen dir gegenüber nach zu schließen, hat sie dir anscheinend verziehen.«

»Ich habe gelernt, mit meiner Frau umzugehen, Daregate.«

»Was, bitte, ist das Geheimnis des Ehehimmels?« fragte Daregate, und sein Blick wanderte wieder zu dem Fenster, an dem Anne Silverthorne stand.

»Das, mein Freund, mußt du selbst herausfinden. Ich fürchte es gibt keinen leichten Weg zu häuslicher Harmonie. Aber es ist die Mühe wert, mit der richtigen Frau.«

Viel später an diesem Abend lag Julian ausgestreckt neben seiner Frau. Sein Körper war noch feucht, weil sie sich gerade geliebt hatten, und Zufriedenheit durchströmte wie eine starke Droge seine Glieder.

»Daregate wollte heute abend von mir das Geheimnis häuslichen Glücks wissen«, murmelte Julian und zog Sophy enger an sich.

»Wirklich?« Sie strich über seine nackte Brust. »Was hast du ihm gesagt?«

»Daß er das selbst herausfinden muß, auf die harte Methode, so wie ich.« Julian drehte sich auf die Seite und strich Sophy das Haar aus dem Gesicht. Er lächelte sie voller Liebe an. »Danke für dein Einverständnis, endlich die Smaragde zu tragen. War es für dich unangenehm, sie heute abend um den Hals zu haben?«

Sophy schüttelte den Kopf. »Nein. Zuerst wollte ich sie nicht tragen, aber dann ist mir klargeworden, daß du recht hast. Die Steine passen perfekt zu deinen Augen. Als ich mich endlich an diesen Gedanken gewöhnt hatte, wußte ich, daß ich immer nur an dich denken werde, wenn ich sie trage.«

»So sollte es auch sein.« Er küßte sie langsam, eindringlich, genoß das grenzenlose Glücksgefühl, das ihn erfüllte. Seine Hand glitt gerade an Sophys Bein hoch, als er den kleinen, fordernden Schrei aus dem Nebenzimmer hörte.

»Euer Sohn ist hungrig, Mylord.«

Julian stöhnte. »Er hat wirklich ein Händchen, wenn es um die Wahl des unpassendsten Moments geht.«

»Er ist genauso anspruchsvoll wie sein Vater.«

»Also gut, Madame. Laß die Kinderfrau schlafen. Ich werde dir den nächsten Grafen von Ravenwood holen. Befriedige ihn rasch, damit wir uns wieder wichtigeren Dingen zuwenden können.«

Er gewöhnte sich allmählich an seine Vaterrolle, dachte Julian, als er in das kleine Kinderzimmer ging, das man neben dem großen Schlafzimmer eingerichtet hatte. Um ehrlich zu sein, er machte das wirklich schon recht gut. Sein Sohn hörte auf zu weinen, sobald er die starken Hände seines Vaters spürte, die ihn aus seinem Bettchen hoben. Das grünäugige, dunkelhaarige Baby gurgelte fröhlich, und als Julian den Säugling an Sophys Brust legte, begann der Ravenwood Erbe sofort, glücklich zu nuckeln.

Julian setzte sich auf die Bettkante und beobachtete seine Frau und seinen Sohn im schattenverhangenen Bett. Der Anblick der beiden erfüllte ihn mit solcher Zufriedenheit und Besitzerstolz, wie er es sonst nur nach dem Liebesakt mit Sophy kannte.

»Sophy, sag mir jetzt noch einmal, daß du endlich alles hast, was du von dieser Ehe erwartet hast«, bat Julian leise.

»Alles und noch mehr, Julian.« Ihr Lächeln strahlte in der Dunkelheit. »Alles und noch mehr.«